LES SOMNIATORES

Beydi Traore

BookLand
press

BookLand Press Inc.
15 Allstate Parkway, Suite 600
Markham (Ontario) L3R 5B4
Canada
www.booklandpress.com

Imprimé au Canada

Catalogage avant publication de Bibliothèque et Archives Canada

Titre: Les Somniatores / Beydi Traore.
Noms: Traore, Beydi, auteur.
Identifiants: Canadiana (livre imprimé) 20240340043 | Canadiana (livre numérique) 2024034006X | ISBN 9781772312263 (couverture souple) | ISBN 9781772312270 (EPUB)
Classification: LCC PS8639.R382 S56 2024 | CDD C843/.6—dc23

Nous reconnaissons l'appui financier du gouvernement du Canada. Nous remercions le Conseil des arts du Canada de son soutien. L'an dernier, le Conseil a investi 153 millions de dollars pour mettre de l'art dans la vie des Canadiennes et des Canadiens de tout le pays. Nous remercions le Conseil des arts de l'Ontario (CAO), un organisme du gouvernement de l'Ontario, de son soutien.

LES SOMNIATORES

nées, ils ont réussi à créer de nouvelles techniques d'hypnose pour assoupir leurs victimes et entrer plus efficacement dans leurs rêves.

Habiles tacticiens, les Somniatores ont appris à tirer de nombreux avantages de leur capacité au cours des années. En effet, plus un Somniatore est puissant et ingénieux, plus sa capacité est sans fin et peut lui octroyer des aptitudes inimaginables. Certains d'entre eux sont très particuliers et disposent d'aptitudes supplémentaires exceptionnelles qui n'apparaissent que très rarement ; il est même arrivé que certaines capacités n'apparaissent qu'une seule fois dans toute l'histoire des Somniatores. Ces individus particuliers sont très rares et leurs capacités sont souvent très dangereuses, on les appelle les Alpha-Somniatores.

Ces Somniatores hors du commun dans un monde déjà hors du commun sont parmi les plus redoutés et les plus surveillés. Grâce à leurs aptitudes supplémentaires, ces Somniatores de type alpha occupent très souvent des postes à hautes responsabilités.

La capacité des Somniatores est un pouvoir très ancien qui est le plus souvent héréditaire, certains d'entre eux tiennent leurs capacités de leurs parents et d'autres non. Ceux qui n'héritent pas de cette capacité la développent par la suite soit par eux-mêmes, soit n'y arrivent jamais. Bien que la capacité des Somniatores puisse être héréditaire, la capacité à devenir un alpha ne l'est pas forcément. Il est alors rarissime de voir un Somniatore alpha engendrer un Somniatore qui deviendrait à son tour un alpha.

La capacité de pouvoir devenir un Somniatore sommeille en tous, car oui, chaque être vivant capable de rêver peut devenir un Somniatore. Mais pour une raison encore inconnue, une grande partie du monde ne développera jamais cette capacité en raison d'un trait mystérieux chez ces personnes. Ils en savent très peu à ce sujet, mais les scientifiques somniatores les plus brillants sont à l'étude afin de le comprendre, car si ce trait peut empêcher de devenir Somniatore, peut être peut-il aussi retirer la capacité d'un Somniatore.

Voilà un risque qu'ils n'étaient pas disposés à prendre, les Somniatores tenaient beaucoup trop à leur capacité et étaient prêts à tout pour la conserver.

Mais avant de rentrer dans le vif du sujet, retournons un moment dans le temps pour connaître l'histoire des Somniatores et en apprendre un peu plus sur leurs origines.

1

LE PREMIER SOMNIATORE

L'existence des Somniatores remonte à très longtemps. Il est impossible de remonter le temps suffisamment loin pour connaître avec exactitude la date d'apparition du premier Somniatore. Mais l'histoire a retenu le nom de l'un d'entre eux comme étant officiellement le premier Somniatore à avoir compris ce qui lui arrivait.

Nous pouvons remonter le temps suffisamment loin pour parler de l'époque où les Somniatores commençaient à prendre connaissance de leur capacité à faire des choses que les autres ne pouvaient pas. Cela remonte au Moyen Âge.

Le Moyen Âge n'est certainement pas l'époque à laquelle sont apparus les premiers d'entre eux, ils étaient là bien avant. Ils étaient seulement inconscients de leur capacité et étaient complètement désorganisés, incapables de se contrôler. Certains devenaient fous ne comprenant pas et ne maîtrisant pas ce qui leur arrivait. D'autres tombaient dans le coma après avoir découvert un monde dont ils ne voulaient plus revenir. Un monde construit par leur imagination débordante, un monde parfait où ils étaient les maîtres absolus, un monde où leurs désirs les plus fous se réalisaient. Ce monde était le monde des rêves. Mais par malheur, leur bonheur était également la cause de leur perte.

En effet, pour pouvoir accéder au monde des rêves, il fallait s'endormir ; les Somniatores incapables et surtout refusant de quitter la tentation, le bonheur et l'illusion fantastique de leur monde de rêves parfait pour affronter la réalité du vrai monde voyaient leur corps mourir lentement, détruisant petit à petit leur monde de rêves. Il y avait ceux qui, de crainte, finissaient par se réveiller. La perte de leur paradis illusoire pour reprendre l'enfer du quotidien leur était insupportable et leur faisait perdre toute raison et toute volonté de vivre. Certains se suicidaient, car ils n'arrivaient plus à regagner leur monde imaginaire. D'autres devenaient tout simplement fous.

Ceux par contre qui résistaient en ignorant la mort de leur enveloppe corporelle se bornaient à rester dans leur monde de rêves et tentaient tout ce qu'ils pouvaient pour le sauver. Mais comment lutter contre la mort surtout quand on est en plein rêve ? Ceux-là connaissaient une fin encore plus horrible. À la mort de leur corps, leur monde parfait s'effondrait et seul le néant restait. Le Somniatore se retrouvait donc dans un monde enveloppé de vide, un monde d'un blanc sans fin. Le néant autour de lui est indicible, une chute interminable, sans pouvoir se réveiller et sans même pouvoir mourir. Le Somniatore se retrouvait piégé à jamais dans le monde paradisiaque qu'il s'était créé et qui avait disparu pour laisser place à un vide abyssal. Ceux qui tombaient dans le piège de leur capacité devaient payer un lourd tribut.

Au début du Moyen Âge, quelque temps après la chute de l'Empire romain, époque marquant l'inauguration de l'ère médiévale, vivait un homme ; le créateur et premier mentor de l'ordre des Somniatores et surtout, le premier Somniatore connu ayant maîtrisé sa capacité à entrer dans les rêves. Il se faisait appeler Orderic Nusquam.

Orderic était plus connu sous le patronyme d'Oris. En effet, il avait compris qu'il portait un nom difficile à retenir, donc pour se faire connaître et pour que son nom reste plus aisément dans les mémoires, il devait être simple, court et facile à prononcer. Il choisit donc de se faire appeler communément Oris.

Oris était un homme pauvre, mais aux ambitions démesurées. Il n'était pas de haute naissance et ses parents l'avaient abandonné très jeune, sans doute trop pauvres pour élever un enfant en ces temps difficiles et incertains. Oris ne les avait jamais connus et ne se souvenait même pas de quoi ils pouvaient avoir l'air. Il avait grandi dans la ferme où il avait été abandonné.

Un fermier solitaire du nom de Parcelome l'éleva. Parcelome était un homme d'une grande générosité et très estimé des paysans qui vivaient à quelques kilomètres de ses terres. Parcelome était un homme bienveillant et charitable. Il passait son temps à aider les gens dans le besoin, sa porte était ouverte à qui le sollicitait. Il tentait désespérément d'inculquer à Oris l'envie de devenir un jour à son tour fermier, reprendre la ferme et continuer son œuvre.

Mais Oris avait d'autres ambitions, d'autres desseins l'animaient ; il avait connu toute sa vie la misère et la souffrance. Le village ainsi que la ferme avaient très souvent été victimes de brigands qui leur volaient leurs maigres ressources de façon périodique comme s'ils prélevaient des impôts. Ils tuaient les hommes du village ainsi que les jeunes garçons susceptibles de leur tenir tête un jour. Pas une seule âme du village n'était épargnée. L'âge n'avait aucune importance. Ceux qu'ils ne tuaient pas étaient transformés en mercenaires sanguinaires et sans pitié. Ces brigands étaient menés par un homme d'une cruauté sans limites du nom de Nostra.

En grandissant dans un tel environnement, Oris développait en même temps une animosité et une compassion grandissante envers les hommes. Parcelome avait pris grand soin de dissimuler l'existence d'Oris aux brigands, mais un jour, lors de l'un de leurs prélèvements, un des brigands le découvrit.

Parcelome et Oris parvinrent à échapper à Nostra et sa bande de mercenaires impitoyables. Mais Parcelome, vieux et fatigué, est capturé, torturé et laissé pour mort. Oris venait de perdre son père d'accueil et inspirateur qui mourut dans ses bras après que les brigands l'ont laissé agoniser de longues heures. Oris dut lui-même mettre fin aux souffrances de l'homme qu'il admirait le plus au monde. Il se retrouvait encore une fois orphelin, mais cette fois-ci rempli d'une amertume qu'il n'avait pas connue quand ses vrais parents l'avaient abandonné, car trop jeune pour comprendre ou même s'en souvenir. Il était surtout en colère, une colère furieuse envers ces hommes et envers ces seigneurs qui regardaient mourir leurs populations sans bouger le petit doigt tout en s'enrichissant sur leurs dos.

Mais il n'était qu'un seul homme, un homme qui ne possédait rien et qui n'était promis à rien. Toutefois, Oris savait qu'un jour cela changerait et quand ça changerait, il ferait une différence, il ferait de ce monde un endroit plus agréable à vivre.

Trois ans plus tard, Oris atteignit ses 20 ans. C'était un jeune homme fort qui ne reculait plus devant rien. Pour survivre, il fut contraint de s'engager dans une équipe de jeunes voyous qui gagnait leur croûte en volant les voyageurs infortunés qui croisaient leur route. Il s'imposa très vite en tant que chef et interdit à son équipe le meurtre, tuer n'étant permis qu'en cas de nécessité absolue, par exemple pour se défendre.

Il savait que la voie qu'il empruntait n'était pas la meilleure ; que penserait Parcelome s'il était là pour voir ce qu'il était devenu. Mais la vie ne lui avait laissé aucun choix.

Un jour, Oris et ses compagnons de fortune cambriolaient un énième convoi, mais cette fois-ci, la prise était beaucoup plus importante que d'habitude. Tellement importante qu'elle aurait pu mettre fin à leur vie de voleur, ou à leurs vies tout court. Avaient-ils dépouillé un roi ? Les jeunes hommes prirent peur devant l'ampleur de leur prise, mais ils ne pouvaient plus reculer.

Oris avait bien raison d'avoir peur, car il découvrit très rapidement que les hommes qu'ils venaient de cambrioler étaient les brigands de Nostra ; celui-là même responsable de la mort de son mentor. Pris de peur et de panique, il tentait désespérément de prévenir ses compagnons et fuir avec le butin. Mais il était arrivé trop tard pour les prévenir. Ils avaient tous été tués. En fait, massacrés aurait été plus juste. Oris n'avait pas d'autre choix que de fuir loin, très loin de ses prédateurs, il préféra abandonner le butin là où ils l'avaient caché et il fuit loin de Nostra et de ses hommes. Cependant, il s'était promis de revenir le récupérer un jour en espérant que lui-même ou le butin serait toujours là.

Après cette mésaventure, Oris était complètement désarçonné ; comment des criminels aussi cruels pouvaient-ils être libres de sévir à leur guise ? Combien de temps allaient-ils continuer de le martyriser de la sorte ? N'y avait-il rien ou personne pour les arrêter ? Ces brigands lui avaient tout pris, allaient-ils arrêter de le traquer avant d'avoir récupéré leur cargaison et avant de le voir mort ? Le butin qu'ils avaient volé devait appartenir à des hommes nantis que Nostra et ses hommes avaient dû également voler ou pire encore, peut-être avaient-ils été embauchés par ces individus en tant que mercenaires. De toute manière, c'était une pratique qui était monnaie courante dans la région.

Ce soir-là, Oris avait élu domicile dans un champ à l'abri du regard du propriétaire ; un vieil homme qui vivait seul et qui ne prendrait sans doute pas la peine de fouiller les recoins de ses terres immenses. Il s'endormit tout de suite ; il était en train d'avoir un de ces rêves étranges où il pouvait tout contrôler. Il se voyait vivre la vie qu'il avait toujours voulu avoir, il y faisait tout ce qu'il voulait et tout semblait parfait.

Tout d'un coup, une envie irrésistible le prit, s'il pouvait faire tout ce qu'il voulait pourquoi ne pas… Hum. Il pensa très fort à Nostra et ses hommes qui l'avaient tourmenté pendant aussi longtemps et soudainement comme expédié dans les airs, il s'éloignait de la terre, comme s'il sortait de son propre rêve. De là-haut, il avait une vue d'ensemble sur le monde qui l'entourait, comme s'il était dans l'espace. Des centaines de milliers de petites lueurs blanches de différentes intensités l'entouraient. Il entendait des bruits, des voix, des cris, des pleurs, des rires… C'était un festival de son spectaculaire, mais à la fois effrayant. Il garda son sang-froid, ferma les yeux et soudain entendit la voix de Nostra parmi tout le brouhaha qui l'entourait. Il l'aurait reconnu n'importe où. Il ouvrit ses yeux et se dirigea vers une des lueurs scintillantes d'où semblait provenir la voix de Nostra.

Oris, qui dormait pendant tout ce temps, venait de rentrer dans le rêve de son ennemi juré. Il savait clairement que
tout ceci n'était qu'un rêve, mais c'était l'occasion de soulager
un petit peu son esprit en tuant son ennemi, même si ce n'était
qu'en songe.

Oris ne savait pas s'il était dans un rêve ou plutôt
dans un cauchemar. Le rêve de Nostra était sombre, une immense forêt noire s'étendait à perte de vue, les feuilles des
arbres paraissaient encore plus noires que la nuit dans le
ciel. Il n'y avait aucune étoile, seuls quelques nuages menaçants se trouvaient là. Soudain, un hurlement puissant retentit au loin, le hurlement ressemblait sans aucun doute à celui
d'un loup. Au même moment, une lumière apparut dans le
ciel. Un des nuages laissa place à une pleine lune titanesque
comme Oris n'en avait jamais vu auparavant. La couleur de
la lune était rouge comme le sang. À la vue de la pleine lune
mêlée au hurlement du loup, Oris sentit son corps se raidir. Il
savait très bien qu'il était dans un rêve et que tout ceci n'était
pas réel. Mais il avait peur, peur pour sa vie.

Le hurlement du loup retentit encore, suivi cette fois-
ci d'un cri d'effroi qui ne pouvait venir que d'une personne ;
Oris se dirigea prudemment en direction des cris. Arrivé au
niveau des hurlements, la scène était surréaliste. Un individu
passa devant lui tellement vite qu'il ne put voir son visage.
Mais l'homme s'arrêta pour se cacher derrière un arbuste. À
ce moment-là, Oris reconnut Nostra complètement apeuré. Il
tremblait comme une feuille et semblait ne plus pouvoir se
tenir sur ses jambes. Que pouvait-il bien fuir ? Oris n'eut pas
besoin d'attendre longtemps la réponse. Comme sorti de l'enfer, un loup gargantuesque apparut devant lui. Cette vision
d'horreur paralysa Oris. Le loup se tenait sur ses pattes arrière
comme un homme, mais il était aussi grand que deux individus montés l'un sur l'autre ; ses poils gris semblaient aussi
pointus que ceux d'un hérisson, sa respiration saccadée était
accompagnée d'un grognement qui laissait échapper une fumée grisâtre comme s'il avait la gueule en feu. Le loup cher-
cha Nostra un moment puis continua à chercher plus loin. Il
ne pouvait qu'être dans un cauchemar.

Rien qu'en observant Nostra, Oris vit défiler sous ses yeux toute l'histoire de ce dernier comme s'il lisait un livre. Nostra faisait apparemment face à sa plus grande angoisse. Qui l'eût cru, un homme sans pitié tel que lui avait peur de quelque chose ? Nostra avait une peur panique de la pleine lune.

Selon les images qui défilaient sous les yeux d'Oris et qui semblaient raconter l'histoire de Nostra, ce dernier avait entendu des histoires d'horreur dans son enfance qui ont eu pour effet de le marquer à vie. Oris aperçut à travers son rêve toute son histoire, ça semblait si réel, il voyait défiler au complet la vie de Nostra, il voyait tout, mais n'y fit pas très attention. Car pour lui, tout ceci n'était qu'un rêve. Et puis pourquoi se fatiguerait-il à connaître son histoire ? Il était probable que ce soit une fausse histoire créée par son imagination. Oris ne pouvait savoir à quel point il avait tort, ce qu'il voyait était la véritable histoire de Nostra.

Il décida néanmoins de tirer avantage de cette peur qu'avait Nostra de la pleine lune. Oris se changea alors lui-même en loup-garou, la copie conforme de celui qu'il venait de voir. Il commença alors à martyriser Nostra de toutes les manières imaginables. Il le fit avec une telle délectation que si Nostra avait bien tendu l'oreille, il aurait pu entendre le loup pouffer machiavéliquement de rire. Pour la première fois de sa vie, Oris avait le dessus sur Nostra. C'était lui qui menait la danse et voir son ennemi tentant de lui échapper était tout simplement sensationnel.

Mais pour une raison qu'Oris ne pouvait comprendre, le loup original du rêve surgissait de nulle part et se mit à l'attaquer, comme si celui-ci voulait protéger Nostra, sa proie. Il s'ensuivit un combat titanesque entre les deux loups qui abattaient leurs immenses crocs ainsi que leurs énormes griffes tranchantes les uns sur les autres.

Nostra en profita pour s'enfuir.

Oris qui ne supportait pas l'idée de voir sa proie s'échapper sous ses yeux arracha du sol un arbre qu'il abattit violemment sur le loup-garou. Il profita de la confusion de celui-ci et se rua comme un damné en direction de Nostra.

Le loup-garou reprit très vite ses esprits et se lança en direction d'Oris qui ne le voyait pas venir tellement il était obnubilé par sa proie. Oris sauta sur Nostra et d'un coup de griffe le faucha, c'était glorieux. Mais au même moment, il vit le loup-garou qui lui bondissait maintenant dessus. À l'instant même où le loup allait lui asséner un coup fatal, il disparut soudainement sans aucune explication.

En fait, le monde dans lequel Oris se trouvait était en train de disparaître petit à petit. Il regarda le cadavre de Nostra affalé sur le sol, lança un sourire satisfait et ressortit du rêve qui disparaissait.

Le sentiment de satisfaction qu'il éprouvait était tellement énorme qu'il ne s'arrêta pas là, il entra dans le rêve de chacun des mercenaires de Nostra et les tua tous jusqu'au dernier. Il était tellement heureux qu'il dormait avec un sourire plus large que le croissant de lune qui trônait dans le ciel ce soir-là.

À son réveil, il était de si bonne humeur qu'il se disait qu'il tuerait Nostra tous les soirs d'une manière différente jusqu'au jour où il le tuerait vraiment.

Mais le soir suivant, à son grand désespoir, il ne bénéficia pas de cette chance. Il ne pouvait plus retrouver le rêve de Nostra. C'était très étrange, il pouvait imaginer Nostra et le faire apparaître devant lui, mais ce n'était pas la même chose. Ce Nostra-là, c'était comme s'il n'avait aucunement la volonté de celui qu'il avait déjà tué la nuit précédente. Il était juste le fruit de l'imagination d'Oris. Ce n'était pas comme aller dans le rêve de Nostra.

Nostra et tous ses hommes s'étaient complètement volatilisés, il ne restait plus aucune trace d'eux ou de leurs rêves.

Les rêves d'autres personnes étaient là, mais ces rêves-là n'intéressaient pas Oris ; où était Nostra ? Privé de sa consolation, Oris se réveilla insatisfait et dépouillé de son droit de vengeance.

Quelques jours plus tard, il entendit par hasard deux hommes discuter dans une taverne ; ils parlaient de la découverte des cadavres d'un groupe entier de mercenaires. Leurs corps étaient intacts, comme s'ils étaient tous morts dans leurs sommeils ; peut-être avaient-ils été empoisonnés ?

Le plus étrange était que les cadavres de ces mercenaires ne se trouvaient pas au même endroit, mais les ta-
touages distinctifs de leur groupe étaient visibles sur chacun
des cadavres. Ils faisaient donc tous partie du même groupe et
avaient tous été tués la même nuit étant donné que leurs corps
avaient été retrouvés le lendemain.

Les deux hommes de la taverne se réjouissaient de la
mort de ces mercenaires qui faisaient trembler toute la région.
Oris comprenait qu'il s'agissait de Nostra et de ses hommes.
Mais il devait en avoir le cœur net ; « Mort dans leur sommeil ? Non, c'est impossible ! » pensait Oris.

Plus tard, il eut la confirmation que Nostra et ses
hommes étaient bien morts durant leur sommeil de façon
inexpliquée et que leurs corps avaient été découverts le jour
précédant la nuit où il avait eu ce rêve dans lequel il s'en prenait à Nostra et à ses hommes. Était-ce un hasard ou l'envie
de voir ces hommes morts était tellement forte qu'ils étaient
tout simplement morts ? Il devait en avoir le cœur net, ça semblait impossible, mais il devait essayer.

Le même jour, Oris cibla un homme, le genre d'homme
qui ne manquerait à personne. Un soûlard qui n'avait d'autre but
que d'ennuyer quiconque avait le malheur de croiser sa route,
c'était un individu violent accusé par les locaux de meurtre.
C'était suffisant pour Oris. La nuit tombée, il épiait l'individu
patientant qu'il s'endorme, car pour s'introduire dans le rêve de
quelqu'un, cette personne devait être en train de dormir.

Bientôt, l'homme s'endormit. Oris s'endormit également pas très loin de lui. Le même scénario se produisit. En
pensant fort à l'homme, Oris se retrouvait encore une fois pro-
pulsé dans les airs avec une vue d'ensemble sur chaque personne qui dormait autour de lui et qui était représentée sous
une forme étoilée. Sa victime n'étant pas loin, il n'eut aucun
mal à retrouver son rêve. Oris ne perdit pas de temps et entra
immédiatement dans le rêve.

L'homme était en train d'avoir un songe paisible qui
n'avait rien à voir avec sa vraie vie, il rêvait qu'il était entouré
de femmes qui semblaient le trouver attirant, ce qui fut assez
étonnant pour Oris. Mais bon, dans un rêve tout est possible.

L'homme n'avait absolument rien à voir avec son apparence d'origine ; dans son rêve, il était en belle forme physique et avait une longue chevelure dorée et soyeuse qu'il n'arrêtait pas de balancer dans tous les sens comme pour les sentir s'écraser sur son visage. Dans la vraie vie, ses cheveux étaient inégalement répartis sur son crâne, de plus la crasse qui semblait avoir été là depuis plusieurs mois cachait la vraie couleur de sa chevelure.

Oris imagina une bonne centaine de scénarios qu'il pourrait utiliser pour ôter la vie à cet homme sans scrupule. Mais voulant en finir au plus vite et surtout pour se prouver qu'il avait raison, il choisit une méthode très simple. Oris pensa à une arbalète et comme pour profiter du fait qu'il était dans un rêve, l'arbalète était dorée. Soudain une arbalète recouverte d'une belle couleur dorée apparut dans ses mains, il s'avança en tenant l'homme en joue et était prêt à tirer. La distance entre les deux hommes se réduisait considérablement. Mais l'homme entouré de femmes était bien trop occupé pour faire attention au danger qui s'avançait vers lui. Au fond de lui-même, Oris priait pour que ça marche et que la mort de Nostra ne soit pas qu'une coïncidence ; son cœur battait à tout rompre.

Arrivé en face de l'homme, Oris lança un « HEY ! » déterminé dans sa direction. L'homme leva les yeux vers lui et semblait l'avoir vu. Avant même de pouvoir dire un mot, Oris tira une flèche de son arbalète qui alla se loger directement dans le cœur de l'homme. Le sang commençait à couler et l'homme s'effondra. Les femmes qui étaient autour de lui commençaient à disparaître sans même s'affoler de la vue du sang qui giclait de la poitrine de l'homme.

Comme avec Nostra, le monde autour d'Oris s'effondrait entièrement et commençait à disparaître.

Oris commençait à comprendre. Étant donné que l'homme était mort, son rêve n'avait plus de raison d'être et s'effondrait sur lui-même.

L'homme gisait sans vie sur le sol ; Oris avait accompli sa mission et devait maintenant s'en aller avant de se retrouver pris au piège dans le rêve qui s'écroulait comme un château de cartes.

D'un coup, il se réveilla en sursaut, c'était extraordinaire, l'avait-il vraiment fait ? Allait-il retrouver cet homme mort ? Un tel pouvoir était inimaginable ; comment peut-on tuer quelqu'un dans son rêve et le voir mort pour de vrai à son réveil ? Il se posait tout un tas de questions, mais malheureusement n'avait aucune réponse. Il se précipita vers l'homme qui était toujours affalé au sol, mais cette fois-ci sans vie. Oris venait d'avoir la confirmation qu'il cherchait ; il pouvait tuer rien qu'en rêvant. C'était ahurissant, était-ce un cadeau de Dieu ? Lui qui avait toujours voulu changer le monde se retrouvait avec un tel pouvoir. C'était trop beau pour être vrai, il pouvait maintenant changer les choses, avec tous ses ennemis morts, c'était pour lui le début d'une nouvelle existence. C'était le début d'une nouvelle chance.

Mais une question essentielle se posait à lui : était-il le seul à pouvoir faire une telle chose ? Était-il le seul doté d'une capacité aussi miraculeuse ?

2

L'ORDRE D'ORIS

Quinze années ont passées, on retrouve Orderic dans un tout autre contexte. Avec le butin volé à Nostra, Oris avait bâti un empire. Les richesses qu'il avait dérobées dans ses jeunes années avaient été multipliées, il était maintenant un commerçant très respecté et surtout très riche.

En effet, Orderic Oris Nusquam était devenu puissant dans le but de créer un ordre secret, l'ordre des Somniatores d'Oris. Pendant les 15 dernières années, il avait énormément voyagé. Il s'était lancé à la recherche de personnes développant les mêmes capacités que lui, des personnes hors du commun tout comme lui. Il en avait déjà trouvé un bon nombre qu'il avait sauvé du danger que pouvait représenter leur capacité tout en leur faisant réaliser la portée de leur habileté et le devoir qu'ils avaient envers le monde. Il avait tellement étudié et analysé cette capacité qu'il en excellait dans la maîtrise, il avait compris tout ce qu'il y avait à comprendre sur le sujet. Les avantages, mais aussi les inconvénients.

Ces années de recherche lui avaient même permis d'apprendre à éveiller cette capacité extraordinaire chez une autre personne. Il s'était rendu compte que n'importe quel être humain capable de rêver pouvait devenir un Somniatore, même si certains y arrivaient beaucoup plus facilement que d'autres.

Il y avait ceux qui développaient la capacité par eux-mêmes et ceux qui étaient éveillés à cette capacité par Oris.

Pour préserver le monde et son futur règne, Oris décida d'éveiller uniquement ceux en qui il avait foi, ceux qu'il jugeait capables et dignes d'endosser un tel pouvoir, d'épouser sa vision et d'accomplir la mission qu'il s'était lancée. C'est-à-dire purifier le monde de ses maux.

Ceux qui maîtrisaient ou connaissaient déjà leur capacité avant de le rencontrer devenaient ses lieutenants, il se donnait ensuite pour tâche en les rapprochant de lui de les mettre sur la bonne voie, la voie de la justice par tous les moyens. Les personnes qu'il choisissait devaient être capables de soumission absolue afin de ne jamais franchir la limite.

Pour ne pas perdre le contrôle, Oris s'interdisait de révéler comment faire apparaître cette capacité chez les autres. Il se dépeignait comme un Dieu afin de dissuader ses disciples de toutes formes de trahisons. Il se dépeignait comme un élu qui aurait été envoyé sur terre avec cette capacité afin de la dispenser à d'autres élus pour protéger le monde. Il n'eut pas beaucoup de mal à se faire croire surtout qu'il était le seul à savoir comment changer un homme en Somniatore, il instaurait en ses disciples un respect et une crainte totale envers lui.

En effet, comme premier contact, il s'introduisait dans leurs rêves et leur parlait, créant tout un scénario bien ficelé leur donnant l'illusion d'une apparition divine. Ils tombaient tous dans le panneau et lui juraient fidélité en ne lui offrant pas moins que leurs vies. Il considérait que ceux qui n'étaient pas capables de lui offrir leurs vies n'étaient pas dignes de servir sous ses ordres.

Oris ne choisissait que des personnes qui avaient souffert et qui connaissaient donc la valeur du bonheur et celle de l'homme ; les Somniatores devaient vouloir le bonheur et la paix, rien d'autre.

Ses disciples lui vouaient un culte et une adoration ahurissants et étaient prêts à mourir pour lui à n'importe quel moment s'il leur en donnait l'ordre.

Les Somniatores se considéraient comme des justiciers et selon eux, ils avaient été envoyés sur terre pour une mission, rétablir l'ordre et la justice. Leur but était de défendre les faibles et combattre l'inégalité. Oris avait entraîné ses Somniatores en suivant un code qu'il avait établi lui-même. Le code d'Oris.

Le code d'Oris était très simple, il avait trois principes fondamentaux et s'appliquaient à tout Somniatore ayant pris connaissance d'une façon ou d'une autre du code.

Premièrement, *Nul Somniatore ou non-Somniatore ne peut révéler l'existence ou l'activité d'un Somniatore à un non-Somniatore. Le secret le plus total doit être entretenu quant à l'existence des Somniatores.*

Deuxièmement, *Nul Somniatore ne doit révéler qu'il est un Somniatore ou montrer sa capacité à un non-Somniatore.*

Et enfin troisièmement, *Tout Somniatore voulant agir dans l'intérêt de l'ordre des Somniatores, donc du monde, devra porter une allégeance totale au grand maître en exercice de l'ordre des Somniatores.*

En suivant ce code, les Somniatores s'introduisaient dans les rêves des hommes puissants afin de forcer ces derniers à agir selon leur volonté. Chaque personne qui avait le malheur de recevoir les Somniatores en visite pendant son sommeil était d'abord méticuleusement étudiée, ses peurs les plus profondes étaient découvertes et utilisées contre elle. La chose était tellement bien ficelée que personne n'y résistait. Ces hommes étaient hantés par les Somniatores qui imaginaient et infligeaient toutes sortes de tortures mentales atroces jusqu'à ce que la victime finisse par craquer et fasse ce qui lui est imposé.

L'ordre avait pour principe de ne jamais tuer sans une bonne raison ou sans l'ordre explicite du grand maitre. Bien qu'ils en fussent capables, Oris interdisait formellement le meurtre sauf dans les cas extrêmes où la victime était reconnue par l'ordre de crime grave ou si elle n'accédait pas à leurs exigences les plus formelles. S'il était impossible de changer les mentalités dérangées de certaines personnes, l'ordre finissait par employer les grands moyens : en d'autres mots, l'éradication pure et simple.

Avec le temps, les Somniatores étaient redoutés de tous et faisaient la loi, leur loi. Ils étaient invisibles dans le monde réel et dominaient le monde des rêves. Leur pouvoir en était plus grand, car personne ne peut éviter le monde des rêves. Leur incidence sur le monde réel était alors considérable, nul ne pouvait y échapper. Les monarques et les hommes les plus puissants étaient dans la crainte constante de recevoir la visite d'un Somniatore, certains craignaient même le sommeil qui était devenu une activité très angoissante puisqu'il était très facile de ne pas se réveiller le lendemain.

La rumeur populaire était tellement forte que les parents faisaient référence aux Somniatores pour remettre leurs enfants dans le droit chemin, ils avaient pour habitude de dire :

- Si vous n'obéissez pas, les Somniatores viendront et ils vous emporteront dans votre sommeil.

La formule était très efficace et marchait également sur les adultes qui réfléchissaient beaucoup avant de faire quoi que ce soit ou devant toutes les choses qu'ils auraient pu faire par le passé. Car les Somniatores étaient sans pitié et ne pardonnaient pas.

Rien que pour des petites affaires sans grande importance, on faisait référence aux Somniatores pour effrayer son interlocuteur. Il n'était pas rare d'entendre sur le marché un commerçant se disputer avec un client qui tente de déprécier la marchandise de ce dernier en lançant des phrases comme :

- Un de ces soirs les Somniatores t'emporteront sale pingre.

Et l'autre de répondre :

- Ils t'auront en premier à être aussi grossier avec les gens.

Avant d'aller se coucher, certaines personnes faisaient appel à des mages ou à des sorciers qui avaient pour mission de créer un filtre ou une formule magique afin de les protéger des Somniatores. Jusqu'aux jours où un très célèbre mage connu dans la région pour protéger les rois fut emporté dans son sommeil. Les habitants pris de frayeur avaient conclu que les Somniatores n'avaient pas apprécié que l'on tente de s'opposer à eux. La mort de ce mage fit cesser toute tentative magique d'arrêter les Somniatores.

Un peu plus tard après une enquête, les Somniatores découvrirent que ce magicien était simplement mort dans son sommeil, de façon très naturelle, ils n'avaient absolument rien à voir avec sa mort. Car même si c'était un charlatan, ce n'était pas un criminel, ils n'avaient donc aucune raison de le tuer. Mais ils avouèrent eux-mêmes que cette mort leur avait fait bonne publicité et les avaient rendus encore plus célèbres et terrifiants, ce qui n'était pas une mauvaise chose.

Tout le monde craignait pour sa vie, car personne n'était à l'abri.

Les Somniatores avaient pour usage d'apparaître dans les rêves de leurs victimes vêtus d'une longue tenue blanche flottant dans le vent et recouvrant partiellement une tête ovale sans yeux, sans oreilles, sans nez et sans bouche. C'était tout simplement une tête sans visage. Il était primordial pour les Somniatores de ne pas être reconnus par leur victime et ça rajoutait un plus terrifiant qui soumettait quiconque recevait leur visite. Ils avaient d'ailleurs été surnommés par leurs victimes les fantômes blancs sans visages.

Les crimes et les atrocités de toutes formes avaient énormément diminué, même les animaux pouvaient profiter de cette paix, par exemple les chiens errants pouvaient errer en paix tout en se léchant le postérieur sans la crainte constante de recevoir une chaussure ou une pierre en pleine gueule. Les animaux n'étaient plus tués pour le plaisir, mais uniquement pour se nourrir.

La paix devenait une réalité, les monarques faisaient tout ce qui était en leur pouvoir pour être bon et juste, la méthode d'Oris fonctionnait. Il était en train de changer le monde.

Malheureusement, la mort étant une réalité même pour les Somniatores, Orderic Oris Nusquam rendit l'âme brusquement et de façon totalement mystérieuse dans ses vieilles années. Il n'avait pas encore eu le temps de se nommer un successeur digne de ce nom.

Trois noms étaient cependant sur sa liste de successeurs potentiels.

Le premier était son premier fils. Orderic avait six enfants dont quatre garçons et deux filles. Seuls deux de ses enfants avaient éveillé la capacité somniatore. En effet, devenir un Somniatore n'était pas permis à tout le monde, malgré ce que croyait Oris. Pour lui, certaines personnes étaient juste un peu plus difficiles à éveiller que les autres. Parmi ses deux enfants ayant éveillé la capacité somniatore, l'un était encore trop jeune, l'autre, son premier fils, était plus mûr, néanmoins trop jeune pour remplacer son père. Il n'avait que 16 ans, il se nommait Isallys Nusquam. Il considérait son père comme un véritable héros et était prêt à tout pour continuer la mission de celui-ci afin de le rendre fier et parce qu'il croyait énormément en son combat.

Le deuxième choix d'Oris était son premier disciple, Nero Grégor, un homme loyal et dévoué à la cause d'Oris. Nero était un homme intelligent et fidèle, il avait beaucoup aidé Oris à la création et au recrutement des membres de l'ordre d'Oris. Mais Nero n'avait pas une véritable âme de meneur bien qu'il ait été l'un des lieutenants de confiance d'Oris.

Son troisième choix était également un de ses disciples, un jeune homme qui avait vécu une enfance tout aussi tragique que lui. En effet, ce jeune homme avait comme Oris découvert sa capacité par lui-même. Mais en la découvrant, il tua accidentellement toute sa famille, ses parents, son frère et ses quatre sœurs. Il restera marqué par cet évènement pendant des années, considérant sa capacité comme une malédiction, jusqu'à sa rencontre avec Oris. Cet homme était un leader dans l'âme, d'une très grande intelligence, il était d'ailleurs l'un des plus grands contributeurs chez les Somniatores. Ses ressources financières étaient quasi illimitées, et les idées brillantes qu'il avait apportées à l'ordre avaient fait de lui un des membres les plus importants, bien que certaines de ses idées controversées fussent considérées comme extrêmes par Oris et par de nombreux membres de l'ordre. C'était la personne tout indiquée pour devenir le prochain grand maître.

Mais Oris avait des réticences quant à ses motivations, il n'avait pas totalement confiance en la résolution de celui qu'il considérait comme son meilleur lieutenant qu'il trouvait quelquefois manipulateur, instable et imprévisible.

Ses capacités de Somniatore étaient effrayantes et dépassaient de loin celles d'Oris. Jamais Oris n'avait vu un Somniatore aussi puissant et aussi singulier.

Oris catégorisait les Somniatores en quatre branches. Depuis qu'il a découvert sa capacité, il avait étudié les Somniatores en long, en large et en travers ; cela en se basant sur tous les Somniatores qu'il avait recensés, y compris lui-même. Chacun trouvait sa place dans une des catégories.

Il y avait les Somniatores de catégorie 1 ou gamma ; les Somniatores de catégorie 2 ou bêta ; les Somniatores de catégorie 3 ou oméga ; et enfin, les Somniatores de catégorie 4 ou alpha.

Oris lui-même appartenait à la catégorie alpha, la catégorie la plus puissante. Mais son disciple ne faisait partie d'aucune catégorie de Somniatores recensés, car il ne répondait pas aux critères de ces catégories. Oris fut alors obligé de créer une catégorie uniquement pour son disciple et jamais un autre Somniatore n'a été classé dans cette catégorie.

Oris avait peur de son disciple, car nul ne savait de quoi il était vraiment capable ni ce qu'il voulait vraiment. Il préférait donc le garder auprès de lui pour mieux le surveiller tout en essayant de faire de lui une meilleure personne, de le ranger du bon côté, de le pousser à vouloir utiliser sa capacité uniquement pour aider son prochain et non l'inverse. Car Oris savait que cet homme pouvait apporter de grandes choses à l'ordre, mais s'il était mal encadré, il pouvait également causer la perte de l'ordre et de ses valeurs, et pourquoi pas de l'humanité.

Ce disciple se nommait Ezekihel Layas, mais était plus connu sous le nom de Hel Layas.

Mort de façon obscure sans avoir pu choisir son remplaçant, Oris laissa derrière lui un ordre bouleversé, déchiré et désorganisé. Le chaos s'installait dû à la lutte de pouvoir à laquelle s'étaient engagés les potentiels successeurs d'Oris, car personne ne savait exactement qui ce dernier voulait pour le remplacer.

L'ordre se divisait, des groupes commençaient à se créer et l'ordre d'Oris commençait déjà à perdre de vue ses objectifs.

Un jour, Hel Layas évinça son plus sérieux adversaire au titre qui n'était autre qu'Isallys Nusquam, le fils d'Oris. Hel Layas s'imposa et prit le contrôle de l'ordre en laissant Isallys pour mort.

Très vite comme l'avait prédit Oris, Hel Layas était in-incontrôlable. Du moment qu'il prit la tête de l'ordre, il brisa le code d'Oris, affichant son pouvoir aux yeux du monde et se dévoilant à ses ennemis en tant que Somniatore, en tant que maître des fantômes sans visages, craint par tous et promettant une mort lente et douloureuse à quiconque oserait contester son autorité.

Il se gardait cependant de révéler l'identité des autres Somniatores et les gardait dans l'ombre, les jugeant trop faibles pour survivre à la colère et à la vengeance des hommes. Il décréta qu'en tant que grand maître, il était de son devoir d'être la liaison physique entre les Somniatores et les humains. Son identité mise à jour, les monarques tentèrent de se rebeller contre les Somniatores. Mais après une lutte acharnée contre Hel Layas, les rois et les seigneurs capitulèrent et s'agenouillèrent tous à nouveau devant sa puissante armée invisible de Somniatores. Son intellect et son sens stratégique affûté comme une lame eurent raison de l'armée qui avait été levée pour l'anéantir.

Il était alors connu en tant que le légendaire et intouchable grand maître des Somniatores, il n'était même plus considéré comme étant un humain.

Bien que Hel Layas ait été aussi extrême dans sa façon de faire les choses, son souhait le plus profond était un monde parfait dénué de la perversion des hommes ; son objectif se rapprochait de celui de son mentor, soit d'apporter la paix. Mais la paix avait selon lui un prix, un prix que chaque homme devait payer, la méthode de son maître ne marcherait pas à long terme. « Un jour, les hommes trouveront le moyen de se révolter en étant aussi conciliant avec eux », pensait-il. Pour empêcher cela, ils devaient craindre les Somniatores

plus que la mort elle-même. Ils devaient savoir que les Somniatores n'auraient aucune pitié et que personne ne pouvait
les résister. Ce qu'il recherchait était le contrôle total, l'homme
devait craindre pour respecter et se soumettre.

Il devait s'imposer non pas comme un simple homme,
mais quelque chose d'impossible à atteindre, quelque chose
de transcendant envoyée sur terre pour la guérir du mal qui
la ronge.

L'homme est selon lui l'espèce la plus dangereuse et
la plus meurtrière sur terre, la cruauté dont cette espèce pouvait faire preuve était l'un des facteurs qui avaient fait de Hel
Layas l'homme qu'il était ; il méprisait les hommes et ne faisait confiance à personne. Oris et sa capacité avaient finalement été les seules choses positives dans sa vie. Mais étant
lui-même un homme quoi que « Supérieur » selon ses propres
dires, il ne pouvait tout simplement pas se résoudre à faire
disparaître de la surface de la Terre cette espèce qu'il méprisait tant. Non, il devait la réarranger à sa manière ; pour lui, la
seule solution était de guérir le mal par le mal.

Une nouvelle ère venait de remplacer celle d'Oris.
Maintenant commençait l'ère de Hel Layas, l'ère du cauchemar. Sa tyrannie était en marche et était implacable.

3

LE CONSEIL DES MARCHANDS DE SABLE

Retour en 2020, les membres du conseil des marchands de sable arrivent au château du grand maître dans un cortège de luxueuses berlines blindées noires aux vitres teintées. Le cortège impressionnant arrive dans l'enceinte du château. Le dispositif de sécurité qui avait été mis en place était très discret, mais diablement efficace.

Pour attirer le moins possible l'attention, le nombre de gardes visible était très faible, mais la sécurité avait été tellement renforcée qu'un oiseau n'aurait pu survoler la zone sans être abattu sur-le-champ. La paranoïa était de mise, en effet, un oiseau aurait très bien pu transporter des explosifs ou un dispositif d'enregistrement contrôlé par les membres de l'ordre. Bref, même les détails les plus microscopiques étaient pris très au sérieux. En effet, les membres du conseil étant des personnes extrêmement influentes dans leurs secteurs respectifs.

À l'arrivée au château de Killian Karman, les convives sont accueillis par le maître d'hôtel Sébastien. Sébastien est au service de Killian Karman depuis déjà 27 ans, il est quasiment son bras droit et est également un Somniatore. C'est un homme d'allure moyenne et d'assez petite taille, il porte une très fine moustache et quelques rides commençaient à apparaître sur son visage. Sébastien arborait une posture très droite.

Killian Karman faisait très peu confiance aux sans-consciences et préférait s'entourer de Somniatores.

Sans-conscience était l'appellation utilisée par les Somniatores pour désigner les non-Somniatores. Ce nom avait été prononcé pour la première fois par Isallys Nusquam, le fils d'Orderic Oris Nusquam, pour faire la différence entre les deux.

Sébastien et son équipe spécialement préparés pour accueillir les invités de marque de Killian Karman sont aux aguets, tout devait être absolument parfait, la moindre erreur ou le moindre manquement à l'étiquette n'aurait pas été toléré.

La rencontre avait presque des airs de réception.

L'entrée du château était royale. Une entrée magistrale gardée par deux lions de pierre géants disposés aux deux extrémités de la grande porte d'entrée qui portait en lettres dorées les initiales K et K.

Killian Karman est un grand amateur d'art et la décoration du château en est un exemple parfait. Des tableaux de maîtres ornaient les murs du bâtiment et côtoyaient des sculptures de grande valeur. Ce genre de spectacle dans le château était monnaie courante. Certaines des sculptures étaient disposées de manière désordonnée comme s'il venait tout juste de les acquérir.

Le château avait gardé le clinquant des châteaux d'antan. Si on arrivait à oublier les caméras, les lampes et quelques câbles qui se baladaient sur les murs, on aurait pu très facilement croire qu'on était à l'époque du Moyen Âge.

Les convives entrent dans le bâtiment et sont dirigés vers la salle la plus sécurisée du château ; réunir la plus haute hiérarchie des marchands de sable est un risque non négligeable, un attentat contre eux leur porterait un coup fatal. La sécurité de ses membres était donc prise très au sérieux. Des agents camouflés étaient placés un peu partout autour du château et étaient armés jusqu'aux dents.

Des tireurs d'élite étaient disposés à des lieux stratégiques et des points de contrôle étaient également placés tout au long du château. Les gardes chargés de la sécurité sont également des Somniatores, ils font partie d'une police spéciale créée par les marchands de sable appelée les gardiens du monde des rêves. La menace était sérieuse et le grand conseil ne se serait jamais réuni si les membres n'avaient pas considéré la situation comme réellement préoccupante.

Installée dans la salle d'armes, la rencontre peut enfin commencer. Quatre des membres du conseil sont là, il ne manque plus que le grand maître pour commencer.

Killian Karman fait son entrée, suivi de quatre gardes du corps. Il était vêtu d'un costume en velours noir et s'avançait tout en s'appuyant sur sa canne qui l'aidait à supporter le poids des années. Une canne de toute beauté à la hauteur de sa stature et de sa passion pour l'art. Il se plaisait à dire qu'à sa mort, sa canne deviendrait très célèbre tel un tableau de maître prenant de la valeur avec le temps.

Killian Karman s'installe face aux autres membres du conseil qui se lèvent très respectueusement pour le saluer, mais en restant toutefois très stoïques et maîtres d'eux-mêmes, car chaque marchand de sable considérait réellement comme un honneur de rencontrer Killian Karman, même la plus haute hiérarchie était impressionnée par son charisme. C'est un homme sage à qui on connaissait beaucoup de qualités, mais également des défauts. Par exemple, certains le trouvaient beaucoup trop froid et calculateur. Néanmoins, son intelligence et sa fermeté ont fait de lui un homme admiré et respecté de tous.

Quelle que soit l'ampleur du problème, Killian Karman savait rester calme et confiant ; cette confiance était ressentie par les marchands de sable et leur permettaient d'avoir foi, quelle que soit la situation.

- Bienvenue en France, chers membres du conseil, et merci à tous de vous être réunis aussi vite. Comme vous devez vous en doutez, ce n'est jamais un réel plaisir pour qui que ce soit de nous voir tous réunis ici dans ma demeure. La dernière fois que c'est arrivé, nous avons hélas perdu beaucoup de nos membres dans cette lutte millénaire qui nous oppose aux membres de l'ordre. Nous sommes sur la bonne voie, mais n'avons toujours pas accompli notre mission. Par conséquent, nous ne devons pas nous reposer sur nos lauriers croyant avoir défait l'ordre, car aujourd'hui, la menace est plus grande que jamais. L'homme le plus dangereux que les marchands de sable n'aient jamais combattu tente de revenir. Dit-il de sa voix lourde.

La stupéfaction s'installe immédiatement dans la salle, les membres regardaient le grand maître d'un air incrédule se demandant ce qu'il pouvait bien vouloir dire par là. Qui pouvait être aussi dangereux au point de nécessiter une rencontre du grand conseil des marchands de sable ? Le grand maître les regardait tous d'un air calme, comme s'il savait que ce qu'il s'apprêtait à leur dire ferait l'effet d'une bombe, et ça n'allait pas manquer.

- Les membres de l'ordre d'Oris semblent avoir découvert le moyen de faire revenir Hel Layas du monde blanc ! répliqua-t-il sur un ton encore plus grave.

La salle resta silencieuse pendant un moment, les membres du conseil n'en croyaient pas leurs oreilles et se lançaient des regards médusés. Est-ce que le grand maître se rendait compte de ce qu'il venait de dire ?

- C'est impossible, vous ne croyez tout de même pas à ces histoires à dormir debout, intervenait Bénédicte Brunner.

Bénédicte Brunner est une femme d'âge mûr d'origine autrichienne. Puissante personnalité publique et médiatique, elle possède plusieurs grosses chaînes dans le domaine des médias. Sa mission première en tant que membre du conseil est de s'assurer que les Somniatores ne soient pas médiatisés et restent secrets aux yeux du monde.

- Il a disparu il y a des centaines d'années, nul ne peut revenir d'un rêve qui s'est effondré, pas même lui, ça n'a pas de sens. Vous rendez-vous compte de ce que vous nous dites-là ? continua-t-elle.

- Nul besoin de remettre ma parole en doute, Bénédicte. Vous savez très bien que mes prémonitions sont toujours exactes, s'exclama Karman. Mais ce n'est pas fini…

- L'ordre tente juste un tour de force désespéré pour nous déstabiliser parce que nous sommes en train de gagner la guerre. Hel Layas ne peut pas revenir, c'est tout à fait absurde, je rejoins l'avis de Brunner, coupa Kenneth Moore.

Kenneth Moore est un homme d'affaires américain spécialisé dans l'informatique, il est à la tête d'une société informatique et de technologie en armement extrêmement puissante et innovatrice. Il a développé de nouvelles technologies révolutionnaires, et est devenu il y a quelque temps un des fournisseurs principaux de l'armée américaine. Les satellites que sa compagnie a envoyés dans l'espace pour le compte des marchands de sable ne sont qu'un des exemples pour lesquels il est un membre indispensable.

- Je sais que cela peut vous paraître impossible, et même ridicule, reprit Karman. Mais un Somniatore est-il vraiment tenu à l'impossible ? Je vous rappelle que nous pouvons tuer des gens dans leurs rêves. Je l'ai vue et je l'ai entendu, d'une façon ou d'une autre, Hel Layas va réussir à trouver le moyen de sortir du monde blanc. Car oui, son corps est mort, mais sa conscience est restée emprisonnée dans ce monde blanc, donc il n'est pas prématuré de supposer qu'il est toujours en vie.

- Vous ne pensez tout de même pas qu'il est en vie et qu'il peut revenir ? Enfin, on parle de Hel Layas. Si tout ce qu'on dit sur ses capacités n'était qu'à moitié vrai, alors la situation est vraiment sérieuse, riposta Kenneth.

- Les membres de l'ordre d'Oris s'étaient lancés dans ce projet insensé il y a des siècles, continua le grand maître. Depuis sa disparition, ils n'ont jamais cessé, mais ils avaient toujours échoué. Ont-ils trouvé quelque chose que nous ignorons ? Je ne saurais vous le dire pour l'instant. La dernière confrontation déclenchée par Hel Layas a failli entraîner l'irréparable, le monde tel que nous le connaissons aujourd'hui n'aurait pas été le même s'il avait réussi.

En effet, l'ordre d'Oris avait été confronté aux marchands de sable dans un évènement que ces derniers ont baptisé la guerre invisible. L'ordre d'Oris avait été mis en débandade par les marchands de sable qui au dernier moment avaient mis fin à une guerre qui aurait pu plonger le monde entier dans un état de sommeil sans fin.

Imaginez le monde entier complètement endormi vivant le même rêve, tel était le plan de Hel Layas. Son but était de créer dans le monde blanc un rêve universel grâce à un objet mystique qui avait pour fonction de réveiller tous les êtres vivants dans le rêve de celui qui possède l'objet en question et ainsi créer un monde façonné par le porteur de l'objet. Un monde immortel qui continuerait son expansion même après la mort des dormeurs.

Dormeur était une autre appellation somniatore pour designer tout être vivant endormi et victime d'une infiltration somniatore.

Toujours est-il que la prémonition de Killian Karman était en marche. Les marchands de sable ont toujours craint le retour de Hel Layas, un Somniatore tellement puissant que la communauté entière des Somniatores tremblait rien qu'en imaginant le rencontrer un jour.

Étant donné qu'il n'était pas considéré comme mort, de nombreux Somniatores craignaient encore de le voir apparaître dans leurs rêves, car nul ne connaissait les limites de sa capacité.

Il était reconnu comme étant le Somniatore le plus puissant et dangereux qui n'ait jamais existé, il était le disciple d'Orderic Oris Nusquam, le premier Somniatore et le plus savant des Somniatores. Fils d'un puissant seigneur, il était doté d'une intelligence surhumaine et une catégorie avait été créée uniquement pour lui. La catégorie sigma-Somniatore.

Il est le seul Somniatore à faire partie de cette catégorie. Sa capacité faisait de lui le seul Somniatore capable de tuer un autre Somniatore où qu'il soit, même dans un rêve. En effet, une des caractéristiques principales des Somniatores est qu'il est impossible pour un Somniatore aussi puissant soit-il de tuer un autre Somniatore à partir du monde des rêves. Ils peuvent uniquement tuer les non-Somniatores ou sans-consciences à partir du monde des rêves. Pas étonnant qu'il soit aussi craint par les autres Somniatores et que même Oris en avait peur.

Depuis la mort de ses parents, il était devenu un tout autre homme. Il était manipulateur, mystérieux et totalement imprévisible. C'était un véritable génie capable de prouesses intellectuelles de très haut niveau. Côté physique, il étonnait également par ses capacités hors normes.

Combattant expérimenté, athlète de haut niveau, il maîtrisait plusieurs types d'art du combat, avait des sens affûtés, réfléchissait à une vitesse folle et surtout, c'était un stratège exceptionnel. En gros, un véritable génie devenu complètement fou de pouvoir.

- Si je vous ai réunis aujourd'hui, continua le grand maître, c'est parce que l'heure est grave. Hel Layas était un homme déterminé, si les membres de l'ordre arrivaient à le ramener, il n'y aurait plus de limites à ce qu'ils pourraient accomplir. Sa vengeance serait terrible envers les marchands de sable responsables de son exil dans le monde blanc. Je vais vous présenter la prophétie telle que l'oracle de mon rêve me l'a présentée : *Les membres les plus puissants de l'ordre d'Oris ont tous disparu, mais ils sont toujours là quelque part, attendant, tapis dans l'ombre, et quand ils apprendront son retour, ils se reformeront afin d'accueillir leur légendaire grand maître ; ensemble, ils regarderont le monde se prosterner à leurs pieds, ensemble, ils détruiront les marchands de sable, la résistance des hommes à leur emprise sera vaine, beaucoup disparaîtront, seuls survivront les élus. Vaincus une fois cette fois-ci, ils n'ont rien à perdre...* Le grand maître marqua une légère pause.

- Alors l'oracle a parlé ; que proposez-vous de faire grand maître ? demanda Samuel Linh, un ancien membre de l'armée chinoise à la tête du premier service de renseignement privé à l'échelle internationale indépendant de tout pays et créé par les Somniatores. Il n'y a pas un moment à perdre, nous devons régler ce problème au plus vite, cette information ne doit pas se propager. Savez-vous l'effet qu'aurait une annonce pareille ? Ça pourrait être extrêmement dangereux, continua Linh.

- Je le sais très bien, rétorqua le grand maître. Mais je dois d'abord vous informer que l'oracle a ajouté autre chose.

- Quoi donc ? demanda Brunner.

- Un Somniatore pourrait changer la donne, un jeune alpha en devenir doté d'une capacité très spéciale dépassant largement la mienne, et il est là, quelque part, toujours inconscient de notre présence. Je ne peux qu'interpréter les paroles de l'oracle bien sûr, bien que je pense savoir… non… je suis sûr de savoir de qui il s'agit. Voici en intégralité ce qu'a dit l'oracle : *Les membres les plus puissants de l'ordre d'Oris ont tous disparu, mais ils sont toujours là, quelque part, tapis dans l'ombre, et quand ils apprendront son retour, ils se reformeront afin d'accueillir leur légendaire grand maître ; ensemble, ils regarderont le monde se prosterner à leurs pieds, ensemble ils détruiront les marchands de sable, la résistance des hommes à leur emprise sera vaine, beaucoup disparaîtront, seuls survivront les élus. Vaincus une fois cette fois-ci, ils n'ont rien à perdre. Cependant l'avenir et le passé sont dans le rêve d'un orphelin. Le passé, il peut voir, changer le futur est entre ses mains, l'avenir, il te dira mieux que tu ne puisses le faire toi-même. Aux mains d'un camp ou l'autre, il sauvera ou détruira, tout dépendra de la direction qu'il prendra.* Telles sont les paroles complètes de l'oracle. Il a fait référence à un Somniatore qui voit l'avenir et le passé à travers ses rêves.

- Vous croyez qu'il faisait référence au fils de Tachell et de Talia ? demanda Brunner.

- Oui ! riposta Karman, cela me semble être la meilleure des suppositions. Mais comme l'a dit l'oracle, rien ne garantit qu'il nous aidera à gagner ou même qu'il sera de notre côté. Mais il doit avoir une importance capitale dans cette guerre, et dans le retour ou non de Hel Layas, c'est pourquoi nous devons le retrouver en premier lieu et le joindre à notre cause avant même que l'ordre en entende parler.

- Pardon ? hurla Brunner.

- Nous aider ? questionna Kenneth, mais le fils des Akeylla est mort !

- Je crois grand maître que l'heure est venue de révéler la vérité, vous ne croyez pas ? demanda Lihn.

- Vous avez raison Lihn, répondit Karman, je ne comptais pas garder la vérité plus longtemps de toute façon.

- De quoi parlez-vous ? demanda Brunner sur un ton plus sévère.

- Le fils des Akeylla est vivant et est bien portant, ajouta Karman.

- Quoi ? s'enflamma Brunner. Le garçon est vivant ?

- Vous m'avez bien entendu, répondit calmement Karman.

- Comment avez-vous pu cacher une telle information aux membres du conseil ? C'est impossible, le garçon a été tué.

- Non, il ne l'a pas été, du moins nous avons fait croire qu'il l'a été, intervenait Lihn.

- Vous le saviez Lihn ? Combien de personnes étaient au courant ? continuait-elle de s'emporter.

- Veillez-vous calmer Bénédicte, soupira Karman, nous n'avions pas d'autre choix, vous avez toujours voulu la mort de ce garçon. Nous devions le protéger de vous tout simplement. Voilà pourquoi je vous ai menti, acheva-t-il.

- Je voulais la mort du garçon oui, et vous savez très bien pourquoi. Son pouvoir est bien trop dangereux pour nous et vous le savez parfaitement, fulminait encore, madame Brunner.

- Je le sais en effet, mais le garçon devait rester en vie. J'ai essayé de vous en convaincre, mais vous étiez intraitable sur la question.

- Bien sûr que je l'étais, avec son pouvoir ce garçon pourrait découvrir des choses qui mettraient les marchands de sable en péril et vous le savez mieux que moi.

- Peut-être, reprit Karman, mais nous ne pouvions pas laisser un tel pouvoir mourir. Imaginez ce qu'on pourrait en tirer si on l'utilise à notre avantage. De plus, l'oracle vient de me prouver que j'ai eu raison de le laisser en vie.

- Oui, mais l'oracle a aussi dit qu'il pourrait détruire, ce qui rejoint mon point de départ.

- Je ne suis pas sûr de comprendre ce qui se passe ici, interrompit Kenneth.

- C'est vrai que vous n'étiez pas encore l'un des nôtres mon cher Kenneth, rétorqua Karman. Mais je vous promets de répondre à vos questions un peu plus tard.

- Alors, Lihn et vous avez gardé ce secret pendant tout ce temps ? ajouta Brunner de plus en plus furieuse.

- Comme vous devez vous en douter, les compétences de Lihn ne m'auraient pas permis de lui cacher cette information bien longtemps. De plus, j'ai eu recours à son aide pour brouiller les pistes sur la position du garçon. Moi-même, je ne sais pas où il se trouve en ce moment, ajouta le grand maître avec un léger sourire.

- C'est inadmissible que vous…

- SILENCE BÉNÉDICTE ! rugissait le grand maître qui d'un bond, s'était retrouvé sur ses pieds le regard livide. À force de vouloir protéger vos secrets, vous placez vos intérêts avant ceux des marchands de sable. Ce qui est inadmissible, ce sont vos actes égoïstes, j'ai dit que ce garçon restera en vie et tant que je n'ai pas décidé autrement il continuera à respirer.

Face à l'intervention musclée du grand maître, la salle resta silencieuse, madame Brunner se rassit immédiatement.

- Nous avons besoin du garçon pour le moment. Sa capacité va être un atout non négligeable si nous voulons gagner cette guerre une bonne fois pour toutes, je l'ai toujours su et selon l'oracle, il pourrait empêcher le retour de Hel Layas. Mais vous avez raison, le garçon est un danger pour nous tous, vous en disposerez alors dès que tout ceci sera terminé. Mais pour le moment, il reste en vie, ajouta fermement le grand maître.

- Vous avez dit que vous ne savez pas vous-même ou il se trouve ? demanda Kenneth.

- Tout à fait, il peut être n'importe où et c'était le but, intervint Linh.

- Vous savez où il est Linh ? demanda Brunner sur un ton toujours plein de fureur, mais plus calmement.

- Oui je le sais, et même quelques gardiens connaissent sa position, sans le savoir bien sûr. Ils ont garanti sans le savoir sa sécurité depuis la mort de ses parents.

- Je vois ! intervint Kogan Munroe. Alors ce garçon et cette femme que vous avez placés sous notre protection pendant tout ce temps, c'était lui ?

- Oui, mon cher Kogan, lui et sa grand-mère, ajouta Karman.

Kogan Munroe, membre du conseil d'origine africaine, est le dirigeant de l'une des plus puissantes sociétés de sécurité privées au monde, le service de sécurité sentinelle. Sa société privée sert également de couverture à une unité plus puissante encore appelée les gardiens, dont il est le commandant en chef. La mission des gardiens est de protéger le monde des rêves contre les Somniatores malveillants, ils protègent également les rêves des sans-consciences les plus puissants et influents de la planète contre les membres de l'ordre, pour les éviter d'être manipulés.

- Vous avez l'air d'avoir vraiment confiance en cet enfant pour l'avoir placé tout ce temps sous la protection des marchands de sable et dans le plus grand secret, grand maître. Que savez-vous que l'on ne sait pas encore ? demanda encore Bénédicte Brunner.

Moment de silence de la part du grand maître avant de reprendre.

- Avant, vous devez d'abord savoir qu'un autre membre du conseil sait où il se trouve, un homme que vous connaissez tous très bien, puisqu'il s'agit d'Idy Oart.

- Oart, ce n'est pas vraiment étonnant, rétorqua Bénédicte Brunner.

- Oui, effectivement, répondit Karman. Oart était le meilleur ami de Tachell Akeylla. Avant qu'Oart n'aide Tachell et Talia à disparaître, il leur avait promis qu'il prendrait soin de leur garçon si quelque chose venait à leur arriver. Tachell et Talia Akeylla lui ont également fait promettre qu'il éloignerait leur fils des Somniatores pour sa protection. Du moins jusqu'à ce qu'Oart estime que le temps est venu pour le jeune Akeylla de mettre sa capacité à contribution.

- Je vois, Oart est l'une des raisons pour lesquelles vous n'avez pas voulu tuer le garçon, vous avez toujours été trop conciliant en son égard, ajouta sèchement madame Brunner.

- Vous avez raison, répondit Karman. Oart est effectivement l'une des raisons de ma décision. J'ai confiance en son jugement et il a réussi à me convaincre de garder le garçon en vie. Tachell Akeylla a toujours défendu la cause des marchands de sable et cela depuis très longtemps. Le pouvoir de son fils a beau être dangereux, je sais qu'il nous sera très utile.

- Comment être sûr que c'est de lui que parle la prémonition ? L'oracle pourrait être en train de parler de

quelqu'un d'autre. Pourquoi pensez-vous immédiatement
à ce jeune garçon qui n'est encore qu'un enfant ? demanda
Kenneth.

- Même si vous avez eu vent de l'histoire des Akeylla,
vous n'étiez pas encore des nôtres à leur mort mon cher Kenneth. J'ai des raisons de croire que le jeune Akeylla pourrait
être l'orphelin dont parle l'oracle tout simplement parce que
l'oracle de mon rêve nous avait annoncé sa naissance il y a
19 ans de cela sans aucune raison. J'ai essayé de comprendre
pourquoi l'oracle m'avait annoncé la naissance du garçon.
Aujourd'hui je comprends mieux, répondit Karman.

- Oui, mais quand même, la prémonition de l'oracle est
vague, rétorqua Kenneth.

- L'oracle n'a jamais été clair. Tout ce que nous pouvons
faire, c'est interpréter ses paroles et en tirer ce que nous
pensons être juste ; jusqu'à aujourd'hui, nous nous sommes
rarement trompés.

- Alors la raison pour laquelle Oart n'est pas venu à la
rencontre du conseil des marchands de sable est parce qu'il
est déjà allé à la rencontre du jeune Akeylla ? demanda Kogan
Munroe.

- Pourquoi ne lui demanderiez-vous pas vous-même ?
ajouta le grand maître en indiquant la direction de Sébastien,
le majordome qui tenait entre ses mains une tablette.

- Je vois, Oart était avec nous depuis le début, s'exclama
Brunner avec mépris.

- C'est également un grand plaisir pour moi de vous
entendre, Brunner, répondit avec flegme une voix venant de
l'appareil.

- Oart, avez-vous la moindre objection à faire à tout ce
qui a été dit ici jusqu'à présent ? demanda Karman.

- Pas d'objection, répondis-je.

- Bien entendu, ce que le grand maître n'a pas souligné
est le fait qu'après tout ça, je disposerai du garçon. Ça ne vous
pose pas de problème Oart ? provoqua madame Brunner.

Après un court moment de silence, je finis par répondre
la gorge serrée :

- Pas d'objection.

- Bien, reprit le grand maître, l'essentiel est dit. J'attends de vous tous une coopération totale afin de protéger le jeune Akeylla et en toute discrétion. À partir de cet instant, l'issue de cette guerre est incertaine. Hel Layas est dangereux et si l'ordre pense vraiment pouvoir le ramener, ses membres seront encore plus dangereux. Vous avez tous d'énormes ressources, utilisez-les à bon escient pour débusquer les membres de l'ordre disparus et mettons Noah Akeylla hors d'atteinte de l'ordre. Inutile de vous dire à quel point nous n'avons pas besoin qu'ils mettent la main sur lui.

Le grand maître avait raison sur un point. Hel Layas était très dangereux, sa dernière attaque menée contre les marchands de sable il y a plus de mille ans a failli nous détruire, laissant nos prédécesseurs complètement désarmés sans aucun espoir de victoire. Son plan était minutieusement préparé, il avait mille coups d'avance à chaque fois sur les marchands de sable, il était insaisissable et imprévisible. Un véritable stratège pourvu de compétences peu communes. L'ordre était tout simplement invincible grâce à lui.

L'ordre d'Oris veut ramener son ancien grand maître Hel Layas à la vie. Depuis les évènements qui ont entraîné la guerre entre les Somniatores de l'ordre d'Oris et les marchands de sable, Hel Layas s'était retrouvé piégé dans le monde blanc ; un monde de néant sans commencement, sans fin, un monde où tout est blanc, vide, ou rien n'existe. Un monde où l'on n'a pas besoin de se nourrir ou de dormir et surtout, on ne pouvait pas y mourir.

Personne n'avait encore réussi à s'échapper du monde blanc. Alors pourquoi, 1 500 ans plus tard, l'ordre s'était-il lancé un tel défi ? La question ne devait plus se poser, ils avaient apparemment trouvé le moyen de ramener Hel Layas.

Pendant ces 1 500 ans, l'ordre et les marchands de sable se sont affrontés dans une guerre sans fin faisant des millions de victimes au cours de l'histoire. Mais l'ordre d'Oris s'affaiblissait et allait inévitablement vers son extinction. Bien que cela puisse être une raison, ce n'était pas la raison première pour laquelle ils voulaient le retour de leur légendaire grand maître. Non, ils ont toujours voulu son retour depuis le jour de sa disparition. C'était peut-être une tentative désespérée de leur part, mais il fallait prendre la menace au sérieux.

Une chose était sûre, si Hel Layas revenait, tout allait changer, tout serait chamboulé.

Mais il restait néanmoins la prophétie de Killian Karman. Le garçon était la clé, celle qui permettrait d'arrêter complètement l'ordre. Et si ce que l'oracle a dit s'avérait juste, sa capacité pourrait aussi conduire à la destruction des marchands de sable et de tout ce qu'ils représentent. Ainsi, laisser le champ libre aux membres de l'ordre.

Mais un point sur lequel j'étais opposé était de tuer le garçon. Pour le conseil, sa capacité était beaucoup trop dangereuse, mais je pense que l'on pourrait tirer de nombreux avantages de cette capacité. De plus, j'ai fait une promesse que je me dois de tenir. Ce garçon représentait beaucoup de choses pour moi, pour les marchands de sable, et même pour les membres de l'ordre d'Oris. Mais le plus important pour le moment est que je le retrouve et que je le mette en sécurité le plus vite possible avant que les membres de l'ordre d'Oris apprennent que Noah Akeylla est revenu d'entre les morts. Ça ne va pas être vraiment difficile, car je sais exactement où il se trouve.

4

UN MONDE DE RÊVES

Toronto Ontario, une des plus grandes villes du Canada et 5e grande ville d'Amérique du Nord. Une ville extraordinaire et animée. Il était rare de retrouver autant de diversité culturelle dans un seul et même endroit, c'était comme si les populations du monde entier s'y étaient donné rendez-vous pour ensuite partager leurs richesses. On y côtoie toutes sortes de nationalités, des langues de tous les continents s'entremêlaient pour créer une belle symphonie. Une ville grandiose en somme.

Chacun y possède son histoire, riche et diverse très souvent complexe. Chacune de ces personnes rêve. Des rêves de grandeurs pour la plupart démesurés. Chacune de ces personnes avait une vision bien particulière du monde : certaines l'aimaient et d'autres le détestaient.

Parmi ces milliers de songes, se mélangeaient des rêves hauts en couleur et chargés d'émotion, bien que certains individus avaient des rêves très... comment dire... surprenants, pour ne pas dire bizarres.

Bienvenue dans ma tête, ou devrais-je dire, dans mon rêve. Je m'appelle Noah Akeylla, j'ai 16 ans et s'il y a deux choses qu'il faut retenir à mon sujet, c'est tout d'abord, ma mémoire eidétique. Bien qu'elle ne m'ait pas vraiment value l'admiration de tous, j'étais réellement fier de figurer parmi les rares personnes sur terre dotées d'une telle mémoire. Je suis capable de lire à une vitesse étonnante et retenir immédiatement.

C'est vraiment cool d'avoir une mémoire pareille. Mais ce n'est pas toujours rose, car quand on a une mémoire eidétique, on n'oublie absolument rien, surtout ce qu'on aimerait oublier. Même quand j'avais l'impression d'avoir oublié quelque chose, ça finissait par me revenir et dans les moindres détails.

La deuxième chose à mon sujet est très étrange, insolite même. Le genre de chose dont on ne veut pas parler de crainte de passer pour un fou. Je fais des rêves pour le plus étrange, je suis très souvent la tête dans les nuages à toujours m'imaginer des scénarios de vie parfaits que je peux réaliser, sauf que je ne les réalise que dans mes rêves. Hé oui, comme tous les habitants de ma ville, j'ai des rêves pleins la tête ou la tête pleine de rêves, ça dépend de comment on voit les choses. Mais est-ce que les habitants de ma ville rêvent comme je le fais ? J'en doute fortement.

J'ai la tête remplie non seulement de mes propres songes, mais également des rêves et des cauchemars de personnes qui me sont totalement inconnues. C'est très déroutant.

En ce qui concerne mes rêves, je suis capable de les contrôler à la perfection. Je contrôle tout, je peux créer tout ce qui me passe par la tête et faire tout ce que j'ai toujours voulu réaliser. Mon rêve est comme un monde où je suis le maître absolu. Au début, je pensais que je faisais juste des rêves lucides. Mais avec le temps, je me suis rendu compte que c'était plus que ça, beaucoup plus que ça.

Contrôler son rêve est une chose, contrôler le rêve d'autrui, c'est une toute autre histoire. En effet, je suis capable de m'introduire dans un rêve qui n'est pas le mien, je suis capable de m'introduire dans le rêve de n'importe qui à partir du moment où cette personne est en train de dormir et de rêver. J'arrive à voir toutes les personnes qui dorment et rêvent autour de moi et ainsi entrer dans leurs rêves, c'est aussi simple que ça.

Comme si je lisais un livre ou plutôt que je regardais un film, je vois tout ce que leurs rêves me permettent d'apprendre à leur sujet. Ça va de leurs frayeurs les plus profondes à leurs meilleurs moments de bonheur. Souvent même leurs plus grands secrets. J'ai également eu le malheur de me retrouver dans des songes tellement déplaisants que je ne risque pas d'y retourner de sitôt, et cela, pour ma propre santé mentale. Certains de ces rêves étaient vraiment dérangeants et particuliers, peut-être un peu trop privés. Mais à part ça, c'est incontestablement cool de pouvoir faire ce que je suis capable de faire.

Mes rêves sont comme une gigantesque toile vierge sur laquelle je peux peindre tout ce qui me passe par la tête, comme si c'était une deuxième chance d'y voir mes ambitions et mes aspirations les plus folles s'y réaliser. Des rêves, j'en ai réalisé énormément jusque-là grâce à ma capacité, hé oui, tout ce dont je suis incapable dans la vraie vie, j'en suis capable ici.

La plupart du temps, je me rêve en un très jeune milliardaire au succès comparable à celui des plus grandes célébrités d'aujourd'hui. Il m'arrive également de me retrouver dans la peau d'un chanteur, acteur ou producteur de génie, souvent tout cela en même temps. Dans certains rêves plus colorés, je suis un astronaute du futur qui visite des milliers de planètes hostiles à la recherche de la vie et j'en ai découverts pas mal jusqu'à présent.

Ou encore des rêves dans lesquels je suis un scientifique philanthrope ayant mis fin à des maladies tels le cancer ou l'Alzheimer. D'ailleurs, j'ai reçu deux prix Nobel dans le rêve du jeudi dernier, un prix Nobel en science pour la découverte d'un antivirus universel capable d'éradiquer toutes sortes de maladies existantes ; et le prix Nobel de la paix pour la résolution de crises géopolitiques insolubles à travers le monde, sans oublier que j'ai éradiqué la faim dans le monde il y a un mois de cela. Mon monde n'est-il pas parfait ?

Je fais ces rêves étonnamment réalistes et complètement contrôlés depuis que je suis plus jeune, je ne sais pas exactement quand ça a commencé, est-ce que je suis né avec ? Je n'en ai pas la moindre idée.

Plus je grandissais, plus mes rêves devenaient censés. Plus jeune, dans mes rêves j'étais habituellement un superhéros disposant de puissants pouvoirs tous aussi impossibles et improbables les uns que les autres, sans oublier la meilleure des aptitudes, celle de pouvoir voler.

L'un de mes passe-temps favoris était de me changer en monstre géant pour me venger de certains camarades de classe un peu trop agaçants que je me plaisais à effrayer, transformant leurs rêves en véritable cauchemar. OK, je sais que ce n'est qu'un rêve, mais qu'est-ce que ça fait du bien.

Au-dessus de tout ça, mon rêve préféré est mon monde. Un rêve bien à part que je prends plaisir à continuer tous les soirs, un rêve où je bâtis un monde qui n'est que le mien, un monde parfait, et cela, de manière continue. Chaque fois que je m'endors, je suis capable de retrouver ce rêve et de le continuer, c'est ma deuxième vie. Ce rêve est devenu tellement important pour moi qu'il est devenu mon monde parfait. En d'autres mots, ce monde représente la vie que j'aurais voulu vivre ; tout ce que je n'ai pas eu, tout ce que je n'ai pas connu et plus encore.

Ce monde parfait que j'ai entièrement construit grâce à mon imagination inclut une présence qui me manque énormément, celle de mon père et de ma mère. Mes parents sont morts tous les deux dans un accident de voiture quand j'étais beaucoup plus jeune. Il m'arrive d'avoir des réminiscences de ce moment qui a changé ma vie à jamais, puisque j'étais avec eux quand l'accident est arrivé. Mais j'ai réussi à m'en sortir, je ne sais toujours pas comment. Selon les docteurs de l'époque, c'était un véritable miracle que je m'en sois sorti vivant.

Les quelques souvenirs et les rares photographies que j'ai de mes parents me permettent de me souvenir d'eux. L'une des choses agréables avec ma capacité était que je pouvais les revoir tous les soirs dans mon monde parfait, bien vivants, heureux et en pleine forme. C'est irréel, mais ça me donne un certain baume dans le cœur, ils sont là comme s'ils n'étaient jamais partis. D'un autre côté, il est encore plus douloureux de se dire que c'est l'un de ces rêves qui ne se réalisera jamais, peu importe mes efforts. Mais le fait de pouvoir les revoir tous les soirs comme s'ils étaient vivants est vraiment agréable, j'en ai grand besoin.

Mais ma capacité ne s'arrête pas là, je faisais plusieurs types de rêve. Il m'arrive souvent d'avoir des rêves de type prémonitoires d'une exactitude effrayante. Par exemple, un jour, j'ai rêvé que mon professeur allait nous faire passer un examen surprise et c'est exactement ce qui s'est passé le lendemain ; dommage que je n'aie pas rêvé des questions, ou que je n'aie pas suffisamment cru en mon rêve pour réviser. Mais jusque-là, c'était beaucoup trop banal pour que j'y prête attention, jusqu'au jour où j'ai rêvé que le chat de madame Johnson notre voisine était mort écrasé par le camion du facteur. Deux jours plus tard, c'est exactement ce qui se passa, le camion était exactement comme dans mon rêve. Un camion blanc avec comme signe distinctif deux longues bandes noires sur les côtés.

En général, je ne contrôle rien dans ce type de rêve, il se déroule juste comme ça, comme si ça devait arriver, comme si je ne pouvais rien y changer.

Malgré le fait que je contrôle parfaitement mes rêves, il m'arrive quand même d'en perdre le contrôle et de faire des cauchemars, même si ce n'est que très rarement. Le seul cauchemar que j'ai pour habitude de faire est à propos de l'accident qui a emporté mes parents, je ne me rappelle pas avoir fait d'autres cauchemars que celui-là.

Il m'arrive également de voir dans mes rêves des choses que je ne comprends pas toujours. L'une de ces choses les plus curieuses est une personne très mystérieuse que je vois assez souvent depuis que je fais ces rêves. Au début, je croyais halluciner ou l'imaginer, mais cette personne revenait tellement souvent que je comprenais que je n'imaginais rien, en fait, je suis presque sûr que cette apparition ne fait même pas partie de mon rêve. Je ne l'ai vue que de loin jusqu'à présent et je suis incapable de voir ou même d'entrer dans son rêve ; elle n'est pas comme les autres personnes que je pouvais voir dans mes rêves.

Soit cette personne n'a pas de rêves, soit elle est comme moi, elle a peut-être elle aussi la même aptitude à contrôler parfaitement les rêves et se méfie de moi. Une chose est sûre, je n'arrive pas à voir son rêve comme avec tous les autres.

Quand elle apparaît, elle se tient là debout sans jamais dire un mot et plus je me rapproche d'elle, plus elle s'éloigne, et finit par disparaître.

Cette personne se tient généralement dans l'espace où j'arrive à voir les rêves qui m'entourent, et c'est littéralement l'espace. L'endroit à partir duquel j'ai accès à mon rêve et aux rêves de tous les inconnus qui m'entourent ressemble à l'univers, sauf que cet univers est accessible uniquement quand je m'endors. Des centaines de milliers d'étoiles l'enrichissent, à la seule différence qu'il n'y a pas de soleil ni de planètes ni de lune ; juste des étoiles immobiles représentant les rêves des personnes qui m'entourent.

Mon rêve a lui aussi la forme d'une étoile, beaucoup plus lumineuse que les autres. C'est de cette façon que je le retrouve facilement parmi toutes les autres étoiles.

Ce qui est étrange avec cette femme mystérieuse est qu'elle est présente physiquement dans cet univers singulier et non pas sous la forme d'une étoile. Elle est d'ailleurs la seule personne à part moi-même que j'avais vue se tenant dans cet espace. C'est une personne bien constituée même si je n'arrive pas à voir son visage, c'est très étrange, comme si elle me voit venir et ne veut pas que je m'approche d'elle. Est-elle comme moi ? Ou est-elle finalement le fruit de mon imagination ?

Sa longue chevelure noire, ses courbes fines et sa robe sombre me laissent facilement présumer qu'il s'agit d'une femme ; c'est tout ce que je peux déduire jusqu'à présent. Pourquoi ne puis-je voir son rêve ? Qui peut bien être cette femme mystérieuse, et pourquoi je la vois aussi souvent ? C'est la même chose presque tous les soirs, quand j'essaie de me rapprocher, elle disparaît tout simplement.

J'ai beaucoup de culpabilité quant à ma capacité à entrer dans les rêves des autres, je ne suis pas entièrement fier de moi-même. J'ai la déplaisante sensation de m'insinuer dans la vie privée de ces personnes sans aucun respect pour celle-ci et sans même qu'elles ne s'en rendent compte. Il n'y a pas vraiment de différence entre ça et forcer la serrure de la porte de leur maison à leur insu.

Malheureusement, ma curiosité est toujours plus forte, en effet, ce n'est pas tout le monde qui peut se vanter de pouvoir faire ce que j'arrive à faire ; avec une capacité pareille, il aurait été extrêmement difficile pour n'importe qui de rester dans son rêve et de ne pas être tenté d'aller voir ce qui se passe ailleurs.

Cependant, j'essaie de m'imposer des limites et de ne pas aller trop loin dans les rêves de ces personnes. J'évite également d'aller dans les rêves de personnes que je connais, comme ma grand-mère. Je ne veux pas me risquer à connaître ses songes, car qui sait, peut-être que je ne pourrais plus la regarder de la même manière après avoir découvert sa personnalité la plus profonde.

C'est une autre histoire pour mon meilleur ami Rayan, ça ne me dérange absolument pas de voir ses rêves ; surtout que ça l'agace au plus haut point quand il comprend que je suis entré dans son rêve sans sa permission. Je lui promets presque tous les jours de ne plus le refaire, j'ai un plaisir mesquin à entrer dans son rêve et en prendre le contrôle pour lui donner une tournure bizarre surtout quand il est en train de faire un bon rêve. Il peut dire tout ce qu'il veut, il ne va pas m'enlever ce plaisir.

Rayan est la seule personne à qui j'ai parlé de ma capacité jusqu'à présent. Imaginez un peu la réaction des gens s'ils savaient que je pouvais entrer dans leur jardin le plus secret quand ça me chante ; je ne veux pas me risquer à le découvrir.

Il est maintenant l'heure de me réveiller ; il est temps d'arrêter de rêver, ce qui est une étape importante si je veux arriver à me réveiller. Pour cela, j'ai deux possibilités. Je peux laisser mon réveil faire le travail. Mais le problème avec cette méthode est que mon réveil peut me tirer un peu trop brusquement de mon sommeil, me faisant oublier tout mon rêve et pouvant chambouler complètement mon monde. Pour éviter cela, je ne mets jamais mon réveil en marche.

La deuxième possibilité est de retourner au point où j'ai commencé mon rêve, c'est-à-dire dans l'espace où j'ai accès à tous les rêves.

J'ai dormi exactement huit heures, un temps qui peut facilement être multiplié par 100 voire plus lorsqu'on est dans un rêve. En prenant en compte l'heure à laquelle je me suis couché, soit 10 heures du soir, il est maintenant 6 heures du matin. La façon dont tout cela fonctionne m'échappe encore, mais étant donné que je contrôle mon rêve, je suis aussi capable de contrôler mon sommeil, par conséquent l'heure de mon réveil.

Je ne sais pas comment ça marche, mais c'est tellement naturel et utile que du coup, je ne suis jamais en retard parce que je n'ai pas entendu mon réveil sonner. Bien qu'il m'arrive souvent de ne pas pouvoir me réveiller parce que le rêve est trop agréable et que je ne veux pas le quitter, dans ce cas-là, je ne vois plus le temps passer.

Il me reste encore deux heures pour me préparer avant ma dernière séance de rééducation avant de quitter Toronto. Hé oui, mon temps est compté dans cette ville.

5

RETOUR À LA RÉALITÉ

Chaque fois, c'est la même chose. Lorsque je dois me réveiller et quitter mon monde de rêves, une amertume énorme me gagne. Des rêves aussi parfaits dans lesquels je vis une vie tout aussi parfaite rendent mon réveil et mon quotidien plus difficiles. Ma vie est d'un tel ennui, me retrouver confronté au monde réel me mine tellement le moral, la plupart de mes réveils sont accompagnés d'un long et profond soupir d'exaspération.

Mon monde est loin d'être aussi parfait que je l'aurais voulu. Alors que dans mes rêves je suis la personne la plus populaire, la plus aimée et la plus admirée, c'est une autre histoire dans la réalité. Je n'étais pas quelqu'un de très populaire dans mon ancien collège, j'étais même plutôt solitaire et je préférais rester tout seul dans mon coin à penser à mes rêves tout en imaginant le genre de rêve que je ferais la nuit suivante. Qui serai-je ? Que ferai-je ? Où irai-je ? Tellement de possibilités s'offraient à moi, possibilités qui m'étaient refusées dans le vrai monde.

Ah, ce vrai monde où j'ai du mal à trouver ma place, je ne suis clairement pas comme les autres jeunes de mon âge. C'est un état d'esprit dans lequel je m'enferme moi-même depuis mon plus jeune âge. Bien sûr, je n'ai pas choisi de

m'exclure moi-même. Les autres jeunes avaient beaucoup
de mal à m'accepter, surtout que je ne pouvais pas jouer aux
mêmes jeux qu'eux, ou parce que j'étais trop lent et trop en-
combrant pour eux. En même temps, être le chouchou du professeur n'aidait pas beaucoup non plus.

En grandissant, mes camarades étaient un peu plus
compréhensifs envers ma situation, probablement parce que
mes résultats scolaires se rapprochaient plus des leurs. Il était
primordial que je me débarrasse de l'étiquette de chouchou
du professeur. Mais je n'étais toujours pas complètement in-
tégré.

L'accident a changé ma vie sur de nombreux points.
Depuis cet évènement, je ne suis plus capable de marcher.
Cela fait maintenant 11 ans que je suis en fauteuil roulant.
L'un de mes plus grands souhaits est de pouvoir remarcher
un jour. Mais il y a très peu de chances pour que cela arrive.

Selon les docteurs, il y a une infime chance que je puisse
remarcher un jour. Ces docteurs ont beaucoup de mal avec
mon cas, ils ne semblent pas vraiment comprendre pourquoi
je n'arrive plus à remarcher. Selon eux, mon cas est très particulier, ils n'observent aucun signe de rémission de ma part.
Mais même si mes chances sont très limitées, je m'accroche à
l'espoir qu'un jour, je puisse remarcher.

Je remercie Dieu tous les jours de m'avoir donné cette
capacité, car elle me permet et me donne le plaisir de faire
tout ce que je suis incapable de faire dans la vraie vie ; elle me
permet de marcher et de courir, elle me permet de ressentir
l'excitation de ces activités que l'on tient très souvent pour
acquises. Ma capacité m'aide à avancer et à garder espoir.

Depuis la mort de mes parents, je vis avec ma grand-
mère qui m'a élevé toute seule. C'est une femme affectueuse
et aimante qu'il ne faut surtout pas contrarier. Quand elle se
met en colère, sa voix fait trembler tout le quartier. Elle m'a
appris à croire en mes rêves. Quand je me sens mal en général,
je me tourne immédiatement vers elle, elle a cette aptitude à
me remonter le moral à un tel point que j'ai l'impression que
rien ne peut m'arriver. Elle m'a toujours dit qu'un fauteuil
roulant ne m'empêchera jamais de réaliser mes rêves, elle me

disait que je pouvais faire tout ce que je voulais, seuls une faible volonté et le manque d'imagination peuvent m'en empêcher.

Grand-mère est la seule famille qu'il me reste dans ce monde. Enfin, il y a aussi cet oncle très riche qui vit en Angleterre que je n'ai encore jamais rencontré.

Grand-mère n'est plus très jeune et sa santé n'est pas au meilleur ; rien que pour monter les escaliers de la maison pour rejoindre sa chambre, ça lui prend une éternité. Mais elle fait tout pour s'assurer de mon bien-être et de mon éducation.

Malgré le fait que je ne suis pas très mobile, il y a peu de choses que je ne peux pas faire par moi-même ; par exemple, je me lave et m'habille tout seul. Pour les choses que je n'arrive pas à faire, je trouve toujours le moyen d'y arriver. Je pourrais même faire de la corde à sauter avec mon fauteuil roulant si c'était nécessaire. Je compte énormément sur mon intellect, je fais tout ce qu'il faut pour l'affûter comme je le peux en devenant le plus intelligent possible. Je compte sur ma cervelle plus que toute autre partie de mon corps, c'est peut-être le meilleur moyen pour moi de devenir un jour quelqu'un malgré mon handicap, enfin, si je n'arrive jamais à remarcher.

Les remarques et attitudes des gens qui m'entourent sont très irritantes, toujours à penser que je ne suis capable de rien faire tout seul. Je sais très bien que ces gens ne pensent pas forcement à mal, mais ça reste tout de même pénible.

Il est maintenant l'heure d'aller à ma séance, mon bus passe dans quelques minutes.

Après un copieux petit déjeuner, j'embrassai grand-mère et je m'en allai. Je peux voir arriver le bus à partir de la fenêtre de la cuisine, il s'arrêtait toujours à quelques mètres seulement de la maison, ce qui est très pratique pour moi, me facilitant beaucoup la tâche. Je n'ai qu'à sortir de chez moi et accéder au bus.

À l'intérieur du bus, je tombe sur Rayan qui comme tous les matins se rend à la salle de sport. Rayan est l'une des rares personnes à avoir oublié que je me trouve dans un fauteuil roulant ; il n'a pas cette fâcheuse tendance à vouloir m'assister dans tout ce que je fais. Il me connaît suffisamment pour savoir que je suis capable de me débrouiller par moi-même et que je déteste recevoir de l'aide.

- Salut Noah, comment vas-tu ? me lança-t-il.

- Pas mal, répondis-je avec nonchalance.

- Que se passe-t-il encore ? Tu ne me sembles pas de très bonne humeur, remarqua-t-il.

- Non rien, tout va bien, soufflai-je simplement.

- Je vois, ajouta-t-il sur un ton légèrement cynique.

- Quoi encore ? demandai-je, sachant très bien ce qu'il allait me dire.

- Tu le sais très bien, il faut que t'arrêtes de vivre dans tes rêves mon pote.

- Qu'est-ce que tu racontes ?

- Tu le sais très bien, Noah, regarde-toi, les seuls moments où tu es heureux, c'est quand tu dois aller dormir, ça devient une maladie.

- Tu ne sais pas ce que tu racontes Rayan.

- Tu m'inquiètes Noah, tu m'inquiètes vraiment. Je sais que tu as toujours été comme ça, mais il faudrait que tu parles à quelqu'un, c'est de pire en pire.

- À qui veux-tu que je parle ? Tu sais bien que je ne peux pas.

- Je n'en sais rien moi, mais à cette allure-là, tu vieilliras quatre fois plus vite. Tu ne fais plus rien de tes journées, tu ne fais plus rien de ta vie, tout ça à cause de ton aptitude à avoir une deuxième vie qui n'existe même pas.

- Arrête, je suis juste dans une mauvaise phase, c'est probablement dû au fait de quitter Toronto.

- Ouais, ça, je peux comprendre, mais qui sait, peut-être que l'Angleterre te permettra de réaliser tes rêves, peut-être même que tu pourras rencontrer une fille, dit-il avec excitation.

- Pourquoi devrais-je aller jusqu'au Royaume-Uni pour trouver une fille, il n'y en a pas ici au Canada ?

- Oui, mais sans vouloir te vexer, je crois que toutes les filles de ce pays ont décidé de te refuser ce privilège, railla-t-il en rigolant.

- La ferme Rayan !

Rayan et moi venons tout juste d'obtenir notre diplôme et nous sommes sur le point de passer à l'étape suivante : l'université. Dans quelques semaines, nous serons en train d'étudier à Londres dans une prestigieuse université.

Rayan a le même âge que moi, il a cependant une allure assez imposante qui donne l'impression qu'il est beaucoup plus âgé que moi. Il est beaucoup plus grand et plus gaillard. C'est un sportif passionné qui ne se sépare jamais de son ballon de basket. Dès son plus jeune âge, Rayan avait développé un physique à en faire pâlir de jalousie ses coéquipiers pourtant souvent plus âgés que lui. Il faisait partie de l'équipe de basket du lycée et était le meilleur joueur de tout l'établissement.

Ses courts cheveux noirs et son air rassurant font vite oublier sa taille imposante et intimidante. Rayan, qui est plus respecté que craint par ses camarades, n'use jamais de la force pour se faire entendre, son allure parlait pour lui et personne n'osait le contredire, même quand il a tort. Rayan ne connaît pas sa force et malheureusement, j'en fais les frais. On aurait dit un éléphant jouant avec une souris.

Sa carrure est quand même très utile pour moi ; depuis que je suis ami avec Rayan, je ne suis plus une cible aussi facile pour mes camarades. Rayan est très protecteur comme s'il se sent responsable de moi, il est en quelque sorte ce qui se rapproche le plus d'un grand frère.

Pour ne pas être séparés, nous nous sommes présentés dans les mêmes universités et par chance, nous avons été tous les deux acceptés au même endroit. J'allais quand même me rendre à Londres deux semaines avant Rayan.

Mon oncle est censé venir me chercher dans deux jours pour m'emmener à Londres où je vivrai avec lui le temps de mes études. Je trouve ridicule qu'il fasse le chemin rien que pour venir me chercher, j'aurais très bien pu me rendre tout seul à Londres, mais grand-mère n'aimait pas cette idée, surtout que je n'ai pas l'habitude de voyager seul. De plus, il aurait insisté, paraît-il. Selon grand-mère, il aurait des affaires à régler ici au Canada. Rayan, quant à lui, me rejoindra quelques semaines plus tard.

Je me suis toujours demandé quel genre d'homme j'allais devenir. Avais-je le potentiel pour accomplir mes rêves ? J'aime à me répéter que oui. Un jour, je ferai de mes rêves une réalité et ma réalité deviendra mon rêve. Un métier plein d'honneurs qui rendrait certainement grand-mère fière.

Mon rêve ultime est d'avoir un impact considérable sur le monde et entrer dans l'histoire, il ne me reste plus qu'à trouver comment. C'est l'histoire de ma vie, un rêveur qui voit grand comme le monde. C'est une chose de réaliser ce que l'on veut faire en rêve. Mais tout ça ne reste qu'un rêve, une illusion, une chimère. C'est une autre chose de réaliser ces choses dans la vie réelle et c'est plus gratifiant. Je rêve toujours ce que je veux réaliser, créer une nouvelle idée qui serait indispensable au monde, être la source de la paix, mais je ne fais pas grand-chose dans la vraie vie pour que cela puisse arriver un jour. Ma vie, je la passe en rêve.

Je n'ai jamais vraiment perdu espoir quant à ma capacité à réaliser un jour quelque chose qui compte dans la vraie vie. Un jour, je ferai de mes rêves une réalité et ma réalité deviendra mon rêve.

Ma capacité est un énorme cadeau, mais en même temps, je la crains, je crains qu'elle ne me détruise.

- Noah ! Noah, tu m'entends ?

- Euh… Oui, qu'y a-t-il ?

- J'en étais sûr, tu étais encore dans ton monde au lieu de m'écouter, c'est exactement de ça dont je te parle, s'exaspéra-t-il.

- Ça ne marche pas comme ça, il aurait fallu que je sois en train de dormir pour aller dans mon monde. Je réfléchissais juste.

- En tout cas, à force de rêver, tu étais sur le point de rater ton arrêt.

- Oh mince ! Merci.

- Franchement Noah, que ferais-tu sans moi ?

Le bus arrivait à destination, je me pressais de tirer la sonnette d'arrêt.

- À plus tard Rayan, lançai-je.

C'était parti pour une dernière journée monotone de rééducation.

6

PRUDENCE ET PROTECTION

Dans un hôtel au centre-ville de Toronto, j'ai élu domicile depuis plus d'une semaine déjà dans une suite confortable que je ne quitte que très rarement. Ma mission est en cours, je dois retrouver le garçon et le placer en sécurité. Je ne l'ai pas encore rencontré officiellement, je ne suis pas encore entré en contact avec lui. Mais, je suis chacune de ses actions tous les soirs dans le monde des rêves sans qu'il s'en aperçoive. C'est une routine, une manière d'apprendre à mieux le connaître, d'apprendre à le connaître mieux que n'importe qui. J'ai toujours dit que la meilleure façon de connaître quelqu'un, c'est à travers ses rêves. Le rêve est fascinant, c'est l'endroit où l'on ne se cache plus, c'est l'endroit où l'on assume pleinement qui on est vraiment, car on a l'impression que c'est le seul endroit où personne ne nous voit.

Mais la véritable raison pour laquelle je le surveille encore est en fait pour le protéger des membres de l'ordre. Les membres de l'ordre d'Oris disposent de ressources aussi massives que celles des marchands de sable et leur service d'espionnage est à la pointe, tout aussi efficace que le nôtre. Si les membres de l'ordre venaient à apprendre l'existence d'un Somniatore capable de contrecarrer leur plan et que nous sommes à sa recherche, il est fort à parier que les membres de l'ordre s'étaient également lancés activement à sa recherche et ils possèdent des Somniatores très puissants. Leurs pisteurs sont parmi les meilleurs et font preuve d'une efficacité redoutable quand il s'agit de retrouver un Somniatore ; il faut être très prudent.

Mais je ne me débrouille pas trop mal non plus. Je dois continuer la surveillance dans le plus grand secret en attendant le moment idéal pour l'approcher et en m'assurant que je ne me fais pas suivre.

7

UNE IMPRESSION DE DÉJÀ VU

Deux heures plus tard, je venais juste de finir ma séance de rééducation, séances que j'allais arrêter ici, mais continuer à Londres ; c'était ennuyant et fatigant, mais si je voulais avoir une chance de marcher un jour, je devais tout tenter.

Avant de finir ma journée, je ne rentre jamais directement chez moi. Chaque jour avant de rentrer chez moi je fais du sport, beaucoup de sports. Je déteste rester inactif et ce n'est pas mon fauteuil qui va m'empêcher de me dépenser. Je fréquente la salle de sport qui est sur le chemin du retour et dans laquelle Rayan passe également le plus clair de son temps. En plus de s'y entraîner, il y travaille également ; la salle de sport appartient à son père. J'y joue beaucoup au basket. Tout comme Rayan, j'adore le basket, mais je joue dans une équipe d'un autre type, une équipe constituée de joueurs en fauteuil roulant.

Quand Rayan est dans les parages, il ne peut s'empêcher de nous rejoindre, en fauteuil roulant lui aussi.

Il pense que c'est plus amusant de jouer au basket en fauteuil roulant, mais je crois qu'il dit ça parce qu'il a aussi le choix de jouer sans fauteuil.

Rayan est accepté avec joie dans l'équipe. C'est un vrai plaisir de jouer contre lui, car c'est l'un des rares moments où je suis meilleur que lui en sport. Manœuvrant mon fauteuil à la perfection, j'excelle dans le basket-ball en fauteuil roulant ; je suis infatigable et ma précision au shoot est diabolique.

Je me donne toujours à fond dans ce que je suis capable de faire au lieu de me morfondre et de larmoyer sur mon sort ; mieux vaut me donner à fond et développer les capacités que je possède.

Je suis très mobile pour quelqu'un que l'on qualifie d'immobile. Je n'ose même pas imaginer ce que ça aurait donné si j'avais mes jambes. Mais qui sait, si je n'étais pas en fauteuil roulant, je serais probablement quelqu'un de paresseux qui préfère rester chez lui au lieu de profiter des joies de la marche. Mais bon, on ne profite jamais de ce qu'on a, on préfère toujours ce que l'on n'a pas.

La journée s'est terminée comme d'habitude, rien de bien exceptionnel ne s'est passé aujourd'hui, je rentrais chez moi avec un air songeur qui était devenu une caractéristique qui m'était propre. Je rentrais rarement chez moi en bus, je préférais rouler tranquillement, musique à l'oreille, profitant de la brise légère de l'été. Mais ma journée n'était pas encore terminée, quelque chose de très étrange allait se passer ce jour-là.

Sur le chemin du retour, comme à mon habitude, j'écoutais de la musique une oreille de libre, me permettant de rester en alerte face aux éventualités extérieures. Je prenais la route habituelle pour rentrer chez moi quand je ressentis une impression de déjà-vu.

Une petite fille vêtue d'une robe orange avec des motifs d'arcs-en-ciel et de fleurs passa devant moi, accompagnée d'une dame vêtue d'un tailleur bleu, probablement s'agissait-il de sa mère. J'en eus le cœur net lorsque la petite fille l'appela maman. J'eus une incroyable impression de déjà vu, cette scène ressemblait à un film que j'avais déjà vu, mais je n'arrivais plus à m'en souvenir. J'avais déjà vu cette petite fille et sa robe colorée quelque part, mais où ? Était-ce dans l'un de mes rêves ? Mais oui, c'était bien dans un de ces rêves où je ne contrôle rien. Mais je n'arrivais pas à me souvenir exactement de ce rêve.

Je tentai de continuer tranquillement ma route, mais je ne pouvais m'empêcher d'y repenser, après tout, j'étais capable d'entrer dans les rêves d'inconnus, mais c'était la première fois que je rencontrais un des inconnus que j'avais vus dans l'un de mes rêves ; surtout ceux que je ne contrôle pas, ceux de type prémonitoire.

Je passais devant le magasin de pneus qui se trouvait sur mon chemin quand un jeune employé arborant un style de rappeur en quête désespérée d'attention me lança :

- Yo ! Hawkins, ça te brancherait des 20 pouces pour les roues de ton fauteuil.

Puis, il se mit à rire tout seul de sa blague qu'apparemment, il trouvait hilarante.

J'ai déjà entendu ce type, me répétais-je à moi-même, tout en ignorant le propos de la blague douteuse et facile de cet employé que je voyais pourtant pour la première fois dans ce magasin de pneus devant lequel je passais tous les jours. C'est la situation qui m'interpellait, j'avais déjà vécu cette scène ; cette sensation de déjà vu se faisait de plus en plus intense.

Plus j'avançais, plus je me souvenais et plus je me souvenais, plus je me rendais compte qu'en fait, tout était connecté. J'avais déjà vu ce rappeur au talent aussi inexistant qu'un restaurant sur la lune, et c'était dans le même rêve que la petite fille et sa mère.

C'était étrange, plus j'avançais, plus ça commençait à me revenir. Comme si je me retrouvais progressivement dans ce rêve dont les souvenirs me revenaient petit à petit. Je me souvenais que dans mon rêve, c'est à ce moment-là que Rayan arrivait avec à la main son ballon de basket qu'il s'empressait de me lancer s'attendant à ce que je le rattrape, ce que je fis facilement dans le rêve.

Comme si la foudre m'avait frappée, mon cœur s'arrêta de battre lorsque je vis Rayan qui venait juste d'apparaître en face de moi, me salua et me lança la balle que contrairement au rêve, je ne rattrapai pas sous le coup de la stupéfaction. Ça se reproduisait encore, je faisais un autre rêve prémonitoire.

Le son de la balle de basket qui heurtait le sol eut un effet déclencheur dans ma tête, ça eut eu pour effet de raviver complètement ma mémoire. Je me rappelais maintenant chaque détail. Mon rêve m'était revenu et je me rappelais exactement ce qui s'était passé et ce qui allait se passer. Rayan remarqua sur le coup la pâleur de mon visage comme si j'avais vu un fantôme.

- Ça ne va pas ? me demanda-t-il. Je le regardais d'un air terrifié, car je savais ce qui allait se passer. Et je devais faire quelque chose.

- Rayan, la petite fille, elle va mourir, m'écriais-je d'une voix chancelante.

- Qu'est-ce que tu racontes ? s'étonna Rayan.

- Vite, il faut que tu me fasses confiance, emmène-moi le plus vite possible devant la station de bus au coin de la rue, hurlai-je.

- Mais… Mais pourquoi ? me demanda Rayan d'un air surpris.

- Fais ce que je te dis, il le faut.

Rayan s'exécuta et se mit à pousser mon fauteuil aussi vite qu'il le pouvait sans trop comprendre ce qui m'arrivait à ce moment-là.

Nous nous faufilions entre des passants ahuris et abasourdis face au spectacle auquel ils assistaient. Au coin de la rue, je pouvais apercevoir la petite fille et sa mère qui montaient dans une voiture de couleur métallique, exactement la même que dans mon rêve.

- Rayan, tu dois éloigner cette petite fille et sa mère de cette voiture ! m'écriai-je.

- Quoi ? lança Rayan, qui me regardait à nouveau d'un air encore plus pantois.

- Rayan, tu dois me croire, si tu ne le fais pas elles vont mourir, tu dois te dépêcher avant que le camion n'arrive, dis-je sur un ton plus calme, mais rempli d'inquiétude.

Rayan me regardait toujours avec étonnement, il devait penser que j'étais devenu complètement fou, mais je ne pouvais pas lui en vouloir de penser ça.

- Laisse tomber ! lançai-je désespérément à Rayan qui ne semblait absolument pas me croire tentant moi-même d'aller porter secours à la femme et la fille qui ne se doutaient pas de ce qui les attendait.

Je me lançai désespérément à leur poursuite, surtout que mon fauteuil me ralentissait énormément et quand bien même j'arriverais à atteindre la voiture, qu'allais-je faire ? Allais-je les porter sur mon fauteuil juste comme ça et les emmener loin de la voiture ? Était-ce même une bonne idée de faire confiance à mon rêve même s'il m'était déjà arrivé de faire des rêves prémonitoires ?

- Madame ! Éloignez-vous de cette voiture ! criai-je.

Mais la rue était tellement animée qu'elle ne pouvait m'entendre.

Elle montait à présent dans sa voiture après avoir installé sa petite fille à l'arrière du véhicule. Soudainement, comme sorti de nulle part, un camion qui avait perdu le contrôle en tentant d'éviter une moto dont le conducteur était un peu trop audacieux se renversa sur le côté et glissait dangereusement en direction de la voiture métallisée.

Les évènements s'enchaînèrent très vite, Rayan qui vit le camion se lança instinctivement vers la voiture à toute allure et passa devant moi.

- La petite fille d'abord ! commandai-je.

Rayan ouvrit la portière du véhicule et en extirpa immédiatement l'enfant tout en signifiant à la femme de sortir elle aussi du véhicule, cette dernière, ne comprenant pas ce qui se passait, se mit à hurler frénétiquement pensant qu'on kidnappait sa fille.

Rayan s'éloigna de la voiture avec la petite, c'était clairement trop tard pour la mère. Rayan eut juste le temps de s'éloigner que le camion s'écrasa violemment contre la voiture réduisant toute la partie arrière en miettes. La partie où la petite fille était installée était complètement broyée, la femme était toujours à l'avant de la voiture qui avait également subi d'énormes dégâts.

- Vas-y Rayan ! hurlai-je. Elle est toujours vivante.

Rayan regarda en direction de la voiture, la femme était en vie, mais elle était en état de choc. Rayan déposa la petite et fonça à nouveau vers la voiture.

- Dépêche-toi avant qu'elle n'explose ! criai-je.

En effet, le camion commençait à prendre feu, sur le coup, je me demandais si c'était une bonne idée d'envoyer Rayan vers un tel danger, mais mes émotions me contrôlaient et je ne pensais qu'à une chose, les sortir de là. Et jusqu'à présent, je ne m'étais pas encore trompé, mon rêve se réalisait exactement tel que je l'avais vu.

Le chauffeur du camion qui avait réussi à sortir de son véhicule vint en aide à Rayan. Ensemble, ils réussirent à extraire la femme du véhicule qui commençait à s'embraser, ils eurent juste le temps de s'éloigner suffisamment avant que les deux véhicules ne prennent feu et n'explosent dans un vacarme assourdissant. Il n'y eut heureusement aucune victime.

Après le calme de l'explosion, une foule en délire acclamait l'héroïsme de Rayan qui venait de risquer sa vie pour en sauver deux. Submergé de toute part par ses nouveaux admirateurs, Rayan ne savait plus où donner de la tête, on l'acclamait, on l'applaudissait.

Quant à moi, j'étais encore sous le choc non pas de l'explosion, mais de ce qui venait de se passer ; je m'éloignai doucement de la foule qui devenait massive et qui louait le courage de Rayan. Je ne croyais toujours pas à ce qui venait de m'arriver. L'un de mes rêves prémonitoires venait de sauver des vies.

8

LES SOMNIATORES

Sur le chemin du retour, j'avais un air absent. Je venais de quitter la scène sans même attendre Rayan. C'est impossible. Je ne pouvais pas croire ce qui venait de se passer.

Alors que je rentrais chez moi, je ressentis une présence derrière moi. Comme si quelqu'un me suivait, mais quand je me suis retourné, rien. C'est étrange, mais cette journée ne pouvait pas être plus étrange de toute façon.

Arrivé à la maison, je franchis la porte d'entrée avec un air encore plus absent que d'habitude. Je pensais toujours à ce qui venait de se passer, il m'était déjà arrivé de faire des rêves prémonitoires, mais jamais ce n'était arrivé à ce niveau et cette précision était diabolique. J'ai littéralement vécu mon rêve une nouvelle fois, sauf que cette fois-ci, je n'étais pas un spectateur, mais un acteur.

Jamais je n'avais fait de rêve prémonitoire aussi précis, jamais mes rêves n'avaient eu un tel impact sur le monde réel. Comment ai-je réussi à faire ça ? Comment est-ce possible ? Étais-je vraiment capable de rêver des évènements à venir et à les changer ? Était-ce un énorme hasard ou devais-je commencer à sérieusement prendre en considération ces rêves où je ne contrôlais rien ? Tant de questions traversaient mon esprit, mais sans réponses pour m'éclairer.

- Que se passe-t-il, Noah, tu n'as pas l'air d'être dans ton assiette ? me demanda grand-mère qui me tirait de mes pensées.

- Hein… non, rien, je réfléchissais juste à un… truc ! dis-je en hésitant.

- Qu'est-ce qui peut bien te tourmenter l'esprit cette fois-ci ? me demanda-t-elle de sa douce voix chaleureuse.

Avant même que je ne puisse répondre, elle lança à nouveau d'une voix pleine de fébrilité.

- Oh ! Regarde à la télévision, c'est Rayan !

En effet, Rayan passait au journal du soir et le commentateur ne tarissait pas d'éloges à son égard.

Un courageux jeune homme de 17 ans a surpris tous les passants de la rue Bloor et le monde entier en sauvant d'un accident qui aurait pu s'avérer dramatique pour deux touristes encore sous le choc, mais en bonne santé. Nous sommes sur la scène de l'accident et vous pouvez voir derrière moi deux véhicules calcinés. Le premier véhicule, un camion de livraison, aurait perdu le contrôle avant de se retourner et de s'écraser contre une voiture de passagers dans laquelle se trouvaient une petite fille de 5 ans et une femme de 32 ans. Le jeune Rayan Diggs fit preuve d'un courage sans équivoque en sortant la fillette du véhicule avant que celui-ci ne soit percuté par le camion puis vint au secours de la jeune femme inconsciente cette fois-ci avec l'aide du chauffeur du camion qui avait réussi à s'extraire des débris de son véhicule. Au moment même où ils avaient réussi à extraire la femme du véhicule, quelques secondes plus tard, une énorme explosion retentissait, réduisant les véhicules en cendre. Heureusement, grâce au courage du jeune garçon, aucune victime sérieuse n'est à déplorer et la ville de Toronto vient de voir apparaître un véritable héros. Les passants présents sur scène témoignent d'une admiration sans bornes au courage et au sang-froid du jeune Rayan Diggs.

- Ce garçon ne cessera jamais de m'étonner, commenta fébrilement grand-mère. Quel garçon formidable, ses parents doivent être fiers.

En un après-midi, Rayan était devenu un héros local et peut-être même mondial par son acte, que je l'avoue était très courageux.

Je ne pouvais pas me mentir à moi-même, le voir comme ça à la télé récoltant toute la gloire était injuste ; j'étais le véritable héros, toute cette attention aurait dû être pour moi. Après tout, c'est moi qui avais dit à Rayan quoi faire. Il n'y serait jamais arrivé si je n'avais pas été là. En plus de cela, il ne voulait pas me croire au début.

C'était vraiment difficile de toujours vivre dans son ombre, tout lui réussissait, et cela, sans même forcément le vouloir. De meilleures choses lui arrivaient tout simplement. Mais c'était un excellent ami, un ami qui avait toujours été là. Ce n'était pas sa faute s'il réussissait tout mieux que moi.

Tout ce à quoi je pensais en ce moment, c'était à aller me coucher au plus vite. J'étais impatient de pouvoir quitter ce monde où rien ne me réussissait pour un monde où tout me tendait les bras, un monde où j'étais le maître absolu. L'attention, la célébrité, la réussite et surtout mes parents. Tout ce que je voulais dans le vrai monde me tendait les bras dans le monde des rêves.

C'était reparti, encore une fois, j'allais fuir les problèmes du vrai monde pour me réfugier dans un monde qui n'existe même pas. Un monde qui ne sera jamais réel. Un monde totalement créé par mon imagination, dans le seul but de satisfaire ce que je ne pouvais pas avoir et que je n'aurai peut-être jamais.

Parfois, je me demandais si c'était vraiment la solution. Je voulais être capable de m'interdire de rêver autant, m'interdire de sacrifier ma réalité pour un mensonge. La tentation était beaucoup trop forte, je finissais finalement dans mon monde rêvé afin de goûter à la vie facile, enchanteresse et surtout fausse, tout ça pour oublier la réalité.

Je ne pouvais plus vivre sans mes rêves, il m'arrivait même de me demander où je vivais vraiment. Était-ce dans la vie de tous les jours ou ce monde où je pouvais réaliser tous mes fantasmes les plus fous ? Peu importe, je ne devais pas me laisser gagner par le désespoir. Un jour, je ferai de mes rêves une réalité et ma réalité deviendra mon rêve.

Sur cette pensée, je finis par m'endormir.

Quelques minutes plus tard, je me réveillai dans cet espace étoilé composé des rêves qui m'entouraient et le mien brillait toujours autant comme s'il était le soleil de cet univers dans lequel gravitaient tous les corps qui le composaient. Avant de faire réapparaître mon monde, j'avais une petite astuce qui me permettait de toujours tout retrouver tel que je l'avais laissé.

J'avais un objet précieux, une clé stylisée en forme de S argentée à travers duquel serpentait un M. La clé avait à son centre un cercle dans lequel était incrusté un A doré. C'était une clé magnifique, elle avait appartenu à mon père et était très précieuse pour moi. Cette clé que je possédais dans la vie réelle existait également dans le monde des rêves, c'était très étrange parce que je ne l'avais jamais créée dans le monde des rêves, du moins je ne me rappelais pas l'avoir créée. Pourtant, elle était toujours là avec moi.

Et comme elle était toujours là, elle était littéralement devenue la clé de mes rêves. Il y avait une raison pour laquelle j'utilisais la clé de mon père pour accéder à mon rêve, elle me permettait de retrouver mon rêve exactement comme il était.

Si j'étais réveillé brusquement, par exemple par un réveil ou par quelqu'un, ou encore un son comme le bruit du tonnerre, j'oubliais quasiment tout de mon dernier rêve. Mon rêve était effacé, supprimé. Pour éviter cela, je devais utiliser un objet que je n'oublierais jamais et pour cela, quoi de mieux que la clé de mon père laquelle je possède depuis que je suis petit.

Cet objet me permettait de marquer le début et la fin de mon rêve ; dans ce cas, ouvrir la porte de mon rêve marque le début de mon rêve et fermer la porte marquait la fin du rêve. De cette manière, mon subconscient comprenait que le rêve était terminé et que j'allais le quitter, je pouvais alors me réveiller tranquillement, mon rêve enregistré dans les moindres détails dans ma mémoire.

Par contre si j'étais réveillé brusquement sans avoir fermé la porte de mon rêve, le rêve restait en suspens et pouvait s'évaporer lentement jusqu'à disparaître complètement. Par conséquent, non seulement à mon réveil je pouvais oublier tout ce à quoi j'avais rêvé, mais je pouvais perdre le contenu de mon monde que je continue d'améliorer depuis cinq ans déjà.

Aussi, en laissant mon rêve en suspens, je laissais le terrain libre à mon subconscient qui modifiait le rêve à sa guise en rajoutant des détails ou des anomalies, par exemple un deuxième soleil de couleur verte.

Les rajouts ou souvent les suppressions pouvaient être très subtils ou complètement grotesques. Une fois par exemple, j'avais retrouvé un dragon déchaîné qui avait complètement ravagé mon rêve, ça m'avait plutôt amusé d'ailleurs. Pour vaincre la création de mon subconscient, je m'étais alors transformé en chevalier anachronique invincible muni d'une épée laser, d'un bouclier de lumière et d'une armure plutôt stylée qui me permettait de voler. J'avais terrassé le dragon très facilement. Il faut dire que je m'étais doté d'une force titanesque. Puis j'avais tout reconstruit comme si de rien n'était.

Pour accéder à mon rêve en utilisant la clé de mon père, je faisais apparaître une énorme porte rouge qui représentait la porte d'entrée de mon rêve. J'utilisais la clé pour déverrouiller la porte de mon rêve et y accéder et quand je finissais de rêver, je refermais tout bonnement la porte à clé et mon rêve restait protégé jusqu'à mon retour.

Si par contre, je me réveillais brusquement sans avoir pris le temps de fermer la porte à mon retour, je pouvais absolument tout oublier.

À l'ouverture de la porte, mon rêve réapparaissait, tout se reconstruisait pièce par pièce, exactement comme je l'avais laissé à ma dernière visite. Le monde parfait que je construisais petit à petit pour le rendre le plus proche de la réalité et le plus parfait possible réapparaissait sous mes yeux tout aussi émerveillant que la première fois.

Néanmoins, étant dans un rêve, certaines choses n'étaient pas forcément naturelles. Par exemple, n'ayant pas connu mes parents, je ne pouvais pas réellement savoir comment ils étaient ; je les imaginais totalement selon ma propre conception en me basant sur les histoires que grand-mère me racontait quelquefois à leur sujet.

Elle se remplissait d'émotion chaque fois qu'elle parlait d'eux. Du coup, on n'en parlait pas énormément. À part elle, rien ne pouvait me permettre de savoir si mes parents étaient vraiment comme je me l'imaginais. Étaient-ils aussi rêveurs que moi ? Je me demandais bien quels points communs on pouvait avoir. Leur image étant générée par ma perception renforçait cette sensation d'un monde illusoire que j'avais créé, mais c'était mille fois meilleur que ma vraie vie.

Après une partie de la soirée dans le monde des rêves passée au perfectionnement de mon monde, il était temps de m'adonner à l'une de mes activités favorites, m'introduire dans les rêves de parfaits inconnus et m'attendre à de très nombreuses surprises.

C'est inimaginable de voir le genre de rêves surprenants que peut faire une personne. Avant de commencer, je balayais du regard l'espace toujours à la recherche de la silhouette mystérieuse qui hantait mes rêves. Il m'arrivait très souvent de ne pas l'apercevoir, comme si elle décidait elle-même à quel moment elle pouvait apparaître, ce qui augmentait le mystère autour de cette personne étrange.

Ce soir-là, comme beaucoup d'autres soirs, je ne la trouvais pas, je préférai alors ne pas perdre de temps et aller me perdre dans l'immensité du monde des rêves en explorant d'autres rêves.

La façon de procéder était simple, pour sortir de mon rêve et me rendre dans cet espace qui me permettait de voir les rêves autour de moi, je n'avais tout simplement qu'à me concentrer puis d'un bond, je m'éloignais rapidement du sol comme projeté dans les airs. J'avais une vue d'ensemble du vaste monde étrange qui m'entourait, je pouvais voir une bonne centaine de rêves à plus d'une cinquantaine de kilomètres à la ronde. Plus je gagnais en altitude, plus je pouvais en voir. Je pouvais ainsi avoir un aperçu des différents rêves en utilisant un effet de zoom.

Tout d'un coup, mon regard fut aussitôt porté sur un rêve, un rêve différent des autres. Il brillait d'une intensité plus forte et avait une couleur distinctive des autres rêves. Ce rêve émettait des signaux comme s'il essayait d'attirer mon attention. Je ne m'y connaissais pas beaucoup, mais ça ressemblait presque à du morse.

Je ne me trompais pas, ce rêve essayait bien d'attirer mon attention. Comme si une force mystérieuse m'appelait, le rêve m'attirait vers lui. Lorsque je regardais le rêve essayant de voir ce qui s'y trouvait et à qui il pouvait bien appartenir, je ne voyais rien. C'était le noir absolu, ce qui ne m'était jamais arrivé lorsque j'essayais de regarder dans un rêve. Je ne sais pas si c'est mon imagination ou mon subconscient qui me jouait des tours, mais j'avais l'impression d'entendre mon nom, comme si ce rêve m'appelait.

Qui pouvait bien m'appeler, surtout dans un tel endroit ? À moins que quelqu'un tente de me réveiller dans le monde réel ? Non, c'était très peu probable. Mais étonnamment, la voix qui résonnait tel un écho lointain se faisait de plus en plus insistante et résonnait encore et encore dans ma tête. Je n'entendais plus qu'elle. Les résonnements dans ma tête semblaient appartenir à un serpent essayant de communiquer avec moi.

La vérité ? Qu'est-ce que cela veut dire ? Je cherchais autour de moi, mais je ne voyais toujours rien. Rien à part cette étoile qui scintillait plus que les autres. Il n'y avait pas de doute possible, la voix venait de ce rêve et m'attirait vers l'étoile.

Je ne comprenais plus ce qui m'arrivait, comme si je n'étais plus maître de moi-même, je me laissais attirer doucement par ce rêve étrange. Je devais y aller, je devais aller dans ce rêve, mais était-ce vraiment raisonnable ? C'est la première fois qu'un phénomène pareil se produisait, je ne savais absolument pas à quoi m'attendre. En plus de cela, c'était la deuxième fois aujourd'hui qu'un phénomène étrange lié à mes rêves se produisait. Y avait-il une quelconque connexion ?

Sans plus réfléchir, je m'abandonnai à ce rêve qui m'appelait et me laissait aller vers lui, me fichant complètement du danger qui pouvait m'y attendre. Quelle vérité allais-je y apprendre ?

À l'intérieur du rêve, tout semblait différent de ce que j'avais vu jusqu'à présent dans le monde des rêves. C'était très étrange, ce rêve semblait cohérent et harmonieux, comme le mien.

En effet, étant en mesure de contrôler mes rêves à la perfection, mon rêve était cohérent, il était très proche de la vie réelle et pouvait même être confondu avec celle-ci tant il était rationnel.

Tous les rêves que j'avais visités jusqu'à présent n'avaient ni queue ni tête. Il y avait toujours quelque chose qui montrait que ce n'était ni plus ni moins qu'un rêve.

Rayan par exemple, ses rêves sont incohérents, absurdes et illogiques, parce qu'il n'est pas en mesure de les contrôler comme moi.

Ce rêve dans lequel je me trouvais ressemblait énormément au mien, comme si la personne qui faisait ce rêve était capable tout comme moi de contrôler son rêve à la perfection. Je me trouvais en face d'un bâtiment gigantesque ressemblant à une forteresse de pierres des temps anciens.

Autour du bâtiment, il n'y avait rien, seule une forêt sombre s'étendait à perte de vue. Les arbres d'une taille étonnante semblaient ne pas avoir de fin et cachaient partiellement le ciel. Je pouvais néanmoins entrevoir un coin de ciel noir, trois étoiles éclatantes d'un rouge comparable au sang trônaient dans ce ciel inquiétant. Ce rêve qui avait plutôt des allures de cauchemar ne me rassurait pas le moins du monde. C'était silencieux, comme si on m'avait enlevé mon sens de l'ouïe. On ne pouvait même pas entendre les sons d'animaux nocturnes que l'on peut généralement entendre dans les forêts.

Le silence était lourd, je pouvais entendre mon sang circuler dans mes veines, les battements de mon cœur étaient tellement forts qu'ils auraient pu couvrir le son d'un avion au décollage. Regrettant mon choix, je tentai maintenant de ressortir de ce rêve ou plutôt de ce cauchemar. Mais à ma grande surprise, je n'y arrivais pas. Je ne trouvais pas le moyen de sortir, ça ne m'était encore jamais arrivé, j'étais piégé dans ce rêve.

Mon cœur se mit à battre encore plus rapidement. Je tentai désespérément de me réveiller afin de sortir de ce rêve quand soudainement, une présence inquiétante me figea sur place. Une silhouette terrifiante venait d'apparaître devant moi et posa sa main glaciale sur mon épaule. Terrifié, j'étais figé sur place, complètement paralysé par la peur.

Une deuxième silhouette apparut derrière moi, je ne pouvais plus bouger, mon sang se glaçait dans mes veines. Les deux silhouettes qui ressemblaient à des ombres faites de fumée étaient recouvertes d'une longue tenue sombre. Une énorme capuche leur couvrait le visage. Je ne pouvais pas apercevoir les pieds de la silhouette qui se tenait en face de moi ; sa robe ne traînait pas sur le sol, elle se terminait en fumée. Ces choses semblaient faites de fumée et flottaient tels des esprits. L'ambiance autour de ces choses était glaciale.

La silhouette qui se trouvait face à moi se rapprochait, sa robe était plus claire. Elle était d'un gris sombre alors que la silhouette qui se trouvait derrière moi portait une robe d'un noir plus profond qu'une nuit sans étoiles.

- Ton heure est venue, murmura la silhouette grise d'une voix rauque et inhumaine. Il est temps pour toi d'embrasser ton destin.

Je ne comprenais pas ce que voulait dire la silhouette, mais figé par la peur, je ne pouvais plus délier ma langue. Comme si on m'avait ôté la faculté de parler. Était-ce la mort qui venait à moi ?

La silhouette noire qui se tenait derrière moi lança d'une voix encore plus angoissante, comme si elle voulait me hurler dessus, mais se retenait :

- Il n'est pas prêt, il est faible, il ne sait rien.

- Son aura est celui d'un gamma, encore trop faible ! lança la silhouette grise en me tournant autour. Mais il est la clé, ça ne peut être que lui.

- Alors il a besoin de nous pour y arriver, ajouta la silhouette noire. Un Somniatore aussi faible est très manipulable.

- Oui ! fit la silhouette grise, nous n'avons plus de temps à perdre.

La silhouette grise qui tournait autour de moi commençait à changer de forme, elle se transformait en fumée. C'est épouvanté que je vis les deux fantômes s'introduire dans mon corps par mes yeux et par ma bouche. J'étais totalement paralysé, je ne pouvais plus bouger. Tout d'un coup, c'était le noir absolu, je ne sentais plus rien, je ne sentais plus mon corps. Que se passait-il ? Me l'avaient-ils enlevé ?

Par la suite, je me mis à voir des choses, des images défilaient sous mes yeux. Je connaissais ces images, elles m'étaient familières. Mais oui, je ne me trompais pas, je voyais Rayan un enfant à la main. C'était la petite fille de tout à l'heure, je revivais l'accident.

Et là, c'est encore moi, lors de ma séance de rééducation. Qu'est-ce qui se passe ? Je revivais ma journée, mais dans l'autre sens ; comme si le temps repartait en arrière. Non, c'est plutôt ma vie qui défilait sous mes yeux. Je voyais toute ma vie défiler. Mes plus grands moments, mes plus beaux moments.

Ensuite, je voyais mes parents, heureux et souriants, ils tenaient un petit bébé. Était-ce moi ? Je ne savais pas que j'avais ces souvenirs en moi. Je les voyais comme je ne les avais jamais vus.

Le temps continuait à remonter, je voyais maintenant ma naissance, mais ça ne s'arrêtait pas là, le temps continuait à remonter avant ma naissance, à un moment où je n'existais même pas. Qu'étaient-ils en train de me faire ? Il était impossible que ce soit mes souvenirs. Je voyais des choses que je ne pouvais pas avoir connues, par exemple, je voyais ma mère lorsqu'elle était plus jeune dînant avec un homme, mais ça ne semblait pas être mon père. Ça devenait plus rapide, tout allait trop vite, le temps continuait à remonter encore plus vite puis soudainement, le noir total. Étais-je mort ?

J'aperçus une lumière et je me réveillai en sursaut, mais je n'étais pas dans mon lit. J'étais dans une espèce de pièce dépouillée de lumière ou même de fenêtre ressemblant étrangement à une pièce que l'on pourrait s'attendre à retrouver dans un château. Je tentais de me mettre debout, mais je ne sentais ni mes bras ni mes jambes ou n'importe quelle autre partie de mon corps.

Je pouvais néanmoins me déplacer avec beaucoup d'aisance presque comme si je lévitais. Étais-je mort ? Ou étais-je encore dans un rêve ? Pourquoi ne ressentais-je ou ne voyais-je plus mon corps ? C'était très curieux et différent, comme si j'étais sous l'influence d'une force mystérieuse.

En parlant de force mystérieuse, qu'étaient ces silhouettes ? Avaient-elles vraiment été là où était-ce juste un cauchemar ? En tout cas, j'étais bien content qu'elles aient disparu.

Au loin, j'aperçus une porte à travers laquelle s'insinuait un filet de lumière, je me ruai vers la porte et me dépêchai de la franchir.

Dix minutes plus tard après avoir franchi la porte, j'étais toujours à la recherche d'une sortie, cet endroit était un véritable labyrinthe. Les portes se succédaient, mais sans jamais vouloir déboucher sur une sortie.

Cette bâtisse dans laquelle je me trouvais était immense, je n'avais aucune idée de l'endroit où je me trouvais, ni pourquoi j'étais là. Le plus étrange était que je n'avais encore rencontré personne. Cet endroit semblait totalement vide. J'étais de plus en plus anxieux, impossible de m'expliquer à moi-même ce qui m'arrivait. Pourquoi étais-je dans cet endroit ? Pourquoi n'arrivais-je pas à en sortir et surtout dans quel genre de rêve me trouvais-je ? Je ne pouvais pas ne pas m'imaginer dans un rêve. C'était ça ou j'étais mort.

Soudainement, un homme sorti de nulle part surgissait brusquement devant moi. Mon cœur était sur le point de s'arrêter.

Le sien aussi apparemment, il commença à me parler, mais je ne l'entendais pas, je ne pouvais percevoir le moindre son venant de lui.

Puis, il retourna tranquillement à ses affaires. J'essayais de lui parler, mais il ne m'entendait toujours pas, c'est tellement étrange, cet homme me voyait, il m'a parlé. Même si j'étais incapable de l'entendre et quand j'essayais de lui parler, il n'entendait rien. J'essayais encore d'attirer son attention en essayant de lui parler, mais rien. Je paniquais de plus en plus, et si j'étais vraiment mort ? Si j'étais dans un rêve pourquoi ne pouvais-je pas en sortir ? Pourquoi ne pouvais-je rien maîtriser ?

L'homme vêtu d'un accoutrement particulier ressemblait à un personnage d'époque, ce que je trouvais de plus en plus bizarre. Après avoir terminé sa besogne, l'homme quitta la salle dans laquelle nous nous trouvions. Je me mis à suivre cet homme qui avait l'air de savoir exactement où il allait.

Après une petite visite improvisée dans les quelques salles du bâtiment, je finissais par apercevoir la lumière du soleil qui s'infiltrait abondamment dans le bâtiment.

Nous nous retrouvâmes dans une cour immense donnant sur un jardin de toute beauté. Les soins apportés aux fleurs qui décoraient ce jardin étaient remarquables. Au fond du jardin se trouvaient plusieurs hommes en armure, c'étaient des chevaliers. Ils se tenaient là debout avec un air sérieux sur leur visage. À côté d'eux se trouvait un vieil homme assis tranquillement en train de jardiner. L'autre homme que je suivais toujours s'approcha du vieil homme. Il commençait à discuter. Mais comme tout à l'heure, je n'entendais rien, comme si j'étais complètement sourd. Je ne faisais que voir le monde qui m'entourait sans pouvoir interagir avec. Un peu comme si je regardais un film, à la seule différence que le son était coupé. Qui étaient ces hommes ?

Tout d'un coup comme happé par une force invisible, je quittai précipitamment le monde dans lequel je me trouvais. Je me remis encore une fois à voyager dans le temps, mais cette fois-ci en allant de l'avant.

Des images défilaient à nouveau sous mes yeux, des images que je ne comprenais pas. Je revoyais des moments avant ma naissance, je repassais encore par ma naissance. Je revis mes parents, en fait, je revoyais exactement ce que j'avais vu tout à l'heure, mais cette fois-ci dans l'autre sens. Et encore une fois, c'était le noir total avant de rouvrir mes yeux au point de départ.

En ouvrant mes yeux, j'aperçus avec horreur les silhouettes fantomatiques qui n'avaient pas disparu. Pendant tout ce temps, j'étais toujours au même endroit toujours entre les deux silhouettes, elles n'étaient jamais parties. Ce cauchemar n'était donc pas fini.

- Que m'avez-vous fait ? Que me voulez-vous ? demandai-je d'une voix incertaine.

- Fantastique, jubila la silhouette grise. Son pouvoir est tout simplement magnifique. C'était donc vrai, il va vraiment nous permettre de le retrouver.

Le retrouver ? De quoi pouvait-il bien parler ? Que voulait-il retrouver ?

- Tu n'es pas encore assez fort, Noah Akeylla, ton potentiel continuera de grandir, continua la silhouette grise.

- Nous ne pouvons pas encore utiliser tout le potentiel de ta capacité alpha, reprit la silhouette grise, mais le jour viendra où tu seras suffisamment fort pour accomplir ton destin, le moment venu...

Au moment même où la silhouette s'adressait à moi, nous fûmes interrompus par un tremblement de terre. Je connaissais la signification de ce tremblement de terre. Tout commençait à disparaître autour de moi, quelque chose ou quelqu'un était en train de me réveiller. Au moment même où les silhouettes étaient en train de s'adresser à moi, j'étais en train de me réveiller. Je tentai désespérément d'obtenir des réponses.

- Qui êtes-vous ? Que me voulez-vous ? tentai-je désespérément.

Les deux silhouettes qui me regardaient disparaître répondirent en même temps.

- Tu es un Somniatore, Noah Akeylla, tu es l'un des nôtres, nous te mettrons sur le chemin de ton destin. Le moment venu, tu accompliras ta mission.

Sur ces dernières paroles, je me réveillai brusquement en hurlant :

- Non, attendez !

Une main m'agrippa fermement et j'entendis une voix familière.

- Calme-toi mon pote, c'est moi Rayan.

- C'est toi ! dis-je d'un ton rassuré, mais en même temps, une petite déception se lisait dans ma voix.

Rayan venait juste de me sortir du rêve le plus étrange qu'il m'avait été donné de faire. J'avais l'impression d'avoir raté ma chance d'obtenir des réponses. Ces silhouettes, elles pouvaient faire les mêmes choses que moi sauf qu'elles semblaient beaucoup plus puissantes. J'aurais pu obtenir des réponses sur ma capacité.

Ce rêve était tellement étrange que je n'en oubliai pas une miette, même après avoir été réveillé brusquement, par contre j'avais oublié presque tout ce dont j'avais rêvé avant de rencontrer les deux silhouettes. Je me rappelais leur dernière parole. Un Somniatore, qu'était-ce qu'un Somniatore ? Que voulaient-ils dire par *tu es l'un des nôtres, nous te mettrons sur le chemin de ton destin. Le moment venu, tu accepteras ta mission.*

Je savais que je les reverrais. Ces deux silhouettes, elles m'apprendraient peut-être des choses. Mais quand les reverrais-je ? Je n'en avais aucune idée, après tout, c'étaient eux qui m'avaient trouvé et pas le contraire. Je n'étais donc pas seul.

9

INTERVENTION

J'en suis sûr, j'ai bien été suivi. Est-il possible que les membres de l'ordre aient retrouvé Noah ? Non, c'est impossible. Il est temps de passer à l'acte, mais je n'y arriverai pas seul. Je dois contacter le grand maître.

À cette heure-ci, il est sûrement en plein milieu de son dîner accompagné de ses nièces. En effet, Killian Karman vivait avec ses deux nièces Elie et Rose. Les deux sœurs jumelles de 15 ans vivaient au château du grand maître. Mais elles ne voyaient pas beaucoup de monde du fait de la position de leur oncle qui était très protecteur envers elles.

Leur père, le jeune frère du grand maître, était atteint d'une maladie entourée de mystère qui le rendait inapte quant à l'éducation de ses deux enfants. Contre son gré, la garde fut confiée à son frère qu'il méprisait profondément. La femme de Rey Karman mourut après avoir donné la vie à Elie et Rose.

Les jumelles étaient complètement isolées du monde, elles n'avaient pas d'amis avec qui passer du temps et ne fréquentaient aucune école, elles recevaient des cours privés au château. Le grand maître était très à cheval sur leur sécurité. Moi-même, qui suis un habitué du château du grand maître, n'avais pas très souvent l'occasion de les voir.

J'ai toujours pensé que la présence des jumelles apaisait Killian Karman. Elles étaient comme les enfants qu'il n'avait jamais eus. En effet, il n'avait jamais pris le temps de bâtir une relation solide dans le but de créer une famille. C'était simple, il ne croyait pas au mariage, mais on pouvait clairement voir dans ses yeux qu'avec le temps, c'était un choix de vie qu'il regrettait.

Je saisis mon téléphone et composai le numéro du grand maître. Je le connaissais par cœur.

À la cinquième sonnerie du téléphone, Sébastien répondit.

- Résidence Karman, comment puis-je vous aider ?

- Idy Oart, pourrais-je parler au grand maître ?

- Bien sûr, monsieur Oart, il dîne en ce moment, mais un instant s'il vous plaît.

J'avais raison, il était bien en train de dîner. Sébastien savait que le grand maître détestait se faire interrompre pendant son repas, mais une exception était toujours faite tant que l'affaire concernait les Somniatores.

Je pouvais l'entendre marcher, le téléphone en main se dirigeant vers le grand maître.

- Monsieur Oart au bout de la ligne, lança Sébastien en direction de Killian Karman.

- Oart, quel plaisir de vous entendre, j'espère que vous avez de bonnes nouvelles.

- Bonsoir grand maître. Hé bien la bonne nouvelle, c'est que je suis au Canada, le garçon se porte très bien et à l'air déjà très à l'aise avec sa capacité.

- Bien, bien ! s'exclama Karman, c'est une bonne chose, à quel niveau est-il ?

- C'est encore trop tôt pour le dire, mais je pense qu'il est au stade bêta.

- Je vois, il ne s'en tire pas si mal que ça.

- Oui en effet, répondis-je, il a appris tout seul à construire ses rêves et il sait comment se déplacer, mais il commence à se perdre entre rêve et réalité en grandissant ; il était vraiment temps qu'on entre en contact avec lui, il aurait pu tomber dans le piège de sa capacité. Mais il semble garder les pieds sur terre ce qui est une bonne chose.

- Du moment qu'il est toujours en vie. Enfin, il se porte bien, c'est une bonne chose, mais je vous connais, Oart, vous ne m'auriez pas appelé si c'était juste pour m'informer de son bien-être, devina le grand maître.

- Non, bien sûr que non, répondis-je. Non, la véritable raison pour laquelle je vous ai appelé est la suivante. J'ai toujours dit que pour connaître une personne réellement, c'était à travers son rêve ; alors hier soir, j'étais dans le rêve de Noah bien sûr à son insu, tout était normal.

Tandis que je parlais, Karman commençait à s'impatienter au téléphone, je pouvais presque l'entendre taper nerveusement du pied.

- Il construisait son rêve, continuai-je, et je dois dire qu'il se débrouille magistralement bien. Tout était plutôt détaillé pour un débutant, du beau travail. Bien sûr, il y avait quelques erreurs d'incohérence par ci et par là qu'il faudra corriger, mais globalement un très beau travail.

- Oart, allez au but, grogna Karman qui avait perdu patience.

- Désolé, je m'égare, répondis-je, alors voilà, repris-je avec une voix plus sérieuse, Noah se trouvait dans le visum à la recherche d'un rêve qu'il allait probablement infiltrer, quand une chose inexplicable arriva.

- Quoi donc ? demanda Karman.

- Eh bien, pendant un moment, il a disparu de mon espace de vue, répondis-je.

- Qu'est-ce que vous racontez ? C'est impossible, personne ne peut vous échapper ou disparaître de votre vue comme ça, protesta Karman. Croyez-vous qu'il vous ait vu ?

- Non impossible ! répondis-je. Noah a purement et simplement disparu de mon espace de vue, mais il était toujours dans le monde des rêves. Je pouvais toujours sentir son aura onirique, je l'ai vu se diriger puis entrer dans un rêve et pouf, il n'y avait plus aucune trace ni de lui ni de ce rêve ; j'avais beau chercher, impossible de le retrouver.

- Si vous ressentiez son aura, cela veut dire qu'il rêvait toujours, rétorqua Karman. Vous pensez que les membres de l'ordre ont quelque chose à voir avec ça ?

- Si c'est le cas, cela voudrait dire qu'ils ont un nouveau Somniatore extrêmement puissant parmi eux ; car jamais un Somniatore, aussi puissant soit-il, n'avait disparu ainsi de ma vision, et comment aurait-il pu pénétrer dans l'espace protéger des gardiens, répondis-je.

- Les membres de l'ordre l'ont déjà trouvé ? demanda Karman sur un ton inquiet.

- Je le crains hélas ! répondis-je.

- Ils sont capables de le faire disparaître de notre vue ? Rajouta Karman tout en haussant le ton. C'est une situation intolérable ; qui sait ce qu'ils ont pu lui raconter, il est fort à parier qu'ils tenteront de le tourner contre nous.

- Oui, mais je pense que nous ne devrions pas exclure le fait que ce n'était peut-être pas des membres de l'ordre, ajoutai-je, peut-être est-ce une autre facette du monde des rêves. Nous avons encore beaucoup à apprendre sur ce monde.

- Quelles sont vos propositions ? J'assume que vous ne m'auriez pas appelé sans solution ? reprit Karman qui avait repris son calme.

- Non, bien sûr que non, repris-je, je pense que l'on devrait impliquer les gardiens.

- Les gardiens ? rétorqua Karman avec étonnement. Ça me surprend que vous me demandiez cela, vous savez qu'après Kogan ne vous lâchera plus ?

- Je sais, répondis-je, mais j'ai l'impression que les membres de l'ordre seront là aussitôt que je serai entré en contact avec le garçon ; ils n'ont pas encore l'air de connaître sa position dans le monde réel et j'ai l'impression qu'ils comptent sur moi pour la leur donner.

- Qu'est-ce qui vous fait supposer cela ? demandait Karman.

- Depuis mon arrivée, j'ai l'impression d'avoir été suivi, c'est la raison pour laquelle je ne suis toujours pas allé voir le garçon. Si l'ordre me suit, ça risque d'être beaucoup plus

compliqué que prévu. Ils savent que quelque chose se prépare.

- Comment ont-ils su ? me demanda-t-il à nouveau.

- Il est un peu tard pour se poser cette question. Ce qui
compte pour le moment, c'est de mettre le garçon à l'abri,
répondis-je.

- Ne vous en faites pas, je contacte Kogan immédiatement et vous, je veux que vous trouviez le moyen de rentrer
en contact avec le garçon sans éveiller trop de soupçons. Met-
tez-le à l'abri. Il nous le faut vivant Oart.

- Vous savez très bien que je ne le laisserai jamais
mourir, lançai-je sur un ton sérieux.

- Bien, je compte sur vous.

Sur ces mots, Karman raccrocha immédiatement.

- C'est parti, pensai-je à voix haute, je ferai mieux de me
bouger avant que ça ne dégénère.

Je regardai discrètement par la fenêtre, les deux hommes
qui avaient l'air de me suivre depuis mon arrivée n'étaient
plus là. De toute façon, si c'étaient des membres de l'ordre
et qu'ils me surveillaient, ils ne connaissent sans doute pas
la position de Noah et attendent juste que je les mène à lui.
Toujours est-il que je ne peux pas prendre le risque d'aller le
voir sans protection. Non, ce serait trop risqué, mieux vaut
continuer à surveiller Noah à distance et attendre que les gardiens arrivent.

10

NUIT BLANCHE

Avant de sortir de ma chambre, je m'attendais déjà au commentaire de grand-mère.

- 3 heures de l'après-midi ? Tu as dormi longtemps, Noah ? Dramatisa grand-mère d'un air inquiet.

Je ne m'étais pas rendu compte que j'avais dormi aussi longtemps, il était vraiment 3 heures ? Est-ce que c'est à cause de ce rêve que j'ai dormi aussi longtemps ? Il est vrai que mes rêves avaient tendance à me garder longtemps endormi, mais là j'ai dû battre un record.

- Désolé, grand-mère, j'étais vraiment éreinté, répondis-je en sortant paresseusement de ma chambre. En plus, je me suis endormi très tard.

Ce qui était faux bien sûr, mais c'était la seule explication vraisemblable que je pouvais lui offrir. Rien d'autre ne pouvait expliquer comment j'avais dormi de 8 heures du soir à 3 heures de l'après-midi.

- Je n'ose même pas imaginer à quelle heure tu te serais réveillé si Rayan n'avait pas été là. Moi qui te croyais sorti, rétorqua grand-mère.

- Il ne faut pas l'en vouloir grand-mère. On a fait beaucoup de sport hier soir, lâcha Rayan qui tentait de me venir en aide.

- En tout cas, j'espère que tu ne dormiras pas autant chez ton oncle, il ne faudrait pas qu'il ait une mauvaise opinion de toi, protesta-t-elle.

Ah ! Ce fameux oncle chez qui je devais aller vivre à Londres devait arriver demain. Cet oncle que je n'avais encore jamais vu. Cet oncle à qui je n'avais parlé que quatre fois tout au plus et qui avait toujours pris soin de mes études.

Je n'avais aucune envie de quitter cette ville que j'avais adoptée et qui m'avait adopté et surtout d'abandonner grand-mère avec qui j'avais passé tant de moments. Tout cela pour aller rejoindre un oncle que je connaissais à peine. Mais je n'avais pas vraiment le choix, surtout que la santé de grand-mère n'était pas au meilleur.

Hé oui, grand-mère n'aurait jamais pu prendre en charge le coût de mes études universitaires, sans compter qu'elle était trop fatiguée pour gérer un adolescent. Elle avait besoin que l'on s'occupe d'elle et non pas le contraire.

J'appréhendais le moment où je devrai la quitter et c'était seulement dans quelques heures. S'il y a une chose qu'il faut bien reconnaître au temps, c'est qu'il n'attend pas. Le temps est sans pitié.

- Alors Rayan, comment est-ce d'être célèbre ? Tes parents doivent être terriblement fiers de toi ? demanda grand-mère.

- Ha ! Vous savez, ce n'est pas grand-chose, n'importe qui aurait fait la même chose, dit-il sur un ton faussement timide.

Hé, c'est reparti, on allait encore lui lancer des fleurs sans savoir que sans moi il n'aurait jamais pu faire quoi que ce soit, sans savoir que le vrai héros c'était moi.

- Ah, mais non, c'est un acte héroïque que beaucoup n'auraient jamais entrepris, c'était très courageux. Et puis les jeunes d'aujourd'hui, je suis sûre qu'ils auraient juste sorti leurs appareils pour filmer la scène, lança-t-elle à nouveau.

- Si j'avais pu, j'aurais aussi fait quelque chose, baragouinai-je.

- Mais oui, mon grand, j'en suis convaincu, lança grand-mère en pinçant mes joues feignant d'avoir compris ce que je venais de dire. Bon, mangez pendant que c'est encore chaud, je vais m'occuper de la lessive, dit-elle en quittant péniblement la pièce.

Sur le coup, Rayan lançait dans ma direction un regard qui avait l'air de dire à nous deux. J'avais compris sur le coup.

- Je suppose que tu es là pour parler de l'accident ? demandai-je en me dirigeant vers la salle à manger.

- Comment est-ce que tu as fait, c'était incroyable ? Comment est-ce que tu as su ce qui allait se passer Noah ?

- C'était juste un coup de chance, j'ai juste eu un mauvais pressentiment, répondis-je de façon peu convaincante.

- Un mauvais pressentiment ? J'en doute, mon vieux, tu as su qu'il y aurait un camion avant même qu'il n'arrive. Est-ce que ça a encore à voir avec tes rêves ? C'est ça, c'est tes rêves hein ? demanda-t-il avec excitation.

- Tu crois que j'aurais su tout ça à partir de mes rêves Rayan ?

Rayan, sans me répondre, me lança un regard accusateur et interrogatif.

- OK ! Tu as raison, avouai-je.

- Haha, je le savais ! lançait-il d'un air triomphant, mais comment ?

- C'est très étrange, mais c'est comme si ma capacité évoluait.

- Qu'est-ce que tu veux dire ? demanda-t-il.

- Tu sais déjà ce que je suis capable de faire quand je dors.

- Oui, bien sûr, c'est pourquoi j'ai pensé que ça avait à voir avec tes rêves. De plus, ce n'est pas la première fois que tu as prédit quelque chose. Tu te souviens de ce test ?

- Comment pourrais-je oublier ? C'était de la folie.

- Non Noah, hier c'était de la folie. À vrai dire, je n'ai jamais vraiment cru que tu étais capable de prédire quoi que ce soit.

- Quoi ? Tu pensais que je te mentais ?

- Allez Noah, n'importe qui aurait pu prédire ça. Quoi qu'il en soit, j'ai beaucoup hésité avant de te réveiller. Je me suis dit que tu étais dans un de tes rêves, ajouta-t-il.

Rayan était la seule personne au courant de ma capacité depuis un bon moment déjà. Au début, il était très sceptique, mais le jour où je lui ai révélé ce à quoi il avait l'habitude de rêver dans les moindres détails, il n'eut pas le choix que d'y croire.

- En parlant de ça, je me demande si tu as bien fait de me réveiller, le rêve que j'étais en train de faire aurait pu m'apporter des réponses à mes questions.

- Noah, je n'avais pas le choix, je devais te réveiller. Quand je suis arrivé dans ta chambre et que j'ai vu que tu dormais, je n'avais pas l'intention de te réveiller. Mais au moment où je m'apprêtais à quitter ta chambre, tu t'es mis à t'agiter. Tu transpirais comme si tu t'étouffais.

Je l'écoutais avec un intérêt grandissant.

- Continue, lançai-je.

- J'ai pensé que tu faisais un cauchemar, alors naturellement j'ai essayé de te réveiller. Je me suis dit que si tu vivais tes rêves aussi intensément, ça devait être pire avec les cauchemars. Mais, tu ne te réveillais pas. Peu importe mes efforts, tu restais endormi. Tu ne bougeais plus pendant un instant. Je dois t'avouer que j'ai cru que tu étais mort.

Je repensais alors au moment où j'étais dans ce bâtiment qui ressemblait fortement à un château. Je n'étais plus dans mon corps ni dans mon rêve. Comme si j'étais manipulé par ces Somniatores. C'est comme si j'étais mort pendant un instant.

- Comment m'as-tu réveillé ? demandai-je.

- Je n'en sais rien, répondit Rayan. Tu t'es remis à bouger frénétiquement et j'en ai profité pour te réveiller. C'est à ce moment que tu t'es levé en sursaut en hurlant quelque chose d'inaudible.

Rayan avait dû me réveiller au moment où les deux ombres m'avaient ramené dans mon rêve.

- De quoi rêvais-tu ? demanda Rayan.

Avant de lui répondre, je balayai la pièce du regard pour vérifier qu'on était bien seuls.

- C'est le rêve le plus étrange que j'ai fait jusqu'à présent. J'étais en train de rêver que j'avais une conversation avec deux apparitions étranges, on aurait dit des fantômes. Je n'avais jamais rien vu de la sorte, je ne les avais pas créés et ça n'avait rien à voir avec un cauchemar. Surtout celui que j'ai l'habitude de faire ; j'avais l'impression que quelqu'un d'autre contrôlait ce rêve, quelqu'un comme moi, lançai-je sur un ton plein d'angoisse.

- Des fantômes ? Tu as vu des fantômes dans ton rêve ? demanda Rayan. C'était peut-être juste un mauvais rêve.

- Non ! répondis-je avec insistance. C'était plus que ça, je n'avais encore jamais fait ce genre de rêve, ces ombres s'adressaient clairement à moi et je pense que quelqu'un ou quelque chose est derrière tout ça. Quelqu'un comme moi, ils m'ont dit qu'ils étaient des… des Somniatores.

- Des Somniatores ? Qu'est-ce que c'est que ça ? demanda Rayan.

- Je n'en ai aucune idée, répondis-je, mais attends.

Je sortis de ma poche mon téléphone intelligent, j'adore cet appareil. Je le voulais à tout prix à sa sortie, mais malheureusement grand-mère ne pouvait pas me l'acheter. Mais ça ne m'a pas arrêté pour autant, j'ai travaillé pour me l'acheter.

Il y a encore un mois, je travaillais dans un centre d'appel pour pouvoir me l'offrir et ça valait le coup. Malheureusement, j'ai été renvoyé de ce centre d'appel parce que je n'arrivais pas à simuler de l'empathie pour les clients ; comment avoir de l'empathie pour des gens qui n'arrêtent pas de vous crier dessus à longueur de journée ?

Je m'empressai de taper Somniatore dans la barre de recherche en espérant l'épeler correctement. Rayan, curieux, se précipita près de moi.

Les résultats apparaissaient, tout ce que je trouvais de suffisamment proche était un mot qui ressemblait à du latin, *Somniatorum*, ainsi que des versets bibliques. Je cliquai sur le mot *Somniatorum*.

Somniatorum est une déclinaison de Somniator qui avait deux sens. Le premier était visionnaire, soit celui qui a des visions. Le deuxième sens était rêveur, soit celui qui n'a pas le sens des réalités. J'échangeai un regard avec Rayan, ces définitions nous faisaient comprendre d'une certaine manière qu'on était sur la bonne voie. Je continuai alors ma recherche.

Finalement je tombai sur une rubrique très intéressante sur les mythes et légendes anciennes où le mot clé Somniatore avait été trouvé. Je trouvais juste en dessous un texte intitulé *Les Somniatores* et me mis à le lire.

Les Somniatores étaient un groupe d'êtres surnaturels qui vivaient parmi les hommes à l'époque du Moyen Âge. C'était des fantômes blancs sans visages qui s'introduisaient dans les rêves des Hommes pour les forcer à faire des choses terrifiantes. Ceux qui refusaient étaient alors tués dans leur sommeil. À cette époque, les morts durant le sommeil étaient toutes attribuées aux Somniatores qui étaient craints plus que la mort elle-même. Certaines légendes urbaines racontaient que les Somniatores étaient des humains incapables de dormir et qui se changeaient en fantômes pour hanter le sommeil de ceux qui dormaient.

Je continuai à lire avec un air sceptique, mais il fallait reconnaître que cette histoire était ce que j'avais trouvé de plus proche de celle à quoi je m'attendais, bien qu'à ce que je sache, je ne me changeais pas en fantôme dans mon sommeil.

- Des fantômes blancs sans visages, lançai-je. Ceux que j'avais vus étaient sombres et leurs visages étaient recouverts d'une capuche, impossible de dire s'ils avaient un visage ou pas.

Toute cette histoire semblait de plus en plus étrange, et je n'avais aucune réponse. Mais il fallait quand même reconnaître que l'apparition de ces fantômes allait me permettre d'avoir des réponses sur ce que je suis vraiment. Ce texte mentionnait quelque chose. Si cette histoire que je venais de lire était vraie, est-ce que je peux vraiment tuer quelqu'un dans mon sommeil ? Ce qui était sûr était que je n'avais aucune envie d'essayer pour m'en assurer.

- Est-ce que tu penses que c'est vrai tout ça ? demanda Rayan.

- Je ne sais pas vraiment quoi penser ! répondis-je.

- À propos, pour l'accident, comment t'est-il apparu en rêve ? demanda à nouveau Rayan.

- Tu te souviens de ces rêves incontrôlables dont je t'ai déjà parlé ?

- Oui ! répondit-il, comme celui où tu as vu la mort du chat de madame Johnson ? Ou comme quand tu avais deviné que les Toronto Raptors remporteraient la finale NBA avec score à l'appui ?

- Exactement ! répondis-je, ces rêves étaient toujours un peu flous, mais avec le temps ils deviennent plus précis. Et quand j'ai rêvé de cet accident, c'était beaucoup plus clair et plus précis qu'avant.

- Alors tu as rêvé de toute la scène et tu les as vus mourir dans ton rêve, waouh, c'est effrayant ! s'exclama Rayan.

- Pas exactement, répondis-je. Seule la petite fille mourrait dans mon rêve. En plus, je n'ai pas rêvé de toute la scène de façon aussi complète, c'était épisodique, un peu comme si je voyais la bande-annonce d'un film, et qu'ensuite je voyais le film dans la réalité.

- Mais comment as-tu fait pour oublier un rêve aussi important ? lança Rayan.

- Parce que juste après l'explosion dans mon rêve, je me suis réveillé en sursaut et tu sais ce qui se passe quand je me réveille brusquement, j'oublie tout. Mais j'étais sûr que le rêve que je venais d'oublier était très important, j'ai essayé de m'en souvenir, mais je n'y arrivais pas. Ensuite, quand j'ai vu la petite fille dans sa robe orange, c'est comme si ça avait eu un effet déclencheur et le rêve me revenait petit à petit.

- C'est incroyable ! ajouta Rayan, d'un air admiratif. Et que s'est-il passé exactement dans le rêve ?

- Je rentrais tranquillement chez moi en écoutant de la musique, quand une petite fille habillée d'une robe orange et une femme sont passées à côté de moi. Ensuite, je suis passé devant un magasin de pneus quand l'un des employés s'est adressé à moi. Juste après tu es arrivé, tu m'as lancé ta balle de basket que je rattrapais, ensuite tu voulais que je t'accompagne à l'épicerie acheter de la viande séchée.

- C'est exactement ce que j'allais faire, interrompit Rayan d'un air stupéfié.

- J'ai donc fait demi-tour pour t'accompagner, continuai-je, arrivé au feu, un camion qui venait de perdre le contrôle c'était renversé et est allé s'écraser contre une voiture grise.

- Leur voiture ! compléta Rayan.

- Oui, la petite fille a été tuée sur le coup, le camion commençait à s'enflammer quand la panique s'installa dans la rue. Le chauffeur qui avait réussi à s'extraire de son camion sortit la femme de sa voiture qui s'enflamma également, prit feu et explosa. C'est à ce moment que je me suis réveillé.

- Incroyable ! s'émerveilla Rayan, tu es une sorte de devin.

Je laissai échapper un sourire amusé.

- En tout cas, les fantômes que j'ai vus dans mon sommeil auraient peut-être pu m'apporter des réponses. Le plus étrange est qu'ils semblaient avoir besoin de moi, ils avaient besoin de moi pour accomplir quelque chose.

- Qu'est-ce que tu penses que c'était ? me demanda-t-il à nouveau.

- Si seulement je savais.

Je commençais encore à me perdre dans mes pensées, allais-je revoir ces ombres de sitôt ? Si je pouvais m'endormir tout de suite, je l'aurais fait juste pour les revoir, mais malheureusement je n'avais pas sommeil du tout. Cela peut sembler fou, mais ces ombres semblaient être ma seule chance d'avoir des réponses sur ma capacité.

Le soir même, j'étais impatient de regagner le monde des rêves, allais-je avoir la chance de reparler avec ces Somniatores ? Ma curiosité m'avait fait oublier à quel point la présence de ces ombres m'avait glacé le sang ; tout ce que je voulais c'était avoir une discussion avec ces Somniatores.

Mais ce soir était aussi ma dernière soirée auprès de grand-mère avant un bon moment. Je voulais identiquement passer du temps avec elle. Rayan était également de la partie, au grand désespoir de celui-ci qui aurait préféré une soirée un peu plus palpitante en ville et puis ce n'était pas comme si on n'allait pas avoir cette occasion quand on serait à Londres.

L'ambiance de la soirée était déjà chargée en émotion, grand-mère qui avait du mal à retenir ses émotions laissait déjà échapper quelques larmes. Ce qui ne manquait pas de créer chez moi un certain bouleversement, moi qui détestais les démonstrations affectives. Pendant tout ce temps, grand-mère et moi avions traversé toutes les épreuves ensemble, imaginer la laisser seule me déchirait le cœur. Mais le reste de la soirée se passa si bien qu'on oubliait qu'il s'agissait de la dernière de ce genre avant longtemps.

Il était 11 heures passé, une grande partie de la soirée avait été allouée en conseils en tous genres de la part de grand-mère. Son discours en mon égard avait été tellement solennel que Rayan se sentit obligé à un moment de trouver une excuse pour nous laisser un petit moment.

Elle ne retenait plus ses larmes. Elle m'avait fait promettre d'être un homme bon et respectueux, c'était la première fois qu'elle s'adressait à moi en tant qu'homme. Elle m'a également fait promettre de toujours écouter mon oncle, peu importe ce qu'il me dit et surtout de lui faire confiance. Elle n'était vraiment pas prête à me laisser partir, du moins c'est ce que je ressentais dans ses propos. Le discours prit fin lorsque Rayan revint dans le salon.

- Je n'avais pas réalisé qu'il se faisait aussi tard, remarqua grand-mère. Désolée les jeunes, mais je vais aller me coucher.

- Bonne nuit, Mme Sullivan, ajouta Rayan.

- Ne restez pas éveiller trop longtemps les enfants, fit-elle avant de rejoindre sa chambre à l'étage.

Rayan et moi passâmes le reste de la soirée à parler, attendant que le sommeil nous prenne. Je ne ressentais pas encore le sommeil, il était pourtant déjà 2 heures du matin. C'était sûrement dû au fait que je m'étais réveillé aussi tard tout à l'heure.

Je fis un signe à Rayan que je n'entendais plus, à ma grande surprise il avait fini par s'endormir et commençait même à ronfler.

- Espèce de lâcheur, grommelai-je avant de me laisser tomber sur mon lit.

Le reste de la soirée se passa de la sorte, moi cherchant le sommeil et Rayan qui semblait en profiter à ma place.

4 heures du matin, mes yeux étaient fermés, mais je ne dormais toujours pas, les cliquetis de l'horloge accrochée au mur devenaient assourdissants, j'entendais chaque seconde passer comme des coups de feu qui retentissaient à côté de moi. Les ronflements de Rayan n'arrangeaient rien. À trois reprises déjà, avais-je essayé de les faire cesser en lui bouchant le nez quelques secondes. Mais chaque fois les ronflements reprenaient de plus belle.

Je poussai un long soupir d'exaspération ; pourquoi le sommeil continuait-il de me fuir ? Je me levais un moment, agrippa mon fauteuil puis je me dirigeai vers la cuisine. Je bus un peu d'eau et retournai à ma chambre. Je me recouchai et comptai désespérément les moutons.

5 heures du matin, les premières lueurs du soleil apparaissaient à l'horizon. Mes yeux qui étaient plongés dans les ténèbres de ma chambre s'étaient habitués à l'obscurité et voyaient parfaitement tout ce qui m'entourait. Rayan dormait toujours, mais avait au moins arrêté de ronfler. Je n'en pouvais plus, il allait presque faire complètement jour et je ne dormais toujours pas.

Mon oncle était censé arriver dans six heures, je ne pouvais donc pas rester au lit trop longtemps et avec le voyage qui arrive, je n'aurai sûrement pas le temps de dormir suffisamment longtemps. Mais qui sait, peut-être pourrai-je dormir dans l'avion ? C'était la première fois que je prenais l'avion, enfin la dernière fois j'étais tellement jeune que je ne m'en souvenais plus donc c'était comme si c'était la première fois. Allais-je être suffisamment à l'aise pour dormir ? Les bruits, les turbulences ou même les passages incessants du personnel de bord.

Cet oncle chez qui j'allais vivre, comment était-il ? Allais-je bien m'entendre avec lui ? Je me posais énormément de questions sur lui.

Les très nombreuses questions qui me passaient par la tête ne m'avaient pas fait remarquer qu'il était maintenant 8 heures du matin, que le soleil était levé et que sa lumière avait inondé la chambre. Rayan dormait toujours à poings fermés. Il n'avait pas l'air de vouloir se réveiller et en y repensant, grand-mère ne s'était toujours pas réveillée non plus. Elle qui est plutôt matinale.

Je ne savais absolument plus quoi faire, ça ne servirait plus à rien de dormir maintenant surtout que mon oncle allait bientôt arriver et que grand-mère allait venir me réveiller pour que je me prépare avant son arrivée. Et même si par chance j'arrivais à fermer les yeux, je n'arriverais probablement à dormir qu'une petite trentaine de minutes.

Bon, autant me lever, pas de chance pour ce soir bien que je ne comprenais pas pourquoi je n'arrivais pas à dormir, ça ne m'était jamais arrivé. De retour sur mon fauteuil roulant, je me dirigeais vers la cuisine, mais cette fois-ci pour me servir un petit déjeuner, car une nuit blanche comme celle-ci, ça creuse.

Après avoir fini de prendre mon petit déjeuner, je vis Rayan qui sortait nonchalamment de la chambre, contrairement à moi, il semblait avoir passé une bonne nuit.

- Bonjour, dit-il d'une voix somnolente, elle est où grand-mère ?

- Elle dort toujours, je suppose, lui répondis-je.

- Ah d'accord, ton oncle, il arrive dans pas longtemps non ?

- Oui, je suppose, il peut prendre tout son temps.

Il était maintenant 11 heures du matin, grand-mère n'était toujours pas sortie de sa chambre.

- Grand-mère n'est toujours pas debout ? m'étonnai-je.

Peut-être qu'elle était tout simplement sortie, pourquoi je n'ai pas pensé à cela ? Elle devait être sortie sans que je m'en rende compte.

- J'ai l'impression qu'elle est sortie.

- Tu penses ? questionna Rayan.

- Peux-tu monter vérifier si elle est dans sa chambre ? demandai-je à Rayan.

La chambre de grand-mère se trouvait à l'étage du dessus et mon fauteuil ne me permettait pas d'y accéder. En fait, je n'étais encore jamais allé dans sa chambre, je ne savais même pas à quoi elle ressemblait.

- Eh, tu es sûr que c'est une bonne idée ? Répondit Rayan, je ne suis encore jamais entré dans sa chambre, elle ne va pas mal le prendre ?

- Mais non, ne t'inquiète pas, elle a certainement dû trop dormir ou peut être qu'elle n'est même pas là.

- Bon, très bien, accepta-t-il avec réticence.

Rayan se dirigeait maintenant vers la chambre de grand-mère, il avait l'air vraiment très mal à l'aise. Mais de toute façon c'était lui ou moi, et ça ne pouvait pas être moi.

Arrivé à l'étage, il se dirigea maintenant vers la chambre de grand-mère, je pouvais l'entendre ouvrir la porte. Impuissant, je restai au pied de l'escalier en train d'attendre. Rayan prit un petit moment avant de ressortir.

- Tout va bien là-haut, tu ne t'es pas perdu j'espère ? plaisantai-je.

Tout d'un coup, quelqu'un tapait à la porte.

Ah, je me disais bien ça doit être elle, avait-elle oublié ses clés ?

Je m'avançai vers la porte puis l'ouvris. À ma grande surprise, ce n'était pas grand-mère. Un homme mince et élancé vêtu d'un long manteau noir se tenait devant moi. L'expression sur son visage était étrange, comme s'il venait de vivre un évènement tragique ou comme s'il allait m'en annoncer un. Qui était cet homme ?

- Bonjour Noah, dit-il. Je suis ton oncle, Idy Oart.

Idy Oart, mais oui, c'est vrai c'était lui, ce visage m'était familier ; c'est bien le même homme qui se trouvait sur quelques photos avec mes parents, à la seule différence qu'il paraissait un peu plus jeune sur les photos.

- Vous êtes mon oncle Idy Oart ?

- C'est bien moi, je vois que tu m'as reconnu, tu étais pourtant bien jeune la dernière fois que je t'ai vu et regarde-toi aujourd'hui. Je suis tellement désolé que l'on ait à se rencontrer dans cette situation.

- Quelle situation ? Que voulez-vous dire par là ? demandai-je avec inquiétude.

À ce moment-là, son regard se portait à l'intérieur de la maison. Lorsque je me retournai pour voir ce qu'il regardait, je vis Rayan qui se tenait derrière moi. Il avait redescendu les escaliers dans un silence spectral, et son visage était encore plus pâle que celui d'un mort, ses mains tremblaient fiévreusement.

- Que t'arrive-t-il, Rayan, lui demandai-je inquiet.

- Ta... Ta grand... Ta grand-mère, balbutia-t-il.

- Quoi ma grand-mère ? lui demandai-je, cette fois avec une plus grande détresse dans la voix.

- Elle... Elle ne répond plus... Elle ne bouge plus, bégaya-t-il.

- Quoi, qu'est-ce que tu racontes, Rayan ? Qu'est-ce que tu racontes ?

- Je crois qu'elle est morte ! répondit-il, cette fois avec de grosses larmes qui coulaient sur ses joues.

11

SEUL

Je reçus cette nouvelle comme une véritable bombe ayant explosé dans ma tête, réduisant toutes mes capacités de réaction à zéro.

Juste après avoir ordonné à l'un des hommes qui l'accompagnaient d'appeler la police et une ambulance, Idy Oart se précipita dans la maison en direction de la chambre de grand-mère. Je n'eus même pas le réflexe ni la volonté de l'empêcher de rentrer dans la maison. De plus, il trouva la chambre de grand-mère comme s'il était déjà venu ici.

J'étais toujours figé sur place, tout était devenu inaudible autour de moi, je n'entendais plus que mon cœur qui battait. Rayan quant à lui était tombé sur ses genoux, Idy Oart était toujours là-haut.

Quelques minutes passèrent de cette façon. Idy Oart était redescendu, il fit s'asseoir Rayan sur un fauteuil et me mit son manteau sur le dos. Je n'avais toujours pas retrouvé la faculté de parler.

La police arriva suivie des ambulanciers, les sirènes me tiraient petit à petit de ma torpeur. Des agents entrèrent dans la maison. Rayan et moi étions devenus inutiles, heureusement que mon oncle était là, il dirigeait les ambulanciers et parlait avec deux agents de police quand deux ambulanciers nous prirent en charge Rayan et moi. Je voyais des lèvres bouger, mais je n'entendais rien de ce qu'on me disait, c'était le chaos le plus total.

Quelques minutes plus tard, je reprenais petit à petit mes esprits, je reprenais connaissance du monde qui m'entourait. Oncle Idy se trouvait près de moi.

- Est-ce que tu m'entends Noah ?

- Elle est vraiment morte ? demandai-je simplement.

- Je suis vraiment désolé Noah, je suis vraiment désolé.

- Qu'est-ce qu'il lui est arrivé ? demandai-je à nouveau.

- D'après les médecins légistes, ce serait une crise cardiaque, elle est morte dans son sommeil, elle n'a pas souffert, lança-t-il.

- Ça va mon garçon ? me lança l'un des officiers de police. Noah c'est ça ?

Je hochais tout simplement la tête en signe d'acquiescement.

- Heureusement que ton oncle est là maintenant. Les parents de ton ami ont également été contactés, ils viennent juste d'arriver.

À ce moment-là, je vis le père et la mère de Rayan qui venaient vers moi d'un air assombri. Rayan semblait toujours en état de choc.

- Noah, je suis vraiment désolée, dit la mère de Rayan, les larmes aux yeux. Son père quant à lui avait toujours son air stoïque.

- Monsieur Oart, s'il y a quoi que ce soit que l'on puisse faire, n'hésitez pas, lança le père de Rayan qui semblait également connaître mon oncle.

- Je vous remercie infiniment, monsieur Diggs, répondit-il.

- Monsieur Oart, j'ai cru comprendre que vous devez repartir ensemble à Londres ? lança un des officiers.

- Oui, nous étions censés repartir ce soir même.

- Attendez quand même un jour ou deux, je pense que ce serait mieux pour le jeune, de plus il reste encore quelques formalités.

- N'en dites pas plus, répondit Idy Oart, nous ne partirons pas ce soir, ne vous en faites pas, je vais m'occuper du reste et des funérailles, ensuite nous pourrons partir.

- Bien, monsieur Oart, où pourrons-nous vous joindre ?

Deux jours plus tard, lors des funérailles de grand-mère, une assemblée s'était réunie pour lui dire une dernière fois adieu. Oncle Idy s'était occupé de tout, c'était vraiment gentil de sa part.

J'avais maintenant les idées suffisamment claires pour remarquer qu'il était entouré littéralement d'une armée de gardes du corps qui nous suivait partout où on allait. Était-il paranoïaque ou était-ce vraiment un homme puissant ? Sa présence avait beaucoup accéléré les choses, que ce soit au niveau de la police ou même de l'enterrement.

Je n'étais pas encore d'humeur à communiquer avec qui que ce soit, le deuil était trop difficile à faire. Les amis de grand-mère étaient également là, je ne me doutais pas qu'elle en avait autant. Rayan et sa famille étaient également là, Rayan n'avait pas dit un seul mot depuis.

À la fin des funérailles, tout le monde venait m'adresser une dernière fois leurs condoléances avant de s'en aller. Idy Oart et moi partions le lendemain même, il voulait me laisser passer une dernière soirée dans cette ville ou rien ne me retenait plus désormais.

Le lendemain, un 4x4 noir nous attendait devant la porte pour nous conduire à l'aéroport. Je montai dans le véhicule aidé par le chauffeur et les gardes du corps d'oncle Idy qui s'affairaient à ranger mon fauteuil dans le coffre.

Le véhicule démarra, je n'arrivais pas à quitter la maison des yeux. À mesure que le véhicule avançait, elle devenait de plus en plus petite jusqu'à disparaître complètement. Était-ce la dernière fois que je voyais cette maison ?

- Ne t'en fais pas, dit Oart, où que soit ta grand-mère et tes parents, je suis sûr qu'ils veillent sur toi.

Je répondis d'un hochement léger de la tête, le reste du voyage se poursuivit dans le silence le plus absolu.

À quelques kilomètres de l'aéroport, le véhicule s'apprêtait à s'engager sur l'autoroute avant de bifurquer brusquement. Je connaissais bien la ville, donc le chemin de l'aéroport et vu les nombreux changements de direction opérés par le chauffeur, je commençais à me demander s'il savait où il allait.

Je jetai un regard discret à oncle Idy qui semblait impassible quand tout à coup le chauffeur rompit le silence.

- Dr Oart, nous sommes suivis.

Il acquiesça calmement de la tête et jeta un coup d'œil par-derrière.

- Vous êtes sûr que ce sont eux ? demanda-t-il.

- Affirmatif ! répondit le chauffeur qui avait soudainement quelque chose de militaire.

Dans l'excitation qui commençait à s'installer dans le véhicule, je me retournai également pour apercevoir ceux par qui nous étions suivis, mais nous étions entourés de toute part de véhicules tous aussi banals les uns que les autres et d'ailleurs, pourquoi le chauffeur pensait-il être suivi ? Et pourquoi oncle Idy semblait-il avoir pris un air aussi sérieux ?

Sur le coup, je réalisai que je n'avais même pas pris le temps de prêter attention aux occupants du véhicule. Le chauffeur ressemblait plus à un garde du corps qu'à autre chose du fait de son corps musculeux qui était enveloppé par un costume tout noir exactement comme les autres gardes du corps présents à l'enterrement que je n'apercevais plus.

L'homme qui était assis à côté de lui n'avait rien à lui envier côté corpulence. Chose étrange, il semblait être en train de dormir. Si c'était un garde du corps, comment pouvait-il dormir alors que la personne qu'il devait protéger était assise juste derrière lui ? Je ne pouvais pas voir son visage, donc c'était difficile à dire s'il dormait réellement, en fait on aurait dit qu'il méditait.

- Depuis combien de temps sont-ils après nous ? demanda Idy Oart.

- Nous les avons repérés depuis notre arrivée et nous avons eu la confirmation lors des funérailles ! affirma le chauffeur. Nous étions tout d'abord suivis par une voiture noire et juste après avoir quitté la maison, une autre voiture s'est jointe à la première.

Comme je m'y connaissais en voiture, je me retournai encore et aperçus au loin les deux véhicules qui correspondaient aux descriptions du chauffeur. Nous suivaient-ils vraiment ?

Soudain le deuxième homme qui dormait ou méditait à côté du chauffeur se ranima brusquement et lança :

- Le contact est établi, nous savons exactement où ils sont, leurs signatures oniriques correspondent, ce sont bien des Somniatores.

- Des Somniatores ! m'exclamai-je dans la confusion la plus totale. Vous avez dit des Somniatores ?

Idy Oart me regarda d'un air surpris,

- Comment connais-tu ce mot ? Qui te l'a appris ?

Je ne me trompais pas, l'homme venait de dire qu'on était suivis par des Somniatores.

- Combien sont-ils ? demanda oncle Idy.

- Dix en tout, quatre dans chaque véhicule et deux autres que nous avons repérés dans un bâtiment abandonné au nord de la ville, répondit l'homme qui venait de se réveiller.

- Écoutez bien, la sécurité de Noah est notre priorité, ne l'oubliez pas ! ajouta Oart.

- Affirmatif monsieur, l'opération est en marche et l'avion est prêt à décoller, continua le chauffeur.

- Espérons qu'on n'alertera pas trop les sans-consciences, ajouta Idy Oart.

Je ne comprenais absolument pas ce qui se passait, Somniatores, sans-consciences, qu'est-ce que tout ça voulait dire ?

Les deux voitures qui étaient après nous se mirent à accélérer tentant de nous rattraper.

- Ils m'ont repéré, ils doivent aussi avoir un traceur, lança l'homme qui se trouvait au côté passager.

- Ils ont réussi à vous repérer ? Ils sont bons, ajouta Idy Oart avec presque une touche d'humour.

- Ça ne change rien monsieur, nous l'avons prévu, l'opération est toujours en cours, ajouta le chauffeur.

Idy Oart semblait tellement serein que j'avais du mal à croire qu'on était vraiment suivi. Notre SUV se mit également à accélérer et se mit à slalomer dangereusement entre les autres véhicules. J'essayais de m'agripper de toutes mes forces à mon siège. Je ne comprenais plus rien.

- Qu'est-ce qui se passe ? Qu'est-ce qui se passe ? demandai-je sur un ton agité.

- Ne t'inquiète pas, tout est sous contrôle, répondit Idy Oart. Avec un léger sourire. Mais cette réponse désinvolte ne me rassurait pas pour un sou.

Notre voiture arriva à un point où les autres véhicules du trafic nous bloquaient totalement la route. Nous ne pouvions donc plus avancer. Les deux SUV qui nous pourchassaient nous avaient rattrapés et s'étaient arrêtés à notre hauteur, nous cernant des deux côtés.

La vitre fumée d'une des voitures s'abaissa, un homme sortit un pistolet muni d'un silencieux. Panique à bord de notre voiture, Idy Oart me saisit et me plaqua immédiatement sur le fauteuil, l'homme tira un discret coup de feu qui transperça la vitre de notre véhicule et la fit tomber en morceaux. D'un mouvement synchronisé comme s'ils avaient répété une bonne centaine de fois, un deuxième homme sortit une espèce de fusil qui projeta un objet dans notre voiture. C'était un fumigène, le gaz se rependait très vite dans le véhicule.

- Nos vitres sont blindées, comment ils ont fait ? questionna Oart.

Notre véhicule démarra en trombe en faisant une marche arrière, emboutissant les véhicules qui se trouvaient derrière. D'un coup de volant sec, le véhicule se retourna en sens inverse et roulait maintenant à contresens. Les deux SUV firent de même et se lancèrent à nos trousses.

Une poursuite effrénée était lancée dans la jungle urbaine de Toronto. Les deux SUV plus puissants rattrapaient rapidement le nôtre qui semblait plus lourd, tout en laissant échapper par ses vitres l'épaisse fumée du fumigène. Notre immense véhicule avait beaucoup de mal à se faufiler entre les voitures dû à son gabarit. Il démolissait les rétroviseurs des pauvres automobilistes qui se trouvaient sur le chemin, les moins chanceux pouvaient dire adieu à la peinture de la carrosserie de leurs voitures ou carrément à leurs pare-chocs.

Les deux SUV suivaient toujours, notre voiture quitta subitement la route et s'engagea sur des petites routes et se dirigeait maintenant vers une zone industrielle d'apparence désaffectée. Le bitume fit place à la poussière qui se mêlait au gaz qui d'ailleurs se faisait horriblement sentir.

Le chauffeur ne parvenait plus à rester en alerte et perdait peu à peu conscience tout comme moi d'ailleurs ou encore oncle Idy qui avait plus de mal que les deux hommes à supporter le gaz. Notre voiture entrait maintenant à vive allure dans un immense entrepôt. C'était malheureusement un cul-de-sac, le chauffeur tenta un dérapage contrôlé afin de ressortir du traquenard dans lequel il s'était engagé.

Soudain, sorti de nulle part, un troisième véhicule nous fonçait dedans et nous percuta de plein fouet, immobilisant complètement notre véhicule qui avait manqué de se retourner. Des hommes armés cagoulés sortaient des véhicules et s'avançaient vers nous. Toujours sous le choc de l'accident, j'avais du mal à voir autour de moi quand soudain un coup sur la tête finit de me faire perdre connaissance.

12

QUI SUIS-JE?

Quelque temps plus tard, mes yeux s'ouvraient. Je ne pouvais dire exactement combien de temps avait passé, peut-être quelques minutes ou même des heures. J'ouvris les yeux dans un environnement totalement plongé dans le noir. Je ne pouvais rien voir autour de moi, mais j'avais l'impression d'être dans une pièce immense. Je pouvais sentir de nombreux courants d'air dans un silence de cathédrale. Mes mains étaient solidement attachées. Avais-je été kidnappé par ces hommes qui étaient en train de nous poursuivre ? Ce qui était sûr, c'est qu'ils ne pouvaient pas en avoir après moi. Qu'est-ce qu'ils pourraient bien me vouloir ? Non, ils devaient forcément en avoir après Idy Oart. Dans quoi m'étais-je embarqué en le suivant ? Combien de temps avais-je été là ? Étais-je toujours au Canada ?

- À l'aide ! criai-je.

Je commençais sérieusement à angoisser, à part l'écho de ma propre voix personne ne me répondit. Je continuai de crier à plein poumon espérant que l'on finisse par m'entendre, mais toujours rien.

Les heures passaient, personne n'était encore venu me libérer. Je n'avais entendu personne passer par là. Mes yeux qui s'étaient habitués à la pénombre me permettaient de distinguer beaucoup mieux ce qui m'entourait. J'étais dans une espèce d'entrepôt délabrée. Je pouvais apercevoir au loin ce qui ressemblait à une voiture abandonnée ; aucune lumière ne filtrait à travers les fentes de la grande et unique porte que j'apercevais un peu plus loin. Il faisait peut-être nuit, je n'en avais aucune idée.

J'aurais bien tenté de me rapprocher de la porte si ces gens n'avaient pas confisqué mon fauteuil. Tout mouvement vers la porte aurait été inutile, sans compter la motivation de la personne qui m'avait solidement attaché.

Une heure passa, j'entendis des bruits de pas approcher. La porte s'ouvrit, deux silhouettes entrèrent munies d'une lampe torche qu'ils braquèrent dans ma direction. Ébloui par la puissante lumière, je détournais les yeux, mais je voulais en même temps essayer d'apercevoir la tête de mes ravisseurs.

L'un des hommes me détacha sans dire un mot, il me leva et me porta sur ses épaules comme si je n'étais qu'un vulgaire sac de riz ; d'accord, je savais que je n'étais pas lourd, mais quand même.

- Qui êtes-vous ? osai-je.
- Silence ! aboya l'un des deux hommes.

Très vite, nous arrivâmes dans une grande salle éclairée. Au fond de la salle était assis un homme ligoté à une chaise. Je reconnus immédiatement avec effroi Idy Oart en piteux état comme si ces types s'étaient acharnés sur lui pendant tout ce temps.

La tête baissée, il semblait à peine conscient. Où étaient ses nombreux gardes du corps présents aux funérailles ? Où étaient les deux montagnes de muscles qui étaient avec nous dans la voiture ? Je ne les voyais nulle part.

Un autre homme se trouvait là debout à côté d'Idy Oart, sans doute pour le surveiller. D'autres hommes tous aussi effrayants les uns que les autres entrèrent dans la salle. L'un d'entre eux prit une chaise, l'installa face à Oart et ordonna à ses hommes de me faire m'asseoir. Cet homme semblait être le chef.

Parmi les hommes qui venaient de rentrer, je reconnus ceux qui avaient tiré sur notre voiture, je m'imaginais le pire.

Étaient-ils des ennemis d'Idy Oart ? Un autre homme beaucoup plus distingué s'avança vers nous ; finalement peut-être
que c'était lui le chef.

    - Réveillez-le ! ordonna-t-il sur un ton autoritaire.

    L'un des hommes s'approcha un seau d'eau glacée à la
main et le renversa sur Idy Oart. L'effet fut immédiat, il se
réveilla en sursaut comme si la foudre venait de s'abattre sur
lui. Il leva la tête avec un peu de difficulté et aperçut mon
visage.

    Mon air angoissé ne semblait pas consolant pour lui.
Mon angoisse était tout à fait normale, je n'avais aucune idée
de ce qui se passait. Ça ne pouvait qu'être un cauchemar, me
disais-je ; je m'étais peut-être endormi dans la voiture, après
tout je manquais terriblement de sommeil. Depuis ma nuit
blanche avant le décès de grand-mère, je n'avais pas beaucoup fermé les yeux. Si c'était un cauchemar, j'apprécierais
beaucoup de pouvoir me réveiller sur-le-champ.

    - Oncle Idy, vous allez bien ? chuchotai-je.

    - Je suis vraiment désolé pour ça Noah, bredouilla-t-il.

    - Qu'est-ce qui se passe ? Qui sont ces hommes ? de-
mandai-je avec angoisse.

    - Le célèbre Idy Oart, lança l'homme qui semblait être
le chef. Je ne m'attendais pas à autant de résistance de votre
part. Vous m'avez suffisamment fait perdre mon temps. Vous
savez, ça aurait été tellement plus simple si vous aviez tout
simplement répondu aux questions que mes hommes vous
ont posées.

    - Lucent ! lança Oart, qui semblait bien connaître
l'homme.

    - En chair et en os, répondit-il avec arrogance. Vous
m'avez obligé à prendre les choses en main, j'aurais préféré ne
pas avoir à être là, mais comme la manière forte ne semble pas
fonctionner sauf si on vous tue, je me suis dit qu'on pouvait
discuter un petit peu vous et moi. Alors, dites-moi, pourquoi
le grand Idy Oart et les gardiens se donnent autant de mal
pour protéger ce garçon ?

    - Je pourrais vous retourner la même question, balbutia
Oart, pourquoi les membres de l'ordre en ont après lui ?

- Et ce serait une question tout à fait légitime, répondit Lucent. Même si vous n'êtes pas en mesure de poser les questions, je vais quand même vous répondre. L'ordre a des yeux et des oreilles partout dans ce monde. Il est rare qu'il se passe quelque chose sans que l'on s'en rende compte, vous et votre bande ridicule de soi-disant protecteurs êtes sous étroite surveillance ; rien ne nous échappe, pas même la rencontre du conseil des marchands de sable au château de Killian Karman. Bien sûr, à chaque fois que vous avez une rencontre de ce genre quelque chose d'important se trame, et ce garçon apparaît de nulle part, dit-il en se rapprochant de moi m'observant comme si j'allais lui avouer quelque chose. Vous êtes en train de confirmer quelque chose de crucial pour nous en vous démenant autant pour lui, dit-il sur un ton rempli de satisfaction.

- À quoi vous attendiez-vous ? S'il est vrai que vous nous faites surveiller, vous devez savoir que c'est mon neveu, reprit Oart.

- Votre neveu, hein ? Dans ce cas, pourquoi avoir attendu aussi longtemps mon cher Oart ? dit-il sur un ton méprisant. Vous avez attendu une semaine dans une suite d'hôtel avant de rentrer en contact avec lui ; certaines personnes trouveraient un tel comportement suspicieux, vous ne croyez pas ?

- Vous m'avez attendu devant mon hôtel ? Eh ben, ça alors, j'ai un véritable fan-club, plaisanta Oart.

- Votre désinvolture est ridicule, arrêtez de vous croire plus intelligent que tout le monde, arrêtez de me prendre pour un idiot, je sais très bien que vous saviez qu'on vous surveillait. Nous avons simplement feint de l'ignorer, vous laissant croire que vous aviez le contrôle de la situation. Et depuis quand les gardiens se déplacent juste pour votre bon plaisir, juste pour vous aider à récupérer votre neveu ? Même le grand Idy Oart ne peut les utiliser de la sorte, nous connaissons votre relation avec Kogan Munroe.

Lucent semblait avoir sérieusement enquêté sur Idy Oart, celui-ci avait la tête de quelqu'un qui venait de se faire prendre la main dans le sac. Mais qu'est-ce que ça avait à voir avec moi ?

- Je vous repose la question une dernière fois, qu'est-ce que ce garçon a d'aussi important pour les marchands de sable ? Pour que Kogan Munroe vous laisse emprunter ses gardiens ? Pourquoi Killian Karman vous a-t-il envoyé chercher ce garçon ?

- Je vous le répète, Lucent, il s'agit de mon neveu, c'est tout.

Lucent soupira profondément

- Votre neveu ! Dites-moi, Oart, de qui êtes-vous le frère, Tachell ou Talia Akeylla ?

- Comment connaissez-vous ces noms ? lança Oart sur un ton surpris.

Lucent semblait avoir tiré sur la corde sensible, en effet comment connaissait-il ces noms ? C'étaient ceux de mes parents.

- Oh, vous savez, l'ordre est loin d'être mal en point comme vous marchands de sable semblez le croire. Noah Akeylla est autant votre neveu que je suis celui du pape.

- Vous n'êtes pas mon oncle ? m'écriai-je, en sortant de mon silence secoué par la nouvelle, tout s'embrouillait dans ma tête. Si vous n'êtes pas mon oncle alors qui êtes-vous ?

- Hahaha, mon cher Noah, les marchands de sable, tous autant qu'ils sont, sont des menteurs et des manipulateurs, tout ce qui les intéresse c'est le contrôle, tout ce qui les intéresse c'est ta capacité, ton pouvoir.

- Ma capacité, qu'est-ce que vous voulez dire ? demandai-je dans ma confusion.

- Oh oui, c'est la raison pour laquelle ils te veulent, tu es un Somniatore très singulier, mais tu ne le sais pas encore. Oart ne t'a encore rien dit ?

- Ça suffit Lucent ! hurla Oart. Noah, tu ne dois pas l'écouter, il cherche à te remplir de confusion. C'est un véritable manipulateur.

- Manipulateur, moi ! dit-il, en empoignant la gorge de l'homme qui se faisait passer pour mon oncle. Les manipulateurs, ce sont vous, vous qui avez tout détruit, vous avez empêché la création d'un monde parfait pour créer le vôtre et vous osez nous traiter de manipulateurs ! dit-il sur un ton plein de colère. Mais votre heure va s'achever, ce garçon va nous aider dans notre mission, il va nous aider à accomplir notre destinée, il est la clé qui permettra son retour et quand il reviendra...

- Une clé ? Ce que vous racontez n'a pas de sens. Comment est-ce que Noah pourrait vous aider à faire une chose pareille ? Vous savez pertinemment que Hel Layas ne peut pas revenir d'où il est quoique vous tentiez, interrompit Idy Oart.

- Combien de temps allez-vous jouer au plus fin avec moi Oart ? Nous en savons plus que vous ne pouvez l'imaginer. Noah nous servira pour notre mission, mais vous, pourquoi est-il aussi important pour vous ? Pourquoi ne pas l'avoir tué vu le danger qu'il représente ? Pourquoi laisser en vie un Somniatore aussi dangereux pour les marchands de sable ?

- Me tuer ! dis-je à voix haute. Les informations circulaient dans ma tête à une vitesse fulgurante.

Oart resta silencieux un moment. Lucent sortit une arme à feu et la pointa sur Oart.

- Dis-moi, Noah, tu dois bien avoir ta petite idée ? D'après toi, pourquoi ont-ils besoin de toi ? Tu ferais mieux de parler ou je serai forcé de tirer.

- Quoi ? paniquai-je, mais je ne sais même pas ce qui se passe.

- Nous n'avons pas beaucoup de temps, Noah.

- Lucent, vous êtes complètement fou, lança Oart.

- Je vais compter jusqu'à trois.

- Attendez ! l'interrompis-je, ce Hel Layas dont vous parlez, j'ai déjà entendu ce nom dans l'un de mes rêves.

- Haaa ! jubila Lucent, dis-m'en plus, qu'as-tu entendu ? Qu'as-tu vu ?

- Vous devez promettre de nous laisser partir après que je vous ai tout raconté.

- Deux ! ajouta Lucent, qui continuait son compte à rebours.

- Attendez, attendez ! J'ai fait un rêve il y a quelques jours, dans ce rêve j'ai rencontré des...

Soudainement, avant même que je ne puisse continuer, Oart, qui semblait avoir réussi à se détacher, se jeta sur Lucent qui sur le coup de la surprise fut désarmé comme un débutant et était maintenant à terre.

- Silence, Noah, tu n'as plus besoin de leur dire quoi que ce soit, me lança Oart.

Les hommes de Lucent sortirent leurs armes et tenaient Idy Oart en joue.

- Hohohoh ! On se calme tout le monde ! lança Lucent, qui tentait d'apaiser la situation, il fallait bien puisque sa tête était au bout du canon d'Oart.

- Dis-leur de baisser leurs armes tout de suite si tu veux sortir d'ici vivant Lucent.

- Oart, ne faites pas l'imbécile, vous savez très bien que vous n'arriverez jamais à sortir d'ici vivant si vous me tuez.

- Vu la situation, je n'ai pas vraiment le choix, je prends donc le risque. Dis-leur de baisser leurs armes.

- C'est bon les gars, baissez vos armes ! ordonna immédiatement Lucent.

Ils s'exécutèrent tous sans dire un mot. Maintenant, détachez-le ! ordonna Oart en indiquant ma direction, l'un des hommes coupa mes liens.

- Maintenant vous allez suivre à la lettre toutes mes directives : posez doucement vos armes et attachez-vous les uns et les autres et pas de mouvements brusques ou je tire.

Les hommes regardèrent d'abord leur chef qui acquiesça d'un signe de la tête. Les armes déposées, les hommes s'attachèrent les uns et les autres jusqu'à ce qu'il n'en restât plus qu'un.

- Et maintenant quoi Oart, qu'allez-vous faire ? De toute façon, le garçon ne peut même pas marcher, vous ne pourrez aller nulle part.

- Oh, mais ce n'est pas mon intention. Vous l'avez dit vous-même, nous allons parler. Maintenant, je veux savoir tout ce que vous savez. Comment avez-vous su pour Noah et pour ses parents ?

- Vous n'avez pas les moyens de me faire parler Oart. Je sais que vous n'êtes pas un tueur.

Oart dirigea son arme vers le dernier homme qui n'avait pas été attaché et sans hésiter lui tira une balle en plein cœur. L'homme s'effondra sur le coup.

- Vous êtes complètement taré Oart ! hurla Lucent qui semblait le prendre un peu plus au sérieux

Quant à moi, j'étais sous le choc, l'homme qui se disait être mon oncle venait juste de tuer un homme de sang-froid sous mes yeux.

- Je ne plaisante pas Lucent. Maintenant, parle ou tu es le prochain ! dit-il froidement.

- OK, OK, du calme, je vais tout te dire. Il y a un moment de cela, Tyndall a fait un rêve. Dans ce rêve, il a vu Hel Layas et il lui a même parlé expliquait Lucent qui semblait maintenant beaucoup moins impressionnant.

- Tu te moques de moi, c'est ça ? ajouta Oart.

- Non, pas du tout, il l'a vraiment vu en rêve et Hel Layas lui a expliqué comment le ramener à la vie.

- Ce n'est pas possible. Hel Layas est entré en contact avec votre grand maître ?

- C'est difficile à croire, je sais, mais c'est la pure vérité, ajouta Lucent.

- Et vous croyez tout ce que vous dit Tyndall ? demanda Oart.

- Nous n'avions pas besoin de douter. Le retour de Hel Layas avait été annoncé depuis très longtemps et si ce qu'on dit sur ce garçon est vrai… Dit-il en regardant dans ma direction.

- Que savez-vous sur lui ? demanda Oart.

Lucent ne répondit pas.

- Et comment est-il censé vous aider ? insista Oart en brandissant son arme.

- Je ne sais pas comment il nous servira. Le maître ne nous a pas encore tout révélé. Tout ce que je sais pour le moment c'est que le garçon qui nous aidera à le ramener est capable de voyager dans le temps.

Oart jeta un œil dans ma direction.

- Comment avez-vous su comment le trouver ? relança-t-il à Lucent sur un ton très froid. Oart était méconnaissable.

- Nous ne savions pas comment le retrouver. Chaque membre haut placé de l'ordre avait comme indication l'Amérique du Nord, plus précisément le Canada. La seule consigne que l'on avait était de retrouver un jeune garçon qui ne peut pas marcher. Nous nous sommes alors lancés en grand nombre à sa recherche et c'est là que je suis tombé sur toi complètement par hasard à mon arrivée au Canada. En te voyant, j'ai compris immédiatement que j'étais sur la bonne voie. Nous t'avons suivi essayant de savoir la raison pour laquelle tu étais là, tout était devenu plus clair. Nos services secrets nous ont permis de découvrir qu'il y a des années de cela, les marchands de sable avaient fait disparaître le fils des Akeylla. Quand je t'ai vu entrer dans cette maison et en ressortir accompagné de ce garçon qui ne pouvait pas marcher, ça ne pouvait être que lui.

- Je n'aurais jamais imaginé que vous ayez autant d'information sur nous. Mais comment l'ordre connaît-il l'existence de Noah ? Même certains marchands de sable haut placés l'ignorent.

- Apparemment l'ordre a toujours su qui était Noah Akeylla, bien que je ne l'aie moi-même appris que récemment. Depuis la mort de ses parents, l'ordre l'a perdu de vue quand vous l'avez caché ici au Canada. Mais quand j'ai prévenu le grand maître de vos agissements, il a immédiatement compris qu'il s'agissait du fils de Tachell et Talia Akeylla. Nous avions pour ordre de le ramener.

- Je ne comprends pas, s'il est aussi important pour vous, pourquoi ne pas avoir envoyé vos meilleurs membres, et à la place, Tyndall t'envoie toi ?

- Tu es très désobligeant Oart, mais au vu de la situation, je ne suis pas très défendable.

- Je suppose qu'il n'avait pas le choix, sans vouloir t'offenser Lucent, tu es loin d'être un génie. Tyndall ne se fierait jamais à tes compétences. Prépare-t-il autre chose ?

- Je n'en sais rien, mais tu sais à quel point il est puissant. Il mettra la main sur le garçon d'une façon ou d'une autre.

J'essayais d'écouter attentivement ce qui se disait entre les deux hommes, mais au lieu de m'éclairer, j'étais de plus en plus dans le noir le plus total.

- C'est quoi toute cette histoire ? Qui êtes-vous vraiment ?

Oart, ou plutôt l'homme qui se faisait passer pour lui ne m'adressait même pas un regard.

- Très bien Lucent, ta coopération était très appréciable. Noah, il est temps de partir. Lucent, il est temps pour toi de quitter ce monde, dit-il en s'éloignant de Lucent l'arme toujours braquée sur lui.

- Non Oart, ne faites pas ça ! hurlai-je. Ne le tuez pas !

- Crois-tu qu'ils nous auraient accordé la même faveur Noah ?

- Peu importe Oart, si vous le tuez, jamais je ne vous suivrai où que ce soit.

- Je n'ai pourtant pas le choix Noah.

- Où crois-tu pouvoir aller de toute façon Oart ? coupa Lucent. Peu importe ce que tu feras de moi, l'ordre est déjà au courant de tout. Ils vous traqueront, vous pourchasseront et finiront par récupérer le garçon quoi qu'il en coûte.

- Nous serons là pour eux. Noah est sous ma responsabilité et sous ma protection, il faudra me tuer si vous voulez le récupérer.

C'est avec horreur que sous mes yeux et dans un vacarme assourdissant, Oart se mit à abattre un par un tous les hommes attachés sous le regard impuissant de Lucent, qui dans le feu de l'action se jeta désespérément sur Oart tentant de lui faire lâcher son arme.

Les deux hommes se livraient une lutte acharnée pour récupérer l'arme qui déciderait du sort du perdant. Assistant impuissant à la scène, je cherchais malgré tout un moyen d'intervenir.

Oart avait le dessus quand Lucent attrapa un objet métallique qui se trouvait à proximité de lui et l'abattit sur la tête d'Oart qui s'effondra sur le sol et lâcha l'arme que Lucent s'empressa de saisir. Oart était en très mauvaise posture.

- C'est terminé Idy Oart. Dommage que je ne puisse pas te laisser en vie plus longtemps pour obtenir plus d'information, mais te tuer me donnera la meilleure des satisfactions.

- Lucent arrêtez ! C'est bon, vous m'avez déjà, vous n'avez pas besoin de le tuer ! objectai-je.

- Désolé jeune Akeylla, mais comme il a dit, je ne lui ferai pas cette faveur. Il nous a déjà mis assez de bâtons dans les roues, de plus il en sait beaucoup trop et toi tu viens avec moi.

Il s'apprêtait à tirer quand soudainement je bondis de ma chaise tel un fauve et réussis à faire tomber Lucent qui lâcha son arme. Après coup, je réussis à m'emparer rapidement de l'arme que je braquais maladroitement sur Lucent qui semblait en proie à un étonnement grandissant.

- Tu… tu marches ? bégaya-t-il.

Sur le coup je réalisai que je me tenais effectivement debout et sans le moindre mal.

- Comment est-ce possible ? Je peux marcher, ce n'est pas possible ! m'étonnai-je.

- Oart, qu'est-ce que ça veut dire ? Tu nous as piégés, ce garçon est capable de marcher.

Oart se releva, s'avança vers moi et me reprit l'arme des mains sans que je n'oppose la moindre résistance.

- Je comprends tout… Tout ceci… Tout ceci n'est qu'un rêve, nous sommes dans un rêve ! dis-je.

Lucent se leva d'un bond, il se mit à tourner autour et à regarder autour de lui, il devenait de plus en plus livide.

- Oart espèce de… Tu n'as pas osé, non, tu n'as pas osé, comment as-tu pu faire ça !

- Noah, désolé pour ça ! me lança Oart.

Il braqua son arme dans ma direction et semblait vouloir me tirer dessus.

- Oart, je vais te tuer ! rugissait Lucent.

Tandis que Lucent se ruait dans notre direction, le sol se mit à trembler, le monde qui nous entourait commençait à s'effondrer, il s'effritait rapidement laissant place à un monde blanc ; ce qui n'arrêtait pas la course effrénée de Lucent qui se ruait toujours vers nous comme un damné, mais plus Lucent courait dans notre direction, plus le sol semblait s'étirer l'empêchant de nous approcher. Plus vite il courait vers nous, plus vite il s'éloignait de nous.

- Tu vas me le payer Oart ! hurla-t-il.

Le blanc total s'emparait de ce monde dans lequel nous étions.

- Ferme les yeux Noah, me demanda Oart, l'arme toujours braquée sur moi. Sans savoir pourquoi, je m'exécutai, un coup de feu retentit, je sentis un trou dans ma poitrine, mais lorsque j'ouvris les yeux ce fut le néant.

13

LES MARCHANDS DE SABLE

Quelque temps plus tard, je ne pouvais dire combien de temps était passé, j'ouvris brusquement les yeux, la respiration saccadée comme si je me noyais. Je regardai autour de moi, nous étions toujours dans la voiture qui nous conduisait à l'aéroport. Les deux hommes étaient toujours là, assis à l'avant comme si de rien n'était, comme si rien ne s'était passé. À ma droite se trouvait Idy Oart qui me regardait un léger sourire sur les lèvres. En regardant autour de nous, je ne voyais plus les voitures qui nous suivaient. Avais-je vraiment rêvé ? C'est impossible, ça semblait si réel, mais en même temps…

- Tout va bien Noah ? lança Oart d'un air désinvolte.

- Non, quelque chose ne va pas, répondis-je, qu'est-ce qui s'est passé ?

Idy Oart ne répondit pas.

Je regardais toujours autour de moi essayant de trouver un détail qui me confirmerait que tout ceci s'était réellement passé. Mais d'un coup, plusieurs détails attiraient mon attention.

Les passagers du véhicule et moi-même étions légèrement recouverts de poussière qui semblait avoir été nettoyée dans la précipitation ; je me rappelai alors le moment où nous sommes passés par cette zone industrielle poussiéreuse. Je me rappelai le coup que j'avais reçu sur la tête juste après notre accident. Pour me confirmer mes pensées, je me touchai le crâne et sentis une énorme bosse qui me faisait un mal de chien.

- Ah, désolé pour ça Noah. Je n'avais pas vraiment le choix, ajouta Oart.

- C'est vous qui m'avez fait ça ? demandai-je.

- Oui, je suis désolé, mais sur le coup je n'avais pas d'autres options pour t'endormir.

- Vous m'avez assommé ? Alors tout ceci s'est réellement passé ? Vous étiez vraiment dans mon rêve ?

- Non Noah, nous étions dans mon rêve !

La conversation fut interrompue par le téléphone d'Oart qui sonna.

- Je dois répondre, je t'expliquerai tout dans l'avion.

Oart décrocha son téléphone et se mit à parler. J'écoutais avec le plus grand intérêt, je ne voulais absolument rien manquer, peut-être apprendrai-je quelque chose. « Oui, l'opération s'est bien passée » furent les seules paroles qu'Oart avait laissées échapper ; pendant tout le reste de la conversation, il ne faisait qu'acquiescer avec des ouis et des nons. Je comprenais alors que je n'allais rien apprendre de plus pour le moment.

Tout ça, s'était-il vraiment passé ? Je ne comprenais plus rien. Qui est vraiment cet homme, était-ce Idy Oart ou non ? Était-ce vraiment mon oncle ? Qui sont ces hommes qui l'accompagnaient ? Étaient-ils vraiment ses gardes du corps ? Et surtout, qui est Lucent ?

Au même moment nous arrivâmes à l'aéroport, le véhicule rentra par le chemin qui était réservé aux avions privés. Nous arrivâmes dans une zone ou plusieurs petits avions étaient stationnés. Un avion privé ? pensais-je. Je ne savais pas qu'un psychiatre, aussi bon soit-il, gagnait aussi bien sa vie.

Arrivés au pied de l'avion, des hommes en costume noir attendaient à l'entrée. Plusieurs véhicules noirs comme celui dans lequel nous nous trouvions attendaient sur le tarmac, on aurait dit des agents des services secrets du président des États-Unis, c'était très impressionnant.

À côté du petit avion privé se trouvait un deuxième avion plus gros d'un gris très sombre. On aurait dit un avion de l'armée.

Au moment même de monter dans l'avion privé d'Oart, je vis au loin des hommes en costume faire sortir un groupe de personnes menottées d'une des voitures. C'était... C'était Lucent et ses hommes, alors tout ça s'était réellement passé ? Je ne savais plus quoi penser.

Nous étions maintenant prêts à monter à bord de l'avion pour le décollage. Oart était en train de parler à deux des hommes en costume, la discussion semblait très sérieuse. L'un des hommes en costume noir me fit embarquer et m'informa que je serai rejoint sous peu par Oart.

Impressionné, je regardais autour de moi, c'était la première fois que je montais à bord d'un avion privé. Très vite mes yeux se posèrent sur une armoirie étrange. C'était un S doré qui serpentait dans un M doré. Le tout était apposé sur un fond noir. Étrangement, ces armoiries ressemblaient énormément à la clé de mon père. Ces armoiries étaient apposées sur tous les fauteuils de l'avion ainsi que sur les parois.

- Ce sont les armoiries des marchands de sable ! lança Oart qui venait de monter à bord et qui avait remarqué mon air interrogatif.

- Pardon ? demandai-je, n'étant pas sûr d'avoir bien compris.

- Les marchands de sable ! Si tu veux, nous sommes des justiciers d'un genre très particulier, dit-il en souriant. Nous nous sommes donnés pour mission de protéger le monde.

- Protéger le monde ? Mais de quoi ?

- Du même type de personne que Lucent, répondit-il.

- Alors c'était vraiment vrai, tout ça s'est vraiment passé ?

- Je sais que ça peut paraître déroutant, mais tu as déjà fait des rêves de ce genre Noah, tu as déjà remarqué que tu n'étais pas vraiment comme les autres.

- Pourquoi ? Pourquoi est-ce que je fais des rêves de ce genre ? Que suis-je vraiment ? Et vous, êtes-vous comme moi ?

- Je sais que tu as besoin de beaucoup de réponses en ce moment, je vais tâcher de t'éclairer du mieux que je peux.

- Ce que cet homme disait, c'est vrai ? Vous n'êtes pas mon oncle ?

Oart qui paraissait clairement gêné par cette question s'éclaircissait la gorge avant de répondre.

- C'est vrai, je ne suis pas ton oncle dans le sens conventionnel du terme et j'aurais aimé avoir à te dire cette vérité moi-même, mais si ça peut te conforter, ta grand-mère le savait et elle ne t'aurait jamais laissé m'accompagner si elle n'avait pas confiance en moi.

Il fallait admettre qu'il marquait un point, grand-mère ne tarissait pas d'éloges sur Idy Oart. Elle semblait avoir confiance en lui et l'homme qui se trouvait en face de moi était bien le même homme que grand-mère me montrait en photo avec mes parents.

- Mais pourquoi ne pas m'avoir dit la vérité ? Pourquoi voulait-elle tant que je vous accompagne ?

- Parce qu'elle savait que le temps était arrivé pour toi, de faire face à ton héritage de Somniatore.

- Alors elle le savait ? demandai-je.

- Elle en savait plus que tu ne pourrais l'imaginer, malgré le fait qu'elle avait toujours tenu à rester à l'écart des Somniatores.

- Pourquoi ne m'a-t-elle jamais rien dit ?

- Josy savait à quel point tu étais important, je suppose qu'elle ne voulait pas trop te tourmenter avec tout ça et puis elle avait fait une promesse à tes parents.

- Quelle promesse ?

- De te tenir à l'écart des Somniatores et ne jamais rien te dire, du moins tant que le moment ne serait pas venu.

- Le moment ? De quel moment parlez-vous ?

- Le moment où tu utiliseras ta capacité alpha pour la première fois, répondit-il.

- Chaque fois que vous répondez à une de mes questions, une autre apparaît d'elle-même.

- Je sais, tu as raison, avoua-t-il.

- J'ai tellement de questions, qu'est-ce qui s'est vraiment passé tout à l'heure dans la voiture ? Avons-nous vraiment été attaqués ? J'ai l'impression que mes rêves et la réalité se mélangent. Quel est le but de tout ça ? Qui étaient ces gens ? Qui est Lucent ?

- Eh bien, vu la situation actuelle, je suppose que je devrai tout te raconter depuis le début.

Au même moment, l'avion se mit à rouler afin de rejoindre la piste de décollage, je m'agrippai à mon siège.

- Je vois que tu n'es pas très à l'aise en avion, c'est ta première fois ?

- Non, mais la première fois j'étais trop jeune pour m'en souvenir, répondis-je.

- Je vois ! ajouta-t-il.

Agrippé à mon fauteuil, l'angoisse commençait sérieusement à me gagner, la peur de m'envoler à des milliers de mètres d'altitude dans un cylindre complètement hermétique m'avait fait oublier toutes les questions que je venais de poser.

- Tu sais, je connais une méthode très efficace que j'utilise très souvent lorsque je suis en avion, ajouta Oart.

- J'espère qu'elle est vraiment efficace, répondis-je.

Oart s'adressa au personnel de bord.

- S'il vous plaît, veillez à ce qu'on ne soit pas dérangé !

- Bien monsieur ! répondit l'hôtesse.

- Alors c'est quoi votre méthode ?

- Hé bien, c'est simple, tu vas te rendormir.

- Vraiment ? Je crois que j'aurais pu y penser tout seul, ironisais-je. Et puis je ne peux pas dormir quand je suis stressé comme ça.

- Tu as pourtant bien dormi tout à l'heure dans la voiture.

- Oui, mais je vous rappelle que vous m'y avez un peu aidé, vous m'avez assommé. Rassurez-moi, vous n'allez pas m'assommer encore une fois ?

- Hahaha ! Mais non, pas cette fois-ci, il ne faudrait pas que ça perde de son charme.

- Alors, comment allez-vous faire ?

- Ça va être rapide, tu vas voir, tout ce que je te demande c'est de suivre mes directives.

- Vous ne comptez tout de même pas m'hypnotiser ?

- L'hypnose ne marche que sur les esprits faibles et je ne pense pas que tu en soi un, non ? Fais-moi confiance, bois ça ! demanda Oart en me tendant un verre d'eau dans lequel il venait de glisser une petite pilule.

- Qu'est-ce que c'est que ça ? Vous ne vous attendez tout de même pas à ce que je boive ça ?

- C'est juste une pilule qui t'aidera à dormir.

- Un somnifère ? demandai-je.

- Plus puissant. Cette pilule te fera dormir avant même le décollage de l'avion. C'est une invention des Somniatores, une pilule qu'on utilise depuis très longtemps.

J'étais toujours un peu perplexe.

- Très bien, regarde ! dit-il.

Oart ajouta la pilule dans son verre et le but d'un trait.

- Tu vois, je suis toujours en vie, cette pilule te permettra juste de t'endormir plus facilement. Du coup, tu éviteras l'angoisse du décollage, tu rattraperas tes heures de sommeil et en plus, on aura un environnement propice pour que je puisse t'expliquer tout ce que tu dois savoir à propos des Somniatores et de toi-même.

- Les Somniatores ! lançai-je, me rappelant des ombres à qui j'avais eu affaire dans mon rêve et qui s'étaient présentées elles aussi en tant que Somniatores.

- Tu es loin d'être le seul Somniatore, Noah. Il en existe des centaines de millions à travers le monde, une véritable communauté.

- Les Somniatores, ne sont-ils pas des fantômes ? demandai-je.

- Hum, tu as l'air d'en savoir quelque chose. Je vais tout te raconter, mais avant je veux que tu boives d'abord ton verre. J'ai déjà bu le mien, je ne vais donc pas tarder à m'endormir ! dit-il, avant de s'adosser tranquillement dans son fauteuil.

Je pris machinalement mon verre et en but le contenu.

- Bien maintenant, ce n'est qu'une question de temps, lança Oart.

La voix du commandant de bord se mit à résonner dans l'avion.

- Nous nous engageons maintenant sur la piste, en vue de notre proche décollage ; au personnel de bord et aux passagers, veuillez s'il vous plaît attacher vos ceintures de sécurité et rester assis jusqu'à l'extinction des feux. Le maximum sera fait pour garantir de bonnes conditions de vol.

Mes yeux commençaient à se fermer comme par magie, cette pilule marchait vraiment. Je lançai un regard en direction d'Oart qui avait les yeux fermés et semblait déjà dormir. Bientôt, je tombais moi aussi dans un sommeil total. À ce même moment, sous un léger grondement, l'avion prit son envol et fendait le ciel orangé du crépuscule à toute allure en direction de Londres.

J'ouvris les yeux et me retrouvai dans le monde des rêves, plus précisément dans l'espace étoilé. Cela faisait bien longtemps depuis la dernière fois. Tout semblait comme d'habitude, aucun signe des fantômes du dernier rêve ou d'Idy Oart.

Je devrai me rendre dans mon rêve m'assurer que rien n'ait été modifié. Je sortis ma petite clé et la mis dans le verrou de la porte rouge qui faisait apparaître mon monde de rêves que j'avais mis tant de temps à construire afin qu'il ressemble le plus possible à la réalité.

Tout semblait à sa place, tout réapparut exactement comme je l'avais laissé. Mes parents étaient toujours là, du moins l'image que j'avais d'eux. Chaque fois que je les revoyais dans mon rêve, un profond chagrin s'emparait de moi.

Après avoir perdu grand-mère, je réalisais à quel point j'étais seul et à quel point elle me manquait, à quel point mes parents me manquaient et que les revoir de cette façon était loin d'être suffisant. Ces deux illusions n'étaient pas mes vrais parents, juste le fruit de mon imagination. Des êtres vides sans aucune personnalité.

En fait, mon rêve était devenu en quelque sorte un cimetière interactif. Cette impression s'amplifia au moment même où je devais me résoudre à rajouter l'image de grand-mère à mon rêve. Je ne pus retenir une larme qui coula le long de ma joue, elle était maintenant avec mes parents, son sourire réconfortant était reproduit à la perfection.

Comme celle de mes parents, sa mémoire allait maintenant survivre dans mes rêves et son souvenir sera toujours avec moi. Ce moment était le moment où je faisais réellement mon deuil et honnêtement c'était beaucoup plus facile. Je ne pus m'empêcher de lâcher un gros soupir quand une voix familière me tira de mes songes.

- C'est incroyable de les revoir ainsi réunis, c'est comme s'ils étaient vraiment là.

- Qui est là ? demandai-je alors que j'étais presque sûr de savoir qui parlait.

- Tu as un bien meilleur souvenir d'eux que je ne l'ai moi-même, Noah, continua la voix.

- C'est vous, oncle Idy ?

- Oui Noah, répondit-il. C'est bien moi.

- Vous êtes vraiment là ? Je n'arrive pas à y croire, vous êtes vraiment dans mon rêve ? Vous êtes vraiment comme moi ?

- Tout à fait, Noah, je me suis dit que le merveilleux monde des rêves serait l'endroit idéal pour tout t'expliquer, tu ne trouves pas ?

- C'est incroyable, je ne suis donc pas seul ! me réjouissais-je. Mais où êtes-vous ?

- Tu ne peux pas me voir Noah, ça fait partie de ma capacité. Ma capacité alpha, c'est ce qui me rend, disons, spécial. Je suis ce que l'on appelle un alpha-Somniatore ou juste un alpha.

- Un alpha-Somniatore ? demandai-je. Qu'est-ce qu'un alpha-Somniatore ?

- Chaque Somniatore est recensé et catégorisé, en particulier les Somniatores alpha. Ils ont chacun une capacité spéciale et unique, chaque nouvelle capacité qui apparaît est classifiée et surveillée.

- Je ne suis pas vraiment sûr de comprendre.

- Tu vas comprendre. D'abord, recommençons depuis le début. Pour ça, je t'invite officiellement à entrer dans mon rêve. Je suppose que tu sais déjà comment on fait pour se rendre d'un rêve à l'autre ?

- Euh... oui ! répondis-je.

- Très bien, c'est une bonne chose, mais entrer dans le rêve d'un Somniatore n'est pas toujours aisé, il va falloir suivre ma voix, car mon rêve est très difficile à trouver. Commençons par nous rendre dans l'espace de vue, les Somniatores l'appellent également le visum.

- Le visum ? Est-ce que c'est cet espace étoilé où l'on aperçoit tous les rêves qui nous entourent, comme si on était dans l'espace ?

- C'est bien ça, le visum est un endroit central et très important pour les Somniatores. C'est grâce à cet espace que la capacité d'un Somniatore prend toute son ampleur ; cet endroit représente tout pour les Somniatores. Encore plus que nos propres rêves. Si cet endroit n'existait pas, nous n'existerions pas non plus.

- Incroyable, je l'ignorais totalement, m'émerveillai-je.

- C'est à partir de cet endroit que les Somniatores contrôlent tout, c'est ici qu'on peut décider dans quel rêve nous allons nous rendre et c'est également à partir d'ici que l'on peut se rendre dans nos propres rêves. Le visum est un endroit fantastique qui n'a pas encore fini de nous révéler ses secrets. Quand un Somniatore est dans cet endroit, il est à la frontière entre son rêve et la réalité. C'est l'un des plus beaux endroits que je connaisse, ajouta Oart.

- C'est très poétique tout ça, mais il est vrai que j'ai toujours adoré cet endroit. J'ai toujours été fasciné par l'espace et pouvoir utiliser cet endroit comme lieu de réflexion est tout simplement apaisant.

- J'ignorais que tu étais passionné par l'espace, tu devrais voir le planétarium que j'ai fait construire chez moi. Mais tu as raison, Noah, cet endroit donne l'impression de tout contrôler.

-Vous avez un planétarium dans votre maison ? Quel genre de maison avez-vous ?

-Le planétarium à son utilité. Cela dit, tu dois être extrêmement prudent, cet endroit est également l'un des plus dangereux du monde des rêves. Surtout pour un Somniatore débutant comme toi. Vois-tu, quand tu te trouves dans le visum, tu es exposé à des Somniatores plus puissants qui pourraient te manipuler. La chose la plus importante que tu dois savoir sur le visum est que tous les Somniatores partagent le même visum, tous les Somniatores se retrouvent dans le même espace de vue quand ils dorment.

- Vous êtes sérieux ? Tous les Somniatores ?

- Oui, Noah, quand tu es dans le visum, tu es à la portée de n'importe quel Somniatore qui peut te voir et éventuellement s'en prendre à toi. Il suffit de voir avec quelle facilité je suis entré dans ton rêve ; il est très difficile, voire impossible, d'entrer dans le rêve d'un Somniatore bien entraîné, mais lorsqu'il s'agit d'un débutant c'est une autre histoire.

- Alors, vous voulez dire qu'en ce moment je suis exposé ?

- Oui, et beaucoup plus que tu ne le croies, surtout dans le visum. C'est la raison pour laquelle les Somniatores n'y passent pas beaucoup de temps. Seuls les Somniatores suffisamment puissants pour tenir tête à n'importe qui peuvent se permettre d'y demeurer longtemps ou ceux qui ont la chance de ne pas rencontrer de sérieux danger parce qu'ils sont trop faibles.

- Qu'est-ce que vous voulez dire par là ?

- Ne t'es-tu jamais demandé pourquoi tu étais tout le temps seul dans le visum jusqu'à présent ?

- Oui, vous avez raison, j'ai passé énormément de temps dans cet endroit, pourtant j'avais toujours eu l'impression d'être seul.

- Il peut arriver pour deux raisons principales que l'on tombe rarement sur d'autres Somniatores, Noah. Ça peut être dû à la chance parce que le visum est incroyablement vaste, nous n'en connaissons pas les limites et ne savons même pas s'il y en a. Selon les scientifiques somniatores, le visum est aussi vaste que l'univers entier, c'est ce qui le rend aussi particulier, car cela voudrait dire que s'il existe une forme de vie autre que la nôtre et qu'elle est capable de rêver, nous serons en mesure d'entrer en contact avec cette forme de vie à partir du visum.

- Vous n'êtes pas sérieux ? Et simple curiosité, avez-vous déjà rencontré une autre forme de vie ?

- HAHAHA ! éclata-t-il de rire. Non, jamais, cet endroit est tellement grand que nous ne saurions même pas où chercher. Mais pour revenir à notre sujet, une autre raison serait que ton aura onirique est encore trop faible pour permettre à un Somniatore de te repérer.

- Mon aura onirique ?

- Oui, chaque Somniatore possède une aura onirique, c'est de cette manière que nous pouvons nous distinguer les uns des autres, un peu comme notre marque. Par exemple, je ressens ton aura onirique en ce moment même, ce qui veut dire que je la reconnaîtrai parmi les autres auras. Aussi, plus un Somniatore est puissant, plus son aura onirique est grande ; par contre, les puissants Somniatores sont capables de masquer cette aura afin de passer inaperçus.

- Comment ressent-on une aura onirique ? demandais-je. Parce que je ne suis pas sûr de sentir quoi que ce soit en ce moment.

- Tu le fais sans t'en rendre compte, plus tu deviendras fort, plus tu seras capable de sentir les différentes auras oniriques, du coup distinguer les Somniatores des nons-Somniatores.

- Et comment ça marche ?

- Regarde ces lumières qui ressemblent à des étoiles autour de toi, dit-il. Comme tu peux le voir, elles brillent de différentes intensités. Ces étoiles sont des auras oniriques. En ce moment, tu les vois toutes de la même couleur, alors que moi je les vois dans deux couleurs différentes.

- Je ne les vois effectivement que d'une couleur. Comment est-ce possible ?

- Parce que je suis en mesure de distinguer plusieurs auras oniriques et du coup, reconnaître les Somniatores des nons-Somniatores, qu'on appelle aussi des sans-consciences.

- Des sans-consciences ? Vous voulez dire les autres personnes ? N'est-ce pas un peu insultant comme appellation ?

- Peut-être, mais ce n'était pas dans ce but. C'est juste pour indiquer le fait qu'ils n'ont aucune conscience de ce qui se passe vraiment dans leurs rêves. Les nons-Somniatores sont de véritables marionnettes aux mains des Somniatores et ils ne s'en rendent même pas compte.

- Je vois, je n'aurais jamais imaginé que cet endroit était aussi particulier.

- C'est un endroit fascinant, mais également très dangereux.

- Si cet espace est partagé par tous les Somniatores, comment se fait-il que je ne les voie pas ? demandai-je.

- C'est très simple, quelques groupes de puissants Somniatores sont capables de créer dans le visum des zones sûres où n'importe quel Somniatore ne peut entrer, protégeant donc ceux qui se trouvent à l'intérieur de ces zones. Depuis ta naissance, tu as été placé dans l'une de ces zones de protection, rien n'était supposé t'arriver dans cet endroit.

Si j'étais vraiment dans une zone sûre, comment ces fantômes ont-ils pu entrer en contact avec moi ? pensais-je.

- Alors toute personne que je vois ici dans le visum est un Somniatore, c'est bien ça ?

- Oui, sans exceptions. Il est impossible pour un sans-conscience de venir jusqu'ici. Maintenant, nous allons quitter le visum pour entrer dans mon rêve. Comme tu ne peux pas me voir, il faut que tu restes concentré sur ma voix et que tu la suives si tu veux trouver mon rêve.

- Très bien, je vais essayer, répondis-je.

- Par ici, lança la voix d'Oart qui résonnait maintenant au loin. Vois-tu mon rêve ? J'ai augmenté mon aura onirique pour que tu puisses plus facilement la distinguer, dépêche-toi d'y entrer.

Je suivais la voix qui me menait vers une étoile plus lumineuse que les autres. Exactement de la même manière que j'avais été appelé par les fantômes. Plus je me rapprochais de son rêve, plus il devenait lumineux.

Après avoir plongé dans le rêve d'Idy Oart, je me retrouvai dans un tout autre monde, un tout Nouveau Monde.

- Bienvenue dans mon monde ! me lança Oart qui se tenait là devant moi en chair et en os.

- J'arrive à vous voir, fis-je.

- Oui en effet, répondit-il avec un sourire. Mon rêve est le seul endroit où je suis visible. Puisque je peux y faire ou y construire ce que je veux, je peux décider d'être visible. Mais dès que je sors d'ici, je redeviens invisible aux yeux de n'importe qui.

Ce rêve, je n'avais jamais rien vu de tel, je regardai autour de moi avec émerveillement. Ce rêve dans lequel je me trouvais était incroyable, à tel point que je me croyais éveillé et que je me tenais debout dans le vrai monde. À côté, mon rêve faisait pâle figure. Son rêve était incroyablement crédible et détaillé.

- Eh oui ! Noah, voilà à quoi ressemble le rêve d'un Somniatore expérimenté, se vanta-t-il.

Mais il avait raison, son rêve était tout simplement parfait. À vue d'œil, rien ne pouvait le différencier du vrai monde tant tout semblait réel. Moi qui pensais que mon monde était parfait, j'étais très loin du compte. Les détails les plus insignifiants étaient parfaitement retranscrits. Pour la première fois, j'avais même l'impression de respirer. Chose que je n'avais jamais ressentie dans mon monde. L'air que je respirais était tellement pur qu'il semblait venir du paradis. Au milieu de ce monde parfait se trouvait néanmoins un petit détail qui faisait tache et qui contrastait avec l'ambiance du rêve. En plein milieu d'une forêt de gratte-ciel de taille colossale se trouvait une petite maison en bois partiellement délabré qui trônait là fière de sa différence.

- C'est la maison dans laquelle j'ai grandi, me lança Oart qui remarqua mon regard interrogatif à la vue de la petite maison de bois. Vois-tu, Noah, le rêve représente inconsciemment qui on est vraiment, c'est la représentation de notre personnalité. Nos envies et nos peurs, nos rêves continuent à se construire automatiquement même quand on ne les construit pas nous-mêmes et tout ce qui est imaginé dans ces rêves est construit avec ce que nous connaissons. Plus un Somniatore a de l'imagination, plus son rêve est captivant. Maintenant, suis-moi.

Je marchais maintenant dans le rêve d'Oart qui était vraiment animé. Les rues dans lesquelles nous marchions étaient remplies de piétons vêtus d'accoutrements très particuliers. Il y avait également sur les routes des véhicules futuristes que je n'avais encore jamais vus ni même imaginés. Les piétons étaient tous très différents. Parmi eux, j'avais même l'impression d'avoir aperçu un groupe de personnes habillées en tenues de magicien. Je ne me trompais pas, ils se promenaient le plus naturellement du monde. L'un d'entre eux chevauchait un balai volant.

Le ciel était majestueux. En plus de la lune qui brillait d'une couleur grise chatoyante malgré la lumière du soleil, j'apercevais une immense planète verte couvrant le ciel sans masquer les deux astres que je connaissais déjà. Elle était magnifique. Elle était tellement proche qu'on avait l'impression de voir ce qui se passait sur cette planète qui ne ressemblait à aucune des huit planètes de notre système solaire. Ce monde était tout simplement magique. Oart n'y avait pas seulement construit un monde parfait, il y avait tout simplement construit son monde de rêve en y ajoutant tout ce qu'il aimait, tout ce qui le passionnait.

Son rêve semblait le décrire tel qu'il est vraiment, un homme plein de fantaisies. Nous arrivions maintenant en bordure de la ville.

À perte de vue se trouvait une prairie d'un vert magnifique. Des arbres de toute sorte étaient plantés ici et là, des animaux se baladaient tranquillement sans la moindre crainte. Des papillons volaient à côté des fleurs, des oiseaux aux couleurs de l'arc-en-ciel volaient au-dessus de nos têtes.

Des animaux plus gros se reposaient un peu plus loin, j'apercevais des tigres blancs qui jouaient avec leurs petits, à côté d'eux se trouvait une famille de girafes qui mangeait tranquillement les feuilles d'un arbre qui était presque aussi grand qu'eux.

Des cerfs gambadaient non loin des tigres qui ne leur prêtaient pas la moindre attention, le spectacle était enchanteur, le monde d'Oart était vraiment agréable.

- Comme tu as pu le voir, ce monde que j'ai construit est mon havre de paix. Habituellement, je n'y autorise personne. La maison de bois que tu as vue tout à l'heure c'est le centre de mon monde, la maison où se trouvent tous mes souvenirs, tous mes souvenirs familiaux, tous mes secrets. Elle représente tellement pour moi qu'elle est devenue ma forteresse. C'est l'endroit où tous mes secrets sont entreposés, personne d'autre que moi n'y a accès. Chaque Somniatore se doit de posséder une forteresse pour y protéger ses secrets des autres Somniatores qui pourraient les voler et les utiliser contre eux. Le monde des rêves est un endroit fascinant, mais depuis l'apparition des Somniatores, c'est devenu un endroit dangereux.

Les Somniatores ont appris à dompter les rêves et à les utiliser à leur avantage pour devenir plus puissants. Contrôler le subconscient d'une personne sans qu'elle s'en aperçoive est l'arme de manipulation la plus dangereuse qui soit. La victime ne se rend même pas compte qu'elle est manipulée et fera sans sourciller ni même se poser de questions tout ce que le Somniatore lui suggérera. Même les Somniatores les plus puissants peuvent tomber dans le piège du rêve.

- Comment sont apparus les Somniatores ? demandai-je. Est-ce qu'ils ont toujours été là ?

- Les Somniatores existent depuis toujours, mais l'histoire des marchands de sable et des membres de l'ordre a commencé il y a 1 500 ans avec un homme, Orderic Oris Nusquam, le créateur et premier grand maître des Somniatores.

À mesure qu'Oart racontait son histoire, des images apparaissaient autour de nous. Son histoire prenait littéralement vie. Comme si je regardais un film en trois dimensions, mais en mille fois mieux. J'avais l'impression de faire partie de l'histoire qu'il racontait.

- Orderic Oris Nusquam était un homme extrêmement puissant, sage et noble qui avait pourtant grandi dans la misère. Après avoir créé l'ordre des Somniatores d'Oris Nusquam, il s'était lancé avec ses Somniatores dans un combat sans pitié contre le mal en s'infiltrant dans les rêves des hommes mauvais de l'époque pour nettoyer leurs âmes corrompues par les vices de ce monde. Ils entraient dans les rêves de leurs cibles sous la forme de terrifiants fantômes blancs sans visages, les tourmentant jusqu'à ce que ces derniers rejettent le mal de leur cœur. C'était rare que ça arrive, mais si les cibles refusaient de se soumettre aux Somniatores, elles étaient alors éliminées. Pendant cette période, la paix était une réalité qui commençait à prendre forme, les crimes et la cruauté de l'Homme avaient énormément baissé. Les guerres avaient stoppé pendant toute cette période. Les hommes puissants étaient devenus malgré eux des gens compatissants à la misère de la population. Les Somniatores étaient craints et respectés. Les hommes les vénéraient, leur influence est allée tellement loin que des religions se sont construites autour des Somniatores. Mais l'arrivée d'un homme changea toute notre histoire. Cet homme s'appelait Ezekihel Layas, mais tu le connais sous le nom de Hel Layas.

- Hel Layas ? C'est de lui dont parlait Lucent, l'homme qu'ils veulent ramener de je ne sais où ? demandai-je.

- C'est bien lui. Hel Layas est considéré comme le Somniatore le plus puissant de tous les temps, c'était un homme tellement dangereux qu'Orderic lui-même le craignait.

- Il était aussi fort que ça ?

- Il paraîtrait que son pouvoir était si effrayant qu'Orderic aurait même tenté de le tuer une fois, mais a échoué. C'est à cet instant qu'Orderic découvrit la véritable étendue du pouvoir de Hel Layas, heureusement à ce moment ce dernier n'a jamais su qu'Orderic avait tenté de le tuer. Comme il s'était rendu compte qu'il ne pouvait pas le tuer, Orderic le prit sous son aile et fit de lui son disciple tentant de faire de lui un homme bien et ça marchait, du moins jusqu'à la mort d'Orderic.

- C'est Hel Layas qui l'a tué ? demandai-je avec le plus grand des intérêts.

- Beaucoup ont pensé comme toi, mais d'après nos recherches et nos sources, Orderic était comme un père pour Hel Layas, il n'aurait jamais pu s'en prendre à lui. Hel Layas aimait profondément Orderic et il aurait été très affecté par sa mort. C'est peut-être ce qui l'a changé d'ailleurs.

- Alors comment Orderic est-il mort ?

- Les circonstances de sa mort sont mystérieuses, personne ne sait comment il est mort. Hel Layas aurait été tellement affecté par la mort de son mentor que ses instincts négatifs ont repris le dessus. Selon lui, Orderic aurait été tué par des hommes qui avaient découvert son secret. Hel Layas prit la tête de l'ordre en tuant Isallys Nusquam, le fils d'Orderic, du moins c'est ce qu'il croyait. Après avoir pris la tête de l'ordre, Hel Layas s'entoura de tous les Somniatores qui épousaient son idéologie et tua tous ceux qui restaient accrochés à l'idéologie naïve de paix prônée par Orderic, car même s'il admirait son mentor, il le considérait comme naïf et trop compatissant envers les hommes. Dans sa folie, il fit tuer tous ceux qui s'opposaient aux Somniatores, des centaines de milliers de personnes furent assassinées à cette époque. Il enfreignait également la règle la plus importante de l'ordre d'Oris, il trahit la présence des Somniatores aux yeux du monde. Pour lui, la paix n'était possible que par la peur, un équilibre de la terreur dont il était le principal acteur s'instaura.

- Et qu'est-ce qui s'est passé après ça ?

- Sa folie continuait de grandir, c'est à ce moment qu'il élabora un plan de contrôle total. Il décida de créer un Nouveau Monde, un monde dirigé par lui et ses nouveaux Somniatores, ce qui restait de l'ordre d'Oris. Ils avaient gardé le nom de l'ordre créé par Orderic Oris Nusquam. Hel Layas avait l'intention de créer un monde de rêve éternel qu'il contrôlerait entièrement. Il voulait ensuite déplacer le monde réel dans son Nouveau Monde de rêve. Mais pour pouvoir déplacer le monde réel, Hel Layas avait besoin d'un artefact qui était supposé l'aider à y arriver. Un artefact si puissant qu'on dit qu'il est à l'origine de la création du monde des rêves et de la capacité des Somniatores. Cet objet aurait la capacité de mêler rêve et réalité pour n'en faire qu'un.

- C'est complètement fou, alors c'est comme s'il voulait transporter le monde entier dans son rêve et pour toujours.

- C'est ça et comme c'est un rêve, les Somniatores de ce Nouveau Monde ne mourront jamais, même si les corps qui dorment dans la vie réelle finissent par mourir.

- Ce n'est ni plus ni moins qu'une immense illusion ! ajoutai-je.

- C'est vrai, ce n'est qu'une illusion. Mais pas pour Hel Layas, étant donné que de cette manière il aurait eu le contrôle absolu, je suppose que c'est sa manière de se prendre pour Dieu.

- Mais, est-ce qu'une chose pareille est possible ? demandai-je.

- À mon avis, ça relèverait de l'impossible, je ne peux même pas envisager une chose pareille. Mais Hel Layas y croyait dur comme fer et c'était quelqu'un de très intelligent. Tous les Somniatores étaient persuadés que c'était possible à l'époque grâce à l'artefact que Hel Layas avait en sa possession.

- C'était quoi cet artefact ?

- Nul ne le sait vraiment, car personne ne l'a jamais vraiment vu, il a disparu avec Hel Layas. Il paraîtrait que les membres de l'ordre d'Oris savent où il se trouve, mais j'en doute fortement.

- Comment Hel Layas a disparu ? demandai-je.

- Son plan a été mis en déroute par Isallys, le fils d'Orderic, celui-là même que Hel Layas avait laissé pour mort. Isallys avait créé un nouveau groupe de Somniatores pour défendre le monde réel contre Hel Layas et les membres de l'ordre.

- Les marchands de sable ! rétorquai-je avec assurance.

Il eut un sourire en coin.

- Précisément ! répondit-il. Les marchands de sable étaient constitués d'anciens Somniatores fidèles au credo des Nusquam. Ces Somniatores avaient réussi à échapper à Hel Layas et aux membres de l'ordre. Les marchands de sable ont tenté d'arrêter l'ordre dans sa folie de conquête du monde. Hel Layas était tellement puissant qu'il faillit détruire les marchands de sable pour toujours. Mais il a été défait par son arrogance, sa volonté de garder Isallys vivant pour qu'il soit témoin de son Nouveau Monde a été son erreur. Son plan se retourna contre lui, l'enfermant dans son propre rêve et plongeant son corps physique dans le coma. Son corps fut ensuite emporté par les membres de l'ordre qui l'ont caché pour le protéger des marchands de sable au cas où il se réveillerait un jour. Mais son corps ne s'est jamais réveillé et finit par mourir. Plusieurs Somniatores pensent que son âme erre encore dans un monde invisible appelé le monde blanc et qu'il chercherait un moyen de revenir. Certains disent même l'avoir vu dans leurs rêves.

- Je n'ose même pas imaginer à quoi ressemblerait le monde aujourd'hui s'il avait réussi, dis-je.

- Moi non plus, nous ne serions probablement pas ici pour en parler. Après la disparition de Hel Layas, l'ordre décida de continuer son œuvre. Un nouveau grand maître fut nommé. Les marchands de sable ont lutté contre l'ordre pendant des siècles, pour la première fois, le combat était équilibré depuis que Hel Layas était parti. Mais l'ordre était néanmoins resté très puissant. Les deux camps prenaient le dessus l'un sur l'autre sans jamais s'annihiler. Mais récemment, pour la première fois depuis le début de cette lutte, les membres de l'ordre sont largement dominés et sont sur le point de perdre la guerre. Ses membres les plus puissants ont quitté le navire, l'ordre d'Oris va inévitablement vers son extinction.

- Est-ce la raison pour laquelle ils ont besoin de ramener Hel Layas ? Pour survivre ?

- Oui et non. Depuis longtemps ils essayent de le ramener, mais ils n'y étaient jamais parvenus. Cette fois-ci, il semblerait qu'ils aient trouvé quelque chose, un moyen. Jamais la menace de son retour n'avait été aussi sérieuse.

- Mais si les membres de l'ordre sont sur le point de disparaître, ne croyez-vous pas que tout ceci n'est qu'un moyen pour eux de déstabiliser les marchands de sable ?

- C'est ce qu'on pourrait effectivement se dire, mais la raison pour laquelle nous prenons la menace autant au sérieux est l'oracle du grand maître des marchands de sable.

- L'oracle du grand maître des marchands de sable ? Vous avez un oracle ?

- C'est comme ça qu'on appelle la capacité alpha de notre grand maître, l'oracle. Dans son rêve, il voit des choses, des prédictions pour la plupart impossibles à déchiffrer. Le grand maître doit ensuite les interpréter pour comprendre leurs sens, souvent ce sont de véritables énigmes. Mais depuis le temps, le grand maître a appris à les interpréter avec une exactitude proche de 100 pour cent.

- Lucent a dit que je suis celui qui va les aider à ramener Hel Layas. Qu'est-ce qu'il voulait dire par là ?

- Eh bien, pour te dire la vérité, nous n'en sommes pas encore sûrs. Mais ils ont l'air d'en savoir beaucoup sur toi et d'une façon ou d'une autre, Noah, les membres de l'ordre pensent que tu es la clé qui leur permettra de sortir Hel Layas du monde blanc, ils feront donc tout pour te retrouver.

- Alors c'était moi leur véritable cible ?

- J'en ai bien peur.

- Ils avaient l'air de vous connaître, vous avez déjà eu affaire à eux ?

- À plusieurs reprises oui. Lucent n'est pas très malin, mais c'est un dangereux membre de l'ordre qui était longtemps recherché par les gardiens.

- Les gardiens ?

- Oui c'est un peu la police des Somniatores, des protecteurs qui protègent les Somniatores et surtout les sans-consciences. On les appelle les gardiens. Tu en as rencontré quelques-uns déjà.

- Les hommes qui nous ont amenés à l'aéroport ?

- C'est bien ça, ainsi que ceux qui étaient au pied de l'avion, mais également tous les membres d'équipage de cet avion.

- Vous êtes sérieux ?

- Bien sûr, cet avion ne m'appartient pas, il appartient au grand maître des marchands de sable, les hommes qui l'entourent sont tous des gardiens.

- Je vois. Tout ce qui s'est passé ces derniers jours, j'ai l'impression que rien ne m'arrive par hasard. Vous, les Somniatores, la raison pour laquelle vous êtes venus à moi était plus que ce que vous et grand-mère m'avez fait croire. Qu'attendez-vous vraiment de moi ?

- Tu n'es pas encore prêt à tout savoir Noah, chaque chose en son temps. Personne ne sait ce que tu peux réellement apporter à cette guerre ; mais les marchands de sable pensent que tu es la personne qui peut définitivement mettre fin à la menace de Hel Layas et des membres de l'ordre à tout jamais. Noah, tu ne le sais pas encore, mais tu as un précieux don qui sommeille en toi.

Je me sentais très spécial sur le coup, mais tous ces évènements me dépassaient complètement. Comment m'étais-je retrouvé dans une guerre pareille ? Ces derniers jours avaient vraiment été particuliers.

- À quoi penses-tu, Noah ? me demanda-t-il.

- Vous savez, j'étais juste censé me rendre avec vous à Londres pour étudier et non pour me retrouver en plein milieu d'une guerre de ce genre. Je viens à peine de vous rencontrer, vous n'êtes pas vraiment mon oncle, le dernier membre de ma famille vient de mourir et on a tenté de m'enlever, je ne suis qu'un adolescent et vous me dites que je dois sauver le monde d'un homme qui n'existe en ce moment que dans les rêves.

- Tu sais Noah, tout ça va beaucoup plus loin que tu ne le crois. Personne ne peut t'obliger à le faire, je ne te forcerai pas à le faire, tu poursuivras tes études comme prévu. Mais tu as été choisi par le destin pour une mission que tu es le seul à pouvoir accomplir. Tout finira par te paraître clair.

- Même si je voulais vous aider, je ne peux même pas marcher, je serai un handicap pour vous.

- Tu ne devrais en aucun cas te considérer comme inutile juste parce que tu ne peux pas marcher. Tu as d'énormes talents qui ne se limitent pas à ta capacité à te tenir debout. Penses-tu que Rayan aurait pu sauver cette petite fille et sa mère si tu n'avais pas été là ?

- Comment le savez-vous ?

- Comment je sais n'est pas important, l'essentiel est que je le sais. Ton pouvoir est spécial, Noah. Tu peux voir l'avenir dans tes rêves. Ta capacité dépasse celle du grand maître. Imagine seulement l'impact que tu pourrais avoir sur le monde.

- Je ne maîtrise absolument pas cette aptitude, elle me vient sans prévenir.

- Crois-moi, tu apprendras à la maîtriser, on t'apprendra, tu es né pour devenir un puissant Somniatore comme tes parents.

- Mes parents... Vous les avez bien connus, quels étaient vos liens ? Comment étaient-ils ?

- Ton père était mon meilleur ami, mon ami d'enfance. Nous étions comme des frères. Quand je vois ta relation avec Rayan, ça me rappelle ton père et moi quand nous étions jeunes. Nous étions inséparables à tel point que certaines personnes pensaient qu'on était vraiment frères et on aimait d'ailleurs le faire croire. J'ai promis à Tachell et Talia de prendre soin de toi s'il leur arrivait quelque chose.

- Mes parents étaient des Somniatores ! pensais-je à voix haute. Était-il des marchands de sable ?

- Ils étaient parmi les meilleurs et ils se sont battus toute leur vie pour protéger le monde réel des membres de l'ordre. Être un Somniatore fait partie de ton héritage, c'est ce que tu es. Mais être un marchand de sable est ta décision. Tes études sont très importantes ; par conséquent, tout sera fait pour que tes deux vies ne se mélangent pas, tu n'as pas à t'en inquiéter, car tant que tu seras ici dans le monde des rêves, ton corps sera en train de se reposer dans le monde réel. Les Somniatores sont des personnes extrêmement intelligentes parce qu'on est capable d'apprendre en rêvant et c'est plus facile que dans le monde réel.

- On peut apprendre dans nos rêves ? Encore quelque chose que j'ignorais. C'est sûrement la raison pour laquelle j'ai toujours été le plus intelligent parmi mes camarades.

- Hé oui, Noah. Tu as encore beaucoup à apprendre sur les Somniatores.

- Dites-m'en plus.

- Bien sûr, mais pour le moment j'ai des choses que je dois régler avant que l'on atterrisse à Londres. Si tu as d'autres questions, je serais heureux d'y répondre un peu plus tard. En attendant, fais attention à toi et fais preuve de bon jugement surtout quand tu es dans le monde des rêves.

On avait dû parler longtemps, le soleil était en train de se coucher dans le monde d'oncle Idy. À ce moment, je réalisais que le temps était presque toujours fixe dans mon monde et qu'il ne changeait que selon mon humeur, une incohérence que je devrai corriger.

- Il est temps pour moi de me réveiller. Comme tu dois t'en douter, tu ne peux pas rester dans mon rêve si je suis éveillé, tu pourrais ne pas en ressortir jusqu'à mon retour.

- Oui, je m'en doutais, répondis-je.

- Noah, une dernière chose et c'est d'ailleurs ce par quoi j'aurais dû commencer.

- De quoi s'agit-il ?

- L'existence des Somniatores est un secret total, nul ne doit révéler l'existence des Somniatores à un sans-conscience, c'est considéré comme un crime grave et sévèrement puni par les marchands de sable. C'est d'ailleurs l'un des rares points sur lequel l'ordre est en accord avec nous, c'est une règle qui s'applique à tous les Somniatores sans exception.

- Je croyais qu'Hel Layas avait révélé son identité quand il a pris la tête de l'ordre ?

- C'est vrai, les membres de l'ordre eux-mêmes reconnaissaient que c'était de la folie, mais il était l'un des rares Somniatores assez puissants pour résister aux assauts des sans-consciences.

- Mais attendez, Rayan connaît mon secret. Est-ce que ça veut dire que je serai puni pour le lui avoir dit ?

- Non, ne t'en fais pas, tu ne connaissais pas la règle en ce moment, elle s'applique uniquement aux Somniatores qui connaissent la règle.

Je lançai un ouf de soulagement.

- J'ai aussi remarqué que tu m'appelles oncle Idy. Après tout ce qui s'est passé. Même si tu sais que je ne suis pas ton oncle.

- Eh bien… je pensais que…

- Ne t'inquiète pas. Je te considère comme ma famille. Maintenant, retourne dans ton rêve, on se verra à ton réveil.

Sur ces paroles, je sentis une force invisible qui me retirait doucement du rêve d'oncle Idy qui commençait à disparaître.

- Rappelle-toi, fais attention quand tu seras dans le visum.

- Ne vous inquiétez pas, j'y ai survécu jusqu'à présent.

- Parce que nous y avions veillé, rétorqua-t-il.

Le rêve d'oncle Idy disparut et je me retrouvai à nouveau dans l'espace étoilé qui apparemment s'appelait le visum. Le rêve d'oncle Idy avait complètement disparu. Son étoile ne brillait plus.

14

NOUVEL ENVIRONNEMENT

J'étais de retour dans le visum, je laissai échapper une grosse bouffée d'air pour me remettre de tout ça. Ça faisait beaucoup trop d'information d'un coup. Je venais d'apprendre que j'étais moi aussi un Somniatore, exactement comme les deux fantômes qui m'étaient apparus et qui ne me semblaient plus aussi effrayants maintenant que je savais qu'ils étaient des personnes comme moi.

Étaient-ils des membres de l'ordre en mission qui avaient pris contact avec moi de cette façon ? Dans ce cas, de quoi pouvaient-ils bien parler ? Que voulaient-ils retrouver ? Le seul problème était que ces ombres semblaient en savoir plus que Lucent. Je n'étais plus sûr de vouloir revoir ces fantômes, surtout si ce n'était même pas des membres de l'ordre. Devrais-je en parler à oncle Idy ? Si je venais à lui en parler, ce dernier m'empêcherait sûrement de les voir à nouveau, et même si ça m'effrayait, je devais les rencontrer à nouveau.

Ces fantômes m'ont permis de voir des choses, j'ai vu mes parents me tenant quand j'étais bébé. Comment avaient-ils fait ça ? Avaient-ils compris comment faire fonctionner ma capacité ? Ou était-ce leurs capacités qu'ils exerçaient sur moi ? Retourner dans le passé, je voyais là un moyen d'en savoir plus sur mes parents. Qui sait, peut-être qu'oncle Idy ne me disait pas tout ! Je pense que je vais garder cette information secrète pour l'instant. Je devais moi-même tirer au clair le mystère des fantômes.

J'étais toujours en train de dormir. Les nuits de sommeil manquées avaient eu raison de moi, mon sommeil était tellement profond que je ne sentais aucune des turbulences de l'avion. Je dormais tellement bien que j'en avais oublié ma peur de voler en avion.

Dans le monde des rêves, j'ignorais complètement les mises en garde d'oncle Idy. J'étais toujours dans le visum, je le redécouvrais et je le trouvais encore plus fascinant. Mais rien de très spécial ne s'y était passé, sauf que le nombre de rêves autour de moi avait triplé. Les rêves semblaient également plus intenses et plus lumineux. Mais ils étaient toujours de la même couleur. Y avait-il vraiment d'autres Somniatores parmi ces étoiles ? En tout cas, je ne pouvais pas encore les distinguer des autres. Et au Canada, y avait-il des Somniatores ? Peut-être étais-je déjà entré dans le rêve d'un Somniatore sans m'en rendre compte.

Et en y repensant, cette femme mystérieuse que je voyais souvent dans le visum, se pourrait-il qu'elle soit aussi un Somniatore ? Pendant que je réfléchissais, une voix commençait à résonner dans ma tête.

- Nous entamons notre descente vers Londres, notre atterrissage est prévu dans une trentaine de minutes, la température est de 24 degrés Celsius, veuillez-vous assurer que vos ceintures de sécurité soient bien attachées.

La voix me tirait petit à petit de mon sommeil. En effet, il arrivait que quand je dormais beaucoup trop, mon corps se réveillait alors de lui-même si je ne l'en empêchais pas. Je pouvais bien sûr lutter pour ne pas me réveiller, mais ne voulant pas m'empêcher de me réveiller, le visum commençait à s'estomper petit à petit et je finis par regagner le monde réel et donc de me réveiller.

En me réveillant, je me rendis compte que j'allais assister à l'atterrissage. La grimace sur mon visage en disait long sur mon appréhension. Quel idiot ! J'aurais dû rester encore un peu en train de dormir, maintenant je vais devoir assister à l'atterrissage. L'avion semblait toujours survoler les eaux internationales, le soleil commençait à se lever, la Grande-Bretagne n'était plus très loin. Le personnel de bord ramassait le petit déjeuner qui avait été servi un peu plus tôt à oncle Idy qui avait les yeux rivés sur son ordinateur.

- À ta tête, tu aurais préféré dormir jusqu'à l'arrivée ! avait compris oncle Idy.

- Ça ne m'aurait pas déplu ! grommelai-je.

- Tu veux boire quelque chose ?

- Non merci.

Tant qu'à faire, je regardai par le hublot. Malheureusement, l'épaisseur des nuages m'empêchait de voir quoi que ce soit. Ensuite, je regardai dans la direction d'oncle Idy que j'avais maintenant l'impression de mieux connaître.

- Qu'est-ce qui ne va pas ? me demanda-t-il, les yeux toujours fixés sur son ordinateur, il avait dû sentir que je l'observais.

- Euh, non rien.

- Tu penses à notre petite escapade dans mon rêve ? C'est comme je le dis toujours, le meilleur moyen de connaître quelqu'un c'est à travers son rêve, me lança-t-il avec un sourire.

- Atterrissage dans 5 minutes, retentit la voix du pilote.

Je regardai à nouveau par le hublot et je voyais la ville, nous étions descendus tellement bas que les nuages se trouvaient au-dessus de nous. L'avion se dirigeait vers la piste d'atterrissage et effectua un parfait atterrissage tout en douceur.

- Ce n'était pas aussi terrible que ça ! pensais-je.

Après avoir effectué toute la paperasse aéroportuaire, nous sortîmes de l'aéroport. Londres nous accueillait avec l'un des clichés qu'on lui attribue souvent. Le ciel était gris comme s'il allait pleuvoir à tout moment. Les gardes du corps d'oncle Idy qui se trouvaient dans le véhicule au Canada ou plutôt les gardiens étaient toujours là avec nous. Ils ne semblaient pas prendre les menaces de l'ordre à la légère. Oncle Idy se dirigea vers une magnifique voiture de luxe grise qui semblait nous attendre. À côté du véhicule se tenait un homme mince de taille moyenne qui arborait une très fine moustache. L'homme avait une calvitie prononcée à l'avant de son crâne qui lui laissait quelques cheveux noirs parsemés de poils gris sur les côtés, il semblait être dans la cinquantaine.

- Bonjour Master Oart, ravi de vous revoir ! lança-t-il avec un fort accent anglais. Avez-vous passé un bon voyage ?

- Comme d'habitude, Edward, répondit-il simplement.

- Master Akeylla, je suppose, reprenait-il en s'adressant à moi. Je suis Edward, votre humble serviteur à votre service.

- Eh... Enchanté, vous pouvez m'appeler Noah.

- Edward est mon majordome depuis plus de 15 ans, si tu as besoin de quoi que ce soit...

- Je serai là, prêt à bondir ! coupa Edward.

- Merci ! balbutiai-je.

- Très bien, allons-y.

Nous embarquâmes dans le véhicule tandis que les gardiens montaient dans une autre voiture garée juste derrière celle d'oncle Idy.

Les voitures traversaient rapidement la ville. Edward semblait la connaître comme le fond de sa poche. J'étais maintenant à Londres, la ville où je suis né et où j'ai vécu quand j'étais plus jeune même si ce n'était pas très longtemps. C'est une ville fascinante, l'architecture de la capitale est très différente de celle de Toronto.

Londres est exactement comme on la voit dans les films, les fameux bus à impérial rouge très symboliques de la ville sont visibles un peu partout. Et peut-on faire plus symbolique que les fameux taxis londoniens noirs qui fourmillent dans la ville, sans compter que les voitures roulent à gauche.

Sur le chemin, Edward passait devant quelques-uns des monuments emblématiques de la capitale, comme le palais de Westminster où trône fièrement Big Ben. Ou encore le palais de Buckingham et également quelques institutions comme le British Institution et le National Gallery. On passait devant quelques-uns des monuments les plus emblématiques de la ville, comme si Edward tentait de me faire voir au maximum la ville avant d'arriver chez oncle Idy.

Après une heure de route, le paysage commençait à changer, en bordure de la ville se dressait une multitude de maisons toutes aussi opulentes les unes que les autres. Un peu à l'écart se trouvait l'imposante villa d'Oncle Idy. Nous étions accueillis par une large porte d'entrée à ouverture électrique qui laissait découvrir un somptueux jardin parsemé d'arbres que je ne pouvais même pas nommer.

Une petite route qui traversait le jardin était réservée aux voitures qui entraient et sortaient ; juste après le jardin se tenait un grand bâtiment de toute beauté, les quartiers d'oncle Idy. Le bâtiment imposant était magnifique, je n'avais jamais rien vu de tel.

Le véhicule arrivait devant l'entrée en contournant une fontaine de laquelle jaillissait une quantité effrayante d'eau. Je me demandais à quoi devait ressembler sa facture d'eau. La voiture s'arrêta juste devant la porte d'entrée suivie de celle des gardiens.

L'intérieur de la résidence était aussi somptueux que l'extérieur, c'était une maison immense, la décoration très moderne était d'un goût exquis.

- Je vais vous conduire à votre chambre, Master Akeylla, m'annonça Edward.

Arrivé dans la chambre je restai sans voix, à l'image du reste de la maison la chambre qui m'avait été attribuée était incroyable, elle devait être deux fois plus grande que mon ancienne chambre et elle était plus fournie. J'avais même ma propre télé qui devait être au moins quatre fois plus grande que celle du salon de grand-mère.

- Master Oart m'a demandé de me mettre à votre entière disposition, lança Edward qui semblait maintenant parler à la place d'Oncle Idy.

- Tes cours commencent dans deux semaines, donc pour le moment considère que tu es en vacances, me lança Oncle Idy.

- Merci ! répondis-je timidement.

- Mon bureau est par là, j'y passe le plus clair de mon temps, n'hésite pas à passer quand bon te semble, tu es ici chez toi. Et une dernière chose, réveille-toi tôt demain, nous allons à la banque.

- À la banque, pour quoi faire ? demandai-je.

- Nous allons t'ouvrir un compte et puis il y a quelque chose qu'il faut que je te remette. Pour le moment, prend un déjeuner et mets-toi à l'aise, j'ai des affaires urgentes qui m'attendent à mon cabinet.

Ceci dit, oncle Idy retourna en ville accompagné des gardiens, ça devait être un homme vraiment occupé.

Je passai une partie de la journée dans ma chambre, cela faisait plus de huit heures qu'Oncle Idy était parti. L'ennui commençait à me gagner. Las de zapper entre les très nombreuses chaînes de télévision, je décidai maintenant de sortir de la chambre et de visiter la grande demeure dans laquelle j'allais maintenant habiter ; autant me familiariser avec les lieux puisque je n'avais rien d'autre à faire.

La maison était tellement grande que je craignais de m'y perdre. La bâtisse me faisait d'ailleurs repenser au château dans lequel les fantômes m'avaient envoyé et dans lequel je m'étais d'ailleurs perdu. J'arrivais à me faufiler facilement dans les larges pièces de la demeure malgré mon fauteuil roulant, comme si cette maison avait été bâtie pour une personne en fauteuil. Tout tombait parfaitement à ma hauteur, que ce soit les interrupteurs ou les poignées de porte, même les escaliers étaient munis d'un système de montée et de descente automatique adapté à mon fauteuil roulant. Je n'avais qu'à me placer sur l'appareil qui bloquait mes roues et il m'emmenait en haut ou en bas sans le moindre effort.

Comme si cette aide n'était pas suffisante, il restait toujours l'ascenseur qui desservait les trois étages de la maison ; un ascenseur dans une maison, les gens ne savent vraiment plus quoi inventer de nos jours, même s'il faut avouer que c'était plutôt pratique. En tout cas, il n'y avait pas de doute à avoir, oncle Idy avait préparé sa maison pour m'accueillir et pour que je sois à mon aise.

Chaque pièce était aussi agréable à visiter que la dernière. Mais celle qui attira le plus mon attention était une pièce protégée par une porte en bois précieux. Une porte sur laquelle étaient apposées les initiales M et S, sans doute pour marchands de sable. En dessous des initiales, on pouvait lire la phrase suivante :

Quod futurum est in Sonis. Qu'est-ce que ça pouvait bien vouloir dire ? Comme un réflexe, je dégainai de ma poche mon téléphone intelligent avant de me rendre compte que n'étant plus chez moi, je ne disposais plus de la connexion internet. Je pouvais voir qu'oncle Idy avait bien une connexion internet, mais ne connaissant pas le mot de passe je ne pouvais pas faire grand-chose.

La porte de bois était fermée, à la place de la poignée se trouvait un petit boitier métallique sur lequel un petit écran à affiche numérique demandait d'entrer un code à 20 chiffres. Qu'est-ce que cette porte pouvait bien renfermer ? Toutes les pièces de la maison étaient ouvertes et accessibles, même le bureau ou la chambre d'oncle Idy. Seule cette porte était fermée et demandait un code pour pouvoir y entrer, étrange.

Au moment même de me retourner et de m'en aller, je tombai nez à nez avec Edward qui était arrivé derrière moi aussi silencieux qu'un chat.

- J'espère que je ne vous ai pas fait peur, Master Akeylla ? demanda-t-il avec flegme.

- Non, ça va, je me promenais juste un peu.

- Je vous ai servi un dîner dans la salle à manger. Master Oart rentrera tard, il vous invite donc à ne pas l'attendre. À moins que vous désiriez manger un peu plus tard ?

À la simple évocation du mot dîner, je sentais mon ventre qui gargouillait. À part le petit déjeuner de ce matin, je n'avais rien mangé d'autre.

- Non, je pense que je vais manger maintenant, j'ai l'estomac dans les talons.

- Bonne décision, Master Akeylla, vous ne semblez pas affecté par le décalage horaire, me dit-il tandis qu'il me conduisait à la salle à manger.

- Non, ça va, j'ai beaucoup dormi dans l'avion, et sérieusement, vous pouvez juste m'appeler Noah vous savez.

- Inutile d'insister, Master Akeylla, l'étiquette veut que je vous appelle par votre titre et je tiens à me conformer à l'étiquette ! dit-il sur un ton plein de fierté. Mais si c'est plus facile pour vous, je peux vous appeler Master Noah.

- Ça ne change pas grand-chose, c'est toujours très embarrassant.

- Loin de moi cette idée, Master Noah.

J'hésitais à lui demander s'il était lui aussi un Somniatore, depuis qu'oncle Idy m'a dit que les Somniatores étaient partout, je voyais maintenant tout le monde d'un œil différent. En même temps, s'il n'en était pas un, selon oncle Idy, il est considéré comme un crime par les Somniatores de révéler notre existence. Je préférai donc me taire.

Après un copieux dîner, je ne pouvais m'empêcher de repenser à cette porte portant les initiales M et S.

Qu'est-ce que cette porte pouvait bien cacher ? Je devinai néanmoins les initiales pour marchands de sable. Était-ce une salle cachant des informations sur les marchands de sable ? Je suppose que je ne verrai jamais ce qui se cache derrière cette porte. Du moins, je ne suis peut-être pas censé voir ce qui s'y cache.

15

CONTACT

Un peu plus tard, je décidai d'aller me coucher. Oncle Idy n'était toujours pas rentré. Où pouvait-il bien être ?

Finalement, malgré le fait d'avoir visité son rêve ainsi que toute cette discussion que nous avions eue qui m'avait donné l'impression de mieux le connaître, je me rendis compte avec un peu de recul que je ne savais pas grand-chose sur lui. On ne peut pas connaître une personne en seulement quelques heures, même à partir de son rêve. Bien que ces quelques heures me semblaient être des jours.

Oncle Idy m'avait dit beaucoup de choses à propos des Somniatores, mais rien à propos de lui-même. Avait-il même une famille ? Ce qui était sûr était qu'il n'était pas marié et n'avait probablement pas d'enfants. Jusqu'à présent, je n'avais aperçu aucune photo laissant deviner une vie de famille ou même des amis.

Le fait qu'il soit resté dehors aussi tard, voyait-il quelqu'un ou était-il en mission secrète pour les marchands de sable ?

Je repensai à ce que grand-mère m'avait dit : « *Quoi qu'il arrive Noah, aie confiance en Idy Oart, tes parents avaient une confiance absolue en lui, j'ai une confiance absolue en lui.* »

Avec de telles paroles venant de la personne en qui j'avais moi-même le plus confiance, je n'avais aucune raison de douter d'oncle Idy. J'avais pourtant encore des réticences à lui faire totalement confiance.

Avec toutes les pensées qui me traversaient l'esprit, je finis par m'endormir. En me réveillant dans l'espace de vue ou du moins le visum, je me rendis compte que je m'étais endormi sans même le savoir. Tout autour de moi, les centaines de milliers de petites étoiles étaient toujours aussi lumineuses, mais toujours de la même couleur. Je ne pouvais par conséquent toujours pas distinguer le rêve d'un Somniatore de celui d'un sans-conscience.

Je regardais tout autour de moi et commençais à me déplacer parmi les étoiles avec toujours autant d'aisance. C'était tellement facile que l'on aurait dit que j'étais en train de nager. Pour une fois, sans jamais entrer dans un seul rêve, je me baladais ici et là, le visum avait l'air tellement grand que je savais que je ne pourrais jamais en faire le tour. Selon oncle Idy, la taille du visum équivaudrait à l'univers tout entier. J'imaginais alors le genre de rêve sur lequel je pouvais tomber.

Je commençais alors à me déplacer un peu plus vite dans le visum. Même si je n'étais pas dans mon rêve, j'étais capable de faire des choses que je ne pouvais pas faire dans le monde réel.

Ma vélocité augmentait de plus en plus, les étoiles se succédaient encore et encore et rien ne semblait se passer. Ce monde semblait vraiment vide mis à part les étoiles qui scintillaient, c'était comme être perdu dans l'immensité glaciale de l'espace. Après un long moment passé à explorer, j'abandonnai l'idée de trouver quoi que ce soit de particulier ce soir. Je décidai alors de rentrer dans mon rêve quand soudainement je vis passer à grande vitesse deux jets flamboyants à quelques kilomètres de moi. Qu'est-ce que c'était que ça ? Ces objets lumineux ressemblaient à des étoiles filantes, jamais je n'avais vu pareil spectacle dans le visum.

Curieux, je me lançai à la poursuite de ces deux étoiles qui filaient à toute allure. Elles étaient tellement rapides que je me demandais si j'étais en mesure de les rattraper.

Les deux étoiles se faufilaient parmi les autres étoiles immobiles qui continuaient de briller inlassablement ; que pouvaient représenter ces étoiles qui contrairement aux autres étaient en mouvement ?

Je tentai de les rattraper, j'allais tellement vite que sur le coup, je ne me rendais même pas compte que j'avais atteint la même vitesse qu'elles, à tel point que je m'en rapprochais de plus en plus.

Plus je m'en approchais, plus je commençais à les voir un peu mieux, j'apercevais une forme à l'intérieur de ces étoiles, une forme humaine. Mais avant même que je ne puisse en être sûr, les deux se séparèrent et prirent différentes directions comme si elles avaient une conscience et avaient compris qu'elles étaient suivies.

Sans même réfléchir, je continuai à suivre celle qui me paraissait la plus proche, me fichant complètement du danger potentiel qu'il y avait à suivre ces astres. Tandis que je continuais à suivre la première étoile filante, la deuxième apparut brusquement derrière moi. J'étais cerné. À ce moment précis, je me rendis compte à quel point mon acte était stupide et irréfléchi. Je n'avais pas vraiment réfléchi en me lançant à la poursuite de ces étoiles qui ne m'avaient pourtant rien demandé et j'étais maintenant pris en chasse par l'une d'entre elles. En me prenant pour le chat, j'étais devenu la souris.

Était-ce un des nombreux dangers dont m'avait parlé oncle Idy ? J'essayais maintenant de trouver une échappatoire, mais je remarquais que lorsque j'essayais de changer de direction, elles ne me laissaient pas faire et continuaient à m'empiéger.

Soudainement, la première étoile s'arrêta brusquement, mais trop tard pour freiner. Je voulais l'éviter à tout prix, elle avait pris la forme d'une silhouette clairement humaine, j'en étais maintenant sûr. Dans mon élan, je réussis à l'éviter et à m'arrêter un peu plus loin. Je me retournai hâtivement pour voir ce que je venais de dépasser et ce que je vis dépassait mon entendement. À ma grande surprise, j'aperçus deux personnes dans cet endroit qui était pourtant vide de toute présence humaine. La seule silhouette humaine que j'avais déjà aperçue dans le visum était celle de cette femme mystérieuse.

- Hey ! Toi là-bas, qu'est-ce que tu veux ? entendis-je. Qu'est-ce que tu as à nous suivre de la sorte ? me lança une voix féminine qui était clairement furibonde.

C'était des personnes, ces étoiles filantes étaient des personnes ! J'étais toujours sous le choc de cette rencontre d'un genre particulier. C'était un jeune garçon et une jeune fille qui devaient avoir le même âge que moi, même si le garçon me paraissait un petit peu plus âgé.

- Hey ! Tu comprends ce que je te dis ou pas ? Pourquoi n'arrêtes-tu pas de nous suivre ? persista la voix.

- Est-ce que vous êtes des Somniatores ? demandai-je.

- Il nous demande si nous sommes des Somniatores ! Bien sûr que nous sommes des Somniatores, il est débile ou quoi celui-là ? répondit le garçon.

À ce moment, la fille commençait à s'approcher.

- Non ! Ne l'approche pas, c'est peut-être un piège, relança le garçon.

- Mais non, regarde-le, il est tout seul et il ne semble pas dangereux. En plus, cette partie du visum est protégée par les gardiens, s'il est là, il doit être sous leur protection. Laisse-moi faire.

La jeune fille commençait à s'approcher doucement, arrivée à mi-chemin elle s'arrêta.

- Comment t'appelles-tu ? demanda-t-elle tout simplement.

- Noah… je… je m'appelle Noah, bégayai-je.

- Pourquoi tu nous suis ? Qu'est-ce que tu veux ?

- Je n'avais encore jamais vu d'étoiles filantes dans le visum.

- Quoi ! Jamais ? s'étonna-t-elle. Tu n'as jamais vu un Somniatore en mouvement dans le visum ?

- Somniatore en mouvement ? Donc, moi aussi, je ressemble à ça quand je me déplace, dis-je ensorcelé.

- Dix-neuf, c'est bon, je crois qu'on n'a rien à craindre, lança la fille au garçon qui lui ne semblait pas convaincu et commençait à s'approcher avec méfiance.

- Mouais, comment peut-on être sûrs que ce n'est pas un…

- Il n'en a pas l'air, je dirais même que ça ne doit être qu'un simple gamma.

- Hum ! C'est vrai qu'il n'a pas l'air très dangereux et tu as sans doute raison, son aura est faible, lança le garçon.

- Qui êtes-vous ? demandai-je.

La fille me regardait comme si elle cherchait à lire en moi avant de répondre.

- Je m'appelle Seize et lui c'est Dix-neuf. Nous sommes des patrouilleurs.

- Des patrouilleurs ? demandai-je, des patrouilleurs de quoi ?

- Nous sommes chargés de surveiller le visum et signaler tout type de menace, répondit fièrement le garçon.

- À qui signalez-vous ces menaces ?

- À une unité d'élite très célèbre dans le monde des rêves dont nous faisons partie, les gardiens ! ajouta-t-il avec encore plus de fierté.

- Les gardiens ? C'est vrai, vous êtes vraiment des gardiens ? Je n'avais aucune idée que les gardiens pouvaient être aussi jeunes.

- Tu n'as jamais vu de Somniatores en déplacement, mais tu connais les gardiens ? s'étonna Seize.

- C'est mon oncle qui m'en a parlé. Mais plus sérieusement, sans vouloir vous offenser, vous semblez beaucoup trop jeunes pour être des gardiens ! Ceux que j'ai rencontrés étaient des adultes, ils étaient beaucoup plus âgés que vous.

Les deux se regardèrent pendant un moment comme si je venais de porter un coup énorme à leurs egos. Avant même que le garçon ne puisse ouvrir la bouche, il fut interrompu rapidement par la fille :

- Mince, cette fois-ci ce sont eux. Partons vite d'ici. Hey toi, Noah, ne reste pas ici.

- Quoi ? lançai-je, avant d'être sauvagement agrippé par la fille qui me trimbalait derrière elle suivie du garçon.

Après quelques secondes passées à être traîné comme un sac de riz, nous nous arrêtâmes dans un endroit qui semblait sûr, on aurait dit que l'on se cachait.

- Sommes-nous en train de fuir ? N'avez-vous pas dit que vous étiez des patrouilleurs ? repris-je avec une pointe de sarcasme.

- Ferme-là un peu, tu vas nous faire remarquer. Maintenant, ne bouge plus, reste complètement immobile, grogna Dix-neuf.

Au même moment, j'apercevais au loin de nouvelles étoiles filantes qui passaient à grande vitesse. Elles étaient au nombre de cinq.

- Qu'est-ce que c'est que ça ? D'autres Somniatores ?

- Ce sont des gardiens, répondit Seize. Ils font leur ronde.

- Seize ! chuchota le garçon avec nervosité.

- Oh, ça va, Dix-neuf, il aurait fini par comprendre. En plus, il a déjà rencontré des gardiens, mieux vaut l'avoir de notre côté, lança-t-elle.

- Quoi ? Tu n'es pas sérieuse ? On ne sait même pas qui c'est.

- Vous réalisez que je peux toujours vous entendre, en plus je savais bien que vous n'étiez pas vraiment des gardiens, dis-je.

- Nous ne t'avons pas entièrement menti, répondit-elle. Nous sommes bien des gardiens, c'est juste que nous sommes encore des cadets, et on n'a pas le droit d'être là.

- Qu'est-ce que vous manigancez tous les deux ? Pourquoi ai-je l'impression que vous vous préparez à faire quelque chose de dangereux ?

- Mais ça ne te regarde pas ! Et toi donc, dès que tu vois une lumière, tu la suis sans même te poser de questions ? lança Dix-neuf.

- J'ai été surpris, OK, c'est la première fois que je vois des étoiles filantes dans le visum, vous aurez fait quoi à ma place ?

- Depuis combien de temps tu visites le visum, dis-moi ? demanda Dix-neuf.

- Hum ! C'est compliqué, il y a quelques jours je ne savais même pas ce qu'était vraiment le visum, on peut dire que je commence juste à le visiter.

- C'est une blague ! Savais-tu même que tu étais un Somniatore ! se demanda-t-il.

- Non, je viens de l'apprendre.

- Ton cas est encore pire que ce que j'imaginais.

- Laissez-moi deviner, Dix-neuf, Seize, pas vos vrais prénoms ? demandais-je.

- Évidemment, et ne compte pas sur nous pour te dire nos vrais noms. Seize répondait.

- Quoi ? Mais je vous ai donné mon vrai nom.

- Sérieusement, tu devrais faire attention avec ça ici, on ne sait jamais à qui on peut faire confiance. Dix-neuf ajouta.

- Tu nous as vraiment fait peur tout à l'heure, j'ai bien cru que notre instructeur nous avait découverts, ajouta Seize.

- Votre instructeur ? demandai-je.

- Oui, comme on te l'a dit, nous sommes des cadets, et il y a un couvre-feu que l'on doit observer en tant que tel, chacun doit être dans son rêve en ce moment et non dans le visum, répondit Dix-neuf.

- Oui, c'est un endroit dangereux, malgré que cette zone soit protégée, il reste néanmoins déconseillé d'y rester trop longtemps, ajouta Seize.

- Mon oncle m'a également mis en garde contre le visum, cet endroit est aussi dangereux que ça ?

- Oh oui, il l'est, il est impossible d'assurer la sécurité de qui que ce soit ici, à moins d'être un gardien de haut niveau.

- Cet endroit est infesté de toutes sortes de choses, si tu commences à peine à visiter le visum, prépare-toi à des surprises.

- Comme quoi par exemple ? demandai-je avec beaucoup d'excitation.

- As-tu déjà entendu parler des rêves abandonnés ?

- Des rêves abandonnés ? Je ne suis pas sûr de comprendre.

- Je vais t'expliquer, reprit Dix-neuf. As-tu déjà entendu parler de la mission des gardiens ?

- Pas vraiment, j'ai juste vaguement entendu parler d'eux, lançai-je en repensant à leur dernière opération qui nous avait sorti des mains de Lucent.

- Les gardiens sont la police des rêves, ils ont pour mission d'arrêter les criminels qui sévissent à travers les rêves et d'y stopper toutes activités illégales.

- Des criminels des rêves ? Ça existe vraiment ?

- Le monde n'est pas fou que dans la réalité, il l'est également ici. Le visum n'est qu'une transposition du monde réel dans le monde des rêves. En d'autres termes, c'est le même type d'être humain que tu trouveras ici, la fourberie la tricherie et même le crime existent aussi dans ce monde.

- Attends, des crimes ? demandai-je étonné.

- Oui, c'est la capacité la plus sombre des Somniatores. Nous sommes capables de tuer des sans-consciences à partir de leurs rêves, répondit Seize.

Je repensais maintenant à mes actions dans le monde des rêves. J'aurais pu tuer quelqu'un sans même m'en rendre compte. J'aurais même pu tuer Rayan.

- Est-ce que tous les Somniatores en sont capables ? demandai-je.

- Oui, sans exception, répondit-elle.

Encore sous le choc de cette nouvelle, je ne savais plus quoi dire.

- C'est comme le dit notre instructeur, partout où il y a des humains, il y a des problèmes.

- Ces rêves abandonnés, que représentent-ils au juste ?

- Les rêves abandonnés appartiennent aux criminels arrêtés par les Somniatores puis enfermés quelque part dans le monde des rêves, reprit Dix-neuf.

- Ils les enferment dans le monde des rêves ? Et qu'est-ce qui leur arrive dans le monde réel ?

- Ils tombent dans le coma pendant tout le temps qu'ils sont retenus par les gardiens. Lorsqu'ils sont relâchés, ils sortent du coma. Étant donné qu'ils ne sont pas morts, mais qu'ils ne sont pas non plus en liberté dans le monde des rêves ou dans le monde réel, leurs rêves restent livrés à eux-mêmes jusqu'au retour de leurs propriétaires. Ils sont donc considérés comme abandonnés.

- Waouh ! Alors c'est comme ça que les Somniatores vont en prison ?

- Oui, sauf que personne ne sait vraiment où se trouvent ces prisons ni dans quelles conditions les prisonniers sont détenus. Quiconque revient de ces prisons revient complètement changé, ils ne peuvent même pas parler de ce qui s'est passé pendant leur captivité. Personne ne sait ce que les gardiens leur font, continua Seize.

- Les rêves abandonnés sont de plus en plus nombreux et indétectables dans le visum même par certains des meilleurs Somniatores, puisqu'ils sont éteints et qu'ils ne brillent pas, ajouta Dix-neuf. Mais pour moi c'est une autre histoire.

- Qu'est-ce que tu veux dire ? demandai-je.

- Que si tu es aussi bon que moi, tu sauras comment t'y prendre et tu les trouveras assez facilement.

- Ne l'écoute pas, ça fait juste partie de sa capacité, c'est pour cela qu'il les repère, coupa Seize.

- Peu importe, la capacité à les localiser est rare, c'est d'ailleurs l'une des raisons pour laquelle nous avons réussi à joindre les gardiens, ils ne laissent pas n'importe qui devenir membre, rajouta Dix-neuf.

- Je vois, mais pourquoi voulez-vous retrouver les rêves d'anciens criminels ? demandai-je toujours plus curieux.

- Justement, ils ont appartenu à des criminels. As-tu idée du genre de choses que tu peux trouver dans les rêves de ces criminelles ? Tu peux y découvrir leurs plus grands secrets comme…

- Bref tu peux y trouver des choses intéressantes, coupa Seize qui semblait vouloir freiner Dix-neuf qui en avait peut-être un peu trop dit.

- Oui, enfin… mais bon, le truc le plus intéressant dans tout ça, c'est l'aventure. Tu n'imagines même pas à quel point ces rêves abandonnés peuvent être intéressants. Comme tu sembles être un nouveau Somniatore, je suppose que tout ce que tu as fait jusqu'à présent c'est d'aller dans les rêves de gens super normaux qui rêvent toujours de banalités, comme voler ?

- Heu, oui si on veut ! ajoutai-je, un peu embarrassé en ne voulant pas admettre que voler était le genre de rêve que je prenais plaisir à faire.

- Tu perds tellement ton temps, Noah, le monde des Somniatores est bien plus riche et captivant que ça.

- Si ça t'intéresse d'en savoir un peu plus, tu n'as qu'à venir avec nous, plus on est de fous plus on s'amuse, me lança Seize.

- Heu, Seize, qu'est-ce que tu fais ? Je ne crois pas que ce soit une bonne idée qu'il nous accompagne, il n'est même pas encore au point en tant que Somniatore.

- Il faut bien que quelqu'un lui apprenne à être au point, comme tu l'as fait avec moi.

- Et qui le surveillera, je te préviens, ce ne sera pas moi, argumenta Dix-neuf.

- Ça va, Dix-neuf, tout va bien se passer, de plus il nous a vus. Ne crois-tu pas qu'il vaudrait mieux l'avoir dans notre camp ? Je te rappelle qu'il a l'air de connaître des gardiens.

- Attendez, vous voulez que je commette un acte sûrement interdit avec vous, tout ça pour que je ne vous balance pas ? Qu'est-ce qui vous fait croire que j'ai envie de vous suivre ? m'indignai-je.

- Il suffit de te regarder, tu meurs d'envie de nous accompagner, termina Seize.

Elle n'avait pas tort, j'étais en effet accroché à leurs lèvres espérant qu'ils me laisseraient les accompagner, cette aventure semblait en valoir la peine.

- Bon d'accord, il peut venir, mais il faudra le surveiller de très près, approuva Dix-neuf.

- Alors qu'est-ce que t'en penses, Noah ? me demanda Seize.

Dix-neuf semblait peu enjoué par cette idée, j'étais moi-même assez perplexe quant à cette idée d'aller jouer les pirates des rêves. Mais les rêves abandonnés semblaient effectivement très intéressants et semblaient valoir la peine d'être vus au moins une fois. Ma curiosité l'emportait encore très facilement sur ma raison.

- D'accord, je veux bien vous accompagner. Je veux voir ça. Je veux voir à quoi ressemblent ces rêves abandonnés, répondis-je tout en espérant qu'oncle Idy ne l'apprendrait jamais. Après tout, s'il était vraiment indétectable dans le monde des rêves, peut-être qu'il était là en ce moment ? Mais impossible de le savoir.

- OK d'accord, mais il faut que tu saches que ce ne sera pas une partie de plaisir. Tu devras être vigilant à tout moment, chaque instant d'hésitation pourrait te coûter très cher, lança Dix-neuf.

- Vu la façon dont tu nous as pris en chasse tout à l'heure, tu maîtrises bien le déplacement dans le visum, mais fais bien attention à ne pas nous perdre de vue, ajouta Seize.

- Ne vous inquiétez pas pour moi, lançai-je tout confiant, j'allais découvrir un des nombreux visages du monde des rêves !

C'est parti, une extraordinaire aventure pleine d'imprévus m'attendait. Nous laissions maintenant place à des étoiles filantes à vive allure, du moins c'est de cette façon que je me le représentais. Nous nous déplacions à une vitesse folle, je me sentais enveloppé d'une couche de lumière chaude, Seize et Dix-neuf étaient tous deux recouverts d'un épais manteau de lumière qui ne laissait que vaguement distinguer leurs silhouettes. Ils se déplaçaient en suivant un itinéraire bien défini. Ils ne suivaient pas une ligne droite, mais prenaient bien des tournants comme s'ils savaient exactement où ils allaient.

- Vous avez l'air d'en savoir beaucoup sur les Somniatores dites-moi ? demandai-je.

- Pas autant que ça, les Somniatores sont très secrets même pour d'autres Somniatores, mais nous savons pas mal de choses ; en revanche, on en sait énormément sur le visum et sur les rêves en général, répondit Seize.

- Avez-vous déjà entendu parler de l'ordre d'Oris ?

- L'ordre d'Oris ? Ça m'étonne que tu connaisses ce nom, qui t'en a parlé ? demanda Seize.

- Ce n'est pas important, répondis-je en pensant qu'il valait mieux garder le silence sur tout ce que je savais, après tout, je ne les connaissais pas.

- Pourquoi quand on se déplace on a l'air d'étoile filante ? demandai-je à la place.

- Parce que tu es la représentation de ton rêve. Vois-tu, quand tu veux rentrer dans le rêve de quelqu'un, ce que tu vois en premier c'est une lumière en forme d'étoile. Et quand tu te concentres suffisamment sur la lumière, tu peux en voir un aperçu et savoir à qui elle appartient, répondit Seize.

- Oui ! C'est exact.

- Eh bien voilà, quand un Somniatore se trouve dans le visum au lieu de voir une étoile tu peux le voir en chair et en os. Mais quand il se met à se déplacer trop vite il reprend la forme étoilée de son rêve et devient une étoile filante. Mais quand il est dans son rêve, il devient tout simplement une étoile immobile.

- Ah, je vois, c'est comme si c'était mon rêve qui se déplaçait.

- C'est ça, c'est la raison pour laquelle les rêves ne sont presque jamais au même endroit. Même chose pour les rêves abandonnés qui se déplacent inconsciemment.

- Arrivez-vous à faire la différence entre un Somniatore et un non- Somniatore ?

- Tu veux dire un sans-conscience ? Oui bien sûr, mais il faut de l'entraînement pour y arriver. C'est la première chose qu'on apprend chez les gardiens donc ne t'inquiète pas si ça ne marche pas pour toi, ajouta Seize.

Elle avait compris que je ne ressentais pas l'aura onirique.

- Hey, regardez, le voilà, le rêve qu'on recherche il est par là-bas, interrompit Dix-neuf.

- Où ça ? Je ne vois rien, lançai-je.

- Il se peut que tu ne le perçoives pas, c'est tout à fait normal, tu n'es pas encore capable de distinguer les Somniatores des sans-consciences, par conséquent tu n'es pas capable de sentir correctement l'aura onirique.

Ah l'aura onirique. Effectivement, je ne pouvais pas la sentir. Je me demande ce que ça apporte vraiment de sentir l'aura onirique d'un Somniatore.

- L'aura onirique de ce rêve abandonné est incroyablement faible, mais il y a bien une aura onirique, ajouta Dix-neuf. Tu ne la sens même pas un tout petit peu ?

Dix-neuf et Seize étaient tous deux capables de sentir cette fameuse aura onirique dont oncle Idy m'avait vaguement parlé et que je ne pouvais toujours pas sentir, quelle frustration.

Y arriverai-je un jour ? Si oui, j'avais hâte. Sans cette capacité, j'avais l'impression d'être complètement aveugle à tout ce qui m'entourait.

- Non, je ne la sens pas ! Lançai-je honteusement.

- T'as encore beaucoup à apprendre en tant que Somniatore. Ça fait combien de temps que tu as découvert ta capacité ? me demanda Seize.

- Euh, depuis un moment en fait, admettais-je, mais jusqu'à présent j'ignorais tous des Somniatores. J'ai toujours cru que je faisais des rêves lucides, rien de plus. Du coup, je restais tout le temps dans mon rêve. Mais quand j'ai commencé à découvrir le visum dont j'ignorais le nom il y a à peine quelques heures, j'ai découvert que je pouvais aller dans les rêves des autres.

- Eh bien, ça explique beaucoup de choses ! lança Dix-neuf. Seize, je le répète, je ne pense vraiment pas que ce soit une bonne idée qu'il vienne avec nous, tout ça pourrait être dangereux pour lui.

- Ne t'en fais pas pour moi ! rétorquai-je de plus en plus agacé par l'attitude négative de Dix-neuf. J'en ai vu des choses vous savez et puis je sais comment m'extraire rapidement d'un rêve.

- Très bien, de toute façon le rêve dans lequel nous allons a une aura beaucoup trop faible pour être dangereux, j'espère que tout se passera bien. Bon, c'est parti.

Tout d'un coup, Dix-neuf, Seize moi étions aspirés par une force phénoménale, comme s'il y avait une gravité autour du rêve abandonné que j'arrivais maintenant à apercevoir. C'était un point sombre, aussi sombre que les profondeurs les plus obscures de l'univers.

Alors c'est à ça que ressemble un rêve abandonné ? Un rêve qui a perdu toute sa luminosité, un rêve qui a perdu son propriétaire et qui est livré à lui-même. Pas étonnant que personne ne réussisse à le retrouver, c'était comme chercher une aiguille dans une botte de foin. Nous continuions à nous rapprocher du rêve abandonné qui me rassurait de moins en moins, mais j'avais décidé d'être là, alors je n'allais pas reculer. Nous y voilà, nous entrions dans le rêve.

16

LE RÊVE ABANDONNÉ

Nous apparaissions maintenant dans un nouveau rêve ou plutôt dans ce qui ressemblait plus à un cauchemar. Un gros nuage noir recouvrait complètement le ciel de ce monde abandonné, c'était le vide total.

La terre sur laquelle nous nous trouvions semblait avoir brûlée pendant des siècles, aucune végétation n'était visible à l'horizon et ne semblait même pas pouvoir pousser. Un vent chaud et sec qui donnait l'impression de brûler la peau soufflait, soulevant du sol une poussière cendrée, la grisaille était la couleur dominante. Les nuages étaient tellement épais qu'ils ne laissaient passer le moindre rayon de soleil, si bien sûr il y avait un soleil au-dessus de ce monde qui semblait pourrir littéralement.

- Waouh, ça doit faire des années que ce rêve a été abandonné. Ce type devait avoir de sacrés problèmes pour avoir un rêve pareil, dis-je.

- Pas forcément, répondit Seize. Peut-être que ce rêve était autrefois très agréable. Mais après qu'un rêve a été abandonné, c'est à ça qu'il peut ressembler, il se détruit petit à petit.

- Qu'est-ce qui arrive au rêve lorsqu'il est complètement détruit ?

- Je n'ai aucune idée de ce qui pourrait arriver au rêve et je ne veux même pas le savoir.

- Étiez-vous déjà venus dans ce rêve ?

- Non, jamais, on vient juste d'apprendre que son propriétaire a été appréhendé par les gardiens et qu'il a été enfermé dans une de leurs prisons, répondit Dix-neuf.

- Il n'a été arrêté que récemment ? Son rêve s'est vite dégradé.

- Oui, je suppose qu'il doit passer un sale quart d'heure et comme il reste néanmoins lié à son rêve, il se dégrade très vite, répondit-il.

- Et maintenant qu'est-ce qu'on fait ? demandai-je.

- On l'explore jusqu'à trouver des trucs intéressants, ce rêve est peut-être complètement vide, mais qui sait ce qu'on pourrait y trouver, répondit Seize.

- Au fait Noah, tu dois savoir que ceci n'est pas ton rêve. Tu es donc plus limité quand tu es dans le rêve de quelqu'un d'autre que quand tu es dans ton propre rêve. Ton influence sur ce rêve sera très faible, voire inexistante, à la limite tu ne seras en mesure de changer que ta propre apparence ou de faire apparaître quelque chose qui n'a pas une grande influence sur le rêve dans lequel tu te trouves.

- Alors je dois faire de telle sorte de ne pas trop altérer le rêve ?

- Oui, c'est ça. Nous ne sommes pas invincibles ici ; on ne peut pas y faire ce qu'on veut. Dépendamment du rêve, la plupart des choses que nous essaierons ne fonctionneront pas. Répondit Dix-neuf.

- Il existe des lois que certains Somniatores créent pour protéger leurs rêves, en général ce sont des règles ou plutôt handicaps qui t'empêchent de devenir trop puissant pour eux dans leurs propres rêves et presque chaque fois ces Somniatores méticuleux instaurent dans leurs rêves une des lois les plus basiques, soit celle de la physique, ce qui par conséquent t'empêche de voler. Nous ne pouvons pas toujours savoir quel genre de règles nous trouverons dans un rêve. Selon le Somniatore, il peut y avoir beaucoup de règles ou aucune. Mais certains Somniatores sont si puissants qu'ils peuvent briser les règles du rêve.

- Êtes-vous capable de faire ça ? demandais-je.

- Non. Nous n'en sommes pas encore là. Répondit Seize.

- Je viens d'essayer quelque chose. J'ai trouvé beaucoup de règles. Lançât Dix-neuf. Ce ne sera pas facile.

- Quelles sont les contraintes ? Demanda-t-elle.

- C'est un monde de rêve qui essaie de simuler la réalité. Ce serait plus prudent de faire profil bas pour l'instant.

- Que veux-tu dire par là ? demandais-je.

- Cela signifie que ce rêve est très proche du monde réel, il tente de le simuler. Par exemple nous ne pourrons pas voler à moins que l'on utilise quelque chose qui pourrait normalement voler. Répondit Seize.

- Alors, comment allons-nous nous déplacer ? Nous ne pouvons pas juste marcher, cet endroit est immense. Demandais-je.

- On peut encore créer, rien de bien fou cela dit. Laisse-moi te montrer. Mon animal préféré est le cheval. Dans le monde réel, j'ai toujours rêvé d'en monter un, mais je n'en ai jamais eu l'occasion. Dans mes rêves, j'adore monter des chevaux de toutes sortes tous aussi rapide que le vent, ça donne une incroyable sensation de liberté. Et puisque nous sommes dans le monde des rêves, j'ai créé mon cheval de rêve, laisse-moi te montrer.

À ce moment précis, Seize se concentra et fit sortir de son imagination une bête fantastique. Elle fit apparaître un magnifique cheval blanc à la crinière longue et soyeuse, il arborait au milieu de son front une longue corne torsadée en argent. Sous mes yeux ébahis, Seize venait de créer en un instant non pas un cheval, mais une licorne d'une beauté époustouflante. C'était un spectacle fantastique, aucune licorne ne pouvait me sembler aussi parfaite que celle-ci, même dans mon imaginaire le plus fou.

Je me rendis compte à ce moment du réel potentiel du monde des rêves et des choses extraordinaires que l'on pouvait y faire. Je n'étais plus cantonné dans la prévisibilité de mon rêve qui finissait toujours bien, j'étais face à un rêve totalement imprévisible et je n'avais aucune idée de ce que j'allais y trouver ni ce qui allait m'arriver. C'était grisant, c'était un tout nouveau monde que je découvrais.

- Elle est magnifique Seize, une véritable licorne ! lançai-je tout en m'approchant de l'animal pour l'admirer.

- Merci, j'ai mis beaucoup de temps à imaginer cette licorne, elle s'appelle Evoria.

- Tu lui as donné un nom ?

- Oui, bien sûr, c'est comme un animal de compagnie. Je l'ai créée avec sa propre personnalité et une fois que tu crées quelque chose dans le monde des rêves, tu peux le faire réapparaître à n'importe quel moment exactement comme tu l'as imaginé. De cette façon tu peux créer le compagnon parfait. C'est exactement ce que j'ai fait avec Evoria, répondit-elle.

- Je comprends mieux.

- Maintenant, si tu veux pouvoir nous suivre, tu devras créer quelque chose de fort et de rapide, ce monde pourrait être très vaste, et en restant comme tu es tu vas juste nous ralentir.

- Elle a raison, la chose qu'un Somniatore ne peut pas totalement contrôler dans son rêve est un autre Somniatore et son imagination, même s'il fera tout pour que tu restes le plus humain possible dans son rêve, il est presque impossible d'arrêter la capacité de création d'un Somniatore, donc rien ne t'empêche de tenter des choses ; mais sache que tu n'y arriveras pas tout le temps et que tu seras contraint de respecter les lois du rêve, ajouta Dix-neuf.

- Je vois !

- Et quoi que tu fasses, un autre Somniatore finira par te repérer dans son rêve, mais comme le Somniatore de ce rêve n'est pas là, nous ferons face au subconscient. Le subconscient est imprévisible. Mais, à moins que nous ne fassions quelque chose de dangereux dans ce rêve, il ne remarquera même pas notre présence. Répondit Dix-neuf. C'est maintenant à mon tour, je te présente Kirene.

Dix-neuf fit apparaître à son tour comme monture non pas une créature terrestre, mais une créature volante. En effet, il fit apparaître un aigle beaucoup plus grand et plus impressionnant qu'un aigle normal, sa particularité la plus exceptionnelle était sa remarquable couleur blanche étincelante. Ces yeux étaient d'une belle couleur dorée, lorsque l'oiseau déployait ses ailes, on pouvait voir à quel point elles étaient grandes et majestueuses.

- Waouh ! Il est impressionnant Dix-neuf, lançai-je avec enthousiasme, tout en m'abstenant de m'approcher de l'aigle blanc qui avait l'air plus agité que la licorne. Sans doute, Dix-neuf avait dû le créer à son image.

- Je sais ! répondit-il avec arrogance. À ton tour, montre-nous ce que tu sais faire.

Dix-neuf et Seize avaient maintenant les yeux braqués dans ma direction attendant avec impatience de voir ce qui allait apparaître. Je ne mis pas très longtemps à réfléchir, je décidai de faire apparaître mon animal favori qui était le loup. Je décidai néanmoins de laisser libre cours à mon imagination.

En me concentrant suffisamment et en imaginant dans les moindres détails à quoi il pourrait ressembler, je fis apparaître un énorme loup revêtu d'une belle touffe de poil blanc épais, l'animal était d'une taille impressionnante, ses yeux étaient d'une magnifique couleur verte scintillante, ses crocs étaient aussi aiguisés qu'une lame de rasoir, la queue de l'animal était plus touffue que ce que l'on pouvait avoir l'habitude de voir chez les autres loups, elle était également plus longue. Je pouvais voir à l'expression de Seize et de Dix-neuf qu'ils étaient impressionnés, même si Dix-neuf le dissimulait un peu.

- Waouh trop cool ! lança Seize, il est parfait.

- Merci, il est exactement comme je l'avais imaginé.

- Allons-y. Ordonna Dix-neuf.

Je chevauchais ma nouvelle monture qui était tellement grande que j'avais l'impression de chevaucher un éléphant. Si seulement Rayan était là pour voir ça.

Nous chevauchions maintenant tous des bêtes fantastiques et nous étions prêts à affronter les longues distances de ce rêve qui semblait ne pas avoir de fin. À vive allure, nous nous lançâmes à l'exploration du rêve abandonné soulevant une immense poussière de cendres.

- C'est super ! me réjouissais-je. Pourquoi vous ai-je attendu pour faire ce genre de chose ?

- Le monde des rêves a tellement à offrir que tu ne pourrais jamais penser à tout ce qu'il est possible d'y faire, répondit Seize.

- Où allons-nous maintenant ? demandai-je.

- Tu verras, même si on ne peut jamais savoir à quoi s'attendre dans un rêve, lança Seize qui semblait énormément apprécier notre chevauchée fantastique.

L'aventure s'offrait à nous, c'était la première fois que je me sentais aussi vivant, je ne pouvais toujours pas croire que je venais de rencontrer des Somniatores et que je chevauchais maintenant un animal fantastique à la recherche de l'aventure. Je me rendis compte qu'en plus d'être des Somniatores tout comme moi, ils existaient également dans le monde réel, je ne pus m'empêcher de demander.

- Dix-neuf, Seize, d'où venez-vous ? Je veux dire dans le monde réel.

L'expression sur le visage de Dix-neuf changea immédiatement. Seize, qui avait remarqué ce changement, s'empressa de répondre.

- Ne le prends pas mal Noah, mais Dix-neuf et moi préférons garder notre vie... comment dire... privée.

- Désolé, je ne pensais pas être indiscret.

- Ce n'est pas grave, Noah, on ne t'en veut pas d'avoir demandé.

- Tu dois également promettre de ne jamais essayer de savoir quoi que ce soit sur notre vie privée, même chose pour nos rêves, lança Dix-neuf qui avait une expression plus sérieuse que jamais.

- Je ne pensais pas à...

- Peu importe ce à quoi tu pensais, je veux juste que ce soit clair, tu devras respecter notre vie privée, de notre côté on te retournera la politesse, continua Dix-neuf.

- Très bien, je n'essaierai plus de savoir quoi que ce soit.

- Désolée Noah, ça peut te paraître dur, mais le monde des rêves est un endroit où tu ne devrais faire confiance à personne, ajouta Seize.

- Regardez là-bas ! coupa subitement Dix-neuf, il y a du mouvement !

En effet, nous nous approchions maintenant d'une sorte de ville, c'était le seul endroit où il semblait y avoir quelque chose. Plus on s'approchait, plus j'arrivais à distinguer des bâtiments qui tombaient en ruine, l'endroit semblait désert.

- Il va falloir être très prudents, à partir de maintenant, on ne sait pas ce qu'on pourrait y trouver, lança Dix-neuf.

- Ah oui, comme quoi ?

- Eh bien, ça pourrait être n'importe quoi, comme des gens, répondit-il.

- Des gens ? Je croyais que ce rêve était abandonné ?

- Oui, c'est le cas, mais un rêve abandonné ne veut pas dire un rêve mort. Tant que le propriétaire du rêve est en vie, son subconscient reste présent dans le rêve et continuera de le maintenir en activité.

- Tu veux dire que son subconscient est toujours là et qu'il nous observe probablement ? Brrr, ça fait froid dans le dos.

- Oui, et il contrôle tout, certains subconscients sont très territoriaux et tentent d'éliminer tout ce qu'ils considèrent comme une menace. D'autres ne sont pas comme ça et ne font même pas attention, à moins que tu aies une attitude menaçante. En fait, tout dépend de la personnalité du Somniatore.

- Celui-là n'a pas l'air trop menaçant, du moins jusqu'à présent, ajouta Seize.

- C'est vrai, mais ça peut changer très rapidement. Tant qu'il ne nous considérera pas comme une menace, tout ira bien. Nous devons agir discrètement et sans avoir l'air menaçants. Je propose qu'on laisse nos montures pour le moment.

- Bonne idée, ajouta Seize.

Nous étions maintenant arrivés à l'intérieur de la ville, l'endroit était totalement désert, le rêve devenait de plus en plus sombre, les nuages se faisaient de plus en plus menaçants, comme si une force mystérieuse essayait de nous dire que nous étions allés trop loin. Était-ce la présence du subconscient que je ressentais ?

- Nous devons trouver l'endroit où il entrepose ses secrets, lança Dix-neuf.

- Sa forteresse ? intervins-je.

- Sa forteresse ! rétorquèrent Dix-neuf et Seize qui semblaient stupéfaits que je connaisse ce mot. Où est-ce que tu as appris ce mot ? me demandaient-ils.

- Je croyais qu'on ne devait pas poser de question sur nos vies privées ! lançai-je d'un air triomphant.

Dix-neuf n'ajouta plus rien.

- Bon, on doit localiser la forteresse de ce rêve, continua Seize.

- Ça ne va pas être facile, tous les bâtiments se ressemblent dans cet endroit, rétorquai-je.

- C'est souvent une ruse, tous les bâtiments se ressemblent pour empêcher les curieux comme nous de la trouver, lança Seize.

- Il va falloir que l'on entre dans les bâtiments un à un jusqu'à la trouver, ajouta Dix-neuf.

- Et comment saura-t-on qu'on l'a trouvé cette forteresse ? demandai-je.

- Oh, tu le sauras quand tu l'auras trouvé, ne t'inquiète pas pour ça, rétorqua Dix-neuf.

- Mieux vaut qu'on se sépare, ce sera plus facile de cette façon, nous avons beaucoup de terrain à couvrir, proposa Dix-neuf.

- Il ne contrôle pas encore son aura onirique, il devra rester avec l'un d'entre nous, sinon il risquerait de se perdre, ajouta Seize. Bon, tu viens avec moi Noah.

- Tu es sure Seize ? Demanda Dix-neuf.

- Tout ira bien.

Dix-neuf semblait désapprouver, mais voyant que Seize avait l'air déterminée, il ne dit rien. Que se passait-il avec Dix-neuf ? Son attitude en mon égard était totalement négative et devenait de plus en plus menaçante, comme si j'avais dit ou fait quelque chose qu'il ne fallait pas. Était-ce parce que j'avais voulu en savoir plus sur eux ? Il faut dire qu'il semblait l'avoir très mal pris.

- Viens, Noah, allons-y, lança Seize.

- Très bien, mais garde un œil sur lui, il ne faudrait pas qu'il nous attire des ennuis, protesta Dix-neuf.

Puis nous nous dispersions à la recherche de la forteresse. Nous entrions un à un dans chacun des immeubles qui avaient d'ailleurs des formes très bizarres. C'étaient de hauts bâtiments qui se hissaient en triangles très fins vers le ciel de façon torsadée ; les façades semblaient être faites de sable et plusieurs orifices ovales faisaient office de fenêtres.

Ces bâtiments étaient très étranges et peu agréables à l'œil. Le créateur de ce rêve ne devait avoir la moindre imagination, car tous les bâtiments se ressemblaient même s'ils étaient de tailles différentes. Certains étaient plus hauts que d'autres.

Seize semblait concentrée, elle tentait de trouver la forteresse qui contenait tous les secrets du propriétaire de ce rêve.

- Qu'est-ce que tu essaies de faire ? lui demandai-je.

- J'essaie de trouver le forteresse grâce à son aura onirique.

- Cette fameuse aura onirique à l'air vraiment utile, et dire que je ne sais même pas comment l'utiliser.

Seize s'arrêta un petit moment.

- Très bien, tu vas m'aider à trouver la forteresse, je vais essayer de t'apprendre comment te servir de ton aura onirique.

- C'est vrai ! Ça serait vraiment extraordinaire si j'arrivais enfin à la maîtriser.

- Oui, en effet, ça pourrait t'être très utile. C'est un très bon moyen de protection. Chaque chose provenant du monde des rêves dispose d'une aura onirique différente, les arbres, les bâtiments, le sol et même le vent, chaque particule créée dans un rêve possède cette aura. Certains Somniatores font souvent l'impasse sur cette aura onirique parce qu'ils ne la considèrent pas comme importante, pourtant c'est en discernant cette aura qu'on peut retrouver des rêves abandonnés comme celui-ci.

Ce rêve abandonné, puisque son créateur n'y est pas, très peu de Somniatores penseront à le détecter grâce à l'aura onirique du rêve, ils ne seront pas en mesure de le trouver puisqu'il ne recherche que l'aura onirique du rêveur. Tu comprends ?

- Jusque-là, je te suis.

- L'autre type d'aura onirique est celui de tout être vivant venant du monde réel, cette aura est possédée aussi bien par les Somniatores que par les sans-consciences. Mais entre ces deux, il existe également une différence. Visuellement, les sans-consciences dégagent une aura d'une couleur blanche et les Somniatores une aura de couleur rouge. Mais quand tu ne fais pas la différence entre les auras oniriques tu les vois par défaut toutes de la même couleur, soit blanche.

- Alors ça veut dire que je distingue déjà l'aura onirique ?

- Oui, c'est une capacité que le Somniatore a déjà en lui, il apprend juste à mieux la maîtriser pour en utiliser le plein potentiel. Quand tu te trouves dans le visum, tu peux sentir et voir l'aura onirique, mais quand tu rentres dans un rêve, tu ne peux plus la voir, tu ne peux que la sentir.

- C'est ce que tu essayais de faire ? Sentir l'aura que dégage la forteresse ?

- C'est ça ! Normalement, elle devrait dégager une aura plus forte que les autres bâtiments. Maintenant que tu en sais un peu plus, je vais essayer de t'apprendre à l'utiliser.

J'avais hâte de finalement être capable d'utiliser cette technique qui m'offrirait encore plus de choses à découvrir, comme par exemple retrouver les fantômes.

- On va commencer, donne-moi tes mains, dit-elle en me tendant les siennes.

Je m'exécutai et lui donnai les mains.

- Maintenant, ferme les yeux et concentre-toi sur ma voix, concentre-toi sur ce que je vais te dire.

Je m'exécutai et fermai les yeux tout en essayant de me concentrer du mieux que je pouvais.

- Tu dois ressentir l'aura du rêve, tu dois ressentir tout ce qui t'entoure, comme si le rêve te parlait, essaie de l'imaginer, essaie de l'entendre, non pas avec tes oreilles, mais avec ton esprit. L'entends-tu ?

Je restai concentré un bon moment, mais rien de bien spécial ne se passait dans ma tête.

- L'entends-tu ? répéta-t-elle.

- Non, je n'entends rien ! répondis-je légèrement frustré.

- Je suis désolée, c'est la première fois que j'essaie de l'apprendre à quelqu'un, je suppose que je n'utilise pas la bonne méthode.

- Ce n'est pas grave, y a-t-il vraiment une méthode ? demandai-je.

- Il doit forcément en avoir une, peut être que je n'arrive pas à t'exprimer correctement la façon dont je le ressens. On va essayer d'une autre façon.

- OK ! répondis-je.

- Je vais te faire ressentir mon aura onirique, je veux juste que tu la ressentes. Pendant un instant, tu seras en mesure de ressentir ce que je ressens, ça t'aidera peut-être à comprendre, et surtout ne le dis jamais à Dix-neuf, il pourrait te tuer rien que pour ça.

- Tu en es sûre ? Tu veux vraiment me laisser entrer dans ta tête ?

- Oui ! Ton aura onirique ne ment pas, tu as un bon fond. Je sais que je peux avoir confiance. Maintenant, ferme les yeux.

Je ne savais pas quoi dire. Je m'exécutai néanmoins et fermai les yeux. Soudain je ressentis quelque chose, des images défilaient dans ma tête, des images que je ne comprenais pas, elles défilaient tellement vite que je pouvais à peine les apercevoir. J'étais submergé par toutes sortes de sentiments, un moment j'avais froid, puis l'instant d'après j'avais chaud, des lumières aveuglantes apparaissaient dans ma tête puis plus rien, le vide total. Tout était noir, je ne voyais plus rien, en fait je n'arrivais même plus à penser à quoi que ce soit d'autre. Il n'y avait plus rien autour de moi, si la mort devait ressembler à quelque chose, ça serait à ça. J'avais l'impression d'être perdu dans le néant. Je ne voyais plus rien, je n'entendais plus rien, je ne sentais plus rien. Je ne pouvais même plus ouvrir mes yeux. Qu'est-ce qui était en train de m'arriver ? Il faut que je sorte d'ici.

À ce moment, comme si j'essayais de revenir à la lumière, je m'accrochais à tous les souvenirs qui me revenaient. Je pensais à ma famille, à mes amis et tout d'un coup une lueur apparut, elle était faible, mais devenait de plus en plus forte. Autour de cette lueur, d'autres petites lumières commençaient à apparaître jusqu'à inonder complètement les ténèbres dans lesquels j'étais perdu et à laisser place à la vie.

Les lueurs commençaient à s'éloigner les unes des autres, certaines commençaient à changer de couleur et devenaient rouges, puis explosèrent dans un vacarme assourdissant.

L'explosion eut pour effet d'ouvrir mes yeux, comme si je ressortais d'une transe et me fit tomber en arrière.

- Qu'est-ce qui s'est passé ? demandai-je.

- Est-ce que tu ressens quelque chose de nouveau ?

Maintenant que j'y pensais, quelque chose se passait, quelque chose avait changé. Je regardai autour de moi et je ressentais des choses que j'avais du mal à décrire, était-ce l'aura onirique ? Au loin, je ressentais une force différente des autres. C'était la direction dans laquelle était allée Dix-neuf, je ressentais son aura, pour m'en assurer je regardai en direction de Seize et je ressentis l'aura de Seize, elle était chaleureuse, douce, comme l'est Seize. L'aura onirique est-elle une représentation de la personne de laquelle elle vient ?

- Je ressens… je ressens ton aura.

Seize laissa échapper un rire de joie.

- Je n'arrive pas à y croire, j'ai réussi, je suis tellement heureuse, s'enchanta-t-elle.

Comment pouvait-elle être heureuse, cette fille, je ne faisais pas que ressentir son aura onirique, je ressentais venant d'elle une immense tristesse, une douleur tellement forte que je ne comprenais pas. Je la ressentais au plus profond de moi. Seize souffrait, mais à la regarder la vie semblait parfaite.

Tout d'un coup, elle se rendit compte de l'expression sur mon visage, et comme si elle voulait m'empêcher de continuer à voir quoi que ce soit, je ne ressentais plus aucune émotion venant d'elle.

- Concentrons-nous maintenant sur la forteresse, lança-t-elle.

Sur le coup, je repris mes esprits et essayai d'arrêter d'y penser.

Autour de moi, c'était un nouveau monde qui s'offrait à moi. Parmi les bâtiments, il y en avait un qui sortait du lot, il ressemblait à tous les autres mais il avait quelque chose de particulier. Se pourrait-il que...

- Par ici, Seize, je pense que je l'ai trouvé.

- Quoi ! Qu'est-ce que tu racontes ? C'est impossible, tu ne peux pas l'avoir trouvé !

Je me dirigeai maintenant en direction du bâtiment sur lequel j'avais des soupçons. Arrivée devant le bâtiment, Seize sentait que mon intuition semblait exacte, de loin le bâtiment ressemblait à tous les autres, mais de près il était différent. Le bâtiment semblait beaucoup plus solide que les autres, il n'y avait aucune ouverture comme sur les autres bâtiments.

À la différence des autres édifices, celui-ci n'avait pas de fenêtres, seule une porte fermée était visible, le bâtiment semblait impénétrable. Seize posa la main sur l'édifice.

- Tu l'as trouvé, je n'arrive pas à y croire. C'est la forteresse.

Je n'arrivais pas à y croire moi non plus, mais je l'avais bel et bien trouvé, et tout ça grâce à l'aura onirique.

- Comment fait-on pour y entrer ? demandai-je.

- Prévenons Dix-neuf, il saura quoi faire, c'est lui l'expert des rêves abandonnés.

Au moment où elle tenta de contacter Dix-neuf, à notre grande surprise, la porte de la forteresse s'ouvrit. Quand elle se retourna pour voir ce qui se passait, elle fut étonnée de voir la raison pour laquelle la porte s'était ouverte. Apparemment, j'étais la raison pour laquelle la porte s'était ouverte.

- Comment as-tu fait ça ? lança Dix-neuf qui venait d'arriver vers nous.

- Je n'en sais rien, la porte s'est juste ouverte.

- Comment l'avez-vous retrouvé ? demanda-t-il toujours étonné.

- C'est Noah qui l'a trouvé, il peut maintenant ressentir l'aura onirique, répondit Seize.

- En si peu de temps, comment est-ce possible ?

- Je crois que l'on s'est trompés sur son compte, Dix-neuf.

- Mais comment ? répéta Dix-neuf qui n'y croyait toujours pas.

- L'essentiel est que la porte soit ouverte non ? lançai-je.

- Oui, tu as raison Noah, allons-y, mais soyons prudents, on ne sait jamais ce qui pourrait se cacher derrière cette porte, rétorqua Dix-neuf.

- Qu'est-ce qu'on fait maintenant ?

- Maintenant, nous allons voler tous les secrets de ce rêve, répondit Dix-neuf.

- Voler les secrets du rêve ? m'indignai-je.

- Et c'est parti, rétorqua Dix-neuf.

- Vous ne m'avez jamais dit qu'on allait voler les secrets de ce rêve, c'est-ce que vous faites quand vous entrez dans les rêves abandonnés ? Vous êtes des voleurs ?

- Je savais bien qu'il ne comprendrait pas, reprit Dix-neuf.

- Ce sont des secrets de criminels et de voleurs, ce n'est pas comme si on faisait du mal à quelqu'un, intervint Seize.

- Oui, mais quand même, ça reste du vol, vous êtes des gardiens à ce que je sache. N'êtes-vous pas supposés être la police du monde des rêves ? Que pensez-vous que vos supérieurs feraient s'ils vous prennent la main dans le sac ?

- Oh ça va, tu ne vas pas jouer le rabat-joie, ça fait des mois qu'on fait ça et jamais on n'a rencontré de gardiens dans les rêves abandonnés, grogna Dix-neuf.

- Seize, c'est du vol, vous ne pouvez pas faire ça.

- Tu ne comprends pas Noah, c'est plus compliqué que tu ne le croies.

- Alors, essaie de me faire comprendre.

- Pourquoi crois-tu que l'on fait cela ? Ces criminels causent du tort à l'humanité et nous essayons de faire ce qui est juste. Nous aidons des gens avec ces secrets que nous découvrons. Nous ne sommes pas de vulgaires voleurs. Tu n'as aucune idée de ce que la découverte de ces secrets peut apporter, c'est ce qui nous a sauvé la vie et qui nous maintient en vie, répondit-elle d'une voix remplie d'émotion.

Je restai silencieux. Que pouvais-je répondre à ça ? En temps normal, je ne l'aurais pas forcément cru, mais cette immense douleur que j'avais ressentie en elle quand je ressentais son aura, j'arrivais encore à la sentir dans son discours.

- On ne s'attend pas à ce que tu nous comprennes ou que tu nous fasses confiance ou quoi que ce soit, mais ce que l'on fait vaut vraiment la peine d'être fait. Tu n'as pas idée du bien que ça fait, alors ne nous juge pas, continua-t-elle.

- Tu finiras peut-être par t'en rendre compte un jour, ajouta Dix-neuf, mais nous n'avons aucune raison de te justifier quoi que ce soit. Tes capacités sont intéressantes, nous n'avions jamais trouvé et ouvert une forteresse aussi vite. Ton aide est donc la bienvenue. Si tu nous aides, nous voulons bien partager l'information avec toi.

- Dans quoi est-ce que je suis en train de m'embarquer ? lançai-je. Très bien je vais vous aider.

- Merci Noah, lança Seize.

On s'avançait maintenant vers le centre de la pièce qui était complètement vide.

- Il n'y a rien ici ! lançai-je.

- Bien sûr qu'il n'y a rien, si c'était aussi facile de voler les rêves, tout le monde le ferait ; je suis l'un des rares à pouvoir faire ce que tu vas voir, lança Dix-neuf.

Arrivé au centre de la pièce, Dix-neuf ferma les yeux puis se concentra, quelques secondes plus tard, il murmura la phrase suivante :

- Révélation !

Une lumière apparut dans le plafond et descendit vers Dix-neuf qui en était maintenant complètement inondé avant de disparaître entièrement dans l'éclatante lumière.

- Ça risque de prendre un petit moment, fit Seize.

- Ne me dis pas qu'il ne va pas finir maintenant ?

- Ça dépend de la quantité d'informations, c'est comme s'il les téléchargeait dans sa tête.

- Est-il vraiment possible de voler les secrets des rêves aussi facilement ?

- Uniquement pour les rêves abandonnés vu qu'il n'y a personne pour les protéger et encore, certains rêves abandonnés sont protégés par un subconscient très défensif. Très peu de Somniatores peuvent le faire, et Dix-neuf fait partie de ces Somniatores. Mais il est très difficile, voire impossible, de voler les secrets d'un rêve qui a encore son propriétaire.

- Où vont les propriétaires de ces rêves abandonnés ?

- Ils sont détenus par les gardiens, mais l'endroit où ils sont détenus est inconnu, seuls les Somniatores haut placés doivent le savoir.

- Les Somniatores haut placés ?

- Oui dans le monde réel, les Somniatores sont invisibles, mais ils sont impliqués dans toutes les sphères de la société.

Au moment où elle me parlait, je ressentis comme un choc violent dans ma tête, comme si un éclair venait de la traverser.

- T'as senti ça ? demandai-je.

- Oh non, ce n'est pas bon ! fit Seize avant de se précipiter à l'extérieur du bâtiment. Je la suivais sans me poser de questions.

À l'extérieur il y avait de l'activité. Les nuages noirs qui cachaient le ciel étaient devenus plus sombres encore, ils crachaient maintenant d'énormes éclairs, le vent devenait de plus en plus fort, comme si une énorme tempête approchait. Le vent soulevait la poussière argileuse sur le sol, le rêve qui avait des allures de cauchemar était devenu apocalyptique.

- C'est le subconscient, il défend le rêve ! hurla Seize qui avait du mal à se faire entendre à cause du vent.

Au loin, un spectacle terrifiant se profilait, une meute de loups apparaissait de toutes parts, ils avaient des yeux d'un rouge vif et semblaient prêt à attaquer tout ce qui bougeait. Le subconscient de ce rêve semblait prêt à en découdre et voulait protéger son secret à tout prix.

- Il faut qu'on sorte Dix-neuf d'ici, lançai-je.

- Non ! Le sortir de son extraction pourrait être dangereux pour lui.

- Alors on va devoir…

- Oui, on va devoir les tenir à l'écart jusqu'à ce qu'il finisse.

Mon visage se contractait tout seul, je ne m'étais jamais battu contre les émanations du rêve de quelqu'un d'autre.

- Je suppose à ton expression que c'est la première fois que tu te bats dans un rêve.

- Oh non, j'ai déjà sauvé le monde à plusieurs reprises ! ironisais-je.

- Sauf qu'ici ce n'est pas ton rêve, ton rêve trouvera toujours le moyen de te ménager, garde ça en tête ou tu te feras vraiment tuer. N'oublie pas, tu ne peux pas faire tout ce que tu veux, mais tu peux te battre, crois-moi.

Seize fit réapparaître Evoria, sa licorne blanche, qu'elle chevaucha fougueusement, mais ce n'était pas tout, après un petit moment de concentration, une armure commençait à apparaître sur elle pour servir de protection. Comme arme offensive, elle avait fait apparaître un arc et des flèches.

- Fais attention à ce que tu vas faire apparaître, si tu en fais trop, le subconscient fera toujours plus que toi et il t'aura plus vite. Mais ne te méprends pas non plus, il est impossible de le vaincre, tout ce que l'on peut faire c'est de le contenir le temps que Dix-neuf finisse son extraction.

Malgré la peur que m'apportaient ces loups qui ne nous voulaient aucun bien, je sentis monter en moi une excitation tellement forte que ça me redonnait du courage. Je fis apparaître mon loup blanc qui était toujours aussi imposant et le chevaucha.

Comme pour être en parfaite harmonie avec Seize, je fis apparaître à mon tour une armure que j'avais déjà imaginée dans un de mes rêves quand mon subconscient avait fait apparaître un dragon qui menaçait de tout détruire. Je fis également apparaître une épée magnifiquement imaginée qui ferait fondre de jalousie n'importe quel chevalier. Nous étions maintenant prêts à affronter les loups qui se rapprochaient d'un air plus agressif encore.

- Nous devons protéger l'entrée, aucun loup ne doit la franchir ! lança Seize.

- Ils ne passeront pas ! ajoutai-je.

Nous nous élançâmes maintenant en direction des loups qui, sentant le danger arriver, attaquèrent à leur tour.

De loin, ils ne paraissaient pas aussi gros, mais plus ils s'approchaient, plus leurs tailles semblaient doubler, même s'ils restaient légèrement inférieurs en taille à mon loup.

À ce moment, Seize agrippa une flèche et la tira de son carquois à une vitesse impressionnante. Elle brandissait son arc et visa en direction de la meute de loups. Le geste était parfait, comme si elle avait fait ça toute sa vie. La flèche partait maintenant à une vitesse fulgurante, et transperça deux loups à la fois. La puissance était telle que la flèche transperça le premier loup et ressortit pour en atteindre un autre derrière lui.

D'un bond, mon gigantesque loup blanc abattit ses gigantesques crocs sur une poignée de loups qu'il envoya voltiger au loin. Dans la foulée, je faisais s'abattre mon épée sur les loups qui se trouvaient à ma portée. Je ne contrôlais pas les attaques de mon loup, il semblait réfléchir de lui-même et était en parfaite harmonie avec moi, comme si on était connecté et c'était peu de le dire, je ressentais chaque coup et chaque morsure qu'il donnait comme si j'étais lui.

Seize s'en sortait merveilleusement bien ; elle se faufilait gracieusement entre les loups sur le dos de sa licorne en faisant pleuvoir à une vitesse folle ses flèches qui semblaient infinies, la précision dont elle faisait preuve était incroyable, les loups tombaient au sol comme des mouches et disparaissaient. Bien que d'autres continuaient à venir, nous commencions à en voir le bout. Mais le plus étrange était que plus je tuais de loups, plus je ressentais la fatigue qui s'insinuait petit à petit en moi, ce qui était très bizarre.

- Je commence à fatiguer, je ne savais pas que c'était possible dans un rêve, lançai-je.

- Ça doit faire partie des lois et des contraintes de ce rêve, il n'y a rien que l'on puisse faire contre ça, essaie de te ménager.

Mais comme un malheur ne vient jamais seul, un nouveau facteur apparut. Les éclairs commençaient à se faire nombreux et ne frappaient plus au hasard, ils nous avaient clairement pris pour cible. En plus de combattre une centaine de loups enragés, nous devions maintenant éviter les assauts répétés de la foudre. L'agilité de mon loup et de la licorne de Seize était mise à rude épreuve. La foudre qui ne faisait plus aucune distinction entre nous et les loups continuait à s'abattre.

- Ne t'arrête pas de bouger Noah, si tu es touché par la foudre c'est terminé, et si on est tous les deux touchés, Dix-neuf restera coincé dans ce rêve à la merci du subconscient.

- Je ne m'attendais pas à ce que ce soit aussi dangereux. Vous savez vraiment comment vous attirer des ennuis tous les deux.

- Crois-moi, on a vu pire, rétorqua-t-elle.

- Ne le prends pas mal, mais j'ai du mal à y croire.

Quelques loups commençaient à se diriger vers la position de Dix-neuf quand Seize décocha plusieurs flèches dans leur direction, mais ce n'était pas suffisant pour les arrêter. Ils étaient déterminés à entrer dans la forteresse sans doute pour y déloger l'intrus. Elle fit demi-tour et se lança comme l'éclair en direction du bâtiment dans lequel se trouvait Dix-neuf toujours en faisant pleuvoir ses flèches sur les loups. Evoria, qui était plus rapide, arriva à porter des loups qu'elle réussissait à exterminer un à un.

À ce moment précis, Seize fixa son attention sur la forteresse dans lequel se trouvait Dix-neuf pour vérifier qu'aucun loup n'avait réussi à passer. Mais ce petit moment de répit lui fit fatal, un éclair s'abattit sur elle avec une violence tellement inouïe qu'elle et sa licorne tombèrent raide sur le sol.

- Nooon Seize ! hurlai-je.

Je tentai de lui porter secours et me lança vers elle. Arrivé à son niveau, je la ramassai rapidement et me précipitai dans le bâtiment où se trouvait Dix-neuf.

Je postai mon loup à l'entrée de la forteresse pour empêcher les autres loups d'y entrer. Seize avait l'air très mal en point, elle ne bougeait plus, mais pourquoi est-elle toujours là ?

Pourquoi ne s'était-elle pas réveillée ? Son corps était toujours là dans le monde des rêves. Avec une telle frappe, elle aurait dû se réveiller, mais elle était toujours là, inconsciente. Comment est-ce possible ?

Dix-neuf n'avait toujours pas fini son extraction et ne semblait même pas savoir ce qui se passait, je me demandais ce qui se passait dans sa tête, là maintenant. Mon loup blanc continuait tant bien que mal à défendre la porte d'entrée, mais il commençait à être assailli par les autres loups qui étaient vraiment déterminés à entrer. Je sentais dans ma chair les crocs des loups qui s'enfonçaient dans celle de mon loup blanc comme si j'affrontais directement cette meute de loups enragés ; on ne faisait vraiment qu'un.

Je ne savais plus quoi faire, Seize et Dix-neuf étaient hors combat. Tout ne tenait qu'à moi, le reste de la mission était entre mes mains.

Avec Seize, qui n'avait toujours pas quitté le monde des rêves malgré qu'elle ait été touchée par la foudre, et Dix-neuf, qui serait à la merci du subconscient si je venais à quitter le rêve, je ne savais plus quoi faire. J'étais acculé par les loups. Je pensai à faire apparaître un animal encore plus gros, mais si ce que Seize disait était vrai et que j'exagérais en tentant de contourner les contraintes du rêve, ça ne serait pas forcément une bonne idée.

D'après elle, le rêve trouvera toujours le moyen d'en faire plus que moi. Cela valait-il vraiment la peine d'être tenté ? Mieux ne valait pas trop provoquer le subconscient, il était déjà assez énervé comme ça. Je soupirai un petit moment tentant de garder mon calme, pris mon courage, brandis mon épée avec détermination et alla affronter les loups.

Mon loup continuait à se défendre du mieux qu'il pouvait, mais montrait des signes d'épuisement que je ressentais également. Au moment où je sortis de la forteresse, quelques loups stoppèrent temporairement le combat et semblaient tous maintenant vouloir m'attaquer directement, comme s'ils avaient compris que j'étais l'intrus à abattre. Ce qui n'était pas une mauvaise idée de leur part vu que si je venais à disparaître, mon loup disparaîtrait également.

D'un coup, les loups foncèrent vers moi en grand nombre. Je brandissais mon épée pour me défendre ; le loup de tête fut embroché sur mon épée, me faisant tomber en arrière sous son poids. C'est à ce moment que je m'aperçus à quel point j'étais épuisé, ceux qui venaient derrière m'attaquaient de toutes parts, mon armure me protégeait des morsures, mais ce n'était pas assez. Je n'allais pas résister longtemps et je risquais de me réveiller à tout moment abandonnant Seize et Dix-neuf à leur triste sort.

Au moment où tout semblait perdu, Evoria réapparut et d'un coup de sabot balaya les loups qui s'acharnaient sur moi. Seize, mal en point, avait réussi à ouvrir les yeux et avait fait revenir sa licorne qui vola à mon secours.

- Il a fini ! dit-elle avec beaucoup de peine.

Dix-neuf venait de finir son extraction, quand il ouvrit les yeux, il vit Seize à terre ce qui ne manqua pas de le surprendre. Sans même comprendre ce qui se passait, il la ramassa pour la sortir de là. Quant à moi, j'avais réussi à me relever, mon loup et Evoria retenaient ensemble les loups du rêve abandonné.

À ce moment précis, un oiseau géant fendait les nuages noirs et d'un coup d'aile, il balaya les loups qui se trouvaient sur son chemin. C'était Kirene, le gigantesque aigle blanc de Dix-neuf qui fondait sur ses proies comme s'il était en pleine chasse.

- On part d'ici Noah ! hurla Dix-neuf.

Kirene venait de se poser à notre hauteur tandis qu'Evoria et le loup blanc retenaient la meute de loups. Dix-neuf posa Seize à bout de force sur Kirene, nous montâmes à trois sur le rapace géant de Dix-neuf et nous nous envolâmes, laissant la meute de loups qui aurait bien voulu se voir pousser des ailes pour se lancer à notre poursuite.

Seize et moi fîmes néanmoins disparaître nos bêtes qui étaient complètement dépassées par le nombre croissant de loups enragés, sans compter que nous subissions à travers nos animaux fantastiques les attaques des loups.

- Le subconscient veut nous empêcher de sortir, je savais que ça n'allait pas être facile, lança Dix-neuf.

En effet, les éclairs reprirent de plus belle tentant de nous foudroyer en plein ciel comme guidés par une main invisible. C'était un chaos total, je n'avais jamais rien vu de tel, on aurait dit qu'on assistait à la fin du monde. Le subconscient était vraiment déterminé à nous empêcher de sortir.

- Nous devons sortir par là ou nous sommes entrés, lança à nouveau Dix-neuf.

- Pourquoi ne pas juste se laisser tuer par ces éclairs et nous réveiller directement ? demandai-je.

- Si tu fais ça, tu ne te réveilleras pas. On ne peut pas se réveiller d'un rêve abandonné, si tu es touché par la foudre, tu mourras. De plus, nous risquerions de perdre toutes les informations que j'ai en ma possession.

- Quoi ? Mais vous êtes complètement fous. Vous allez nous faire tuer juste pour voler des informations ? Je n'arrive pas à y croire.

- On t'avait dit que ce serait dangereux. Nous devons juste sortir d'ici par le chemin par lequel nous sommes arrivés, tout va bien se passer, répondit Dix-neuf.

- Très bien, on n'a pas le choix de toute façon, rétorquai-je.

Kirene se faufilait agilement et semblait anticiper les éclairs, mais de temps en temps, les longues ailes du rapace étaient frôlées par la foudre. Le chemin par lequel nous étions arrivés était maintenant visible, l'aigle continuait de virevolter en évitant les éclairs.

Le point d'extraction était visible, nous nous apprêtions à sortir quand soudain une des ailes de l'aigle fut sauvagement happée par une bête qu'on n'avait absolument pas vue venir. Un loup immense couvert d'un pelage noir et aux yeux rouge sang était sorti de nulle part. Il ressemblait aux loups qui nous avaient attaqués de la forteresse, mais celui-ci était beaucoup plus grand, plus grand encore que mon loup. Il avait happé Kirene si violemment qu'il nous envoya voltiger au sol avec une force ravageuse.

C'était terminé, le choc allait nous être fatal, Dix-neuf avait lâché prise, nous allions tous nous écraser contre le sol.

Instinctivement, j'agrippai Seize dans mes bras, c'est à ce moment que j'ai commencé à repenser à ce qu'elle avait dit précédemment. On n'allait pas se réveiller. Si c'était vrai, qu'allait-il nous arriver ? Allons-nous réellement mourir ?

Le sol se rapprochait de plus en plus vite quand un phénomène étrange se produisit. Je n'avais plus l'impression de bouger, je ne tombais plus. Était-ce terminé ? Quand je regardai autour de moi, tout semblait figé, les éclairs étaient clairement visibles, le loup géant ne bougeait plus, l'aigle de Dix-neuf non plus. Seize et Dix-neuf ne tombaient également plus, même la poussière cendrée était complètement figée, tout était figé, tout sauf moi. Non ! Je n'étais pas seul, Seize bougeait également. Elle semblait tout aussi surprise que moi, le silence était absolu.

J'avais l'impression d'entendre mon cœur et celui de Seize battre à l'unisson puis soudainement, je ne comprenais pas bien ce qui se passait, mais tout se remit à bouger, mais dans l'autre sens. Tout repartait en arrière, me rappelant sur le coup les fantômes noirs. Tout se remit à repartir en arrière, Seize, Dix-neuf et moi remontions comme si nous nous en-volions, mais sans pouvoir choisir notre direction, jusqu'à re-monter sur l'aigle de Dix-neuf et être relâchés par le loup noir qui nous avait agrippés. Je ne me trompais pas, le temps était en train de remonter.

Tout reprit son cours juste quelques secondes avant l'attaque du loup géant, je n'arrivais pas à croire ce qui venait d'arriver, une autre chance venait de nous être donnée. Kirene recommença à effectuer les mêmes mouvements exactement comme il y a quelques secondes, le loup allait apparaître à n'importe quel moment. Je repris alors immédiatement mes esprits.

- Dix-neuf fait attention, on va se faire attaquer par un loup gigantesque !

Dix-neuf, qui m'avait entendu, se retourna, mais ne voyait rien, ce qui était étrange puisque je ne voyais rien non plus, mais je savais qu'il allait apparaître et je savais exacte-ment par où il allait attaquer.

- De quoi est-ce que tu parles Noah ?

- Non, attends, continue, j'ai une idée, lançai-je.

Comme je le pensais, je vis le loup émerger des nuages comme s'il était apparu de nulle part. De sa taille impressionnante, il fondait sur nous quand soudain, au lieu qu'il nous happe comme il l'avait fait, mon loup blanc, que j'avais réussi à faire apparaître à temps, le chargea violemment sur le côté le déviant totalement de sa trajectoire avant qu'ils ne s'abattent tous deux violemment au sol, nous laissant la voie libre jusqu'à notre point d'extraction.

Le loup n'abandonna pas, il retenta une nouvelle charge, mais c'était peine perdue, on avait réussi à sortir du rêve abandonné et nous étions maintenant de retour dans le visum.

- Nous avons réussi, je n'arrive pas à y croire, on est vivants. Waouh, c'était vraiment intense ! lançai-je plein d'excitation.

- Comment as-tu su, Noah ? Comment as-tu su que ce loup allait apparaître ? me demanda Dix-neuf.

- Oh ça, vous n'allez pas le croire si je vous disais ce qui s'est vraiment passé.

- Noah, comment tu as fait ça ? C'est bien toi qui as fait ça ? me demanda Seize.

- Alors, tu as bien vu la même chose que moi Seize ? s'étonna Dix-neuf.

- Je… je pense que c'était moi, mais je ne sais vraiment pas comment j'ai fait.

- Est-ce que c'est la première fois que tu fais un truc pareil ? C'était dément, dit-elle.

- Non, ça m'était déjà arrivé, mais à chaque fois c'était inconsciemment.

- Mais de quoi parlez-vous bon sang ? s'énerva Dix-neuf.

- Dix-neuf, Noah nous a sauvés, il a remonté le temps.

- Quoi ? C'est impossible.

- Non, il l'a fait, je l'ai vu, c'est comme ça qu'il a su qu'on allait se faire attaquer.

- Noah c'est vrai, tu as vraiment… remonté le temps ?

- Je ne sais pas si c'était vraiment moi qui l'ai déclenché, mais apparemment ça fait partie de mon pouvoir.

- Est-ce que tu te rends compte de ce que tu dis ? Ça voudrait dire que… tu es un alpha-Somniatore, ajouta Seize.

- Oui, j'ai déjà entendu ça, répondis-je.

- C'est incroyable Noah, jamais je n'avais entendu parler d'une telle capacité alpha, rétorqua Seize.

- Peut-être, mais je ne la maîtrise pas encore.

- Imagine ce que tu pourrais faire si tu maîtrisais un tel pouvoir, tu serais totalement invincible.

Sur le coup, je me rappelai que Seize avait été sévèrement touchée par un des éclairs.

- Tu vas bien ? Tu m'as foutu la trouille là-bas.

- Tout va bien, ne t'inquiète pas, je suis juste un peu sonnée.

- Pourquoi ne m'avez-vous pas dit qu'on pouvait mourir dans un rêve abandonné ? leur demandai-je.

- Je suis vraiment désolée. C'est vrai qu'on aurait dû te le dire, mais habituellement, les rêves abandonnés ne sont pas aussi dangereux, répondit Seize.

- Elle a raison, ce type, qui qu'il soit, son rêve était bien trop protégé. Ça cache quelque chose, ajouta Dix-neuf.

- Dix-neuf, tu es sûr que c'est une bonne idée de garder ces informations ? Le propriétaire de ce rêve est un prisonnier des gardiens, sans parler de la façon dont son rêve était protégé, s'inquiéta Seize. Ces informations pourraient être dangereuses.

- Dans ce cas-là, ça voudrait dire que la prise est encore plus grosse, on ne peut pas juste s'en débarrasser comme ça, surtout qu'on les a déjà volées.

- Je ne sais pas pourquoi, mais j'ai un très mauvais pressentiment à propos de tout ça, ajouta-t-elle.

- Est-ce que tu sais à qui appartient le rêve abandonné, Dix-neuf ? demandai-je.

- Non, pas encore, j'ai besoin d'un peu de temps pour décrypter l'information qu'on a volée.

- Je vois, alors tu ne sais rien pour le moment ?

- Pour le moment, non, mais nous te tiendrons informé après le décryptage. Après ton aide, je pense qu'on pourra partager les secrets du rêve avec toi.

- Merci, Dix-neuf, répondis-je. Mais c'est ce qu'on avait convenu !

- Je ne pensais pas vraiment partager les informations avec toi au début, mais tu nous as sauvés alors c'est la moindre des choses.

- Je n'arrive pas à y croire, tu comptais vraiment me doubler.

- Tu ne peux pas me le reprocher, je viens juste de te rencontrer et je n'ai aucune confiance en toi, mais pour une raison ou pour une autre, Seize semble avoir vu du bon en toi et elle ne se trompe jamais sur ce genre de chose.

- C'est sympa, répondis-je.

- Maintenant que tu maîtrises l'aura onirique, tu n'auras aucun mal à nous retrouver, ajouta Seize.

- J'espère bien, à vrai dire, je ne m'étais jamais aussi bien amusé.

- Et ça ne fait que commencer, tu es très doué comme Somniatore, jamais on n'avait réussi à trouver une forteresse aussi vite et à l'ouvrir aussi facilement. Et je ne sais toujours pas comment tu as fait, continua-t-elle.

- J'ai juste ressenti cette aura et je savais immédiatement où elle était, pour la porte, je ne peux pas l'expliquer moi-même.

- Tu en apprendras peut-être un peu plus un de ces jours. Bon, il faut qu'on y aille, on est resté trop longtemps dans le visum, il va bientôt y avoir une nouvelle patrouille de gardiens. S'ils nous trouvent, on aura de gros ennuis, Dix-neuf et moi.

- Je comprends, de toute façon il est temps pour moi de me réveiller. Mais merci encore pour cette aventure.

- C'est nous qui devons te remercier, tu as été génial pour un Somniatore débutant, rétorqua-t-elle.

- C'est vrai que tu n'étais pas trop mal, ajouta Dix-neuf.

- Oh ! Un compliment Dix-neuf, merci.

- Ça suffit, partons d'ici. Au fait Noah, tu ne dois parler à personne de notre rencontre, on pourrait avoir de très gros ennuis, termina-t-il.

- Ne t'en fais pas Dix-neuf, je n'en parlerai à personne.

- À bientôt Noah. Fais attention à toi, fit Seize.

- À bientôt Seize.

- Au fait, mon nom est Kailleen. Mais gardons ça entre nous. dit-elle avant de disparaître.

Ils s'éloignèrent tous deux reprenant leurs formes

d'étoiles filantes et regagnèrent leur vie réelle. Je réalisai en regardant autour le nouveau spectacle qui s'offrait à moi. Quelle joie, enfin je pouvais voir les rêves autour de moi comme un vrai Somniatore. Je voyais des lueurs rouges et des lueurs blanches, je pouvais maintenant savoir qui était un Somniatore et qui ne l'était pas, c'était tout simplement génial.

J'étais très étonné par le nombre incroyable de Somniatores, les lueurs rouges étaient aussi nombreuses que les lueurs blanches. Il existait donc autant de Somniatores ? Je me rendais compte à quel point j'étais loin d'être seul comme je le pensais il y a quelques jours, mais je n'allais pas profiter longtemps de ce spectacle, car c'était le moment de me réveiller.

Alors elle s'appelle Kailleen.

17

SECRET DE FAMILLE

Après avoir quitté le visum, j'ouvris les yeux dans ma chambre, enfin, dans la nouvelle chambre qui avait été mise à ma disposition par Idy Oart, le meilleur ami de mes parents. Il était 9 heures du matin, je restai un petit moment dans mon lit.

Encore une fois, je me perdais dans mes pensées, je n'avais passé que quelques heures à dormir et à rêver et comme avec oncle Idy, j'avais l'impression de connaître Dix-neuf et Seize depuis des années alors que je venais à peine de les rencontrer en rêve, en fait, c'était surtout le cas avec Seize avec qui j'ai pu partager un moment très particulier.

C'était tout simplement fantastique, être un Somniatore était beaucoup plus intéressant que ce que je pensais ; rencontrer de nouvelles personnes rien qu'en dormant. Vivre des aventures aussi palpitantes. Jamais dormir n'avait suscité un si grand enthousiasme. Le visum était en effet plus intéressant qu'il n'y paraissait.

Le seul point mystérieux était le fait que j'avais remonté le temps, comment avais-je fait ça ? En fait, je craignais que les ombres noires en soient responsables. Peut-être me sur-veillaient-elles et voulaient-elles empêcher que quelque chose m'arrive, sinon je ne serais plus en mesure de leur venir en aide en ce qui concerne Hel Layas. Mais étaient-elles vraiment capables d'actionner ma capacité sans même être là ? Cela me semblait peu probable, car la dernière fois, l'un des fantômes avait dû poser sa main glaciale et squelettique sur mon épaule puis s'infiltrer en moi sous forme de fumée pour me faire retourner dans le passé, donc le fait d'avoir actionné moi-même cette capacité n'était pas à exclure.

Mais toujours est-il que je ne me levais pas mécontent.

Toc toc, quelqu'un cognait à la porte.

- Master Noah, êtes-vous debout ? C'était Edward, le majordome d'oncle Idy.

- Oui, juste un moment, répondis-je.

- Je voulais juste vous rappeler que vous avez rendez-vous avec master Oart ce matin.

Ah oui, la banque, me rappelais-je. Je me levai aussi vite que je pouvais pour ne pas faire attendre mon oncle.

- Je m'habille et j'arrive, lançai-je.

- Bien, master Noah, master Oart est en train de prendre son petit déjeuner et vous invite à le rejoindre dès que vous serez prêt.

- D'accord, d'accord ! continuai-je.

- Vous n'aurez besoin d'aucune aide, je suppose.

- Non merci Edward ! répondis-je.

Je me débrouille parfaitement bien tout seul, je tiens énormément à mon autonomie ; sauf que quelquefois, l'aide de grand-mère pour des tâches très compliquées était la bienvenue. Sinon, je tiens à tout faire par moi-même.

Après avoir fait m'être douché et m'être changé, je rejoignis immédiatement Idy Oart dans la salle à manger. Il était là, assis, sirotant son café en lisant tranquillement son journal. Malgré le fait qu'il semblait être rentré très tard, il semblait en pleine forme.

- Bonjour oncle Idy ! lançai-je, incapable de cacher ma bonne humeur.

- Bonjour, Noah, tu as bien dormi ?

- Oui, comme un bébé.

- Heureux de l'entendre.

- Et vous ? Avez-vous bien dormi ? demandai-je.

- Comme toujours. J'espère que tu es à ton aise ici. Je veux absolument que tu te sentes ici comme chez toi.

- Oui, tout va très bien, j'ai juste besoin d'un peu de temps pour m'habituer à la taille de votre maison, je n'avais jamais vu une maison aussi grande. Hier par exemple je me suis perdu à plusieurs reprises entre le salon et ma chambre.

- Hahaha ! Je te comprends, il m'arrivait aussi de m'y perdre quand je n'étais encore qu'un enfant.

- Quand vous étiez enfant ?

- Oui, cette maison est dans ma famille depuis long-temps. Mon père l'a acheté quand il est arrivé en Angleterre il y a des années. Malheureusement après quelques problèmes financiers, il a dû le vendre, car elle était trop chère à entretenir.

- Où est-il maintenant ?

- Il est mort il y a 21 ans. Après avoir eu assez d'argent, j'ai racheté la maison et je l'ai restaurée.

- Pourquoi ?

- Je suppose que j'avais besoin de quelque chose pour me souvenir de lui.

Nous passâmes la matinée à discuter. Le déjeuner se passa dans la bonne humeur. Bientôt, nous étions prêts à y aller. La somptueuse voiture d'oncle Idy s'avança devant nous. Edward en sortit précipitamment afin de m'aider à embarquer dans le grand véhicule, mon fauteuil encore une fois trop grand dépassait du coffre de la voiture.

- Hum ! Il va vraiment falloir trouver un moyen pour faire tenir ton fauteuil.

- Monsieur va devoir acheter un SUV, je suppose, plaisanta Edward. Même si je sais à quel point vous détestez les SUV.

- Je préfère acheter une autre voiture juste pour le fauteuil, lança oncle Idy.

Était-il sérieux ?

Nous étions maintenant partis, juste au moment où nous nous apprêtions à sortir de la gigantesque propriété, j'aperçus les voitures des gardiens qui étaient toujours là. Ils nous suivaient partout où nous allions en restant le plus discrets possible.

Quelques minutes plus tard, après avoir traversé la ville, nous étions arrivés à la banque. C'était la BIA, la banque d'investissement Karman, je connaissais bien cette banque qui était implantée un peu partout au Canada.

Arrivés à l'intérieur de la banque, le personnel offrit un accueil royal à Idy Oart. Il avait l'air très familier avec cette banque étant donné que tous les employés en costume cravate qu'il rencontrait le saluaient en utilisant son nom. Oncle Idy rendit également le respect en nommant plusieurs employés par leur nom, même s'il était vrai qu'il ne les connaissait pas tous. En effet, il avait adressé ses salutations à un certain monsieur Brandon qui s'avérait finalement s'appeler Goodman.

Oncle Idy semble être un client privilégié, ce qui n'est pas vraiment étonnant ; en effet, vu la taille de sa maison, je n'aurais pas été surpris d'apprendre qu'oncle Idy figure parmi les clients les plus fortunés de la banque.

Après avoir quitté la salle d'attente qui était partiellement remplie, nous nous retrouvâmes dirigés dans des bureaux plus calmes. Un homme à l'allure imposante s'avança énergiquement vers nous, il portait une épaisse moustache grisonnante et son crâne chauve semblait plus lisse qu'une boule de billard. À la vue de son imposant ventre, on pouvait facilement comprendre que le sport n'était pas son fort.

- Monsieur Oart, quel plaisir de vous voir ! chantonnait-il.

- Monsieur Johnson, comment vont les affaires ?

- Vous savez, comme toujours.

- Monsieur Johnson est le directeur de la banque ! lança Oncle Idy en s'adressant à moi. Monsieur Johnson, permettez-moi de vous présenter Noah Akeylla.

Monsieur Johnson eut immédiatement un air surpris avant de continuer.

- Vous êtes un Akeylla ? Le fils Akeylla ?

- Je vois que toutes les personnes que j'ai rencontrées jusqu'à présent ont connu mes parents.

- À vrai dire, je ne les ai jamais connus ou même rencontrés, mais monsieur Moore, mon prédécesseur, lui, les a bien connus. Votre père a ouvert son compte avec la banque

Karman quand il était le directeur des lieux. Je suppose que vous êtes là pour le coffre ? questionna monsieur Johnson.

- Oui le moment est venu, répondit oncle Idy.

- Vous auriez dû me le dire au téléphone que vous veniez avec le fils des Akeylla.

- Je sais, j'aurais dû, mais nous devons rester le plus discrets possible. Vous le savez bien.

- En effet, en effet. Très bien, suivez-moi.

Monsieur Johnson nous emmena vers une salle encore plus privée que celle dans laquelle nous étions.

- Veuillez-vous asseoir, je suis à vous dans un moment, ajouta-t-il avant de disparaître derrière une porte qui semblait cacher une pièce encore plus privée que celle dans laquelle nous nous trouvions.

- Nous vous attendons, lança oncle Idy avant de s›installer confortablement dans un fauteuil en cuir. Quant à moi, je regardais continuellement autour de moi impressionné par la hauteur du plafond de cette pièce.

- Tout va bien Noah ? me lança oncle Idy.

- Alors c'était la banque de mes parents c'est ça ?

- Oui Noah, du moins c'était plutôt la banque de Tachell, Talia n'était pas cliente de la banque Karman, mais elle était bien connue ici.

- Et pourquoi sommes-nous ici ?

- Tu le sauras bien assez tôt.

Dix minutes plus tard, monsieur Johnson ressortit de la pièce où il s'était enfermé suivi de deux hommes.

- Bien, nous allons commencer messieurs !

J'étais très sceptique, qu'est-ce qu'on allait bien pouvoir commencer ?

- Monsieur Akeylla, êtes-vous prêt pour la réception des biens qui vous ont été légués par vos parents ? me lança monsieur Johnson.

- Pardon, vous êtes en train de parler d'un héritage ? Mes parents ont laissé quelque chose pour moi ?

- Eh oui, Noah, il est temps de rentrer en possession de tes biens, répondit oncle Idy.

Je n'en croyais pas mes oreilles, mes parents avaient laissé quelque chose ?

- Vos parents vous ont laissé pas mal de choses. Avec les intérêts de la banque, votre solde actuel est de 3 085 987 livres britanniques, et comme vous avez grandi au Canada, vous n'êtes donc pas familier avec notre monnaie, mais pour vous aider, cela vous fait 5 966 588 dollars, une coquette somme, vous ne trouvez pas ?

J'étais sous le choc, si je n'étais pas déjà assis dans mon fauteuil, je serais tombé en arrière.

- Vous êtes sérieux ? Autant d'argent, comment est-ce possible ?

- Selon la clause signée par vos parents, vous n'aurez accès à cet argent qu'à vos 21 ans donc dans à peu près cinq ans.

- Monsieur Oart ici présent a été nommé par vos parents comme le gardien de votre fortune d'ici vos 21 ans.

Je n'en croyais toujours pas mes oreilles.

- Vous avez également quelque chose qui vous attend dans la salle des coffres, mais ce coffre, vous seul êtes en mesure de l'ouvrir, vos parents vous ont je crois légué la clé ainsi que le mot de passe ?

À ce moment précis, je sortis de ma poche la clé de mon père. La clé dont je ne me sépare jamais. Alors voilà à quoi elle sert vraiment.

- Qu'est-ce qu'il y a dans le coffre ? demandai-je.

- Nous n'en avons aucune idée, nous n'avons pas à nous préoccuper de ce que peut contenir le coffre, seul le client le sait et personne d'autre. C'est un service spécial que nous offrons à nos clients Somniatores. La clé qui vous a été distribuée est unique, si vous la perdez il n'y a plus aucun moyen pour vous d'accéder au coffre, et si nous tentons de le forcer, tout ce qui se trouve à l'intérieur sera détruit.

- Vos clients Somniatores ? Alors vous aussi vous êtes un...

- Ne perdons pas de temps sur les choses évidentes, alors avez-vous votre clé ?

- Oui ! fis-je interloqué. Mais une seule clé, j'aurais pu la perdre, lançai-je en repensant à toutes les fois où je me baladais inconsciemment avec la clé de mon père qui était devenue pour moi une sorte de porte-bonheur.

- Dieu merci, ce n'est pas le cas, mes associés et moi-même allons-nous occuper de la paperasse, je vais vous conduire à la salle des coffres si vous voulez bien me suivre.

Au moment d'y aller, je vis qu'oncle Idy ne me suivait pas.

- Vous ne venez pas ? lui demandai-je.

- Non Noah, ce que tu trouveras à l'intérieur ne regarde que toi, me répondit-il.

- Monsieur Oart a raison, de toutes les manières, la règle s'applique à tous. Malgré sa position importante, monsieur Oart lui-même n'aurait pas eu le droit d'entrer, même s'il le voulait.

Monsieur Johnson me fit entrer dans une grande salle où des coffres de taille moyenne s'étendaient à perte de vue. La salle était complètement vide, j'eus une impression de sécurité immédiate. Cette pièce semblait pouvoir résister à une explosion atomique, elle semblait tellement renforcée que je craignais même de manquer d'air. À l'intérieur de cet endroit, j'aurais pu survivre à même la fin du monde.

- Votre coffre est le SM576490H76, il est par ici. Prenez tout votre temps et appelez-moi quand vous aurez fini.

- Merci monsieur Johnson !

- Je vous en prie !

J'étais maintenant seul dans la pièce face au coffre-fort que m'avaient légué mes parents. Mon excitation était à son comble ; que pouvait-il bien y avoir dans ce coffre, peut-être était-ce très personnel ?

Mais seulement, il y avait un problème : pour réussir à ouvrir le coffre, non seulement il fallait la clé, mais il fallait également un code, un code que m'auraient laissé mes parents. Je n'avais aucune idée de ce que pouvait être ce code.

Je réfléchis longuement. Devais-je me risquer à y entrer un code quelconque ? Il était probable que je n'avais pas le droit à plusieurs essais, mais j'étais probablement le seul à pouvoir connaître le code. J'avais tellement de combinaisons différentes en tête que je ne savais même pas par laquelle commencer. Était-ce mon nom ? Ma date de naissance ? Le code avait-il quelque chose à voir avec mes parents ? Quels indices avais-je et surtout combien de chances avais-je ? L'ombre d'un instant, je pensai même que le mot de passe aurait pu être Somniatore. Mais non, ça n'aurait pas de sens, ça serait en fait même stupide, si ce qu'il y avait dans ce coffre était aussi bien protégé, peut-être y avait-il des gens à sa recherche, peut-être des Somniatores. Et si c'était le cas, Somniatore serait probablement le dernier mot de passe à utiliser. Ça ne pouvait donc pas être ça.

Je devais essayer quelque chose, de toute façon si je ne pouvais ouvrir le coffre, personne ne pourrait. Je pris alors une grande respiration et me risquai à entrer le nom de grand-mère. Bien que cela me semblait peu évident, je n'avais pas de meilleures idées. Avant d'appuyer sur le bouton de confirmation, je bloquai un instant et je commençai à penser. Si ce n'était pas le mot de passe, je pourrais perdre à jamais ce qui se trouve dans ce coffre, ce serait affreux. Je ne saurai jamais ce qui s'y trouve si cela arrivait, peut-être, devrais-je plus y réfléchir. C'était le désordre total dans ma tête. Mais qui ne tente rien, n'a rien.

Comme frappé d'un éclair, je laissai s'abattre mon doigt sur la touche entrée. Comme si je regrettais déjà mon geste, je fermai les yeux et mis mes mains sur ma tête comme pour me protéger d'un objet qui allait me tomber dessus. J'entendis un bip strident, automatiquement je levai la tête et l'écran affichait : *Code incorrect. Veuillez essayer à nouveau dans 15 minutes, 2 tentatives restantes*.

Tout ce que j'avais vu était le nombre de tentatives qui me restait. Encore deux tentatives, la première n'ayant pas fonctionné, je préférai réfléchir plus longuement cette fois-ci pour ne pas gâcher mes chances.

Vingt minutes plus tard, la porte de la salle des coffres s'ouvrit, j'en sortis finalement. Oncle Idy me regarda d'un air qui demandait si tout s'était bien passé.

- Je ne connais pas le code du coffre, lançai-je d'un air dépité.

- Eh bien, ce n'est vraiment pas de chance ! lança monsieur Johnson.

- Vraiment ? J'espère que tu n'as pas utilisé toutes tes tentatives ? demanda Oart.

- Non, je n'ai essayé qu'une seule fois, je n'ai pas eu le courage pour une deuxième tentative, je ne voulais pas perdre l'héritage de mes parents.

- Sage décision, monsieur Akeylla, peut-être que le code vous reviendra avec le temps. Votre coffre sera toujours là quand vous serez prêt.

- Ce n'est pas grave, Noah, je suis sûr que tu le trouveras ce code.

- Je l'espère vraiment.

- Bon, monsieur Akeylla, allons-nous occuper des paperasses pour votre inscription au prêt de la banque.

- Très bien, monsieur Johnson, nous vous suivons.

18

L'HOMME ASSIS DANS L'OMBRE

Le reste de la journée passa très lentement, Edward n'était toujours pas revenu. Après nous avoir déposés à la banque, il s'en était allé probablement accomplir une course pour oncle Idy.

Après les paperasses de la banque remplies, oncle Idy et monsieur Johnson se sont enfermés dans un bureau, et cela faisait maintenant plus d'une heure ; on pouvait légèrement les apercevoir à travers la vitre à moitié fermée du bureau de monsieur Johnson. Ils avaient l'air de parler de quelque chose d'assez important. Je n'avais pas vraiment la tête à savoir ce qu'ils pouvaient bien se dire. Tout ce qui me tracassait en ce moment était le mot de passe qui me séparait de ce que mes parents avaient voulu me transmettre. Je ressortis la clé de ma poche et l'examinai, elle n'avait rien de spécial, les inscriptions ne me permettaient de deviner quoi que ce soit. Je la rangeai à nouveau dans ma poche et recommençai à réfléchir. Qu'est-ce que ce coffre pouvait bien contenir ? Peut-être que grand-mère aurait été en mesure de m'aider, après tout elle connaissait mes parents probablement mieux que n'importe qui. Mes parents avaient-ils prévu sa mort ? Peut-être était-elle supposée me transmettre le mot de passe juste avant que je ne m'en aille avec oncle Idy. Si c'était le cas, le mot de passe est-il perdu à jamais ? Oncle Idy lui non plus ne semblait pas connaître le mot de passe.

Deux heures passèrent, oncle Idy ne s'était toujours pas décidé à sortir de là, rien qu'en les observant, lui et monsieur Johnson, la discussion n'avait même pas l'air de s'achever. L'ennui était devenu pesant, ils s'étaient enfermés tellement longtemps que les clients de la banque avaient eu le temps de se renouveler au moins cinq fois. De nouveaux visages étaient venus remplacer les anciens.

J'avais fini de scruter les moindres détails de la grande pièce dans laquelle j'étais assis, c'était à un point que je la connaissais maintenant comme le fond de ma poche et j'aurais pu replacer chaque objet et tous les murs si un ouragan venait tout désorganiser.

Assommées par l'ennui, mes paupières commençaient à devenir lourdes. Mais je ne pouvais pas me permettre de m'endormir, pas ici, avec tout ce monde assis autour de moi. Je commençais machinalement à lire les très nombreuses affiches publicitaires qui se trouvaient à la portée de mes yeux.

Soudain, un susurrement commença à envahir ma tête.

- Noah Akeylla ! entendis-je. C'était une voix stridente qui résonnait comme un sifflement dans ma tête. Mais c'était le noir absolu, je ne pouvais pas voir qui m'appelait.

- Noah Akeylla ! résonna une deuxième voix encore plus stridente.

Lorsque j'ouvris mes yeux, c'était l'incompréhension. Sans m'en rendre compte, je m'étais retrouvé dans le visum. Comment étais-je arrivé là ? Le sommeil avait été plus fort que moi et je m'étais endormi sans même le vouloir. Et ces voix qui m'appelaient, se pourrait-il que… non, ce n'était pas possible. Je jetais de vigoureux coups d'œil autour de moi. Les centaines de milliers de lueurs qui semblaient toujours plus nombreuses étaient là. Je distinguais toujours les lueurs rouges des lueurs blanches.

Je sentais également une aura onirique familière. Je ne me trompais pas, c'était bien celle de Seize, j'étais maintenant capable de reconnaître l'aura de Kailleen et celle de Dix-neuf. Mais étrangement, je ne ressentais que celle de Kailleen, elle était là quelque part dans le visum. Qu'est-ce qu'elle pouvait encore faire dans le visum ? Elle y était avec Dix-neuf et moi il y a à peine six heures. Elle devrait déjà s'être réveillée, où était-elle comme moi, tombée de sommeil ? Je ne ressentais pas l'aura de Dix-neuf, il était donc évident que lui était réveillé, mais ça ne pouvait pas être la voix de Kailleen que j'avais entendue.

- Qu'attends-tu, Noah Akeylla ?

La revoilà, j'entendais à nouveau la voix, je cherchais des yeux le rêve qui m'appelait et finalement, je l'apercevais. C'était exactement comme la dernière fois, quand les fantômes me sont apparus. Contrairement à la fois précédente, je pouvais ressentir l'aura onirique du rêve qui m'appelait. Le rêve avait une aura tellement forte que ça ne pouvait être qu'eux.

- Nous savons que tu es curieux, tout comme nous, tu as besoin de réponses, alors dépêche-toi.

Encore une fois, je succombais à cette dangereuse curiosité et je m'en allais vers le rêve qui m'appelait même si j'étais sûr qu'il s'agissait des fantômes noirs.

Arrivé à l'intérieur du rêve, j'en eus la confirmation. J'étais bel et bien au même endroit que la dernière fois, c'était bien les fantômes de la dernière fois. Mais cette fois-ci, je n'avais pas peur. Au contraire, j'avais au fond de moi un certain courage, la volonté d'en savoir plus m'avait transformé et avait eu raison de ma peur.

- Où êtes-vous ? Qui êtes-vous ?

Sous mes yeux effarés, les deux silhouettes apparurent, elles étaient immenses, enveloppées d'un long vêtement noir, chacune le visage invisible.

Les deux silhouettes flottaient dans l'air, je ne pouvais apercevoir de pieds dépassant de leurs immenses capes noires, par contre je pouvais apercevoir des mains grisâtres dépasser sur lesquels de longs ongles noirs étaient visibles.

Les ombres se mirent à tourner autour de moi comme la dernière fois. Je sentis une ambiance glaciale qui s'infiltrait au plus profond de mes entrailles.

- Nous sommes des Somniatores, comme nous te l'avons dit Noah Akeylla, siffla un des fantômes.

- Et que me voulez-vous ? Pourquoi m'avez-vous appelé ici ?

- La vraie question est, que veux-tu toi ? Pourquoi viens-tu quand on t'appelle ?

- Qu'est-ce que vous voulez dire ?

- Nous savons que tu nous as cherchés, que tu nous as attendus. Pourquoi Noah Akeylla ?

- Vous êtes les premiers Somniatores que j'ai rencontrés, je ne sais pas vraiment pourquoi, mais je pense que vous pouvez répondre à certaines questions que je me pose.

- Je vois, la curiosité des humains, ce garçon pense que nous sommes ici pour l'illuminer, c'est pathétique, susurra le fantôme noir dont la voix était plus effrayante encore.

- Noah Akeylla, nous ne sommes pas là pour te répondre, nous sommes là pour t'emmener vers ton destin, ajouta le fantôme gris.

- Mon destin ? Et quel est-il ?

- Tu vas nous aider à ramener la paix et la justice sur terre, répondit le fantôme gris.

- Moi ? Je ne comprends pas, pourquoi moi ?

- Tu es l'élu qui va nous permettre de ramener le grand maître.

- Est-ce que vous êtes en train de parler de Hel Layas ?

- Alors tu as déjà entendu parler de lui ?

- Jamais, vous m'entendez ? Jamais je ne vous aiderai à ramener un monstre pareil !

- Silence ! hurla le fantôme noir qui se trouvait tellement près de moi qu'il me figea sur place.

- À qui crois-tu être en train de parler, penses-tu avoir le choix, Somniatore ?

Je ne disais plus un mot.

- Le choix, tu ne l'as pas, Noah Akeylla, quoi que tu fasses, tu nous aideras à le ramener, c'est ton destin et tu n'y échapperas pas. Nous sommes ici pour t'aider à prendre le chemin de ton destin que tu le veuilles ou non. Bientôt tu te rendras compte que Hel Layas est nécessaire pour ce monde, nous ne nous attendions pas à ce que tu comprennes. Cela doit être fait, c'est tout, avec le temps tu te feras ta propre opinion.

- Vous êtes des membres de l'ordre d'Oris ? Qui êtes-vous vraiment ? Ce n'est pas la peine de prendre cette forme pour essayer de me faire peur, je sais que vous êtes des humains comme moi.

- Nous sommes bien des humains, mais pas comme toi ? Nous pourrions te tuer tout de suite si nous le voulions, menaçait le fantôme noir.

- Non, je suis sûr qu'il va coopérer, lança le fantôme gris.

Le fantôme noir s'approcha de moi.

- Noah Akeylla, sache une chose, tout ce qui se trouve dans le monde des rêves ne vient pas forcément du monde réel.

Mon sang se glaçait encore plus sous les paroles du fantôme, que voulait-il dire par là ? Essayait-il de me faire peur ?

Avant même que je n'aie le temps de poser une autre question, je sentis la main de l'ombre grise sur mon épaule et sentis mon corps qui m'abandonnait. Je tentais de parler, mais aucun son ne voulait sortir de ma bouche. J'étais complètement pétrifié. Je savais ce qui allait se passer. Le temps se mit à remonter encore une fois, je voyais encore une fois ma vie défiler sous mes yeux, mais en allant vers l'arrière. Je voyais tous les évènements par lesquels j'étais passé. Mais cette fois-ci, je ne voulais en manquer aucun morceau.

Arrivé au moment de l'accident, c'était comme la dernière fois. Le noir total, ensuite venait le moment où mes parents étaient encore en vie ; à ce moment, tout a commencé à ralentir, je voyais clairement les visages de mon père et de ma mère. Ma mère avait un sourire incroyable et c'est vrai qu'elle me ressemblait beaucoup, je n'avais jamais réalisé à quel point. Quant à mon père, il avait un air chaleureux et protecteur. Il me regardait avec un regard rempli de fierté. Soudain plus rien ne bougeait, ma vie avait arrêté de défiler. J'étais là, immobile, observant mes parents et j'avais l'impression qu'ils m'observaient également.

- Papa, maman, murmurai-je.
- Arrête de résister, Noah Akeylla ! entendis-je. C'était la voix sifflante des ombres.

La voix stridente me tira de mon doux moment, soudain le temps se remit à défiler, il remontait à présent jusqu'au jour de ma naissance et à partir de là, le temps remonta beaucoup plus vite, tellement vite que j'avais l'impression que j'allais m'évanouir d'un moment à l'autre. J'avais l'impression de voyager à la vitesse de la lumière quand tout d'un coup, le noir absolu. Puis, j'ouvris les yeux.

J'étais redevenu invisible, je ne voyais plus les membres de mon corps. Mais cette fois-ci, je n'étais pas dans un château. Je me trouvais en face d'un édifice en ruine. Je remarquai quelque chose de différent par rapport à la dernière fois, en effet, j'étais maintenant capable d'entendre. Je pouvais entendre les oiseaux qui virevoltaient à côté de moi sans me voir. J'entendais tout ce qui se passait autour de moi.

- Pourquoi m'avez-vous envoyé ici ? hurlai-je.

Je fixai le ciel pendant une bonne vingtaine de secondes attendant une réponse, mais je n'entendis rien. Je regardai en direction du bâtiment. Est-ce là que je devais aller ? me demandai-je. Qu'allais-je trouver à l'intérieur ?

Je me dirigeai vers le bâtiment et y entrai. Le bâtiment n'était pas vide, des hommes en armure s'y trouvaient postés à différentes positions. Sur le coup, je remerciai le ciel pour le fait que je ne pouvais être vu. Deux des gardes étaient postés devant une porte fermée, je compris que quoi qui se trouvait dans cette pièce, c'était là qu'il fallait aller. Je me dirigeai alors vers la porte et la traversa comme un véritable fantôme.

Arrivé derrière la porte, je vis un escalier qui descendait en colimaçon. Des torches étaient allumées éclairant l'endroit. Je suivis les lumières et descendis les escaliers, bientôt j'arrivai devant une autre porte fermée. Derrière cette porte, j'entendis des voix. Je traversai la porte et je me retrouvai dans une salle remplie d'individus habillés étrangement. Ils étaient habillés tels des moines, ils portaient de longues tuniques rouges et noires et ils étaient debout formant un cercle autour d'une table sur laquelle était posé un long étendard. Sur l'étendard je pouvais lire *Oris ordinis Somniatores* ; je n'avais aucune idée de ce que ça pouvait vouloir dire.

Les hommes avaient l'air de prier silencieusement. Quand ils finirent de prier, ils regardèrent tous au bout de la table et saluèrent un individu qui était assis dans l'ombre et ne disait pas un mot. L'homme était submergé par les ténèbres, je ne pouvais pas le voir de là où j'étais.

Je ne savais pas pourquoi, mais cet homme assis dans l'ombre, je ne voulais pas l'approcher, il y avait quelque chose en lui qui ne m'inspirait pas la quiétude, je préférai garder mes distances.

Un des hommes prit la parole, il était vieux et portait une longue barbe grisâtre qui lui recouvrait une grande partie de son visage ridé.

- Mes chers frères, nous pouvons commencer. Notre maître a besoin de nous plus que jamais. Les marchands de sable ont pris confiance en eux, et nous ne pouvons pas les laisser se développer. Ils ont ruiné les plans du grand maître, disait l'homme qui commençait à devenir de plus en plus émotif, ils payeront pour leurs actes.

Le grand maître, les marchands de sable, il n'y avait plus aucun doute, ces gens faisaient partie de l'ordre d'Oris, c'est ce que signifiait la phrase sur l'étendard. *Oris ordinis Somniatores*, les Somniatores de l'ordre d'Oris. Et l'homme assis au fond de la salle devait être le grand maître de l'époque.

- L'ordre d'Oris va porter le flambeau pour le grand maître pendant les générations à venir et rien n'empêchera cela. Le rêve du grand maître ne s'arrêtera pas là et tant que nous aurons des fidèles, nous continuerons sa vision.

- Le grand maître ne t'entend pas, tu sais, ça ne sert à rien de continuer à faire le lèche-botte, lança un autre homme en capuche.

- Le maître entend tout ce qui se passe et je suis sûr qu'il nous écoute en ce moment.

Je ne comprenais plus rien, si leur grand maître ne pouvait rien entendre, ça voulait dire que l'homme qui était assis dans l'ombre n'était pas leur grand maître, alors qui était-ce ?

- Nous sommes là pour parler de l'avenir des membres de l'ordre, qu'est-ce qui va se passer par la suite ? Qui sera le remplaçant du grand maître ?

- Chaque chose en son temps, le maître n'est pas encore mort, nous pouvons le ramener.

- Et comment ferons-nous une chose pareille ? Tout ce que nous avons tenté jusqu'à présent pour le retrouver a été infructueux, aucun Somniatore ne peut revenir du monde blanc.

- C'est sur ce point que vous vous trompez. Le grand maître est déjà allé dans le monde blanc et a réussi à y revenir.

- Tout ceci n'est qu'une affirmation, nous n'avons jamais eu la preuve d'une telle chose.

- Le grand maître détenait des secrets que peu de personnes savaient, il avait un moyen de se rendre dans le monde blanc et d'en revenir.

- Comment, vous dites ? C'est impossible, Orderic lui-même disait que c'était impossible.

- Orderic ne savait pas tout, c'était un sage, mais des choses lui échappaient encore, le genre de choses qui n'aurait jamais échappé au grand maître. Comment croyez-vous que le grand maître en est arrivé à la conclusion que le monde pouvait partager le même rêve dans le monde blanc ? C'est parce qu'il l'a visité lui-même.

- S'il peut revenir du monde blanc, pourquoi ne le fait-il pas ? demanda l'homme.

- Pour aller et revenir du monde blanc, le grand maître a utilisé un artefact unique.

- Un artefact ?

- Oui, seulement trois personnes savaient pour cet artefact, le grand maître inclus, un artefact qui existe depuis la nuit des temps.

- Et tu faisais partie des trois personnes à le savoir ?

- Non, bien sûr que non. Bien que j'aie été proche du maître, il ne me confiait pas ses plus grands secrets, mais j'ai vu l'artefact une fois. À l'époque je ne savais pas à quoi il servait vraiment, mais maintenant c'est tellement évident.

- Et comment as-tu su à quoi il servait ?

- Par l'une des trois personnes qui savaient. Nero Gregor.

- Nero Gregor ? Mais il est mort.

- Juste avant qu'il ne rende l'âme, Nero m'a tout raconté à propos de l'artefact qui permettait au grand maître d'aller et venir du monde blanc, le même artefact qui allait lui permettre de créer son Nouveau Monde.

- Alors tout n'est pas perdu ! lança un des hommes en se levant brusquement. Où est l'artefact ?

- Restez assis ! Où vous croyez-vous ? vociféra l'homme qui était debout.

L'homme se rassit sans dire un mot.

- Votre question est toutefois très légitime. Mais il y a un problème, nous ne savons pas où se trouve cet artefact. Le grand maître l'a toujours gardé très secret et maintenant qu'il a disparu, l'artefact a lui aussi disparu.

- Si l'artefact a disparu, que peut-on faire ?

- Il existe deux possibilités différentes. La première est que le grand maître a lui-même caché l'artefact pour qu'il ne tombe entre les mains de personne.

- Si c'est le cas, nous devons nous lancer au plus vite à sa recherche, avant que les marchands de sable n'en entendent parler, ajouta un des hommes.

- Ce qui nous emmène à la deuxième possibilité, lança l'homme qui était debout sur un ton plus élevé. La troisième personne à savoir pour l'artefact est notre ennemi, Isallys Nusquam.

- Isallys sait ? Comment ?

- Je ne saurais vous le dire, mais il le sait. Et s'il le sait, étant le maître des marchands de sable, ils doivent tous le savoir. La deuxième possibilité serait alors qu'Isallys soit entré en possession de l'artefact. Mais je ne pense pas qu'il veuille garder un tel objet, surtout que cet objet est capable de ramener le grand maître, il ne prendrait pas un tel risque.

- Dans ce cas, ne va-t-il pas le détruire tout simplement ?

- Peut-être a-t-il déjà essayé, mais cet artefact est indestructible, tout ce qu'il peut faire c'est le cacher loin de tous, le rendre impossible à trouver, mais nous devons le retrouver quoi qu'il arrive, nous devons pousser les marchands de sable à nous dévoiler sa position.

- Alors si on retrouve l'artefact, tout n'est pas perdu ?

- Rien n'est perdu, les marchands de sable feront tout pour nous détruire maintenant que le grand maître n'est plus là. Mais si nous retrouvons l'artefact, le grand maître sera ramené et l'ordre retrouvera sa suprématie.

- C'est un bon moyen de galvaniser les membres de l'ordre, il faut dire qu'en ce moment ils perdent la foi.

- Exactement, l'ordre ne cessera jamais d'exister et quand le grand maître reviendra, le monde aura une chance de connaître la paix à nouveau.

- À quoi ressemble cet artefact ?

- L'artefact est une dague, pas très grand d'ailleurs, une dague noire, c'est tout ce que je sais, je ne l'ai jamais approché de suffisamment près pour en savoir plus.

- Une dague noire ? Je n'avais jamais entendu parler d'un tel artefact.

Je n'en manquai pas une miette, je venais d'obtenir plus d'information que n'aurait jamais pu obtenir Idy Oart. J'étais revenu dans le passé à l'époque où les marchands de sable et les membres de l'ordre s'étaient affrontés.

J'en étais maintenant sûr, les deux fantômes étaient assurément des membres de l'ordre et ils avaient trouvé un moyen de m'approcher sans attirer l'attention des marchands de sable. La question que je me posais était pourquoi les membres de l'ordre avaient besoin de moi spécifiquement ? Ces fantômes étaient-ils capables de faire voyager n'importe qui dans le temps ou juste moi ? Ma capacité était-elle vraiment unique ? Si c'était le cas, ça expliquerait pourquoi ils avaient autant besoin de moi. Mais ça n'expliquait toujours pas comment ces fantômes pouvaient me renvoyer dans le passé. Comment faisaient-ils pour me faire utiliser ma capacité alors que je n'y arrivais pas moi-même ? Une autre question me tourmentait, qui diable pouvait être l'homme qui était assis dans l'ombre et qui n'avait pas placé un seul mot jusqu'à présent ?

- Nous savons maintenant ce que nous avons à faire, à partir de maintenant, l'ordre a pour mission de ramener le grand maître et surtout la destruction des marchands de sable. Pour l'instant, le grand maître restera ici dans le temple de l'ordre d'Oris à l'abri d'Isallys et de ses hommes. Nous défendrons son corps jusqu'à la mort. Vive Hel Layas !

- Vive Hel Layas ! Vive Hel Layas ! scandaient-ils tous en même temps.

Pas possible, cet homme assis dans l'ombre était... Hel Layas ? Et il était... mort.

Alors que je n'étais pas dans mon corps, je sentis mon sang se glacer. Hel Layas était là en face de moi, assis dans l'ombre, sans vie, vaincu par les marchands de sable, c'était incroyable. Il avait vraiment quelque chose de particulier, même mort, sa présence était imposante et faisait frissonner. Je n'osai toujours pas m'en approcher. Mais mon regard était attiré vers les ténèbres. Je restai figé un moment alors même que les membres de l'ordre avaient fini leur réunion et commençaient à quitter doucement la salle.

J'étais toujours là, me demandant pourquoi je ne pouvais plus bouger ? Pourquoi Hel Layas me semblait-il aussi intimidant ? Pourquoi me faisait-il autant d'effet ? J'eus la désagréable impression que Hel Layas regardait dans ma direction, comme s'il savait que j'étais là. C'était presque comme si d'un moment à l'autre, il allait m'adresser la parole.

- Je veux partir d'ici, je ne veux pas rester ici plus longtemps. Vous m'entendez ? Sortez-moi d'ici !

Je fus happé si sauvagement que je n'eus même pas le temps de passer par le visum.

- Noah, c'est bon, réveille-toi, réveille-toi ! Je reconnus la voix familière d'oncle Idy qui venait de me tirer de mon sommeil.

- Oncle... oncle Idy ? haletais-je.

- Oui c'est moi calme toi, emmenez-lui de l'eau.

- Apportez-lui de l'eau, tout de suite ! retentit au loin la voix de monsieur Johnson.

- Qu'est-ce qui se passe Noah ? Qu'est-ce qui t'est arrivé ? demanda oncle Idy.

- Je... je...

- Monsieur Oart, vous ne devez pas le laisser s'endormir en public, il ne peut pas dire ce genre de chose dans un endroit pareil ! chuchota monsieur Johnson.

- Pourquoi ? Qu'est-ce que j'ai dit ? demandai-je.

- Tu as prononcé à de nombreuses reprises le nom de Hel Layas, répondit oncle Idy.

- Vous n'allez pas vous y mettre vous aussi Oart ! grogna silencieusement monsieur Johnson.

- Monsieur Johnson, nous ne pouvons pas rester plus longtemps, nous devons y aller. Partons Noah.

Monsieur Johnson semblait ravi de nous voir partir, le nom que j'avais prononcé dans sa banque semblait le troubler fortement. Il regardait machinalement autour de lui pour s'assurer que personne n'avait rien entendu, comme s'il avait peur de déclencher une émeute.

Dans la voiture, oncle Idy semblait préoccupé, il ne dit pas un mot pendant les 15 premières minutes, mais bientôt il brisa le silence.

- Noah, ton rêve de tout à l'heure. Tu as vu Hel Layas ?

Après avoir posé cette question, je sentis Edward frémir comme si on lui avait braqué une arme dans le dos. Oncle Idy me regardait avec des yeux perçants.

- Non, je ne l'ai pas bien vu, mais il était là, c'était bien lui, j'en suis sûr, c'était Hel Layas.

- Tu en es sûr Noah ? Comment as-tu su que c'était lui ?

- Oncle Idy, je sais que ça va vous paraître fou, mais dans le rêve que je viens de faire, j'ai rencontré ces Somniatores qui avaient l'apparence de fantômes noirs, ils avaient une tête, mais pas de visage, je ne sais pas, mais je pense... non je suis presque sûr que c'était des membres de l'ordre, ils m'ont renvoyé dans le passé à l'époque de Hel Layas.

- Des fantômes noirs ? Est-ce que c'est la première fois Noah ?

- À vrai dire, non, c'est la deuxième fois. Je les avais déjà rencontrés, c'était il y a deux jours avant votre arrivée.

- Le soir où tu as disparu du visum. C'était donc ça, murmura oncle Idy.

- Vous savez quelque chose ?

- Comme je te l'ai déjà dit, j'ai souvent surveillé tes allées et venues dans le visum pour te protéger d'éventuels dangers, mais deux jours avant mon arrivée tu avais complètement disparu. C'était impossible de te retrouver, je te croyais mort ou quelque chose comme ça, mais après tu es réapparu juste avant de te réveiller. Tout s'explique maintenant. Comment ces Somniatores ont-ils réussi à pénétrer la zone des gardiens ?

- J'avais complètement disparu du visum ?

- Oui Noah, et depuis ce jour, pour te protéger, nous avons fait intervenir les gardiens, la nuit suivante ils ont dû bloquer ton sommeil, le temps que l'on entre en contact avec toi afin de t'éviter des ennuis.

- Bloquer mon sommeil ? Le soir où je n'arrivais pas à dormir, c'était vous ? C'est vous qui m'avez empêché de dormir cette nuit ? Comment est-ce possible d'empêcher quelqu'un de dormir sans même être avec lui ?

- Comme Somniatore, tu es encore un peu faible, et plus tu es faible, plus les autres Somniatores auront une grande emprise sur toi, les gardiens ont juste bloqué ton accès au visum en t'empêchant d'y entrer et un Somniatore ne dort que quand il est dans le visum.

- Vous avez bloqué mon sommeil ! murmurai-je toujours sous le choc.

- Oui, mais c'était pour ton bien. Les membres de l'ordre auraient pu obtenir ta position si on les avait laissés reprendre contact avec toi. Comme je te l'ai dit, ils sont prêts à tout et ne reculeront devant rien. S'ils sont rentrés en contact avec toi, cela confirme nos pires craintes, ils ont trouvé comment ramener Hel Layas et ils ont effectivement besoin de toi pour ça. Mais comment ont-ils réussi à entrer dans la zone protégée par les gardiens ?

- Mais, pourquoi moi ? demandai-je. Qu'est-ce que j'ai de si particulier ? Pourquoi pas un autre ?

- Je pense qu'il est temps que je te le dise, mais je pense que tu connais déjà la vérité. Tu m'as bien dit qu'ils t'ont renvoyé dans le passé à l'époque de Hel Layas, pas vrai ?

- Oui. C'était clairement le passé, j'ai même assisté à ma propre naissance.

- Il t'arrive également de voir en rêve des choses qui vont arriver dans le futur, et qui sont en effet arrivées, n'est-ce pas ?

- Oui.

- Eh bien, ce ne sont pas ces Somniatores qui t'ont renvoyé dans le passé, vois-tu, tu es ce qu'on appelle un bêta-Somniatore en phase alpha.

- Qu'est-ce que ça veut dire ?

- Je vais t'expliquer. Au fil des générations, les Somniatores ont pour la plupart été répertoriés et classés dans différentes catégories. Ce type de classification a été introduit par Orderic Oris Nusquam puis modifié et perfectionné de siècle en siècle jusqu'à aujourd'hui. Chaque Somniatore fait partie d'une catégorie, mais plus les Somniatores évoluent dans le temps, plus leurs capacités deviennent puissantes et de nouvelles combinaisons de catégories se créent.

- Je crois que je commence à comprendre. Ces catégories permettent de tenir une fiche des Somniatores et connaître leurs capacités c'est ça ?

- C'est ça. La première catégorie est celle des Somniatores gamma ou gamma-Somniatores. Ce sont les nouveaux Somniatores ou Somniatores débutants si tu préfères ; ils découvrent encore leur capacité, ils ne peuvent pas encore interagir avec les rêves d'autres Somniatores. Ils n'ont que très peu d'influence sur les sans-consciences, car ils ne peuvent pas atteindre le subconscient. La plupart du temps, ils ne peuvent que visiter et voir les rêves, comme s'ils étaient des fantômes. Ils sont même souvent victimes des rêves ou cauchemars d'autrui, ils sont très susceptibles de s'égarer dans le monde des rêves et ne jamais revenir ; quand le sujet passe cette étape, c'est là qu'il devient un vrai Somniatore. C'est d'ailleurs le stade auquel tu t'es trouvé toute ta vie même quand on s'est rencontré, jusqu'à récemment.

- Vous voulez dire que j'ai évolué ?

- Oui, tu es maintenant au deuxième stade, tu es maintenant un Somniatore bêta ou bêta-Somniatore. À ce stade, le Somniatore maîtrise complètement le déplacement dans le monde des rêves, il peut maintenant faire la différence entre un Somniatore et un sans-conscience, il est capable d'interagir avec les rêves et de les modifier plus facilement sauf ceux d'un Somniatore plus puissant que lui. À ce stade, le Somniatore n'influence pas totalement les sans-consciences, il peut modifier les rêves, mais il ne peut ni soutirer d'information ni en introduire dans l'esprit du sans-conscience, il n'a toujours pas complètement accès au subconscient. Jusque-là, tu suis ?

- Oui, mais comment savez-vous que j'ai atteint ce stade ?

- Grâce à ton aura onirique, plus elle devient forte, plus tu évolues et puis, je te l'ai dit Noah, je vois tout.

Alors il savait ? pensai-je. Était-il au courant de ma rencontre avec Seize et Dix-neuf ainsi que de notre petite escapade dans le rêve abandonné ? Mais bon, autant ne pas en parler, peut-être avait-il raté cette partie, peut-être ne savait-il pas.

La voiture venait d'arriver à la résidence d'oncle Idy.

- Dois-je contacter monsieur Munroe, master Oart ?

- Oui Edward, nous n'avons pas vraiment le choix. Il est temps de préparer Noah.

- Me préparer ? Me préparer à quoi ? Et qui est ce monsieur Munroe ?

- Kogan Munroe est le commandant en chef des gardiens, un homme très intelligent, il en connaît un rayon sur la défense des Somniatores, c'est l'homme idéal pour t'aider à développer ta capacité Somniatore. Il est temps que tu apprennes à protéger tes rêves Noah, il est temps de savoir comment te défendre contre les autres Somniatores.

- Oncle Idy, je me demandais, chuchotai-je pour ne pas être entendu, Edward est-il également…

- Un Somniatore ? Bien sûr, master Noah, tout comme master Oart et vous-même, répondit Edward qui nous avait apparemment entendus.

- Je ne sais pas pourquoi, mais ça ne m'étonne pas vraiment, ajoutai-je.

- Vraiment et pourquoi donc ? demanda oncle Idy.

- Je me doutais qu'un Somniatore expérimenté tel que vous s›entourerait d'hommes de confiance, soit des Somniatores.

- En effet Noah, mais pas par manque de confiance, les sans-consciences ne sont pas nos ennemis. Mais c'est vrai qu'il peut être dangereux d'avoir un non-Somniatore qui travaille pour moi.

- Vous ne m'avez toujours pas dit ce que j'avais de spécial.

- Ah oui, c'est vrai, mais d'abord les catégories. Nous en étions à la catégorie bêta. Ensuite vient la catégorie des Somniatores oméga ou oméga-Somniatores. Ils sont parmi les Somniatores les plus puissants et aussi les plus instables, à ce stade ils maîtrisent pleinement leur pouvoir et peuvent influencer totalement les sans-consciences et certains Somniatores plus faibles qu'eux. Ils peuvent contrôler l'univers des sans-consciences et de certains Somniatores et les pousser à faire des choses dans le monde réel. C'est également à ce stade qu'un Somniatore se voit doté de sa capacité la plus terrifiante. La capacité de tuer un sans-conscience rien qu'à partir de son rêve.

- C'est abominable, tuer quelqu'un à partir de son rêve, savoir que l'on puisse faire ce genre de chose, c'est tout simplement effrayant.

- Je sais, c'est la raison pour laquelle les marchands de sable et les gardiens ont été créés, pour protéger le monde des Somniatores malveillants. C'est également pour cette raison que les Somniatores doivent être étroitement surveillés. Mais nous sommes tous arrivés à un accord, même les membres de l'ordre s'y sont pliés, de rester dans l'ombre, les sans-consciences ne doivent pas découvrir notre existence, ils paniqueraient et une guerre serait inévitable entre les Somniatores et les sans-consciences.

- Je comprends mieux.

Nous étions maintenant arrivés dans le deuxième salon. Oncle Idy s'installa sur un des fauteuils avant de continuer son histoire.

- Maintenant la catégorie des Somniatores alpha ou alpha-Somniatores. Ce sont des Somniatores d'un autre niveau, ils ont exactement les mêmes capacités que les oméga-Somniatores, mais ils ont un plus non négligeable qui fait d'eux des personnes très spéciales, souvent dangereuses. Ils ont des capacités très spéciales qui n'apparaissent jamais deux fois dans le même siècle. Certaines capacités ne sont apparues qu'une fois dans l'histoire. Nous avons par exemple la capacité alpha de Hel Layas qui lui permettait de tuer un autre Somniatore dans son rêve, chose qui est impossible pour tous les autres Somniatores. Vois-tu, les Somniatores ne peuvent pas s'entretuer à partir du monde des rêves. Mais Hel Layas le pouvait, telle était sa capacité alpha. La mienne me permet d'être invisible pour n'importe quel Somniatore, aussi puissant soit-il. Quant à toi, ta capacité alpha est tout simplement l'une des plus extraordinaires, elle te permet de voyager dans le temps lorsque tu es en plein rêve, et les membres de l'ordre l'ont découverte. Ils vont utiliser ton pouvoir à leur avantage.

Je restais sans voix, je pouvais vraiment voyager dans le temps. C'était donc la raison pour laquelle les membres de l'ordre avaient besoin de moi. Tout semblait maintenant clair.

- Je sais pourquoi les membres de l'ordre ont besoin de moi, oncle Idy.

- Je sais, je comprends moi aussi maintenant pourquoi ils ont besoin de toi, ils veulent t'utiliser pour remonter le temps et y trouver le moyen de ramener Hel Layas.

J'étais impressionné par la capacité de déduction dont fit preuve oncle Idy.

- C'est ça, ils ont parlé d'un artefact qui permettait à Hel Layas d'aller et revenir du monde blanc.

- Un artefact ? Ont-ils parlé d'une dague ? demanda oncle Idy.

- Oui, comment le saviez-vous ? demandai-je, encore plus étonné.

- La dague d'Isangel, murmura oncle Idy. Ils ont dû te ramener dans le passé lors d'une rencontre des membres de l'ordre de l'époque. Et c'est à cet endroit que se trouve le corps de Hel Layas.

- Comment savez-vous tout ça ?

Oart ne m'entendait plus, il s'était perdu dans ses réflexions et réfléchissait à toute vitesse, c'était comme si je n'existais plus.

- Les marchands de sable n'ont jamais réussi à trouver la tombe de Hel Layas ni son corps. La dague, la dague d'Isangel, tout est lié. C'est comme ça qu'ils vont faire, mais ils ne savent pas où il est. Oncle Idy marchait dans toute la pièce en réfléchissant à haute voix. Je dois, je dois…

Il s'arrêta de penser un moment, regarda dans ma direction, son regard était tellement perdu que je me demandais même s'il me voyait.

- Reste là Noah, j'ai un truc à faire.

Il quitta précipitamment le salon.

- Où allez-vous ? lançai-je en le suivant.

Mais oncle Idy ne me répondait pas, je le vis se diriger vers la mystérieuse porte en bois fermée que j'avais vue la dernière fois et que je ne pouvais pas ouvrir à cause d'un code. Oncle Idy entra le code en question, ouvrit la porte et entra dans la salle qui était tellement sombre que je n'eus même pas la chance de voir ce que cachait cette porte. Oncle Idy venait de disparaître derrière la porte qui se referma lentement derrière lui.

- Quand master Oart s'enferme dans cette salle, c'est qu'il n'est pas prêt d'en ressortir, me lança Edward qui venait encore d'apparaître furtivement derrière moi.

- Qu'est-ce qu'il y a dans cette pièce ? demandai-je.

- Je vois que cette pièce vous intrigue vraiment, je suis sûr que master Oart vous la fera découvrir plus tôt que vous ne le pensez, soyez patient master Akeylla. Venez dîner, vous devez avoir faim.

19

ENTRE LE MARTEAU ET L'ENCLUME

Edward avait raison, après avoir terminé mon dîner, oncle Idy n'était toujours pas ressorti de cette salle. Je n'avais aucune idée de ce qu'il pouvait y faire, mais ça devait être très important.

Je passai le reste de la soirée à m'occuper comme je pouvais en attendant que le sommeil se décide à revenir. Si seulement je savais où oncle Idy cachait cette pilule qu'il m'avait donnée dans l'avion, en effet, je ne pouvais plus contester son efficacité.

Je passai le temps en me connectant sur l'ordinateur qui se trouvait dans le salon, bien sûr, avec la permission d'Edward qui me fit comprendre que tout était à ma disposition et qu'oncle Idy tenait absolument à ce que je me sente à mon aise, ce qui était le cas je dois l'avouer. Il faisait tellement d'efforts pour moi que je me sentais un petit peu mal de ne pas lui avoir parlé plus tôt des fantômes de mon rêve. Pouvais-je vraiment lui faire confiance ? Pour une raison que j'ignorais, le doute planait encore dans ma tête, je suppose que j'avais encore besoin d'un peu de temps.

Je regardais maintenant ma messagerie, cela faisait un moment que je n'y avais pas accédée. Mon attention fut immédiatement attirée par un article, je reconnus immédiatement

Rayan sur la photo de l'article, il faisait les gros titres et était considéré comme un héros sur la photo de l'article. Il posait avec la femme et la petite fille qu'il avait sauvées d'une mort certaine, je ne pus m'empêcher de remarquer l'air morose qu'il avait sur son visage et qu'il tentait de dissimuler avec un petit sourire. Le Rayan que je connais serait normalement en train de sourire à tel point que l'on aurait pu apercevoir la moindre particule de poussière sur ses dents. Mais ce n'était pas le cas sur cette photo. Je suppose qu'il était encore sous le choc, il est vrai que j'ai perdu ma grand-mère, mais il est celui qui avait découvert le corps. Je n'osais même pas imaginer à quel point ça pouvait être traumatisant pour lui.

Après avoir consulté mes mails qui n'étaient pas bien intéressants d'ailleurs, je retournai dans ma chambre et alluma la télé, oncle Idy n'était toujours pas sorti de la salle, peut être allait-il y rester toute la nuit ? Ce n'était peut-être pas la peine de l'attendre. Je préférai alors me forcer à dormir.

Quelques minutes plus tard, je dormais et je me retrouvais maintenant dans le visum. Tout semblait pareil depuis la dernière fois, je me concentrais sur les étoiles qui m'entouraient afin de reconnaître les auras de Seize et de Dix-neuf afin de savoir s'ils étaient là. Je reconnus immédiatement l'aura de Seize, qui apparemment était toujours dans le visum, ressentir l'aura était aussi facile que ça.

Je ne perdis pas de temps et je me dirigeai dans la direction de son aura onirique. Que faisait-elle toute seule dans le visum ? Encore une fois, Dix-neuf était absent, je ne ressentais pas son aura. Arrivé à la hauteur de Seize, je fus surpris de la voir hors de son rêve. Je la voyais qui se tenait là, regardant les rêves des autres un léger sourire sur le visage, comme si elle était affectée par quelque chose, elle ne semblait même pas remarquer ma présence.

- Seize ! fis-je, mais elle ne répondit pas, elle devait être complètement perdue dans ses pensées. Devais-je insister ? Seize, tu m'entends ?

Comme si on l'avait tirée de son sommeil, elle réagit immédiatement à mon deuxième appel.

- Noah, c'est toi, désolée, je ne t'ai pas entendu arriver.

- Tu m'as l'air troublé. Je ne te dérange pas ?

- Non, pas du tout, ne t'inquiète pas.

- Si tu as besoin de rester seule…

- Non, ne t'inquiète pas, en fait, un peu de compagnie ne me ferait pas de mal, répondit-elle.

- Dix-neuf n'est pas avec toi ?

- Non, pas encore, mais il ne devrait pas tarder à arriver.

- Je vois ! ajoutai-je en me rendant compte que je n'avais même pas réfléchi à ce que je pourrais lui dire. Tandis qu'elle me regardait avec un regard vide, je ne savais toujours pas quoi lui dire. Le silence devenait pesant et gênant.

- Alors comment vas-tu ? me demanda-t-elle, comme si elle avait compris, comme si ce long moment de silence était gênant pour elle aussi.

- Pas trop mal depuis notre dernière aventure ! lui répondis-je. Je vois le monde des rêves tellement différemment grâce à toi. Depuis que tu m'as appris à sentir l'aura onirique, c'est vraiment autre chose.

- Je suis contente pour toi, il reste tellement de choses à découvrir dans le monde des rêves, c'est vraiment un monde fantastique.

- Tu as l'air d'apprécier cet endroit.

- Il est calme, reposant, il n'existe rien de tel dans le monde réel. Et surtout, il est surprenant, toujours à vouloir nous montrer quelque chose de nouveau, toujours à vouloir nous montrer à nous-mêmes, à quel point on est réellement seuls.

- Qu'est-ce que tu veux dire par là ?

- Laisse tomber, soupira-t-elle.

- Ce n'est pas pour paraître indiscret, mais que fais-tu dans le visum ? Ne m'as-tu pas dit que c'était un endroit dangereux ? Ne serais-tu pas plus en sécurité dans ton rêve ?

- Je sais, pourtant tu es là toi aussi. Malgré le danger que peut représenter le visum, il attire par son mystère, et puis je n'aime pas trop rester dans mon rêve dernièrement.

- Pourquoi donc ? demandai-je.

- Les rêves ne sont que le fruit de nous-mêmes, de notre imagination, de tout ce que l'on est. Mais le visum lui est réel, c'est ici que tu peux t'attendre à découvrir des choses qui ne sont pas que le fruit de l'imagination. Et puis, quand on a certaines attentes de la vie ou qu'on voudrait récupérer quelque chose que l'on a perdu, on a tendance à s'enfermer dans nos rêves, créer un monde illusoire qui nous fait du bien sur le moment. Mais à partir du moment où le rêve s'achève et que l'on doit faire face à la vie réelle, on se rend compte que l'on se fait plus de mal que de bien. On se rend compte que le rêve n'est qu'illusion, que tout n'était qu'illusion. On se rend compte que l'on rêve de choses qui ne se réaliseront jamais, malgré notre capacité exceptionnelle.

Sur le coup, je me sentais tellement mal pour elle, j'arrivais à la comprendre. J'arrivais à ressentir son sentiment.

- À vrai dire, c'est la même chose que je ressens, je me suis aussi créé un monde qui n'existe pas et des rêves qui ne se réaliseront jamais. Je reste accroché à mon passé et je ne peux pas l'effacer. Chaque fois que je me réveille et que je dois faire face à la réalité, j'ai l'impression de me réveiller dans un cauchemar, la réalité est devenue ce cauchemar dans lequel je vis et plus le temps passe, plus ça empire. La réalité reprend ses droits et me rappelle que le monde des rêves n'est qu'une douce illusion. Je suppose que c'est une malédiction qui accompagne la capacité des Somniatores. Mais depuis que j'ai rencontré mon oncle et tout ce qui m'arrive en ce moment, quelque chose est en train de changer en moi. Je ne sais pas exactement ce que c'est, mais je le sens. La capacité des Somniatores ne nous a pas été offerte pour que l'on reste coincés dans le passé. Quand mon oncle m'a fait découvrir son rêve, son monde était incroyable, la seule trace visible de son passé était la maison dans laquelle il avait grandi, mais tout le reste, c'était lui, ses passions, sa nature. Son monde était l'expression de sa personnalité. Son monde est tout simplement une maison qu'il rejoint tous les soirs, mais il est également prêt à la quitter au réveil.

- Sa maison ?

- Oui, il ne l'utilise pas comme moi. Son monde n'est pas dominé par son passé, mais par ses passions et son futur, alors j'imagine que chaque fois qu'il se réveille, il se réveille heureux.

- Et toi, comment vis-tu aujourd'hui ton rêve et ta réalité ? me demanda-t-elle.

- Ce n'est pas du tout facile d'abandonner un doux rêve pour la réalité, voir tout le pouvoir que l'on a dans le monde des rêves et savoir que dans la réalité on est insignifiants.

- Tu n'arrives toujours pas à te détacher de ton passé ?

- Non, soupirai-je. Je ne m'imagine pas abandonner mon passé. Pas maintenant.

- Je te comprends, moi non plus, je ne peux pas abandonner mon passé. Ce serait comme mourir.

- Je suppose que tu ne tiens pas vraiment à en parler ? lui demandai-je.

- Non, pas vraiment.

- Le contraire m'aurait étonné, tout le monde a ses secrets et ses raisons.

- Tu penses déjà me connaître ! s'exclama-t-elle.

- Non ! Il est vrai que je ne te connais pas, dis-je en repensant à la souffrance que j'avais ressentie en elle la nuit dernière.

- Je vois que vous vous entendez bien tous les deux, lançait une voix venant de derrière nous, c'était celle de Dix-neuf qui venait de faire son entrée.

- Dix-neuf, quand est-ce que tu es arrivé ? demanda Seize.

- Je viens d'arriver. Noah ! me lança-t-il.

- Dix-neuf ! rétorquai-je.

- Tu es pile la personne que je voulais voir.

- Ah oui, pourquoi ? demandai-je.

- Eh bien, j'ai réussi à extraire une bonne partie des secrets qu'on a volés la nuit dernière.

- Oui, alors ?

- Une grande majorité de ces secrets semblent te concerner, dit-il sur un air plus sérieux.

- Me concerner moi ? Qu'est-ce que tu veux dire par là ?

- Ne restons pas ici, mieux vaut qu'on en parle dans un endroit plus sûr que le visum. Que diriez-vous de mon rêve ?

- Je croyais que tu préférais garder ta vie secrète, si je rentre dans ton rêve ne la verrais-je pas ?

- Ne t'en fais pas pour ça, je sais comment protéger mon rêve.

- Très bien alors.

Dix-neuf venait de nous inviter à entrer dans son rêve. Que pouvait-il avoir d'aussi important à me dire ? En quoi ce rêve me concernait-il ?

Nous nous dirigions maintenant vers l'étoile qui représentait le rêve de Dix-neuf. Il nous invita alors Seize et moi à y entrer. Arrivés à l'intérieur de son rêve, je comprenais enfin ce qu'il voulait dire quand il disait qu'il savait comment protéger son rêve.

- Bienvenue dans mon rêve ou plutôt dans la zone protégée.

Nous nous étions retrouvés dans une salle en forme de cube, dont les murs, le plafond et le sol étaient complètement opaques, il n'y avait ni porte ni fenêtre. Aucune sorte d'entrée ou de sortie n'y était visible, nous étions juste apparus comme par magie dans cette salle qui avait plus des apparences de salle d'interrogatoire.

- En acceptant de rester dans cette salle, vous êtes obligés de vous plier à toutes les contraintes de mon rêve, c'est une manière très efficace pour moi de protéger mon rêve, vous ne pourrez rien faire ici sans que je vous en donne le pouvoir.

- Hé oui ! Comme tu peux le voir, Dix-neuf est très méticuleux, ajouta Seize.

- Je vois ça, répondis-je.

- Nous pourrons parler tranquillement ici, ajouta Dix-neuf.

- Alors de quoi s'agit-il, Dix-neuf ?

- Très bien, tu te rappelles notre accord sur la vie privée ?

- Oui, vous avez été très clairs sur le sujet. Pourquoi ?

- Eh bien, je suis désolé de t'apprendre que je sais exactement qui tu es maintenant.

- Quoi ? m'étonnai-je.

- Hé oui, je sais qui tu es, Noah Akeylla.

- Comment ? Ne me dis pas que tu t'es renseigné sur moi.

- Non, j'ai tenu parole, je n'avais aucune intention de fouiller dans ta vie privée, tu peux me croire. Mais je me rends compte que c'était une erreur, j'aurais dû chercher à savoir qui tu étais réellement.

- Qu'est-ce que tu racontes ? demanda Seize.

- Le rêve abandonné qu'on a visité hier soir, il appartenait à un homme qui te connaissait bien, un homme très dangereux.

- Cet homme me connaissait ? m'étonnai-je.

- Oui, il te connaissait. Cet homme est extrêmement dangereux, il était longtemps recherché par les gardiens, c'est un criminel Somniatore de haut niveau.

- Qu'est-ce que tu racontes ? Qui est cet homme dont tu parles ? demandai-je.

- Tu aurais dû nous dire que tu étais la cible de Somniatores aussi dangereux. Tu nous as mis en danger Noah.

- Qu'est-ce que tu racontes Dix-neuf, je te rappelle que vous aviez déjà prévu de voler les secrets de ce type avant même de me rencontrer.

- Il a raison, Dix-neuf, ce n'est pas de sa faute. On n'aurait jamais dû entrer dans ce rêve, intervint Seize.

- Explique-moi, Dix-neuf, à qui appartient le rêve abandonné ? insistai-je dans ma demande.

- Le rêve abandonné appartient à un certain Lucent Ross.

- Tu as bien dit Lucent ? demandai-je interloqué.

- Tu le connais Noah ? me demanda Seize.

- Bien sûr qu'il le connaît, ce type avait pour intention de l'enlever, hurla Dix-neuf.

Pendant même qu'il était en train de s'expliquer, il se passa quelque chose d'étrange. La chambre forte que Dix-neuf avait construite était en train de se craqueler en plusieurs parties comme si quelque chose se trouvant à l'extérieur tentait d'entrer.

- Qu'est-ce qui se passe ? tremblota Dix-neuf qui ne semblait pas comprendre ce qui se passait.

- Je ne sais pas, répondis-je, on est dans ton rêve.

- Dix-neuf, si ce n'est pas ton œuvre, alors qu'est-ce qui se passe ? demanda Seize.

- Je n'y suis pour rien, je ne sais même pas ce qui se passe.

Après que la chambre forte eut été complètement détruite, le rêve de Dix-neuf fut mis à nu. Il tentait de réparer les dégâts, mais semblait ne pas y arriver.

- C'est quoi cet endroit ? s'interrogea-t-il.

- Qu'est-ce que tu racontes Dix-neuf, nous sommes dans ton rêve !

Mais Dix-neuf ne semblait pas reconnaître son rêve. Au loin, une effrayante silhouette fantomatique se tenait devant nous, était-ce cette créature qui avait fait disparaître la chambre forte ? Et si oui, comment s'était-elle introduite dans le rêve de Dix-neuf qui semblait pourtant bien protégé ?

La silhouette commençait à s'approcher petit à petit. Elle était plus distincte, la silhouette ressemblait aux fantômes de mon rêve, ceux mêmes qui m'avaient renvoyé dans le passé, à la seule différence que celui-ci était d'une blancheur pâle. Tout comme les ombres noires, celui-ci n'avait pas de visage, il correspondait exactement à la description que j'avais lue avec Rayan à propos des Somniatores.

- Oh non ! lança Dix-neuf. Son expression avait changé, il était horrifié par cette créature.

- Un fantôme sans visage, fit Seize sur un ton d'horreur.

- Vous savez ce que c'est ? demandai-je.

- Un fantôme sans visage, c'est la pire espèce de Somniatore, chaque fois qu'un de ces fantômes se montre, la mort le suit, ajouta Seize.

- Mais c'est mon rêve ! Comment a-t-il fait pour entrer ? C'est impossible ! s'étonnait Dix-neuf.

Le fantôme sans visage continuait à se rapprocher silencieusement et arriva bientôt à notre hauteur, à ce moment, Seize et Dix-neuf étaient tellement effrayés qu'ils tentaient désespérément de s'enfuir dans le sens opposé au fantôme sans visage, quant à notre grande surprise, une horde de fantômes sans visages surgissait de nulle part. Ils sortaient de tous les côtés nous bloquant complètement toutes chances de fuite. Ils étaient tellement nombreux que l'idée ne nous prirent même pas de tenter de résister.

- Noah Akeylla ! lança une voix lourde venant du premier fantôme sans visage. Quelle joie de te rencontrer enfin.

- Qui êtes-vous ? demandai-je.

- Lucent était vraiment sur la bonne voie, quel dommage qu'il se soit fait attraper par les gardiens.

- Je le savais, ils font partie du même groupe que le propriétaire du rêve abandonné, chuchotait Dix-neuf.

- Je dois dire que je suis impressionné par ce que je vois, vous faites un magnifique trio tous les trois. Un Somniatore capable de détecter des rêves disparus et d'en voler aussi facilement les secrets, un Somniatore capable de supprimer toute trace d'aura onirique. Et enfin, toi, Noah Akeylla, le Somniatore capable de se déplacer dans le temps, lançait la voix glauque du fantôme de tête.

- Qui êtes-vous ? Que nous voulez-vous ? demanda Dix-neuf.

- Je crois que vous le savez déjà, vous avez volé des secrets qui ne vous appartiennent pas, vous avez volé les secrets d'un des nôtres. Pensez-vous vraiment vous en tirer à si bon compte ? Lucent en sait beaucoup trop sur nous, vous êtes maintenant en possession d'informations sensibles concernant l'ordre.

- Vous êtes des membres de l'ordre d'Oris ! affirmai-je.

- Je ne devrais pas être étonné que tu nous connaisses aussi bien, Noah Akeylla, après tout, tu es le petit protégé d'Idy Oart.

- Idy Oart ? Tu connais Idy Oart ? demandait Seize avec étonnement.

- Que voulez-vous ? continuai-je.

- Je crois que tu le sais déjà, Noah Akeylla, tu es un Somniatore très spécial. J'ai longtemps attendu ce moment. Jusque-là, nous n'avions aucun moyen d'entrer en contact avec toi, les gardiens ont un œil très attentif sur toi, mais depuis que tu as rencontré tes nouveaux amis qui n'ont, semble-t-il, aucun respect pour les règles des gardiens, notre tâche est devenue tout de suite plus facile.

- Si vous vouliez vraiment le capturer, pourquoi n'êtes-vous pas intervenus dans le rêve abandonné de Lucent ? demanda Dix-neuf.

- Nous avions besoin d'en savoir un peu plus sur vous. Mais la véritable raison est que nous n'avons pas réussi à vous suivre dans le rêve abandonné parce que nous ne l'avons jamais trouvé. À vous trois, vous êtes plutôt doués, je dois l'avouer. Cette fille est capable d'utiliser une capacité de brouillage qui supprime toute trace d'énergie onirique faisant croire que vous êtes hors du visum et donc que vous êtes réveillés. Ce qui empêche les gardiens de se poser des questions sur votre véritable position. Fascinant.

- Tu peux faire ça ? lançai-je en direction de Seize.

- Ça a d'ailleurs très bien marché puisque vous avez réussi à tromper même les gardiens, continua le fantôme sans visage.

- Et je suppose que tu ne l'as pas utilisée cette fois ? demandai-je à Seize.

- Si, je l'ai utilisée, je ne comprends pas comment ils ont fait pour nous retrouver.

- Je comprends votre désarroi, mais cette technique n'aurait pas fonctionné une deuxième fois, nous avons de très bons Somniatores.

- Mais qui êtes-vous exactement, qu'avez-vous fait à mon rêve, pourquoi je ne peux plus rien contrôler ? vociféra Dix-neuf.

- Votre rêve ? Êtes-vous aussi aveugle que ça ? Je n'arrive toujours pas à croire que vous ne vous en êtes pas encore rendu compte.

- Qu'est-ce que vous voulez dire par là ?

- Vous ne l'avez pas remarqué ? Ceci n'est pas votre rêve. Ceci est une illusion, une illusion parfaitement orchestrée vous donnant l'impression d'être dans votre rêve. La même méthode que les gardiens ont utilisé pour capturer Lucent.

- Quoi ? C'est impossible.

- Nous sommes dans le rêve de l'un de mes Somniatores, un métamorphe très doué comme vous pouvez le voir par vous-mêmes.

- Un métamorphe ? demandai-je.

- Un Somniatore capable de simuler à la perfection la réalité ou le rêve de quelqu'un d'autre, ils sont tellement doués qu'il est très difficile, voire souvent impossible, de dissocier le vrai du faux, répondit Seize.

- Bien, très bien, mademoiselle Kailleen.

- Hein ! Comment connaissez-vous mon nom ? paniqua Seize.

- Cela ne devrait pas vous surprendre, ne vous ai-je pas dit que nous avons collecté des informations sur vous ? Vous savez qui nous sommes, vous savez de quoi nous sommes capables et je suis sûr que vous savez exactement qui je suis.

- Vous êtes… le… le grand maître de l'ordre, begueillais-je.

- Tyndall Severin, le grand maître de l'ordre d'Oris en effet ! continua-t-il.

Le silence s'installa un petit moment. Avant d'être rompu par Dix-neuf.

- Tyndall Severin, je sais qui vous êtes, je vous ai vu dans le rêve de Lucent Ross, vous êtes celui qui lui a donné l'ordre de capturer Noah, lança-t-il.

- Tyndall Severin, vous êtes également activement recherché par les gardiens. Vous êtes le criminel le plus recherché du monde des rêves, poursuivit Seize.

- Les gardiens ont toujours eu un faible pour moi. Je dois avouer que je suis impressionné par ta capacité d'extraction mon garçon, je comprends mieux pourquoi les gardiens t'ont recruté. Mais cette capacité est aussi la raison pour laquelle vous nous serez très utiles.

- Que voulez-vous dire ? demanda Seize.

- Noah Akeylla, s'adressait-il à moi, je suis sûr que tu as déjà entendu parler de l'artefact que nous convoitons ?

Cet homme parlait de l'artefact qui allait permettre de ramener Hel Layas s'il était retrouvé.

- Ton silence en dit long. Et je suppose que tu sais à quoi il va nous servir ?

Je ne savais toujours pas quoi lui répondre.

- Je dois l'avouer, les ressources des marchands de sable sont colossales, et nulle raison de se le cacher. Ils retrouveront sûrement la dague avant nous, sans compter qu'ils t'ont dans leur camp. Je sais qu'ils ne nous laisseront jamais mettre la main sur toi. Mais ce n'est pas une raison d'abandonner, n'est-il pas ? Bien sûr, inutile de vous préciser que notre petite rencontre devra rester entre nous.

- Que pouvez-vous faire pour les empêcher de le découvrir ? lançai-je, vous ne pouvez pas nous garder ici longtemps, nous nous réveillerons d'un moment à l'autre et les marchands de sable sauront tout de notre petite rencontre.

Sans répondre à la question, le fantôme approcha son visage lisse qui ne laissait entrevoir aucun trait humain. Mais sa face lustrée commençait à se métamorphoser légèrement, un visage humain commençait à se dessiner. Le fantôme était si proche de moi que je pouvais voir la matière argentée qui recouvrait cette face monstrueuse comme s'il s'agissait d'un masque.

- La raison pour laquelle nous sommes venus à toi est parce que tu as été assez stupide pour t'exposer au danger. Penses-tu réellement que j'aurais pris le temps de nous exposer moi et mes Somniatores de la sorte sans avoir une carte sous la manche ?

À mesure que ce visage effrayant qui laissait apercevoir un visage humain s'approchait de moi, je sentais que ma respiration se coupait, je n'avais plus de voix, c'était comme si mon cœur voulait s'arrêter de battre afin de mettre fin à ce spectacle.

- Tu serais vraiment stupide de croire le contraire, nous avons eu le temps de t'étudier, Noah Akeylla, tu es un gar-çon bon, mais faible, la faiblesse du cœur a fait tomber les plus grands hommes. Tu tiens énormément aux personnes qui t'entourent, il est vrai que ta grand-mère est morte, mais, qu'en est-il de ton ami Rayan ? De ses parents ? Qu'en est-il de tes nouveaux amis ? Tu ne les connais que depuis peu, mais quelque chose me dit que tu détesterais voir un accident leur arriver.

- Si vous osez toucher à Seize, espèce de… grogna Dix-neuf.

- Oh ! Mais du calme, nous n'allons pas lui faire de mal, du moins pas maintenant, tout dépend de votre coopération et de votre discrétion.

- Que voulez-vous dire par là ? Qu'attendez-vous vraiment de nous ? demandai-je.

- À partir d'aujourd'hui, vous servirez la cause des membres de l'ordre. Grâce à ta capacité à retourner dans le temps, à tes liens avec les Somniatores, la capacité d'extraction et la capacité de brouillage de tes nouveaux amis, vous êtes des atouts non négligeables pour nous permettre de mettre la main sur la dague d'Isangel.

Aucun de nous ne dit un mot, la requête de Tyndall semblait surréaliste, il nous demandait de voler les marchands de sable qui semblaient tellement puissants que je ne voyais même pas comment nous pourrions nous y prendre. Mais ses menaces semblaient très sérieuses.

- Si jamais je refuse ? osai-je désespérément.

- Eh bien, je ne peux pas t'en vouloir de demander. Voyez-vous, les gardiens sont en ce moment même en train de protéger votre ami Rayan au cas où nous tenterions quelque chose. Mais si vous voulez parier que nous ne serions pas en mesure de le tuer malgré tout si tu faillis à ta mission alors je t'invite à me défier. Nous avons des membres postés non loin de son domicile, si notre petite rencontre est découverte par qui que ce soit autre que les personnes présentes ici, un simple mot de ma part et c'est terminé, ensuite ce sera le tour de tes deux amis ici présents, et après leur mort, nous trouverons d'autres moyens de te faire regretter de ne pas nous avoir pris au sérieux.

Tyndall avait réussi à me faire sérieusement douter de la capacité des gardiens à protéger tout le monde.

- Et quant à vous deux, au cas où vous penseriez que cette histoire ne vous concerne pas, sachez que nous savons exactement qui vous êtes, où vous vous trouvez. Si les gardiens protègent les proches de Noah, ce n'est absolument pas votre cas. Vous avez tout autant à perdre que lui, surtout vu ta situation, Kailleen.

Sur ces paroles, les visages de Dix-neuf et Seize se transformèrent. Ils semblaient tous deux pétrifiés.

- Espèce de... comment osez-vous... Si jamais... cria Dix-neuf.

- Laissez-moi deviner, vous nous retrouverez et vous nous tuerez. J'ai entendu cette menace vide encore et encore, et pourtant je suis toujours là.

- Très bien, on le fera, on vous aidera à mettre la main sur l'artefact, acquiesçai-je.

Je n'avais pas vraiment le choix, Tyndall ne nous laissait pas le choix, je ressentais clairement que quelque chose qui me dépassait totalement se passait ici. Il était évident que Seize et Dix-neuf avaient autant à perdre que moi dans cette histoire. Pour quelle raison ? Cela m'était totalement inconnu. Mais cet homme, Tyndall Severin, semblait connaître leur secret. Probablement la raison pour laquelle ils ne voulaient pas que je sache quoi que ce soit sur leurs vies privées.

- Très bien Noah Akeylla, puisque nous semblons être sur la même longueur d'onde, tout ira bien. Vous avez dix jours pour retrouver et nous conduire à la dague d'Isangel.

- Dix jours ? Nous n'aurons jamais le temps, nous ne savons même pas encore par où commencer.

- Alors vous feriez mieux de vous y mettre. Nous n'avons pas de temps à perdre.

Après ces paroles, Tyndall se retourna et commençait à s'en aller avant de rajouter :

- Tu sais, Noah Akeylla, nous n'avons rien contre toi, notre grief est contre les marchands de sable. Peut-être qu'un jour nous travaillerons ensemble de façon harmonieuse, les membres de l'ordre ne sont pas les grands méchants que les marchands de sable font croire au monde, il n'y a pas plus maléfique que les marchands de sable eux-mêmes.

- Comment voulez-vous que je vous croie après avoir menacé mes amis ?

- Certaines choses doivent être faites pour en arriver à une finalité et puis nous ne sommes pas des hypocrites comme les marchands de sable, nous au moins avons eu la décence de te menacer directement. Nous avons eu la décence de ne pas cacher nos ambitions. Tu n'as aucune idée de qui sont réellement les marchands de sable. Mais ton père le savait.

- Qu'est-ce que vous venez de dire ?

- À bientôt ! Noah Akeylla.

- Attendez Tyndall, qu'est-ce que vous voulez dire, attendez ! hurlais-je désespérément avant que les fantômes qui inondaient le rêve finissent tous par se volatiliser.

- Tyndall ! Attendez ! Que savez-vous sur mes parents ?

Sans me répondre, Tyndall venait de disparaître suivi par les autres Somniatores qui l'accompagnaient et qui avaient maintenant tous disparus avec lui. À ce moment-là, comme si quelque chose nous agrippait, on se retrouvait littéralement éjectés hors du rêve et nous nous retrouvâmes à nouveau dans le visum.

- Ils ont disparu, lança Dix-neuf.

- Ça va, vous allez bien ? demanda Seize.

- Je crois ! ajouta Dix-neuf.

- Noah, ça va ? demanda-t-elle à nouveau.

Je ne savais pas quoi penser, quelle était réellement la place de mes parents dans tout ça, y avait-il quelque chose que j'ignorais à leur sujet ? Quelque chose qu'oncle Idy ne me disait pas ? Ou peut-être même grand-mère ? Qu'est-ce qui se passait ?

- Noah, tu vas bien ? insista Seize.

- Oui... Oui ça va, lançai-je en reprenant mes esprits.

- Qu'est-ce qu'on fait maintenant ? rajouta Seize.

- On ne peut pas laisser cet artefact tomber entre leurs mains ! répondis-je. Je ne suis même pas sûr de ce qui se passerait si cela arrivait.

- Je sais ! ajouta Seize, mais ces types ne plaisantent pas, ce sont les membres de l'ordre d'Oris, les pires ennemis des gardiens.

- De quoi parlait-il, Noah ? C'est quoi cette dague qu'ils recherchent ? me demanda Dix-neuf le regard sombre.

Je préférais répondre afin de ne pas l'énerver plus qu'il ne l'était déjà.

- C'est un artefact que détenait leur premier grand maître il y a très longtemps, un artefact qui apparemment est très puissant, je ne sais pas encore exactement à quoi il sert, mais je pense qu'il permet de contrôler le monde des rêves.

- On ne peut sérieusement pas laisser cette chose tomber entre leurs mains, ajouta Seize.

- Tu as entendu ce qu'il a dit, Seize ? ajouta Dix-neuf, si on ne lui remet pas cet artefact, il...

- Dix-neuf, tu ne penses sérieusement pas qu'on devrait céder, ça a l'air très sérieux ?

- Nous ne pouvons pas risquer tout ça, tu le sais très bien, répondit-il.

- Je le sais très bien, mais que se passera-t-il s'ils prennent possession d'une chose pareille ?

- Seize a raison, on ne peut pas leur donner l'artefact, c'est beaucoup trop dangereux, on ne sait même pas de quoi il est vraiment capable, ajoutai-je.

- Noah, Tyndall a dit que l'artefact leur servirait à ramener leur ancien grand maître, il parlait vraiment de...

- Oui, Hel Layas, leur premier grand maître.

- J'ai très vaguement entendu parler de lui. Pourquoi voudraient-ils ramener un homme qui est mort depuis des siècles ?

- Parce qu'il n'est pas mort d'après eux, il se serait retrouvé piégé dans le monde blanc et selon certains Somniatores, il y serait toujours attendant son retour.

- J'avais déjà entendu cette histoire à dormir debout. Des fanatiques qui voulaient ramener le maléfique Hel Layas, mais j'ai toujours pensé que c'était juste des fous, que c'était juste une histoire pour faire peur, continua-t-elle.

- Eh bien, tu viens juste de rencontrer ces fanatiques. Ils sont peut-être fous, mais ils sont très dangereux.

- Et comment cet artefact peut-il le ramener à la vie ? demanda-t-elle.

- Je n'en sais rien, mais s'il peut vraiment le faire, ça prouve à quel point il est dangereux et ne peut donc pas tomber entre leurs mains.

- Qu'allons-nous faire ?

- Nous devons réussir à gagner du temps afin de pouvoir trouver une solution à ce problème. Pour le moment, nous

devons les laisser penser que nous leur laisserons l'artefact.
Nous improviserons par la suite. Qu'est-ce que tu en penses
Dix-neuf ? lançai-je dans sa direction.

Dix-neuf semblait complètement désorienté et absent
de notre discussion, la menace de Tyndall semblait l'avoir
beaucoup affecté et on ne pouvait que le comprendre. Il ne
me répondit pas immédiatement, à la place il me fixa avec un
regard plein de colère avant de répondre :

- Faites comme vous voulez.

- Nous ne savons même pas par où commencer, ajouta
Seize.

- Mon oncle, il saura quoi faire.

- Tu es fou, tu as entendu ce qu'ils ont dit, si on en parle
à qui que ce soit, ils mettront leurs menaces à exécution, lança-
t-elle.

- Je sais, je ne compte pas lui raconter ce qui s'est passé
ce soir, mais les marchands de sable sont aussi à la recherche
de l'artefact et mon oncle est un marchand de sable.

- Est-ce que tu veux parler d'Idy Oart ?

- Oui, c'est bien lui, vous le connaissez ?

- Bien sûr, c'est l'un des Somniatores les plus célèbres,
il est très proche des gardiens. Il parait qu'en plus c'est un
mentaliste, et en plus de cela il a créé de très nombreux foyers
pour orphelins grâce à la fondation Oart.

Un mentaliste ? Oncle Idy ? Je suppose que sa capacité
avait quelque chose à voir avec cette rumeur, pensais-je.

- Je ne pense pas que ce soit vraiment un mentaliste,
mais oui c'est bien mon oncle, s'il y a une personne qui peut
nous aider à retrouver l'artefact, c'est bien lui.

- Mais pourquoi sont-ils aussi sûrs que tu seras en
mesure de le retrouver ?

- Grâce à sa capacité à remonter le temps, répondit Dix-
neuf qui était sortie de son silence. Enfin, d'après les secrets de
Lucent, ajouta-t-il.

- C'est exact, ma capacité est, paraît-il, la clé de voûte
de tout ça.

- Mais comment ? demanda Seize.

232

BEYDI TRAORE

- Je n'en suis pas encore sûr, il est encore trop tôt pour le dire, mais j'ai l'impression qu'ils recherchent la dague dans le passé.

- Dans le passé ? Si je comprends bien, l'idée est d'utiliser ta capacité de retourner dans le passé pour ensuite retrouver l'artefact ?

- Je n'en ai aucune idée.

- Que ferons-nous une fois que nous l'aurons retrouvé ?

- On improvisera à ce moment. Mais pour le moment, je dois apprendre à contrôler ma capacité, car si on veut retrouver l'artefact, c'est le seul moyen. Et on n'a que dix jours.

- Comment vas-tu t'y prendre ?

- Je ne sais pas encore, mais mon oncle m'y aidera.

- Seize, il faut qu'on y aille, on ne peut pas rester ici plus longtemps, ajouta Dix-neuf.

- Oui tu as raison ! soupira Seize. Noah, nous devons y aller, tu dois trouver ce que ton oncle sait sur l'artefact et comment le retrouver. Nous serons ici demain.

- Très bien. Dix-neuf, disposes-tu de toutes les informations du rêve de Lucent ?

- Juste une partie, je ne l'ai pas encore entièrement décrypté.

- Et quand penses-tu pouvoir finir ?

- Très bientôt, je l'espère.

- J'aurai besoin de tout ce dont tu disposes sur eux, je dois savoir tout ce qu'ils savent.

- Très bien, je m'en chargerai.

- Merci Dix-neuf.

- Ne reste pas dans le visum, me lança Seize. Cet endroit a beau être protégé par les gardiens, les membres de l'ordre ont réussi à y entrer.

- Oui, et je ne sais toujours pas comment.

- L'ordre est partout, peut-être qu'ils ont même des espions parmi les gardiens.

- Ils sont trop dangereux ; nous devons redoubler de prudence.

- Noah, interrompit Dix-neuf. Depuis le début, je savais que tu ne nous causerais que des ennuis. Maintenant nos vies en danger. Ne nous laisse pas tomber, nous devons trouver l'artefact et protéger tout le monde quoiqu'il en coûte.

Dix-neuf et Seize s'en allèrent tandis que je restais là à regarder autour de moi avec inquiétude avant de retourner en sécurité dans mon rêve, du moins je l'espérais, comment être sûr que j'étais dans mon rêve ? Ces Somniatores avaient réussi à créer une grande confusion en moi. Comment faire ? Je ne pouvais tout de même pas les aider à retrouver la dague, si j'en crois oncle Idy, ce serait condamner le monde.

Arrivé dans mon rêve, je me rendis compte à quel point ça faisait longtemps que je n'y étais pas venu, bizarrement, tout me semblait si éphémère. Je me rendais compte à quel point ce qui se passait à l'extérieur de mon rêve était beaucoup plus important que ce qui se passait ici, contrairement à ce que j'avais toujours pensé jusqu'à présent. J'ai été tellement aveugle pendant toutes ces années.

En faisant réapparaître mon rêve grâce à la clé de mon père, je me souvenais de ce qu'avait dit Tyndall au sujet de mes parents. Que voulait-il dire par là ? Qu'est-ce qu'ils avaient bien pu me laisser dans ce coffre et surtout comment y accéder ? M'avez-vous vraiment laissé un mot de passe ? Est-ce que je rate quelque chose d'important ? Et si c'était grand-mère qui disposait de ce code ? Toute ma famille me paraissait maintenant de plus en plus mystérieuse, comme si je n'avais en fait jamais vraiment connu grand-mère.

Chaque Somniatore que je rencontrais semblait connaître mes parents bien qu'aucun d'entre eux ne m'ait dit dans quelle circonstance il les avait rencontrés. Qui étaient vraiment mes parents ? Qu'est-ce que Tyndall savait sur eux ? Que voulait-il dire par mon père savait qui était vraiment les marchands de sable ? Seul oncle Idy était probablement en mesure de répondre à mes questions. Mais si je lui posais la question, il comprendrait que quelqu'un me l'a dit et Tyndall saurait que je lui ai parlé, je devais trouver le moyen de tenir oncle Idy au courant sans éveiller les soupçons des membres de l'ordre, ce qui n'allait pas être facile puisqu'il était impossible de savoir à quel point j'étais surveillé.

Après quelques heures à penser à mes possibilités il était l'heure de me réveiller. Je refermais mon rêve et sortais du visum sans y traîner longtemps. Mes yeux s'ouvrirent dans le monde réel.

20

LA PIÈCE SECRÈTE

À l'heure du petit déjeuner, j'étais toujours très perturbé, au point que je n'arrivais même pas à manger. La situation était très sérieuse, les membres de l'ordre semblaient sérieux et très dangereux. Les gardiens pouvaient-ils vraiment protéger Rayan et sa famille ? Kailleen et Dix-neuf étaient-ils vraiment en sécurité ? Les marchands de sable pouvaient-ils vraiment nous protéger alors qu'ils n'arrivaient pas à empêcher les membres de l'ordre de pénétrer leur zone protégée ? Je devenais complètement paranoïaque, y avait-il des chances que l'ordre me surveillait partout où j'étais ? Peut-être qu'ils étaient en ce moment même dans ma tête. Si j'en parlais à qui que ce soit, ils l'apprendraient immédiatement, je ne pouvais pas prendre ce risque. Quelle situation, mais quelle situation ! Que dois-je faire ? De toute façon, je n'avais pas vraiment le choix, je devais trouver le moyen de retrouver la dague.

Selon Edward, oncle Idy n'était toujours pas ressorti de cette salle, il y avait passé toute la nuit. Que pouvait-il bien y fabriquer ? S'était-il déjà lancé à la recherche de la dague ? De toute façon, je ne pouvais pas faire grand-chose sans lui. Je ne savais même pas par où commencer, je ne savais même pas comment utiliser ma capacité pour retourner dans le passé. Et même si je savais comment l'utiliser, je ne saurais absolument pas par où commencer. Mieux valait attendre un peu en espérant qu'oncle Idy allait ressortir très vite de cette salle avec une solution.

À ce moment, Edward, qui avait remarqué l'expression sur mon visage, me demanda :

- Vous avez l'air troublé, master Noah.

- Non, tout va bien, je me demandais juste ce que pouvait bien faire oncle Idy dans cette salle.

- Je vois que cette salle occupe de plus en plus votre esprit. Vous voulez vraiment découvrir ce qu'elle cache.

- C'est Idy Oart qui m'intrigue en ce moment à vrai dire.

- C'est un personnage bien mystérieux en effet. Mais vous devez savoir une chose, master Noah, tout ce que master Oart fait, il y a une bonne raison derrière.

- Vous le connaissez bien n'est-ce pas ?

- Vous savez, master Noah, on ne connaît jamais vraiment quelqu'un. Mais on est néanmoins libre d'avoir son avis sur une personne.

- Parlez-moi de lui, qui est-il vraiment ? Comment est-il devenu aussi riche ? Quels sont ses liens avec les marchands de sable ?

- Eh bien, par où commencer ? Master Oart est un scientifique de renommé international, sa capacité à cerner les gens est tout simplement incroyable. C'est également un psychologue remarquable qui utilise son métier de psychiatre comme couverture pour lui permettre de déceler de nouveaux Somniatores. Surtout si ce sont des Somniatores alphas. C'est d'ailleurs ainsi que nous nous sommes rencontrés.

- Vous étiez l'un de ses patients ?

- Oui ! Il a cette capacité de comprendre ses patients avec une facilité déconcertante. Sa façon de procéder est toujours la même, il rencontre toujours ses patients pour une première séance où il ne fait qu'écouter et ne dit généralement pas un mot et cela dans le but d'avoir suffisamment d'information pour pouvoir s'infiltrer le soir même dans le rêve du patient en question et explorer son subconscient. La capacité alpha de master Oart fait de lui un observateur, il est un des rares Somniatores incapables d'interagir directement avec les rêves d'autrui. Il est impossible de le voir ou même de le sentir dans le monde des rêves, il ne dégage aucune aura onirique. De ce fait, son rêve est extrêmement difficiles à trouver, voir impossible. Il est néanmoins capable de communiquer par télépathie dans le monde des rêves, ce qui lui a valu un moment le surnom du chuchoteur. Il peut parler aux sans-consciences et même aux Somniatores en leur faisant croire qu'il est une sorte d'ange gardien ou même leur subconscient. Sa capacité de perception est l'une des plus puissantes et efficaces, comme il est invisible aux yeux et au subconscient du rêveur, il peut facilement obtenir les informations dont il a besoin et atteindre des parties du rêve qu'aucun autre Somniatore ne peut atteindre. De ce fait, il découvre facilement les problèmes les plus profonds de ses patients et y cherche une solution pour leur venir en aide. Plusieurs de ses patients le prennent pour un mentaliste tant il est efficace. Son don a fait de lui une célébrité dans son domaine, comme la plupart des Somniatores qui exploitent divinement leurs capacités. Sa capacité à être invisible lui a permis de garder sa véritable identité secrète aux yeux de nombreux Somniatores pendant très longtemps. Seuls les membres du conseil des marchands de sable et quelques Somniatores très puissants étaient dans le secret. Sa capacité est un atout très important pour les marchands de sable. Mais les membres de l'ordre connaissent maintenant l'identité du chuchoteur. Ils ne se doutaient absolument pas qu'il s'agissait de master Oart. Ils avaient eu affaire à lui à de nombreuses reprises souvent sans même s'en rendre compte. Voilà qui est master Oart.

Oncle Idy semblait vraiment être l'homme de la situation. Avec tout ce qu'Edward venait de me raconter, était-il possible qu'à un moment donné oncle Idy ait été avec nous ?

- Merci Edward.

- De rien, master Noah, j'espère vous avoir aidé à comprendre quel genre de personne votre oncle est.

À ce moment, oncle Idy venait de pénétrer dans la salle à manger. Il était finalement sorti de cette salle, mais étonnamment, il n'avait pas l'air fatigué comme je l'aurais imaginé. Je m'attendais à le voir ressortir de là les yeux rouges et gonflés, preuve d'une longue nuit, mais non, il avait l'air en pleine forme. Qu'a-t-il bien pu faire à l'intérieur ?

- Ah, Noah, tu es là, désolé d'être parti comme ça hier sans te donner la moindre explication.

- Ce n'est pas grave, dis-je, mais pourquoi êtes-vous parti ? Que faisiez-vous dans cette pièce si je peux me permettre de demander ?

- Je t'ai laissé en suspens avec de nombreuses questions. Et j'en suis vraiment navré, mais je vais me rattraper, viens, suis-moi.

Je n'en attendais pas autant, oncle Idy allait vraiment me laisser entrer dans cette salle et me montrer ce qu'elle contenait ? Je ne pouvais plus tenir sur place.

- C'est un endroit très particulier Noah, ce que tu vas voir n'est pas donné à voir à beaucoup de personnes.

On aurait dit qu'il faisait exprès pour faire monter ma curiosité encore plus qu'elle ne l'était en ce moment.

La porte avait l'air très lourde, car elle s'était refermée immédiatement après qu'il soit ressorti de la mystérieuse salle. Il dut entrer à nouveau le mot de passe pour ouvrir la porte en bois massif qui s'ouvrit tel le sas d'un sous-marin. Je pouvais maintenant voir l'épaisseur de cette porte titanesque qui semblait pouvoir résister à un missile ; en effet, la porte était en bois très massif et je pouvais apercevoir un blindage métallique à l'intérieur de la porte en bois.

Pourquoi tant de précaution ? Est-ce que le grand maître des marchands de sable se trouvait caché là en bas ? Ou qui sait, peut-être l'artefact ?

- Master Oart, vous ne désirez pas prendre un petit déjeuner avant d'y retourner ? lança Edward qui avait cette fâcheuse tendance à apparaître sans le moindre bruit.

- Non ! Merci, Edward, je n'ai pas le temps, je mangerai plus tard.

- Très bien master Oart, je dois également vous avertir que vos patients vous ont réclamé toute la matinée. Devrais-je reporter tous vos rendez-vous ? Demanda Edward.

- Oui, dis-leur que je ne me sens pas bien, dit oncle Idy avant de se précipiter dans la chambre.

La pièce était vraiment sombre, mais à la fermeture de la porte les lumières s'allumèrent et mes émotions pouvaient s'exprimer librement.

Ce n'était qu'un immense planétarium, c'était assez incroyable, nous nous trouvions dans une immense pièce qui reproduisait l'espace, on pouvait y apercevoir différentes galaxies. Je suis fasciné par l'espace, je n'eus donc aucun mal à reconnaître la Voie lactée, notre galaxie ainsi que notre système solaire avec ses planètes et son soleil au centre. La salle était magnifique, mais j'avoue que ce n'était pas ce à quoi je m'attendais, je ne savais pas si je devais être excité ou déçu.

- Qu'est-ce que tu en penses ? C'est ma salle privée, encore plus privée que ma chambre à coucher. C'est selon moi l'endroit le plus paisible après mon rêve.

- Vous ne sortez pas beaucoup, dites-moi ! lançai-je avec étonnement.

- Pour quoi faire ? répondit-il tout simplement.

- En tout cas, c'est vrai que c'est magnifique, mais ça ne répond toujours pas à mes questions.

- Je sais, cette salle, aussi magnifique soit-elle, n'est qu'une couverture, elle abrite autre chose. Suis-moi.

Je ne pus m'empêcher de lancer un sourire d'enchantement. Oncle Idy s'avança vers la Voie lactée, et commença à faire tourner les planètes sur différentes positions.

- Qu'est-ce que vous faites ? demandai-je.

- Ceci est une combinaison, je dois la refaire à chaque fois, car pour des raisons de sécurité, les planètes reprennent leurs positions initiales seulement une minute après leur alignement.

Âpres avoir fini de faire tourner les planètes dans tous les sens, je m'attendais à ce qu'il se passe quelque chose, mais toujours rien.

- Place-toi à cet endroit ! me dit-il en me montrant l'emplacement de son bureau.

Je m'exécutai et me plaça immédiatement à l'endroit qu'il m'indiquait, impatient de savoir pourquoi on était là. Il s'installa ensuite à son tour et appuya sur un bouton qui se trouvait sous la table de son bureau et c'est là que ça arriva enfin.

Le bureau tout entier et le sol se mirent à tourner, nous envoyant dans une salle qui se trouvait derrière un des murs du planétarium. Après avoir fini de pivoter, je sentis le plancher bouger sous nos pieds, mais cette fois-ci on s'enfonçait dans le sol.

La salle dans laquelle nous nous trouvions était complètement obscure, je ne voyais pas plus loin que le bout de mon nez. Le bureau qui apparemment faisait également office d'ascenseur arriva à destination. Que fût mon émerveillement en découvrant cette immense salle que je n'aurais jamais imaginé sous la maison d'oncle Idy !

- Alors, Noah, qu'est-ce que tu en penses ?

- C'est incroyable, je n'arrive pas à y croire.

- Je sais, c'est plutôt cool, bienvenue dans l'une des bibliothèques antiques des Somniatores.

Quel émerveillement, c'était une bibliothèque, une immense bibliothèque cachée dans les sous-sols de sa résidence, je n'aurais jamais imaginé ! La bibliothèque s'étendait à perte de vue, elle était sombre et poussiéreuse par endroits. On sentait qu'il n'y avait pas beaucoup de monde qui y avait accès. Oncle Idy était probablement le seul à pouvoir y accéder.

- Une bibliothèque Somniatore ? C'est trop cool.

- L'une des neuf bibliothèques antiques des Somniatores. Comme tu dois le savoir, il est impossible de trouver des informations sur les Somniatores dans une bibliothèque conventionnelle, les seuls endroits où tu en trouveras sont dans les neuf bibliothèques Somniatores disséminées partout dans le monde.

- Si c'est une bibliothèque Somniatore, est-ce que ça veut dire que tous ces livres ont été écrits par des Somniatores ?

- La grande majorité de ces livres ont été écrits par des Somniatores depuis le Moyen Âge jusqu'à aujourd'hui. L'autre partie a été écrite par des sans-consciences.

- Des sans-consciences ont écrit sur les Somniatores ?

- Oui, au cours du temps, quelques sans-consciences ont découvert l'existence des Somniatores, certains d'entre eux ont même travaillé avec nous. Les neuf bibliothèques contiennent ensemble tout le savoir des Somniatores.

- Vraiment.

- Du moins on essaie de tout répertorier. Chaque Somniatore recensé est tenu d'écrire ses mémoires avant de mourir, il doit raconter tout ce qu'il sait à propos de sa capacité et quel était la nature exacte de celle-ci, de cette façon nous collectons tous types de renseignements qui nous permettent de connaître mieux les Somniatores du monde entier.

- C'est incroyable, ces bibliothèques sont comme une immense base de données.

- Oui, je crois que c'est la meilleure façon de voir ça.

- Où sont les huit autres bibliothèques ?

- Les bibliothèques sont réparties en deux groupes. Le premier groupe constitué de trois bibliothèques appartient à tous les Somniatores du monde entier, n'importe quel Somniatore peut y accéder. Ces trois bibliothèques ne sont d'ailleurs pas sous le contrôle des marchands de sable, ce qui veut dire que même les Somniatores de l'ordre d'Oris peuvent les utiliser. Les bibliothèques de ce premier groupe renferment énormément de livres sur la culture Somniatore.

- Les sans-consciences n'ont pas accès à ces bibliothèques ?

- Nous faisons passer ces bibliothèques pour des clubs très sélects. Peu de personnes connaissent l'existence de ces bibliothèques.

- Je comprends.

- Le deuxième groupe est constitué des six autres bibliothèques Somniatores, elles sont les plus intéressantes et les plus importantes.

- Qu'est-ce qu'elles ont de particulières ?

- Elles appartiennent toutes aux marchands de sable, ces six bibliothèques sont réparties entre les six membres du grand conseil des marchands de sable. Chaque membre du conseil est le gardien de l'une de ces bibliothèques secrètes.

- Secrètes ? m'interrogeais-je.

- Tout à fait, dans le monde, seuls les marchands de sable de haut rang connaissent l'existence de ces bibliothèques et y ont accès seulement s'ils sont accompagnés par un des membres du conseil qui est aussi un gardien de ces bibliothèques.

- Les membres du conseil ? Qu'est-ce que c'est que ça ?

- Les Somniatores sont plus que ce que tu vois jusqu'à présent, je te parlerai du conseil un de ces jours, c'est déjà une chose incroyable que tu vois cette bibliothèque, comme je te l'ai déjà dit, seules quelques personnes très privilégiées y ont accès. Tu as eu cette chance parce que tu as prouvé à travers tes rêves ce que le grand maître des marchands de sable a vu dans son rêve.

- Ce qui me donne alors accès aux bibliothèques ?

- Non pas du tout. Tu es là parce que c'est nécessaire, et le grand maître me tuerait s'il savait que je t'avais laissé entrer ici sans que tu ne sois déjà un marchand de sable.

- Qu'est-ce que le grand maître a vu exactement ?

- Que tu es la clé de tout ça ! Ta capacité à voyager dans le temps permettra de connaître l'emplacement exact de la dague d'Isangel et ainsi stopper les plans de Severin Tyndall et des membres de l'ordre.

Severin Tyndall ! pensais-je avant de reprendre.

- Le voyage dans le temps. Si je n'avais pas été moi-même à l'époque de Hel layas, j'aurais trouvé cette idée complètement saugrenue, avez-vous la moindre idée de comment fonctionne ma capacité, oncle Idy ?

- Non, absolument pas, ou du moins pas pour le moment, mais ensemble nous la comprendrons.

- Est-il possible de maîtriser cette capacité ? lui demandai-je.

- Oui, c'est tout à fait possible, toutes les capacités alpha sont maîtrisables.

- Je crois que je suis prêt, croyez-vous que vous pourriez m'apprendre à la maîtriser ?

- Je suis content que tu le demandes toi-même, mais pourquoi une motivation soudaine ?

Je ne pouvais pas dire à oncle Idy ce qui s'était passé, pas encore. Je devais rester très prudent, peut-être que si je le lui disais, les membres de l'ordre trouveraient le moyen de le découvrir. Mais cela n'avait pas besoin d'être l'unique raison.

- Les fantômes qui prennent le contrôle de mon rêve, je suis sûr que ce sont des membres de l'ordre, on ne peut plus les ignorer. Je ne peux plus les laisser manipuler ma capacité à leur guise. De plus, ils finiront par retrouver la dague bien avant nous à cette allure.

- Tu as raison, c'est vrai que c'est un problème que l'on ne peut plus ignorer, ces Somniatores m'inquiètent énormément, ils sont très puissants et très discrets, je n'arrivais même pas à les sentir le soir de ta disparition.

- Je n'arrive toujours pas à comprendre comment ils peuvent contrôler ma capacité.

- Quand nous aurons découvert qui ils sont, nous en apprendrons plus.

- Vous croyez que nous le découvrirons un jour ?

- Ils recherchent la même chose que nous, je sais que nous finirons forcément par nous rencontrer un de ces jours.

- Pourquoi m'avoir emmené dans cette bibliothèque ?

- Elle renferme des livres uniques. Si nous voulons en savoir plus sur tout ce qui concerne les Somniatores, c'est l'endroit parfait. Certains de ces livres datent de l'époque d'Orderic Oris Nusquam. Il en a écrit un très grand nombre d'ailleurs. Il y a assez de savoir dans cette salle pour nous permettre de savoir tout ce dont on a besoin afin de retrouver la dague d'Isangel avant l'ordre.

- Si cette bibliothèque est secrète, ne croyez-vous pas que l'ordre doit aussi avoir à sa disposition des ressources pareilles ?

- En fait, nous en sommes certains, leurs ressources pourraient même être plus importantes que les nôtres.

- Comment est-ce possible ?

- À l'époque de la guerre invisible qui opposa les membres de l'ordre de Hel Layas aux marchands de sable, la bibliothèque qu'Orderic avait créée renfermait des ouvrages de grande valeur, cette bibliothèque est tombée sous le contrôle de Hel Layas après la disparition d'Orderic Oris Nusquam. Tous les livres de la bibliothèque ont disparu après leur défaite par les marchands de sable. Nous pensons que ces livres sont toujours entre leurs mains, cachés dans un endroit que nous ignorons. Toutes les tentatives entreprises pour retrouver ces livres ont été un échec.

- Au moins, vous avez dans votre bibliothèque des livres qui ont été écrits par Orderic lui-même.

- En fait, ce n'est pas totalement vrai, les livres de cette bibliothèque qui ont été écrits par Orderic ont en fait été réécrits de mémoire par son fils Isallys Nusquam et quelques-uns des anciens disciples d'Orderic parmi lesquels se trouvait notamment son bras droit, Nero Gregor.

Oncle Idy se dirigea ensuite vers une pile de livres ouverts à côté desquels se trouvait un tableau rempli de notes, la nature des notes me fit immédiatement comprendre à quoi il avait passé sa nuit. Il semblait avoir étudié toute la nuit la question de la dague d'Isangel. Sur la table j'aperçus un livre de la taille d'une petite encyclopédie sur lequel il y avait marqué *Secrets et légendes Somniatores par Ben O Sy.*

D'autres livres étaient disposés à côté, un autre attira mon attention, il y avait écrit *Les rêves sont-ils la création des Somniatores* ? Toujours par le même auteur. Et enfin *Artefacts mystérieux : la dague d'Isangel*, toujours par Ben O Sy.

C'était incroyable de penser que la plupart des livres de cette bibliothèque avaient été écrits par des Somniatores pour des Somniatores et surtout qu'il en existait cinq autres de ce type avec des livres probablement différents de ceux-ci. Ces bibliothèques devaient rassembler un savoir énorme.

Ces livres me semblaient tellement intéressants, mais semblaient aussi tellement vieux que je me doutais bien qu'oncle Idy ne me permettrait pas de les emprunter pour les lire pendant mes pauses-toilettes. Tandis qu'il avait les yeux fixés sur son tableau, je ne pus m'empêcher de saisir le livre *Artefacts mystérieux : la dague d'Isangel.* Je commençais à le feuilleter avec la plus grande attention. Ces livres me paraissaient tellement fragiles que j'avais l'impression que rien qu'en les laissant tomber, ils voleraient en poussière.

- Ce livre a été écrit par Ben O Sy, un Somniatore très célèbre.

- Ben O Sy, répétai-je.

- Oui, il était incroyable. C'était un grand footballeur, après avoir pris sa retraite, il consacra sa fortune à voyager et à faire des recherches sur les Somniatores. Il a écrit un très grand nombre de livres tous d'une exactitude incroyable. Ses livres sont devenus de vraies références pour n'importe quel Somniatore.

- C'était un marchand de sable ?

- Non ! Il est important de noter que tous les Somniatores ne sont pas forcément des marchands de sable ou des membres de l'ordre, il existe des millions de Somniatores qui ne savent même pas ce qu'est un marchand de sable ou encore l'ordre d'Oris. Et Ben O Sy faisait partie de cela, mais en fin de vie il a énormément collaboré avec les marchands de sable à travers les gardiens.

- Quel genre de collaboration était-ce, si je peux demander ?

- Bien sûr, vois-tu, le monde des rêves est comme le monde réel. La délinquance des jeunes a posé beaucoup de problèmes. Les jeunes qui se lassaient de leurs rêves cherchaient toujours un moyen d'avoir des sensations plus fortes et ils mettaient les sans-consciences en danger en mettant le bazar dans leurs rêves. Certains sans-consciences ont d'ailleurs perdu l'esprit et même pire, la vie. À cause de ce phénomène et étant donné qu›il s›agissait d›enfants, les gardiens ne pouvaient pas les punir de la même manière qu'ils punissaient les Somniatores adultes. Alors, pour mettre fin à la délinquance des jeunes dans le monde des rêves, Ben eut la brillante idée de créer les sports oniriques.

- Les sports oniriques ?

- Oui, il pensait qu'au lieu de capturer et punir les jeunes Somniatores délinquants, il était plus simple de tenter de les éloigner du monde de la délinquance en créant des activités sportives oniriques qui leur donneraient ce qu'ils recherchent, des sensations fortes.

- Vous êtes sérieux ? Ça existe vraiment ?

- Oh oui, et c'est vraiment impressionnant. Football, basket-ball, tennis, course et j'en passe, avec bien sûr la petite touche qui rend le tout plus excitant, l'imagination. Ça vaut vraiment le détour, il faut que tu voies ça un jour, il a créé toute une ligue sportive régissant de très nombreuses activités de divertissement. L'idée fut tellement bien accueillie que même les adultes y prirent goût, le phénomène a pris une telle ampleur que les Jeux olympiques du monde des rêves furent créés et se tiennent tous les deux ans, c'est l'équivalent des Jeux olympiques dans le monde réel.

- Waouh, ça a l'air super cool, dis-je avec excitation.

- C'est grandiose, les Somniatores du monde entier s'y réunissent et assistent à un spectacle d'exception. D'ailleurs fait intéressant, c'est une époque de l'année où bon nombre de Somniatores perdent leurs emplois dans le monde réel, car à n'importe quel moment ils s'endorment pour ne rien manquer des jeux.

- Hum, je me demande si je dois en rire ou en pleurer.

- Bon, nous nous éloignons du sujet. En fin de vie, Ben se consacra à la recherche et l'écriture, il voulait savoir comment les Somniatores sont apparus et d'où venaient leurs capacités. Le livre que tu tiens est son dernier livre, il fait partie d'une série de livres qui contiennent des informations très intéressantes à propos de la dague. À sa mort, sa fille, continua ses recherches. C'est son livre que tu vois là, dit-il en me montrant un livre ouvert parmi les autres.

Je m'approchai du livre qui n'avait pas l'air d'être aussi vieux que les autres et semblait même avoir été écrit assez récemment.

- J'ai fait des recherches sur la dague d'Isangel dans les livres de cette bibliothèque et ce que j'ai appris est tout simplement fascinant. La dague d'Isangel est un artefact très ancien dont l'âge n'a jamais pu être déterminé, il aurait été découvert dans les ruines d'une très ancienne civilisation africaine appelée la tribu d'Isangel.

- Alors cette dague est Africaine ?

- Apparemment, mais ça ne m'étonnerait pas. Quand ton père et moi étions enfants en Afrique, mes grands-parents nous racontaient des histoires sur une civilisation ancienne qui pouvaient contrôler les rêves des gens ? Nous ne savions rien des Somniatores à l'époque.

- Vos grands-parents savaient pour la dague ?

- Je ne suis pas sûr. Mais après avoir découvert mes capacités de Somniatore, cette histoire qu'ils me racontaient m'a poussé à comprendre notre histoire. C'est à ce moment-là que j'ai appris l'existence de la dague pour la première fois. J'étais vraiment intrigué.

- C'est quoi exactement cette dague ?

- C'était une dague noire de taille moyenne, elle était totalement indestructible. Elle ne pouvait ni être brisée ni être brûlée. Selon la légende, le mystère de cette dague commença par la mort d'un puissant roi africain. En effet, les rois de cette tribu se passaient l'artefact de génération en génération. On raconte qu'avant de mourir, le premier roi à posséder l'artefact perdit toute raison. Il voyait des choses impossibles et se croyait maudit par les esprits, il mourut dans son sommeil de façon inexpliquée. Son prédécesseur, qui était son fils, mourut exactement de la même façon et avait connu une période de démence tout comme son père. Le frère aîné ainsi que la mère du roi précédent trouvèrent la mort de la même manière. Le point commun qu'avaient ces personnes était qu'ils étaient tous devenus à un moment donné propriétaires de la dague noire. Les membres de la famille royale furent considérés comme maudits jusqu'à ce que les vieux sages de la tribu finissent par faire le lien entre la dague d'Isangel et ces mystérieuses morts. L'artefact fut considéré comme maudit et fut enfoui au plus profond dans la terre. Les années passèrent et aucune mort suspecte du même genre n'avait été signalée. Tout était rentré dans l'ordre. Quelques années plus tard, le village fut confronté à une guerre sanglante qui faillit entraîner sa destruction complète, les vieux sages du village parlèrent au roi de l'époque d'un artefact qui tuait quiconque en était propriétaire et ils envisageaient l'offrir au roi ennemi, l'artefact vengerait ainsi la tribu. Après avoir déterré l'artefact, le roi l'offrit à ses ennemis en signe de reddition. Le roi ennemi accepta la dague qu'il trouva magnifique et digne de sa stature, il n'en épargna pas pour autant la tribu et massacra le village tout entier. Les vieux sages du village parvinrent cependant à échapper à la folie du roi ennemi et se cachèrent dans les montagnes. L'artefact était en possession du roi ennemi. Le plan des sages de la tribu était en marche, leur tribu allait être vengée. Quelques semaines plus tard, l'artefact

frappa à nouveau, le roi ennemi mourut des mêmes circonstances qui avaient eu raison des premiers rois, l'artefact, devenant de plus en plus puissant, tua inexplicablement tout
le village. Les vieux sages redescendirent de leur montagne,
récupérèrent l'artefact et décidèrent de le cacher à nouveau,
car son pouvoir était trop dangereux et grandissait. Pendant
des siècles, l'artefact resta caché et protégé par les vieux sages
de la montagne et leurs descendants sans jamais le ressortir.
Avant sa mort, le dernier descendant des sages laissa des
traces de l'emplacement de l'artefact. Des siècles plus tard,
un homme découvrit son emplacement, cet homme s'appelait
Ezekihel Layas. Après des années de recherche, il retrouva la
dague et fut le premier à comprendre son pouvoir et à ne pas
en mourir. Il ne laissa échapper que très peu d'informations
à propos de la dague. Mais les notes laissées par Isallys Nusquam décrivaient la dague comme un artefact mystique qui
amplifiait intensément le pouvoir des Somniatores et tuait les
sans-consciences. L'artefact avait d'immenses pouvoirs. Selon Ezekihel Layas, la dague allait lui permettre d'ouvrir le
monde blanc et y créer un Nouveau Monde où tous les rêves
seraient centrés, ce monde serait immortel et le Somniatore
propriétaire de la dague en serait le maître absolu, il créera et
définira complètement son monde en devenant omnipotent.
Après la guerre entre les marchands de sable et les membres
de l'ordre d'Oris, l'artefact disparut complètement sans laisser la moindre trace. Il se peut que Hel Layas eût réussi à le
cacher avant de disparaitre ou encore, qu'Isallys l'eût retrouvé ou tout simplement récupéré sur le corps sans vie de Hel
Layas et qu'il l'ait caché quelque part.

    - Alors, soit Isallys, soit Hel Layas connait la position
de la dague ?

    - C'est ça, et ça expliquerait pourquoi l'ordre en a après toi.

    - Ils savaient pour ma capacité à remonter dans le temps
et ils veulent m'envoyer dans le passé pour découvrir lequel
des deux leur donnerait la position de la dague.

    - Exactement, et nous devons le retrouver avant eux ou
ils réussiront effectivement à ramener Hel Layas si la légende
est vraie.

- Dans ce cas, ils ont pris deux fois le contrôle de ma capacité, pourquoi ne m'ont-ils pas envoyé pile au moment qu'ils recherchent pour retrouver la dague ?

- Je n'en sais rien, espérons qu'ils ne contrôlent pas aussi bien ta capacité après tout. Ou peut-être qu'ils ne savent pas encore où chercher ?

Je l'espérais de tout cœur.

- Qu'allez-vous faire avec la dague une fois que nous l'aurons retrouvé ?

- Nous la mettrons à jamais à l'abri de quiconque.

- Comment allez-vous m'apprendre à maîtriser ma capacité ?

- Ça ne va pas être facile, car seul toi peux vraiment apprendre à la maîtriser. Mais je te mettrai du mieux que je peux sur la voie. Tout d'abord, j'ai besoin de savoir tout ce que tu sais sur ta capacité, de cette façon nous découvrirons comment elle marche.

- Vous croyez que j'y arriverai ?

- Oui, j'en suis sûr. Tout d'abord, nous devons savoir exactement ce que savent ces fantômes. J'ai besoin que tu te souviennes exactement de tout ce que tu as vu et entendu dans les moindres détails lorsque les fantômes t'ont ramené dans le passé. Même ce qui te paraissait insignifiant pourrait être très important.

- Maintenant que vous en parlez, la première fois qu'ils m'ont envoyé dans le passé, j'ai vu deux hommes, mais je n'entendais rien de ce qu'ils disaient. Ce n'est qu'à mon deuxième voyage dans le passé que je pouvais entendre tout ce qui m'entourait.

- Deux hommes, à quoi ressemblaient-ils ? me demanda-t-il.

- Il y avait un vieil homme et un autre homme plus jeune, peut être qu'il pourrait s'agir de... auriez-vous dans un de vos livres la photographie d'Orderic Oris Nusquam ?

Comme s'il avait compris où je voulais en venir, oncle Idy se leva précipitamment et s'enfonça dans l'une des sections de sa bibliothèque. Je jetai encore un œil sur son tableau, ses recherches semblaient très approfondies. Ces gribouillages ressemblaient vraiment à du chinois.

Au loin, un livre attira mon attention, un livre fermé qui était posé sur une espèce de socle et qui était couvert par une vitre qui semblait le protéger. Curieux, je me rapprochai du livre. Si je devais choisir le livre le plus vieux de cette bibliothèque, ce serait forcément celui-ci. Il semblait tellement vieux, mais en même temps était tellement bien entretenu, il était aussi grand qu'une encyclopédie. La couverture était d'un noir décoloré qui virait vers le gris, il n'y avait rien d'écrit sur la couverture. Mais sur la reliure dorée du livre, on pouvait lire *LIBER SOMNIUM*. C'était clairement du latin, mais je ne pouvais le traduire, les Somniatores semblaient friands de cette langue morte, ou ne serait-ce que les marchands de sable ?

Les pas d'oncle Idy qui revenaient précipitamment vers moi me firent comprendre qu'il avait trouvé ce qu'il cherchait.

- Ce livre est en quelque sorte la bibliographie d'Orderic Oris Nusquam, ce n'est qu'une copie, l'original se trouve dans la bibliothèque du grand maître. Il n'existe aucune photographie d'Orderic, mais des portraits robots ont été faits à partir de descriptions trouvées au fil des siècles.

- Ça devrait faire l'affaire, je pense.

Oncle Idy ouvrit le livre et le feuilleta jusqu'à la page qu'il recherchait.

- Bingo ! cria-t-il, après avoir trouvé la page qu'il cherchait, ceci est le dernier portait en date d'Orderic Oris Nusquam, à mon avis il doit être plutôt précis. Alors, l'as-tu déjà vu ?

Lorsque je regardai la photo, tout était maintenant clair, c'était lui, c'était bien Orderic Oris Nusquam que j'avais vu dans ce château, il semblait un peu plus jeune sur cette photo et ses cheveux semblaient plus sombres. Mais je le reconnaissais, c'était lui, il n'y avait aucun doute. Un détail qui ne pouvait pas tromper me permettait d'en être sûr. Cette longue cicatrice qu'il avait sur la joue gauche était exactement au même endroit sur cette image que dans mon rêve.

- C'est bien lui, c'est l'un des hommes que j'ai vus, il était plus vieux que sur cette photo, mais c'était lui, je reconnais sa cicatrice. Il était dans un immense château, il s'occupait tranquillement de ses fleurs quand un autre homme plus jeune s'approcha de lui. Ils avaient un air familier, ça aurait pu être…

- Isallys, son fils, coupa oncle Idy. Tu as vu Orderic et Isallys Nusquam, c'est incroyable ! Je crois que c'est une première pour un Somniatore ; toi et les fantômes devez être les seules personnes vivantes à les avoir vus de cette façon.

- Alors c'est ça, les fantômes m'ont fait remonter le temps pour retrouver Hel Layas et Isallys.

- Oui, mais il y a quelque chose qui m'échappe. Si c'était bien des membres de l'ordre, ils savent exactement à quelle époque et à quel endroit commencer leurs recherches. J'ai l'impression que c'était un test, je pense que les fantômes voulaient s'assurer de ta capacité et peut-être comprendre comment elle fonctionne. En te faisant l'utiliser, il pouvait voir jusqu'où tu pouvais aller, la première fois tu n'entendais rien et la deuxième fois tu étais capable d'entendre. Ton pouvoir évolue progressivement. Mais pour réussir à te faire utiliser ta capacité et à voir ce que tu pouvais voir, ces fantômes doivent être extrêmement puissants.

- Peut-être, mais nous devons les empêcher de rentrer dans ma tête à tout bout de champ et y faire ce qu'ils veulent.

- Je sais, mais pour le moment, l'un des seuls moyens de te protéger dans le monde des rêves serait d'affecter les gardiens à ta protection et je ne suis pas particulièrement enchanté par cette idée.

- Pourquoi ? Ils nous ont pourtant bien aidés contre Lucent !

- Je sais, je ne mets pas en doute leur compétence, c'est plutôt leur méthode qui me dérange un peu. J'ai demandé à Kogan Munroe, leur leader, de maintenir les gardiens à distance raisonnable. Quand il s'agit de protéger un sans-conscience, ils sont sans danger, mais lorsqu'il s'agit d'un Somniatore, ça peut devenir très vite compliqué, mais je reconnais que nous aurons

quand même besoin d'eux, ce qui m'emmène à la seconde façon de te protéger.

- Et quelle est cette façon ?

- Tu pourrais apprendre à te défendre dans le monde
des rêves contre d'autres Somniatores. Les gardiens sont la
meilleure unité d'élite du monde des rêves, ils t'apprendront
tout ce que tu as besoin de savoir.

- Vraiment ? Et comment ça se passe ? Est-ce qu'ils
viendront ici ?

- Non, nous irons à eux, il existe dans le monde des rêves
une zone que l'on appelle le quartier des gardiens, ton rêve
se trouve d'ailleurs en bordure de cette zone, suffisamment
proche pour que tu sois protégé d'autres Somniatores et
suffisamment loin des gardiens pour ta propre sécurité. Si toi
et ton rêve étiez en dehors de cette zone, tu serais beaucoup
plus exposé que tu ne l'es en ce moment.

- Si cette zone est si bien protégée, comment se fait-il
que ces fantômes m'aient trouvé ?

- Je me pose la même chose.

- Cette zone est-elle uniquement destinée à la protection ?

- Non, comme je te l'ai déjà dit, dans cette zone se
trouve le quartier général des gardiens, c'est à cet endroit que
sont formés les gardiens et c'est là que sont préparées toutes
leurs missions.

- Je comprends, mais est-ce que ça veut dire que je vais
devoir devenir un gardien moi aussi ?

- Pas nécessairement, enfin, ça dépend de toi, ce sera
surtout pour que tu apprennes à survivre dans le monde
des rêves face aux autres Somniatores, ne l'oublie pas, tu es
quelqu'un de très important, mais tu es encore faible. Ce sont
les meilleurs dans leur domaine, beaucoup de Somniatores
passent par leurs services. Le conseil compte d'ailleurs
rendre la formation par les gardiens obligatoires pour chaque
Somniatore.

- Pourquoi veulent-ils faire ça ?

- Pour faire du monde des rêves un endroit plus sûr,
nous ne maîtrisons pas encore ce monde, de nombreux méfaits

ou actes répréhensibles sont commis à partir du monde des rêves. Un Somniatore peut même pousser un sans-conscience à tuer ses propres parents en manipulant le subconscient, alors imagine ce qui se passerait si on n'instaure pas une éducation dans le monde des rêves. Car oui, c'est le but, il faut éduquer les Somniatores.

- On dirait que votre monde parfait n'est pas si loin de ce que Hel Layas voulait créer. Les banques Karman, les gardiens, les marchands de sable, ce sont de véritables institutions de contrôle que vous avez créées.

- Je comprends pourquoi tu penses comme cela, mais les marchands de sable sont la force invisible qui maintient ce monde. Les marchands de sable sont la force invisible qui permet à ce monde de fonctionner convenablement. Mondes politique, économique, religieux, les Somniatores sont impliqués dans toutes les sphères décisionnaires de ce monde. Sans le contrôle des marchands de sable, les Somniatores seront une trop grande menace pour les sans-consciences. Notre influence est immense, mais le monde ne sait même pas que nous existons.

- Si Rayan pouvait entendre ça ! Il a toujours été convaincu que le monde était dirigé dans l'ombre par un ensemble de personnes très secrètes et très puissantes.

Oncle Idy laissa échapper un sourire amusé sans vraiment commenter mon propos.

- Les gardiens s'occuperont de ta formation, quant à moi je t'aiderai à apprendre à maîtriser ta capacité, mais surtout tu ne dois parler de cette capacité à personne, pas même à un Somniatore, entendu ?

Trop tard, pensai-je, Kailleen et Dix-neuf le savent déjà.

- Très bien, on commence quand ?

- Nous commencerons ce soir, j'ai des affaires dont je dois m'occuper en urgence, pour l'instant je vais te donner un devoir à faire.

- Un devoir ?

- Hé oui, si tu veux devenir un bon Somniatore, tu devras suivre mes directives à la lettre. Rares sont les Somniatores à avoir commencé leur formation en passant par l'une de ces bibliothèques, tu es très chanceux, même si tu ne le sais pas encore.

- Je t'ai sorti un livre très intéressant que tu devras lire pour bien commencer, fais le maximum avant ce soir.

Il montra du doigt un livre posé bien en évidence, il était d'épaisseur moyenne, rien de bien effrayant.

- Moi qui pensais être en vacances, lançai-je avec une pointe de sarcasme.

- Surtout, ne t'endors pas en lisant, tu dois être suffisamment fatigué pour ce soir, alors soit en forme pour le monde des rêves.

- Et vous ? Vous n'avez pas dormi de la soirée, vous allez vraiment aller travailler comme ça ?

- Ne t'inquiète pas pour moi. Quand tu voudras quitter la bibliothèque, tu n'auras qu'à sortir par où on est venu, tu appelles l'ascenseur et c'est simple, les portes se fermeront automatiquement, les lumières s'éteindront également automatiquement. Surtout, tu ne dois sortir aucun livre de la bibliothèque, c'est très important.

Oncle Idy se dirigea vers l'ascenseur, l'actionna et sortit de la bibliothèque. Ma journée s'annonçait passionnante.

Par curiosité, au lieu de m'intéresser au livre qu'oncle Idy m'avait laissé, une envie folle me prit de me promener un petit peu dans la bibliothèque. Elle était tellement grande, quel genre de trésors littéraires pouvait-on y trouver ? L'histoire des Somniatores semblait tellement passionnante.

Malgré mon fauteuil, comme dans le reste de la maison, je me faufilais facilement entre les larges couloirs de la bibliothèque, il devait y avoir des centaines de milliers de livres. Certains semblaient vraiment vieux, d'autres au contraire paraissaient dans l'air du temps. Il n'y avait aucun signe dans la bibliothèque indiquant les catégories des livres ni même leurs thèmes ; trouver un livre en particulier dans ce souk ne devait pas être de tout repos. Mais oncle Idy semblait connaître la bibliothèque comme le fond de sa poche.

Ne sachant même pas ce que je cherchais, j'agrippai le premier livre qui s'offrit à moi. C'était un petit livre d'une centaine de pages tout au plus, il avait l'air d'avoir été écrit assez récemment. La date sur le livre confirmait mes pensées, le livre n'avait été écrit qu'en 2019 et en lisant la couverture, je fus vraiment surpris. *Relation amoureuse dans le rêve : rêve ou réalité* par K.T Morgan. À ce moment, je me rendis compte que cette bibliothèque ne renfermait pas que le genre d'ouvrage auquel je m'attendais. Si ces livres avaient été écrits par n'importe quels Somniatores, je pouvais donc m'attendre à trouver n'importe quels genres de livres, même ceux à l'eau de rose.

Bien qu'une envie irrésistible me prît de le lire, je préférai le ranger, peut-être une autre fois. Je ne devais pas perdre de vue mon objectif. Nous étions en grand danger et je devais apprendre à contrôler ma capacité si je voulais pouvoir y faire quoi que ce soit. Je retournai donc au livre qu'oncle Idy m'avait sélectionné. *Les Somniatores de type alpha : Initiation* par Ali Sange.

Le livre parlait des Somniatores de type alpha, c'était flatteur de savoir que je faisais partie de la catégorie la plus élevée des Somniatores. Le livre expliquait comment les Somniatores découvraient leur capacité alpha et apprenaient à la gérer et à vivre avec ; comment des Somniatores alpha ont été détruits par leur capacité, et certains autres ont fait du mal sans le vouloir, tout ça parce qu'ils ne savaient pas comment la maîtriser.

Un alpha-Somniatore est un type de Somniatores assez rare, leurs particularités font d'eux soit un danger pour le monde, soit un bienfait. Les Somniatores alpha peuvent avoir toute sorte de compétences toutes aussi extraordinaires les unes que les autres, comme la guérison de maladies mentales, telle la démence, ou même de donner de la motivation positive au plus suicidaire des personnes et donner la joie de vivre à travers les rêves. Certains alpha-Somniatores au pouvoir très dangereux ont su l'utiliser pour le bien tout comme ceux ayant des pouvoirs au potentiel bénéfique les utilisent de la mauvaise façon. Être un alpha-Somniatore peut être une malédiction ou une bénédiction, tout dépend de la façon dont la compétence est utilisée, c'est la raison pour laquelle il est important, voire primordial d'apprendre à contrôler ce pouvoir. L'une des étapes les plus importantes est de pouvoir sentir l'aura onirique, y compris la sienne. Aucun Somniatore n'est arrivé à contrôler sa capacité sans au préalable ressentir parfaitement l'aura onirique.

À mesure que je lisais le livre, il était de plus en plus intéressant et instructif. J'apprenais comment théoriquement je pouvais sentir mon aura onirique, ce qui était l'étape la plus importante. Si oncle Idy ne m'avait pas demandé de rester éveillé jusqu'à ce soir, je serais déjà dans le visum en train d'essayer tout ce que je lisais dans ce livre. Mais je préférai continuer à lire pour le moment.

Le livre m'apprenait aussi que chaque Somniatore alpha arrivait à maîtriser sa capacité de différente façon et que le livre n'était qu'un outil pour suivre la bonne direction et ne garantissait pas arriver à emmener quiconque à maîtriser sa capacité.

En lisant, je me demandai : si un sans-conscience lisait ce livre, qu'est-ce qu'il en penserait ? Certainement qu'il serait complètement égaré, ou le prendrait même pour un roman fantastique. Le livre avait réussi à me tenir en haleine pendant une longue partie de la journée.

En huit heures, je parvins à venir à bout du livre qui me semblait très épais finalement. Je me retrouvais maintenant comme je me sentais chaque fois que je terminais un livre, plus intelligent et plus grand. J'avais appris beaucoup de choses sur les alpha-Somniatores et si mon ventre ne gargouillait pas autant, j'aurais déjà entamé un autre livre. Peut-être que je devrais aller manger quelque chose, mais en même temps j'avais une envie insatiable d'apprentissage.

Je décidai finalement de rester encore un peu à feuilleter et à découvrir les livres qui se trouvaient dans cette fascinante bibliothèque. Tandis que j'évoluais entre les étagères, j'aperçus une salle étrange. Je pouvais apercevoir à l'intérieur un objet étrange qui était couvert d'un poussiéreux drap noir. Curieux, je m'approchai de l'objet afin de découvrir ce qui se cachait sous cette couverture. Cette machine ressemblait à une machine de torture, mais les trois écrans et les ordinateurs qui se trouvaient à côté de cette espèce de lit me firent douter ; je n'avais aucune idée de ce que ça pouvait être et la salle était

trop sombre pour me permettre de mieux voir. Ce truc ressemblait à un fauteuil de dentiste.

Bon, je ferais mieux de ne pas trop y toucher, je ne voudrais pas l'activer par mégarde. De toute façon, il commençait à se faire tard, oncle Idy n'allait sans doute pas tarder à
rentrer, je décidai alors de quitter la bibliothèque pour aller
dîner.

21

C'ÉTAIT TOI

Après avoir réussi à sortir sans me perdre de la bibliothèque, le premier endroit vers lequel je me dirigeai était bien la cuisine à la recherche d'Edward, espérant qu'il avait laissé un aussi délicieux dîner qu'hier soir. Cet homme cuisinait même mieux que grand-mère.

Arrivé dans la cuisine, je ne voyais pas Edward, peut-être allait-il encore apparaître derrière moi sans prévenir. Il avait néanmoins pris le soin de préparer le dîner et de le laisser en évidence sur la table, tant mieux.

Après un copieux repas, je retournai dans ma chambre afin de me connecter sur l'ordinateur qui s'y trouvait et m'informer un petit peu sur les nouvelles du Canada en attendant le retour d'oncle Idy.

Une heure plus tard, il était de retour. Il fut immédiatement irruption dans ma chambre.

- Alors Noah, as-tu fini ta lecture ? me lança-t-il.

- Oui, c'était très intéressant, j'y ai appris énormément de choses.

- Parfait, nous allons pouvoir commencer l'expérience dès ce soir. Quand tu es prêt, dis-le-moi, je serai dans mon bureau.

- Euh, n'étais-je pas censé être dans le monde des rêves pour l'expérience ?

- Bien sûr, mais pas ici, il y a une chose que je ne t'ai pas encore montrée.

- Alors je suis prêt, on peut commencer maintenant.

- Très bien, alors suis-moi.

De quoi oncle Idy pouvait-il être en train de parler ? Pour quelle raison me sortait-il de mon lit alors que j'étais fin prêt à rejoindre le visum ? Je n'allais apparemment pas tarder à le découvrir.

Après être descendu à nouveau dans la bibliothèque secrète, après être repassé par le même procédé c'est-à-dire le code, l'alignement des planètes et l'ascenseur, il me conduisit dans une autre partie de la bibliothèque. C'était la même partie sur laquelle j'étais tombée en me promenant dans les couloirs de la bibliothèque et en feuilletant les livres des rayons. Nous rentrâmes dans la petite salle qui était toujours aussi sombre que la première fois. Lorsqu'il alluma les lumières, la salle semblait revivre.

Ce que je vis me surprit beaucoup, la salle était beaucoup plus grande que je ne l'avais imaginée. Elle était inondée par des écrans et des moniteurs de toutes sortes. En plein milieu de la salle se trouvait une espèce de fauteuil qui semblait en fait être un lit.

Avec les lumières allumées, le fauteuil ressemblait toujours plus à une machine de torture qu'à autre chose. La salle ressemblait à une salle d'opération très futuriste.

- Très bien Noah, nous allons commencer. Ce que nous allons faire ici est vraiment particulier, mais d'abord, dis-moi, qu'as-tu tiré de ta lecture ?

- Eh bien, que les alpha-Somniatores sont extraordinaires, dis-je tout bêtement.

- Oui, mais encore, rétorqua-t-il, comme s'il avait vu à travers ma tentative de désinvolture.

- Eh bien, ce n'est pas vraiment facile à dire, je ne suis même pas sûr de comprendre, le livre ne m'a pas vraiment expliqué comment je peux maîtriser ma capacité.

- Parce qu'il ne le peut pas, ce livre ne peut que te mettre sur la voie, chaque Somniatore possède sa propre façon de faire, et elles sont toutes très différentes. Mais on y reviendra, j'ai observé ta façon de faire.

- Vraiment ?

- Oui, par exemple, la façon dont tu accèdes à ton rêve pourrait être le moyen pour toi de le protéger.

- Qu'est-ce que vous voulez dire ?

- Cette clé que tu utilises pour accéder à ton rêve, la clé de Tachell qui sert également à ouvrir le coffre à la banque Karman, as-tu remarqué quelque chose d'étrange à son sujet ?

- En fait, oui. Cette clé existe aussi dans le monde des rêves même si je ne me souviens pas l'avoir créée. C'est peut-être parce qu'elle est trop précieuse pour moi. C'est la seule chose qui me rappelle mon père donc je l'ai toujours sur moi même quand je vais au lit.

- Cette clé est en fait un artefact appelé miroir.

- Un... miroir ?

- Oui, il existe plusieurs objets comme celui-ci spéciale-ment conçus pour les Somniatores. C'est un objet qui existe à la fois dans le monde réel et dans le monde des rêves.

- Quoi ? Alors, la clé de mon rêve...

- Est le reflet de la clé dans le monde réel.

- Comment est-ce possible ? Cela n'a aucun sens.

- Ces objets appelés miroirs sont créés dans le monde des rêves avant d'être créés dans le monde réel, seul un alpha Somniatore talentueux peut les lier. Ces artefacts sont extrê-mement rares.

- Alors, c'est une capacité alpha ? demandais-je.

- Oui précisément. Nous essayons de trouver d'autres moyens de lier des objets ensemble pour créer des miroirs, mais nous n'avons pas réussi jusqu'à présent.

- Je vois, si le seul Somniatore qui peut lier des objets entre eux disparait, il n'y aura plus de miroirs.

- Oui. Mais tu n'as pas à t'en préoccuper. Dis-moi main-tenant, comment t'est venue l'idée d'utiliser la clé pour ton rêve ?

- Eh bien, c'est quelque chose à quoi j'ai pensé, puisque j'avais beaucoup de mal à stabiliser mes rêves ou plutôt à garder une certaine cohérence dû au fait que chaque fois que je me réveillais brusquement, une fois sur cinq, j'oubliais tout.

- Et...

- J'ai alors pensé que pour ne plus oublier mes rêves, il me fallait quelque chose que je n'oubliais jamais, quoi de mieux que la clé que m'a laissée mon père. Puisque je l'emportais partout avec moi et que je ne l'oubliais jamais même quand je dormais, j'ai alors décidé de l'utiliser dans mes rêves.

- Et comment t'y prends-tu ?

- J'ai créé dans mon esprit une porte de couleur rouge très vif pour ne jamais l'oublier, ensuite pour accéder à mon rêve, il ne me reste qu'à faire apparaître la porte qui ne s'ouvre qu›avec la clé de mon père et j'ai accès à mon rêve exactement comme je l'avais laissé la dernière fois. Et quand je dois quitter mon rêve, il ne me reste plus qu'à fermer la porte à clé et je suis sûr de le retrouver tel que je l'ai laissé.

- Fascinant ! me dit-il avec un large sourire. Et que se passe-t-il quand tu ne fermes pas la porte à clé ?

- Dans ce cas-là, je peux oublier tout ce que j'ai fait dans le rêve qui précèdent la dernière ouverture de la porte. En plus de cela, c'est à ce moment que mon subconscient prend le dessus et peut mettre un peu le désordre.

- Hum, et tu as pensé à ça par toi-même ?

- Euh, oui.

- Tu m'impressionnes beaucoup, tu es arrivé à trouver par toi même l'un des moyens les plus efficaces à protéger ton rêve.

- Euh... merci.

- Tout devient plus clair. Pourquoi les fantômes ont-ils attendu que tu sois dans le visum ?

- Euh, je suppose que vous allez me le dire ?

- Tu ne vois pas ? C'est simple, peut-être parce qu'ils ne peuvent pas entrer dans ton rêve, et c'est grâce à la porte et la clé que tu utilises. Inconsciemment, tu as créé une contrainte très efficace dans ton rêve. Sais-tu ce qu'est la contrainte dans un rêve ?

- Hum, je pense que c'est un handicap que l'on intègre à son rêve pour empêcher un autre Somniatore d'y être trop puissant.

- Je suis doublement impressionné, Noah, où est-ce que tu as appris cela ?

- Euh, j'ai lu ça dans un des livres de la bibliothèque, répondis-je maladroitement, mais étonnamment, oncle Idy n'avait finalement aucune idée de ma rencontre avec Kailleen et Dix-neuf. Je ne savais pas si je devais en être soulagé ou pas.

- Je vois, alors, en gros c'est ça. Grâce à cette contrainte, les fantômes ne pouvaient pas entrer dans ton rêve, ils devaient donc attendre que tu sois dans le visum.

- Vous en êtes sûr ? Waouh, je ne pensais pas avoir trouvé l'idée du siècle.

- Oui, j'en suis sûr, tu m'as dit que lorsque tu oubliais de fermer la porte de ton rêve, ton subconscient y mettait le désordre, c'est bien ça ?

- Oui, c'est ça.

- À partir de maintenant, quoi que tu fasses, tu ne dois jamais oublier de fermer la porte de ton rêve. Si ton rêve n'est pas protégé, d'autres Somniatores pourraient s'y infiltrer.

- Pour vous dire la vérité, je suis plus inquiet pour les fantômes.

- Étant donné que tu te trouves dans un espace réservé aux gardiens, il n'est pas rare d'y rencontrer des apprentis gardiens en vadrouille, la plupart sont souvent très jeunes et donc un peu farceurs.

Faisait il référence à Kailleen et Dix-neuf.

- De toute façon, tant que tu gardes ton rêve verrouillé, tout ira bien.

- Je comprends, tant que je ferme la porte de mon rêve à clé, les fantômes ne peuvent pas m'atteindre.

- Normalement.

- Vous croyez vraiment que ça peut marcher ?

- Utilises la clé uniquement pour ouvrir et fermer la porte de ton rêve. Mais rappelle-toi une chose. Ton rêve ne sera jamais impossible à infiltrer, il n'existe aucune méthode parfaite pour protéger ton rêve. Des Somniatores trouveront toujours un moyen d'y entrer. De ton côté, tu devras toujours penser à de nouvelles méthodes pour améliorer ta protection. Mais pour le moment, protège-toi avec la clé de Tachell tant que tu seras dans ton rêve, ne l'oublie jamais, de cette manière les fantômes ne pourront pas t'atteindre.

- Attendez, alors comment avez-vous fait pour entrer dans mon rêve si la porte me protège ?

- Je te l'ai pourtant dit, Noah, je suis un alpha-Somniatore, ma capacité me permet d'être très discret et d'aller où je veux dans le monde des rêves et dans le rêve de n'importe qui.

- Alors même si je le voulais, je ne pourrais pas vous empêcher de rentrer dans mon rêve ?

- Bien sûr que tu pourrais, mais dans ce cas, tu te priverais toi-même d'entrer dans ton rêve. Mais bon, ce sera une discussion pour un autre jour si tu veux bien.

- La clé me protège quand je suis dans mon rêve, et qu'en est-il du visum ? Je serai toujours vulnérable ?

- Oui, en effet, c'est toujours le cas, c'est très difficile, voire impossible d'être à l'abri à cent pour cent dans le visum, mais ça ne veut pas dire que nous n'essayerons pas. Pour le moment, nous allons nous focaliser sur la maîtrise de ta capacité, pour le reste nous verrons ensuite.

C'était la chose qui m'importait le plus en ce moment, être en mesure de contrôler cette capacité. Non seulement elle empêcherait les fantômes de m'envoyer où ils voulaient, mais elle me permettrait également de retrouver la dague. Bien que je ne savais toujours pas vraiment ce que j'allais faire une fois trouvé.

- Comment allons-nous nous y prendre pour y arriver ?

- Je voudrais d'abord recueillir suffisamment d'information à travers ton sommeil, voir exactement comment fonctionne ta capacité. Les membres de l'ordre ont démontré qu'il n'y avait pas de limites quant au point où tu peux remonter dans le temps, nous devons juste savoir comment ton pouvoir se déclenche. C'est la raison pour laquelle nous sommes ici, je te présente la machine à rêve.

- La machine à rêve ?

- Oui, tout à fait, il en existe que deux dans le monde, celle-ci n'est encore qu'un prototype, elle a été créée pour mieux étudier les rêves.

- Comment ?

- Grâce à cette machine, je pourrai voir tes rêves à travers tes yeux, mais malheureusement, je n'entendrai rien, à moins que tu ne me parles directement.

- Comment ça ?

- Grâce à cette machine, lorsque tu parleras dans ton rêve, tu parleras également dans le monde réel. Un peu comme si tu parlais dans ton sommeil. Cette machine est également capable de stimuler un Somniatore à un niveau incroyable, en fait elle rend le Somniatore plus puissant encore et lui permet de faire des choses qu'il ne pourrait faire en temps normal.

- Est-ce que c'est permanent ?

- Non, une fois que tu quittes la machine à rêve, tu redeviens un simple Somniatore.

- Vous avez vraiment créé ça ?

- Non, pas vraiment, la machine à rêve était mon idée, mais elle a été créée par un ami, un projet top secret dont tu ne devras parler à personne.

- Et cette machine va vraiment m'aider ?

- Je ne peux rien te garantir, mais j'ai de très bons espoirs. Cependant, il y a un revers à la médaille. La machine draine littéralement un Somniatore, jusqu'à présent, notre meilleur sujet de test n'a pu rester que deux heures dans le monde des rêves avec cette machine à rêve.

- Deux heures ? Et c'était le meilleur ?

- Oui, un Somniatore de ton niveau devrait pouvoir y rester juste une dizaine de minutes.

- Seulement dix minutes ? Ce ne sera jamais assez.

- Je sais, mais avec de l'entraînement tu apprendras à y rester plus longtemps. D'ici un moment, tu pourrais atteindre les trente minutes. Et puis si tu utilises ta capacité alpha ne serait-ce qu'une seule fois, tu te réveilleras immédiatement après l'avoir utilisée.

- Ce n'est pas assez, dix minutes c'est beaucoup trop peu.

- Ces dix minutes peuvent nous apprendre beaucoup de choses, tu sais.

- Comment est-ce qu'on procède ?

- OK, tout d'abord tu dois me faire confiance, peu importe ce qui se passera, ta vie ne sera pas en danger, pas tant que je serai là.

- Très bien, je vous fais confiance.

- Je veux que tu t'installes, que tu te détendes et que tu t'endormes comme si tu étais dans ton lit. La seule différence est que je vais placer ces électrodes sur toi.

- Ça va, ce n'est pas si terrible que ça, je m'attendais à pire.

- Oui, enfin, si on ignore les quelques chocs électriques que tu recevras de temps en temps durant ton sommeil, ce n'est pas aussi terrible que ça en effet.

- On voit bien que vous n'êtes pas celui qui recevra ces chocs.

Je commençais à douter de plus en plus de la santé mentale d'oncle Idy, en plus de cela, sa machine n'avait pas l'air très rassurante. Mais je n'avais pas d'autre choix que de lui faire confiance.

- L'avez-vous déjà essayée vous-même ?

- Non, jamais, il faut bien qu'il y ait quelqu'un de ce côté pour s'occuper de la machine. Mais tous nos sujets d'expérience ont survécu, il n'y a pas de raison que ce ne soit pas ton cas.

- Dans ce cas, je suppose que s'ils sont encore en vie, je n'ai pas grand-chose à craindre.

- Tu n'as rien à craindre, elle fonctionne parfaitement.

- Bon, ben, j'y vais alors.

- La voie de communication que je vais utiliser sera très particulière, mais très efficace, elle a déjà fait ses preuves. Je verrai tes rêves, mais je n'entendrai rien alors tu devras assurer la partie audio en utilisant un moyen de communication visuel au début.

- Ces chocs électriques dont vous m'avez parlé, comment ça se passe ? Et à quelle fréquence arrivent-ils ?

- Les chocs électriques permettent de maintenir ton aura onirique, car c'est ce qui te permet de rester dans le monde des rêves et comme ton aura onirique descend à une vitesse folle avec la machine, tu peux te réveiller à n'importe quel moment. Les chocs électriques sont en fait des coups de jus qui maintiennent ton aura onirique à un certain niveau t'empêchant de te réveiller. La raison pour laquelle tu te réveilleras après un moment dépendra de la capacité de ton aura onirique à se maintenir, tu te réveilleras quand elle sera complètement vide.

Grâce à cette machine, on allait pouvoir percer le secret de ma capacité. J'espérais juste que ça allait marcher.

Après quelques explications très approximatives de la part d'oncle Idy, je pouvais maintenant retourner dans le monde des rêves. Mais cette fois-ci, grâce à cette incroyable machine, oncle Idy allait pouvoir voir mes rêves comme s'il y était. C'était une étape cruciale si je voulais apprendre à maîtriser ma capacité.

M'endormir ne me prit pas longtemps, en moins de dix minutes, mes yeux se fermaient et je me retrouvais plongé dans le visum. Je regardais autour de moi, mais tout me paraissait normal, je ne percevais pas le moindre changement depuis ma dernière visite dans cet univers particulier qu'était le visum.

Je regardais autour de moi attendant un signe de la part d'oncle Idy. Sachant qu'il voyait tout ce que je pouvais voir et même m'entendre si je parlais dans mon sommeil, je décidai de tenter de l'appeler en espérant une réponse de sa part. Mais n'entendant aucune réponse, je décidai de tenter autre chose. À un moment l'envie me prit même de tenter de modifier mon rêve pour voir ce qui se passerait. Puisque je dormais sur une machine capable d'augmenter mes compétences, qui sait ce qui se passerait.

À vrai dire, je ne sentais pas grand-chose de nouveau, mais je devais rester concentré sur ce qui se passait. De plus, si je n'avais droit qu'à quelques minutes, mieux valait les utiliser au mieux. Mais pourquoi ne communiquait-il pas ? Que pouvait-il bien attendre ?

Heureusement, mon attente ne fut pas de longue durée. En effet, je vis s'afficher d'énormes lettres sur un des bâtiments de mon rêve.

Par ici.

Oncle Idy avait décidé de communiquer avec moi en utilisant ce bâtiment comme s'il s'agissait d'un tableau. Il continuait d'écrire : *ceci est le moyen le plus efficace que j'aie trouvé pour te parler pour l'instant, j'improviserai à chaque fois pour trouver un endroit d'où t'écrire.*

C'était un peu déroutant au début, car chaque fois qu'il écrivait quelque chose de nouveau, il changeait de bâtiment, je devais donc faire attention à trouver où serait affiché le prochain message.

Pourquoi communiquait-il avec moi de la sorte ? Je croyais que j'aurais été en mesure de l'entendre. Et lui, m'entendait-il ? Je décidai alors de tenter de lui parler afin de m'assurer qu'il m'entendait bien.

- M'entendez-vous oncle Idy ?

Pas de réponse, je devais alors utiliser la même méthode que lui pour communiquer. Oncle Idy devait probablement voir à travers mes yeux comme s'il jouait à un jeu vidéo, alors j'écrivis à mon tour sur un des murs : *Je vous reçois parfaitement, pourquoi je ne sens rien de nouveau ?*

La réponse ne mit pas longtemps à venir : *parce que la machine à rêve n'a pas commencé à fonctionner à cent pour cent, ce n'est qu'une question de temps.*

La machine ne fonctionnait pas encore, je suppose que c'était la raison pour laquelle je ne pouvais pas l'entendre et qu'il ne le pouvait non plus.

Soudain, je ressentis quelque chose. Waouh… qu'est-ce qui m'arrive ? Qu'est-ce qui se passe ? Je me sens waouh… je me sens si… c'était inexplicable, je n'avais jamais ressenti ça auparavant. Les chocs électriques de la machine semblaient raviver mon corps. Je ressentais tout ce qui m'entourait, comme si je discernais chaque particule de vie dans le visum. Pourtant, je n'étais pas dans le visum, j'étais dans mon rêve. Je sortis immédiatement de mon rêve pour tenter de comprendre ce qui se passait.

Dans le visum, je ressentais toutes sortes d'auras oniriques, c'était fantastique. Je voyais une bonne centaine d'étoiles filantes autour de moi. Cet univers, le visum, n'était plus le même que je connaissais, il était plus vivant.

Ces étoiles filantes, elles étaient des Somniatores, il n'y avait aucun doute là-dessus. Je pouvais le ressentir, le nombre de rêves autour de moi avait doublé, non, triplé. En fait, je n'étais même pas sûr de pouvoir y voir de fin. Alors c'était ça l'effet de la machine ?

- C'est différent hein ? résonna une voix dans ma tête, c'était celle d'oncle Idy. Il n'utilisait plus les murs pour communiquer, même si dans le visum il n'y avait pas vraiment de murs. Comme tu peux t'en rendre compte, lorsque la machine est activée, tes capacités de Somniatore sont décuplées, tu perçois tout ce qui t'entoure. En fait, tu es à un stade plus élevé que celui d'un Somniatore alpha. En plus de cela, tu peux maintenant m'entendre lorsque je te parle directement.

Incroyable ! Je pouvais tout sentir, encore une fois, je sentais l'aura onirique de Kailleen, mais pas celle de Dix-neuf.

- Déplace-toi un peu dans le visum, va dans un rêve, familiarise-toi avec les capacités que t'octroie la machine.

- OK, répondis-je.

J'avais hâte de voir ce que ça donnerait. Tout comme une étoile filante, je filais à travers le visum à une vitesse encore plus élevée que quand je suis dans mon état normal. Je slalomais entre les nombreux rêves ne sachant même pas dans lequel entrer tant le choix était élevé. Il n'était pas question que ma première destination soit un rêve ennuyeux à mourir, je devais trouver un rêve à ma hauteur. La machine à rêve me boostait complètement, j'avais même l'impression de réfléchir plus vite.

- Surtout, ne rentre pas dans le rêve d'un autre Somniatore, mieux vaut éviter un affrontement inutile.

Ça n'allait pas gâcher mon excitation, j'étais toujours aussi impatient de rentrer dans les rêves de parfaits inconnus.

Alors que je me déplaçais, je sentis le rêve d'un sans-conscience dont l'aura onirique me semblait perturbée. J'y entrai sans trop réfléchir, je me retrouvai immédiatement pris dans un amas de nuages noirs. Un orage gigantesque était à l'actualité de ce rêve, j'entendis au sol un sifflement assourdissant. Je ne pus m'empêcher de me diriger vers le son strident quand tout à coup j'aperçus un homme qui semblait perdu dans ce qui ressemblait à un grand marécage boueux.

L'homme semblait fuir quelque chose, à l'expression de son visage, ça devait être quelque chose de terrible. Qu'est-ce que ça pouvait bien être ? La réponse ne mit pas beaucoup de temps à venir, je voyais derrière lui une bonne centaine de petits serpents qui le prenaient en chasse. Cet homme était visiblement en plein cauchemar et devait être terrorisé par les serpents. Lors de sa course effrénée, il se prit les pieds dans une branche et tomba, il n'arrivait pas à libérer sa jambe et comme si cela ne suffisait pas, la branche qui le piégeait commençait à se changer en un long serpent sombre couvert d'une peau écailleuse qui semblait aussi dure que celle d'un rhinocéros. Il ouvrit sa bouche béante qui était complètement noire, laissant place à deux énormes crochets. Ses yeux noirs fixaient l'homme qui était complètement terrifié, il hurlait de toute ses forces tandis que la centaine de serpents se rapprochaient de plus en plus.

À quoi bon crier, qui allait pouvoir l'aider, ce pauvre homme me faisait tellement pitié, il était complètement terrifié. Je suis un Somniatore, je devais pouvoir faire quelque chose.

À ce moment, je repensai à ce que m'avait dit oncle Idy une fois. Un Somniatore à partir du niveau oméga peut contrôler le rêve d'un sans-conscience en manipulant son subconscient. Je n'étais pas sûr de comprendre comment ça fonctionnait, mais si je voulais faire disparaître ce cauchemar et apporter la paix à cet homme, je devais tenter de contrôler son rêve comme s'il s'agissait du mien.

Et là, miracle ! Les serpents s'arrêtèrent net devant l'homme et le fixèrent un instant. Ensuite, ils rebroussaient chemin, ils étaient en train de s'en aller. Même le serpent plus grand qui le tenait le lâcha et s'en alla immédiatement sans demander son reste. Se pourrait-il que... je les aie fait partir ? Après tout, cette machine faisait de moi un Somniatore complet. Essayons voir, je commençais tout d'abord par dissiper les nuages pour laisser place à un soleil radieux, le sol marécageux commençait à laisser place à une végétation verdoyante.

L'homme qui se rendait compte du changement se releva, l'expression de son visage commençait à changer, il retrouvait petit à petit le sourire et semblait avoir compris que
le cauchemar était terminé avant de se laisser tomber de soulagement sur le sol qui l'accueillit avec douceur.

Je venais de transformer son cauchemar en rêve et je
suppose que l'inverse était possible, ça faisait du bien de le
voir finalement dans un bon rêve. Il allait pouvoir dormir
mieux maintenant.

Après avoir accompli ma bonne action du soir, il était
temps de sortir de ce rêve avant que mon temps sur la machine n'expire. De retour dans le visum, je me sentais toujours
aussi puissant, comme si rien ne pouvait m'arriver. Comme si
rien ne pouvait m'arrêter.

- Te revoilà, Noah ? entendis-je. J'ai eu peur que tu ne
t'attardes beaucoup trop dans ce rêve.

- Que voulez-vous dire par là, vous n'étiez pas avec
moi ? demandai-je.

- Non, malheureusement, quand tu entres dans le rêve
d'une autre personne je perds le contact avec toi. La machine
n'est pas encore parfaite, elle a encore besoin d'amélioration.
Bon, il ne te reste plus beaucoup de temps, il est temps de
passer aux choses sérieuses. Maintenant, retourne dans ton
rêve.

Très bien, je suppose qu'il était maintenant temps de
voir le vrai potentiel de la machine.

Je retournai dans mon rêve comme me l'avait demandé
oncle Idy.

- Très bien Noah, dans le monde des rêves, pour pouvoir réussir à faire quoi que ce soit, tout est une question de
volonté, de souhait. Le monde des rêves utilise les émotions
comme carburant, si tu veux réussir à utiliser ta capacité, tu
dois être rempli de volonté et de concentration.

- Ça ne me dit toujours pas comment m'y prendre. Je
n'ai aucune idée de ce que je dois faire.

- Je veux que tu te rappelles un évènement fort qui t'a
énormément marqué. Je veux que tu utilises cette période de
temps comme le moment que tu désires atteindre.

- Le moment qui me vient à l'esprit là tout de suite c'est la mort de grand-mère et celle de mes parents.

- Je m'en doutais, mais je pense que tu ne pourras pas encore remonter jusqu'à l'accident de Tachell et Talia, alors oublie l'accident pour le moment et concentre-toi sur ta grand-mère.

- Est-ce vraiment nécessaire de revivre cela oncle Idy ? C'était un moment très difficile pour moi et rien que d'y repenser...

- Justement Noah, je sais que c'est difficile, mais c'est l'évènement qui te procure le plus de sentiments en ce moment et surtout, tu pourras m'aider à obtenir des réponses à certaines questions que je me pose.

- Quelles questions ? De quoi parlez-vous oncle Idy ?

- Essaie juste, nous n'avons pas beaucoup de temps. Fais-moi confiance.

Je ne savais pas pourquoi, mais je voulais lui faire confiance, j'avais besoin de lui faire confiance. Si pouvoir utiliser ma capacité voulait dire repasser par la mort de grand-mère, alors ainsi soit-il.

Pour m'aider à me concentrer, je fermai les yeux. Le visage de grand-mère me venait immédiatement à l'esprit, je voulais sentir sa présence, revoir son sourire, sentir la bonté qu'elle dégageait à chacun de ses regards.

Je la voyais, je sentais presque son odeur, je sentais sa présence comme si elle était là, était-elle vraiment là ? Je sentais une présence, je sentais quelqu'un me prendre dans ses bras, ça semblait si réel que je ne pus m'empêcher d'ouvrir les yeux.

C'était grand-mère, non, c'était plutôt celle que j'avais créée dans mon rêve. Sans que je ne comprenne pourquoi elle était venue se blottir contre moi, comme si c'était vraiment elle. Je ne la contrôlais pourtant pas, était-ce la force de ce que je ressentais sur le moment ? Était-ce la force de mes émotions ? Il n'empêche que je ne pus retenir une larme qui coula le long de ma joue et c'est à ce moment-là que ça arriva.

Je vis le temps s'arrêter petit à petit jusqu'à se figer complètement puis lentement remonter en arrière. Ça fonctionnait, ma capacité semblait fonctionner et j'étais celui qui la faisait fonctionner pour une fois, non pas les fantômes. Je voyais ma vie défiler, mais dans le sens contraire, tout allait de plus en plus vite puis s'arrêta brusquement.

J'étais chez moi au Canada, devant la maison dans laquelle j'ai vécu avec grand-mère. Et là, c'était moi. Je me voyais, j'étais dans mon fauteuil roulant en train de rentrer chez moi. Je me souvenais de ce jour, c'était le jour où j'avais prédit l'accident que Rayan avait réussi à empêcher. C'était juste avant que les fantômes ne me fassent utiliser ma capacité pour la première fois.

Sachant déjà par expérience que l'on ne pouvait pas me voir, je me mis à me suivre moi-même. C'est très bizarre de se suivre soi-même, rien ne pourrait décrire ce que je ressentais sur le moment.

Soudainement, mon moi du passé s'arrêta et regarda derrière lui comme s'il me voyait, mais je suis presque sûr qu'il ne pouvait pas me voir. Ce pourrait-il que... non ce n'est pas possible.

Arrivé à l'intérieur de la maison, je vis grand-mère, elle avait l'air de se porter tellement bien à ce moment. Comment imaginer qu'elle allait mourir la nuit suivante ? Pour ne pas perdre de temps, j'avançai un peu plus dans le temps jusqu'au moment de m'endormir.

Lorsque je dormais enfin, je rentrai dans le rêve de mon moi du passé. J'accélérai le temps jusqu'au moment où les fantômes me firent signe. Mais juste avant, j'aperçus une autre silhouette qui se tenait loin de moi, elle semblait m'observer, enfin, observer le moi du passé. Qu'est-ce que ça voulait dire ? Pourquoi cette silhouette m'observait-elle et depuis combien de temps ? Était-ce elle ? Je me rapprochai alors de la silhouette qui ne semblait pas sentir ma présence, plus je me rapprochais, plus je la reconnaissais.

C'était bien elle, c'était bien la femme que je voyais souvent dans le visum, celle qui apparaissait puis qui disparaissait lorsque je m'en approchais trop. Il n'y avait pas de doute, c'était bien elle, sauf que cette fois je pouvais la voir parfaitement. Elle était d'une beauté époustouflante, sa courte chevelure noire et son visage m'étaient familiers.

Elle se tenait là, immobile, à me regarder au loin, mais pourquoi ? Qui était-elle ? Soudainement, elle sortit de son silence, quelque chose semblait l'avoir surprise. Lorsque je fixai la direction dans laquelle elle regardait, je me rendis compte que le moi du passé venait de disparaître dans le rêve des fantômes.

La femme mystérieuse se mit à paniquer et se lança dans la direction où je me trouvais, elle me cherchait avec effroi comme si elle avait peur de ce qui pourrait m'arriver. J'avais totalement disparu, même moi je ne savais pas où j'étais allé. Bien sûr, je savais que j'étais entre les mains des fantômes, mais pourquoi je ne pouvais pas sentir leur rêve et apparemment cette femme non plus ? Pourquoi s'inquiétait-elle tant pour moi ?

Elle continuait de chercher, on pouvait même lire le désespoir sur son visage. Plus je regardais ce visage, plus elle me rappelait quelqu'un. Non, ce n'est pas possible. Mais avant même que je ne comprenne quoi que ce soit, le temps se remit à revenir dans le présent à une vitesse ahurissante puis je me réveillai brusquement sur la machine d'oncle Idy.

- Ça va Noah ? me lança oncle Idy qui m'attrapa fermement par le bras.

J'avais du mal à reprendre mon souffle, j'avais été littéralement éjecté du monde des rêves.

- Oncle Idy, je ne comprends pas, lançai-je, la respiration saccadée.

- Qui y a-t-il Noah ? Qu'est-ce que tu ne comprends pas ?

- J'ai vu... j'ai vu ma mère !

- Noah, c'est impossible, tu te rends compte de ce que tu es en train de dire ?

- Je l'ai vu, oncle Idy, c'était bien elle, tout ce temps, c'était elle, cette femme mystérieuse, j'ai toujours cru qu'elle me fuyait, mais en fait, non, elle me surveillait, elle s'assurait que rien de mal ne m'arrive.

- Noah, calme-toi, ne t'emballe pas trop, je te rappelle que c'était un rêve, tu pourrais avoir vu quelque chose que tu aurais créé toi-même.

- Non, je le sais, c'était elle, c'était ma mère. Ce n'est pas la première fois que je la vois. Elle était déjà apparue de nombreuses fois dans le visum et chaque fois que j'essayais de l'approcher, elle s'éloignait et finissait par disparaître. Mais cette fois, puisque j'ai remonté le temps, elle ne pouvait pas me voir, elle ne pouvait donc pas me fuir, j'ai eu le temps de voir son visage. Je ne l'avais pas reconnue au début parce qu'elle était plus jeune qu'à mon souvenir, mais c'était bien elle.

- Ça ne fait pas de sens Noah, c'est impossible.

- Vous devez me croire, oncle Idy, je sais ce que j'ai vu.

Oncle Idy resta silencieux et songeur pendant au moins dix secondes avant de reprendre.

- Nous trouverons le fin mot de cette histoire, je sais que tu aimerais qu'elle soit en vie et moi aussi, je peux te l'assurer, mais ne faisons pas de conclusion trop hâtive.

Je sais qu'il devait penser que je me faisais des idées, mais je sais ce que j'ai vu, je sais que c'était elle, je le sais.

- Il faut que je retourne dans la machine.

- Non, Noah, tu ne peux pas, ce serait beaucoup trop dangereux.

- Pourquoi ? Je viens pourtant de le faire et je m'en suis très bien sorti.

- Tu n'écoutes pas ce que je te dis, tu ne peux pas rester dans le visum à partir de la machine à rêve très longtemps.

- C'est ce que vous dites, mais regardez tout le temps que j'ai passé à l'intérieur du visum.

- Tu n'es resté que neuf minutes dans le visum, exactement comme je te l'avais dit.

- Neuf minutes ? C'est impossible.

- Pourtant si, ça t'a paru plus long parce que tu étais dans le monde des rêves. Mais dans le monde réel, tu n'es resté que neuf minutes, tu t'es réveillé parce que ton corps ne supportait plus de rester dans le visum plus longtemps, nous ne tirerons rien de bon au fait que tu y retournes maintenant.

- Je l'ai vue, qu'est-ce que ça veut dire, oncle Idy ?
Serait-elle toujours en vie ?

- Noah, tu dois faire attention à ce que tu vois dans
le visum, ça pourrait très bien être une illusion créée par
quelqu'un dans le but de t'attirer dans un piège.

Oncle Idy ne comprenait rien, il ne l'a pas vue comme je
l'ai vue, elle semblait s'inquiéter pour moi, elle semblait s'inquiéter de ce qui pourrait m'arriver, une illusion ne se donnerait pas tout se mal, surtout une illusion qui ne savait même
pas que j'étais là.

- Écoute, je te promets que je t'aiderai à découvrir ce
qui se cache derrière cette histoire, mais pour le moment tu
dois rester concentré. Avec toutes ces émotions, tu ne te rends
même pas compte de ce que tu viens d'accomplir, tu viens
d'utiliser ta capacité. Tu es retourné dans le passé.

- C'est vrai ! répondis-je en tentant de reprendre mes
esprits.

- Jusqu'où es-tu retourné ? me demanda-t-il.

- Encore une fois vous n'étiez pas avec moi ?

- Non, pour une raison que je ne peux expliquer, je n'ai
pas réussi à te suivre dans le passé même avec la machine. C'était
comme si tu avais quitté ton corps pour un moment, comme si
ton corps restait là, mais ton esprit voyageait vers le passé.

- Alors mon corps était là ? C'est sûrement la raison
pour laquelle je ne peux pas le voir quand je retourne aussi
loin dans le passé, c'est sûrement la raison pour laquelle on
ne peut ni me voir ni même m'entendre lorsque je suis dans
le passé.

- La machine a besoin d'amélioration, il va falloir que
j'en parle avec Kenneth. Mais dis-moi, comment était-ce ?

- C'était une expérience très particulière de pouvoir me
voir moi-même dans le passé, je suis retourné jusqu'au soir ou
j'ai rencontré les fantômes pour la première fois.

- Je me demande jusqu'à quand tu peux remonter dans
le temps, se pourrait-il qu'il y ait une limite ?

- Ce qui est sûr c'est que les fantômes avaient réussi
à me faire remonter le temps assez loin puisque je me suis
retrouvé à l'époque de Hel Layas et d'Orderic Oris Nusquam.

- Nous devons réussir à te ramener à cette époque et découvrir l'emplacement de l'endroit dans lequel tu as assisté à la réunion des membres de l'ordre, je suis sûr que c'est un des temples disparus des membres de l'ordre d'Oris. Ce serait un point de départ parfait.

- Je suppose. Qu'est-ce qu'on fait maintenant ?

- Maintenant il n'y a pas grand-chose que l'on puisse faire, retournes dans ta chambre et retournes normalement dans le monde des rêves, demain nous essayerons d'être plus précis.

- Étant donné que j'ai réussi à utiliser ma capacité avec la machine, pensez-vous que je pourrais essayer d'y arriver sans la machine ?

- Tu peux toujours essayer, ce serait un très bon entraînement pour toi.

- Et vous, qu'allez-vous faire en attendant ?

- Eh bien, j'ai encore un peu de travail et de recherche à faire avec les données que j'ai recueillies grâce à la machine, mais on se reparlera demain.

- Il vous arrive de dormir, oncle Idy ?

- Haha ! Ne t'inquiète pas pour moi.

- Très bien, j'y vais alors.

- Et surtout, rappelle-toi une chose, Noah, le monde des rêves est un endroit dangereux, alors fais très attention à toi.

Après cette dernière mise en garde de la part d'oncle Idy, je sortis de la bibliothèque pour rejoindre ma chambre, nous n'avions même pas passé plus d'une heure là-dedans. J'avais pourtant l'impression d'y être resté toute la nuit, mais en effet, lorsque je regardais l'horloge de la salle de séjour, il n'était effectivement que minuit. Et quand j'y repensais, la femme mystérieuse était-elle vraiment ma mère ? Pourquoi n'était-elle jamais venue me parler ? Pourquoi restait-elle à l'écart de cette façon ? Le fait de m'imaginer qu'elle était encore en vie me donnait la chair de poule. Et si je me trompais ? Si je continuais à me dire qu'elle était vivante et que par la suite je me trompais ? Ce serait trop dur. Je devais en avoir le cœur net.

22

L'ARTEFACT

Retourné dans ma chambre, je m'abandonnai au sommeil et peu après, je rouvris mes yeux dans le visum. Je regardai autour de moi, à ma grande déception, tout était redevenu normal, presque terne. J'étais devenu un Somniatore bêta, tout ce qu'il y avait de plus normal. J'étais à nouveau incapable d'utiliser ma capacité alpha.

Le nombre d'étoiles que je pouvais apercevoir avait été réduit, je ne voyais plus autant de rêves appartenant à des Somniatores ni même d'étoiles filantes. Et surtout, je ne percevais absolument pas la présence de cette femme.

Encore une fois, la seule présence que je reconnaissais et que je ressentais était celle de Kailleen. Chaque fois que je venais dans le visum elle était là. Comme si elle ne voulait jamais quitter le monde des rêves.

Avant toute chose, je me rendis à l'intérieur de mon rêve en suivant le protocole habituel d'ouverture de la porte rouge à l'aide de la clé de mon père. Arrivé à l'intérieur de mon rêve, j'eus ce sentiment comme si j'étais rentré chez moi. Je me sentais vraiment chez moi, ici, tout était exécuté selon mon bon vouloir, même si j'y passais de moins en moins de temps.

Après tout, mon monde ne tournait plus qu'autour de mon rêve. Revoir l'illusion de mes parents dans mon rêve me fit me rappeler ce qui m'attendait dans le coffre-fort de la banque Karman. Je ne savais toujours pas comment y accéder, en fait, je n'avais pas le moindre indice de comment l'ouvrir. Pourquoi mes parents m'auraient-ils laissé quelque chose sans le moyen d'y accéder ? Peut-être n'avaient-ils tout simplement pas eu le temps de me laisser cette information. Quoi qu'il en soit, leur secret était bien protégé.

Selon monsieur Johnson, il était impossible même pour lui d'accéder au coffre.

- Noah, tu es là ? résonna une voix, c'était celle de Kailleen, elle m'appelait à partir du visum.

- Oui, un instant !

Je ressortis immédiatement de mon rêve et croyant retrouver Kailleen seule, j'aperçus Dix-neuf qui était là lui aussi.

- Seize, Dix-neuf, tout va bien ?

- C'est plutôt à toi que l'on devrait demander ça, répondit Dix-neuf qui une fois de plus laissait libre cours à son sale caractère.

- Qu'est-ce qui se passe Dix-neuf ? répondis-je avec exaspération.

- J'ai déchiffré l'intégralité des secrets de Lucent, mais je n'en ai pas saisi la moitié.

- C'est vrai ? Alors je suppose qu'on ne peut pas en parler ici. Venez, entrez.

- Dans ton rêve ? rajouta Dix-neuf d'un air déconcerté. Tu es sûr que c'est une bonne idée ?

- Je n'ai rien à cacher moi, répondis-je en jouant le jeu du plus exaspérant.

- Tu veux dire quoi par-là ? rétorqua-t-il. ?

- Rien, laisse tomber. Ne vous inquiétez pas, mon rêve n'a pas grand-chose de particulier.

- Très bien, si tu insistes.

Nous étions maintenant tous les trois à l'intérieur de mon rêve.

- Eh ben, dis donc, lança Dix-neuf, quand tu disais que ton rêve n'avait rien de particulier, tu ne plaisantais pas. Regardez-moi cet endroit, tellement déprimant.

- C'est bon Dix-neuf, ajouta Seize.

- Merci Seize.

- Mais c'est vrai qu'un peu de fantaisie n'aurait pas fait de mal, ton rêve ne ressemble pas du tout à un rêve, enchérit-elle.

- Je me demande si c'était finalement une bonne idée de vous avoir laissé entrer dans mon rêve. Bon, qu'est-ce que tu as découvert Dix-neuf ?

- Je ne sais pas par où commencer, mais tu avais raison, je crois que ta capacité est la clé de tout.

- Que savent les membres de l'ordre ? demandai-je.

- Ils ont l'air d'en savoir beaucoup sur toi et même sur ta famille. Lucent Ross est un membre haut placé de l'ordre, il reçoit directement ses ordres de Tyndall et avait pour mission de te capturer avant les marchands de sable, mais ça tu le savais déjà, je suppose ?

- Pourquoi penses-tu que je savais qu'il voulait m'enlever ? demandai-je.

- Idy Oart et toi avez été capturés par Lucent, du moins c'est ce qu'il pensait. Les gardiens ont mis en place avec l'aide d'Idy Oart un plan ingénieux visant à le piéger. Vous vous êtes ensuite tous retrouvés dans le rêve d'Idy Oart qui devait être aidé par un Somniatore de type métamorphe. Ensemble, ils ont simulé la réalité en vous faisant croire que vous étiez toujours éveillés. C'est de cette façon que les gardiens ont réussi à capturer Lucent Ross.

- Tu as raison, c'est exactement comme ça que ça s'est passé, c'était un plan orchestré par mon oncle et les gardiens.

- J'ai vraiment du mal à croire que tu sois le neveu d'Idy Oart. Ce type est une véritable légende, s'extasia Kailleen.

- Tu sembles vraiment l'admirer ?

- Tu plaisantes, c'est un génie, c'est en grande partie grâce à lui que les membres de l'ordre sont en train de perdre la bataille. Il a contribué à sauver des millions de Somniatores, continua-t-elle. Et le plus étrange, c'est que jamais personne ne l'a vu dans le monde des rêves, personne à part ceux qui sont proches de lui. Selon la rumeur, ce n'est même pas un Somniatore.

- Je peux t'assurer que c'est un Somniatore. Sa capacité alpha le rend invisible dans le monde des rêves, on ne peut le voir que dans son rêve, c'est le seul endroit où je pouvais réellement le voir.

- Waouh, tu es allé dans son rêve ? Seize devenait de plus en plus agitée, c'était amusant de la voir comme ça.

- Euh… oui, répondis-je. Revenons à Lucent, qu'as-tu découvert d'autre ?

- Ta capacité est censée les aider à retrouver la dague qui leur permettra de faire renaître leur premier grand maître, répondit Dix-neuf.

- Hel Layas ! ajoutai-je.

- Oui, mais je dois avouer que je ne vois pas pourquoi ils se fatiguent autant pour juste une personne.

- Crois-moi, d'après ce que j'ai entendu, Hel Layas n'est pas qu'une simple personne.

- Nous avons déjà entendu parler de lui et pas de la meilleure des façons. Mais Hel Layas n'est qu'une légende, le monde des rêves ne peut pas permettre de faire le genre de choses qu'on dit qu'il est capable. Mais admettons qu'il revienne comme toi et les membres de l'ordre semblez le croire, que va-t-il se passer ?

- C'est très compliqué tout ça. Tout ce que je sais, c'est qu'il ne faut pas qu'il revienne. En tout cas, c'est ce que pense mon oncle ?

- Une dernière chose, j'ai pensé que tu devais le savoir.

- Quoi donc ? demandai-je.

- Dans le rêve de Lucent, j'ai pu assister à une discussion entre Tyndall et lui.

- C'est vrai ? Qu'est-ce que tu as appris ?

- Tyndall obtiendrait toutes ses informations à travers ses rêves. Selon Tyndall, c'est Hel Layas lui-même qui viendrait lui parler sous une autre forme et lui dire comment mettre la main sur l'artefact et comment le libérer du monde blanc.

- Lucent l'avait en effet mentionné lors de notre dernière rencontre.

- Et tu penses que c'est vrai ? demanda Kailleen.

- Je ne sais pas quoi en penser, mais si le monde blanc est complètement coupé du monde des rêves, comment a-t-il pu entrer en contact avec Tyndall ?

- Je n'en sais rien, mais Tyndall semble même l'avoir vu, du moins sa représentation. Deux fantômes sombres tellement puissants qu'ils étaient capables de contrôler sa capacité.

- Attends quoi ? Qu'est-ce que tu viens de dire ? Des fantômes capables de contrôler sa capacité ?

- Oui, c'est ce qu'il a dit.

- Se pourrait-il que... qu'est-ce qu'il a dit d'autre au sujet de ces fantômes ?

- Il n'en a plus parlé après ça, mais d'après lui, ces fantômes seraient la représentation actuelle de Hel Layas dans le monde des rêves.

Se pourrait-il qu'il s'agisse des mêmes fantômes de mon rêve ? Si oui, ces fantômes auraient quelque chose à voir directement avec Hel Layas ? Est-ce vraiment l'explication ?

- As-tu appris autre chose ?

- Non, tu sais tout ce qu'il y a d'important à savoir, termina Dix-neuf.

- Et toi, Noah, qu'est-ce que tu as dit à ton oncle ?

- Je ne lui ai pas tout dit, mais il m'aide à maîtriser ma capacité, et la bonne nouvelle est que j'ai réussi à retourner dans le passé.

- Est-ce que ça veut dire que tu sais comment fonctionne ta capacité ?

- Non pas encore, c'est beaucoup plus compliqué que ça. En plus, je ne suis pas remonté très loin dans le temps, mais nous sommes sur la bonne voie, ce n'est qu'une question de temps avant que je maîtrise cette capacité.

La nuit suivante, j'étais de retour accompagné d'oncle Idy dans la salle de la machine à rêves. J'étais fin prêt à retourner dans le visum à partir de la machine. Ma dernière discussion avec Kailleen et Dix-neuf m'avait appris beaucoup de choses, mais avait en même temps soulevé énormément de questions. Le mystère des fantômes venait de s'épaissir encore plus.

Quels étaient leurs liens avec les membres de l'ordre ? Quels étaient leurs liens avec Hel Layas ? Il me fallait des réponses. Et c'était autant plus difficile parce que je ne pouvais pas trop communiquer avec oncle Idy. Je ne pouvais pas lui parler de ma rencontre avec Tyndall et les membres de l'ordre et je ne savais pas comment il réagirait s'il apprenait mon lien avec Kailleen et Dix-neuf.

Mais ce soir était le soir, je devais obtenir des réponses dans le passé.

- Très bien, écoute Noah, cette fois-ci nous ne devons pas perdre de temps. Dès que tu seras dans la machine, retourne le plus loin possible dans le temps, utilise comme référence le lieu où tu as assisté à la rencontre des membres de l'ordre. À partir de là, essaie de te souvenir de tout ce que tu vois, essaie de glaner le plus d'information sur une éventuelle position de la dague. Tu vas vraiment devoir faire travailler ta mémoire et ton sens du jugement.

- D'accord, je ferai de mon mieux. Oncle Idy ne le savait pas, mais j'avais une mémoire eidétique, me souvenir ne sera pas vraiment un problème. Mais en ce qui est de mon jugement, eh bien, je ne parierai pas forcément là-dessus.

- Très bien, c'est parti. Tu peux maintenant t'endormir.

- Pourquoi ne me donnez-vous pas cette pilule que vous m'avez donnée dans l'avion ?

- La pilule combinée à la machine pourrait être très dangereuse. Tu pourrais faire une crise cardiaque.

- Oh !

- Hé oui, dors maintenant.

- Très bien, c'est parti.

Quelques minutes plus tard, j'étais à nouveau dans le visum. Je ressentais l'effet fantastique de la machine à rêves.

Maintenant, pas de temps à perdre, je me rendis dans mon rêve puis je fermai les yeux et me concentrai sur le dernier endroit où les fantômes m'avaient envoyé. Je repensai au moment où j'avais vu Hel Layas assis dans l'ombre. L'effet qu'il m'avait fait était suffisant pour créer de l'émotion en moi.

C'est parti, le temps commençait à ralentir puis à s'arrêter, ensuite il se mit à remonter très loin dans le passé à une vitesse inimaginable ; je ne perdis pas de temps cette fois-ci à tenter de m'arrêter afin de revoir mes parents ou quoi que ce soit.

Quelques secondes plus tard, je me retrouvai à l'endroit de la rencontre des membres de l'ordre, au moment exact où je m'étais réveillé. Je me retrouvai encore une fois en face de Hel Layas qui était assis dans l'ombre. Sa présence me dérangeait à un tel point que je préférai ne pas rester là.

Au moment où je sortis de la salle où se tenait la rencontre des membres de l'ordre, je remarquai des sceaux qui avaient été posés sur la porte d'entrée. Lorsque je me retrouvai au sommet des escaliers qui tournaient en colimaçon pour atteindre la salle principale, quelques-uns des hommes de la rencontre des membres de l'ordre étaient encore là entourés de chevaliers en armure. Je décidai de les écouter en espérant apprendre quelque chose de nouveau.

Des hommes étaient maintenant en train de sceller la deuxième porte qui menait à la salle plus basse.

- À partir de cet instant, cette salle sera scellée jusqu'à ce que l'on puisse ramener le grand maître à la vie. Les marchands de sable ne devront jamais trouver cet endroit, lança un des hommes en tunique.

- Ni les marchands de sable ni personne d'autre ne sauraient retrouver cet endroit, nous sommes beaucoup trop loin de la terre maudite, répondit l'un des hommes.

- Peut-être, mais toujours est-il que nous ne savons ni quand ni comment exactement nous ramènerons le grand maître, alors il va falloir être très patients. Peut-être plus qu'il ne le faudra.

- Est-ce que vous doutez de notre motivation à protéger le corps du grand maître ? Ce n'est pas pour rien que nous avons été choisis. Nous resterons ici et nous le protégerons jusqu'à la mort, vous pouvez en être assuré.

- Très bien, je retourne sur le continent, nous retrouverons la cachette d'Isallys et nous lui arracherons l'artefact.

- Avez-vous une idée de l'endroit où il se cache ?

- Nos patrouilleurs ont perdu sa trace en Bretagne mais ce n'est qu'une question de temps avant que nous ne le retrouvions.

- Et les marchands de sable, qu'avez-vous prévu de faire à leur sujet ?

- Nous allons tout d'abord nous réunir afin d'élire un nouveau grand maître, temporairement bien sûr.

- Galdo, qu'est-ce qui arrivera si nous ne sommes pas capables de ramener le grand-maître, qu'adviendrait-il de l'ordre ?

- Tu ne peux pas te permettre de penser des choses pareilles. Le grand maître ne peut pas mourir, il t'aurait fait couper la langue pour ton manque de foi. Maintenant ça suffit, vous avez une mission à accomplir.

Alors cet endroit est devenu la tombe de Hel Layas ? Il va être difficile à retrouver dans le monde réel.

Ces hommes parlaient de retourner sur le continent, se pourrait-il que... J'essayai alors de prendre de la hauteur pour avoir une vue d'ensemble. Mais je n'y arrivai pas, je n'arrivais pas à m'envoler dans les airs comme j'arrive pourtant à le faire lorsque je rêve. Se pourrait-il que je sois limité par ma capacité ? Si je ne pouvais pas savoir exactement où l'on était, mieux valait que j'affronte ma peur et que je retourne dans la salle où se trouvait Hel Layas, qui sait, peut-être que j'apprendrai quelque chose de nouveau.

Arrivé dans la salle qui était scellée pour tout le monde sauf moi, je me retrouvai dans une salle plus sombre. En effet, les bougies qui s'y trouvaient avaient commencé à s'éteindre une à une, laissant place à beaucoup plus de ténèbres. Le corps de Hel Layas était exposé dans l'ombre, il faisait tellement noir que je ne pouvais même pas l'apercevoir. J'hésitai toujours à l'approcher quand soudain j'ai failli être victime d'une sévère crise cardiaque.

- De quoi as-tu peur, Noah Akeylla ? Approche-toi.

Sur le point de m'évanouir, je me demandais ce que cela voulait dire, ce n'était pas possible. Qui pouvait bien me parler dans un endroit pareil ? Ça ne pouvait pas être lui ? Non, c'est impossible.

- Alors, Noah Akeylla, que se passe-t-il ? Tu n'en crois pas tes oreilles, je suppose.

Pouvait-il me voir ? Pouvait-il m'entendre ? Comment est-ce possible ? Étais-je vraiment en train d'entendre Hel Layas me parler ? C'est impossible, comment pouvais-je l'entendre ? J'étais dans le passé, personne ne devrait pouvoir me voir, je suis invisible. Je ne pouvais même pas me voir moi-même, comment est-ce possible ?

- Est-ce que vous arrivez à me voir ? demandai-je avec angoisse.

- Non, mais je sais exactement où tu es.

- Êtes-vous Hel Layas ?

- Personne ne peut te voir ni t'entendre lorsque tu retournes dans le passé, car tu n'existes pas à cette époque, tu n'as jamais existé à cette époque.

- Alors pourquoi je vous entends ? Qui êtes-vous ? demandai-je à nouveau.

- La raison pour laquelle tu es capable de nous entendre est parce que nous sommes dans ton rêve.

- Je comprends, vous êtes les fantômes ?

- Les fantômes ? Alors c'est comme ça que tu nous surnommes ? Eh bien, oui, Noah Akeylla, nous sommes en effet des fantômes.

- Que me voulez-vous ?

- Essayerais-tu de te sortir de notre filet ? Nous voyons que tu apprends à contrôler ta capacité par toi-même. Tu as réussi à retourner dans le temps ? Tu as même réussi à regagner l'époque dans laquelle nous t'avons envoyé. Très intéressant.

- Comment êtes-vous entré dans mon rêve ?

- Noah Akeylla, tu apprends peut-être à contrôler ta capacité, mais sache une chose, tu es loin d'être assez fort pour nous empêcher d'infiltrer ton rêve. Lorsque nous avons découvert ta tentative de retour dans le passé, nous nous devions d'intervenir. Apparemment, les marchands de sable ont décidé de passer aux choses sérieuses.

- Pourquoi êtes-vous là ? Pourquoi ne me laissez-vous pas tranquille ?

- Tu connais la raison de notre présence, Noah Akeylla. À ce jour, tu es la seule personne capable de retrouver l'artefact. Mais nous sommes les seuls à pouvoir t'indiquer où chercher.

- Si vous saviez où chercher, pourquoi ne l'avez-vous pas encore retrouvé ?

- Nous savons à quelle époque le chercher pour avoir le plus de chance de le retrouver. C'est la raison pour laquelle nous t'avons envoyé dans le passé. D'abord, nous t'avons envoyé au château d'Orderic Oris Nusquam pour tester ta capacité. Ensuite, nous t'avons envoyé à l'époque où les marchands de sable ont volé l'artefact afin de le mettre hors de portée des membres de l'ordre. Grâce à ce voyage dans le temps, nous savons qu'Isallys Nusquam était le dernier homme à tenir l'artefact entre ses mains. Après avoir emporté l'artefact, Isallys n'est jamais réapparu. Ce qui veut dire que là où nous trouverons Isallys, l'artefact ne sera pas bien loin de cet endroit. Cela fait 1 500 années qu'il a réussi à le faire disparaître, 1 500 années avant qu'un Somniatore au pouvoir exceptionnel apparaisse afin que l'artefact soit retrouvé.

- Vous n'avez pas répondu à ma question ? Qui êtes-vous vraiment ? Êtes-vous Hel Layas ?

- Nous sommes les bras de Hel Layas, jusqu'à son retour, nous sommes les représentants du grand maître.

- Pourquoi tenez-vous tant à ramener Hel Layas d'entre les morts ?

- C'est une chose que tu ne seras jamais en mesure de comprendre, Noah Akeylla.

- Que comptez-vous faire maintenant ?

- Tu commences à maîtriser ta capacité, ce qui veut dire que bientôt tu n'auras plus besoin de notre aide pour te déplacer dans le temps. Mais tu ne seras jamais capable de retrouver l'artefact tout seul. Pas sans notre aide.

- Vous voulez m'aider à retrouver l'artefact ? Vous me prenez vraiment pour un idiot, c'est ça ? Une fois que vous aurez sa position, vous vous lancerez immédiatement à sa re-cherche et il sera en votre possession.

- Aurais-tu oublié le marché que tu as passé avec Tyndall Severin ? Penses-tu que ses menaces ne sont pas sérieuses ? Penses-tu qu'il ne les mettra pas à exécution ? La vie de tes amis est sur la balance et pourtant tu continues à ne pas prendre les membres de l'ordre d'Oris au sérieux ? Nous ne faisons que t'aider afin de sauver tes amis d'un destin funeste, Rayan, Kailleen, Akil et Idy Oart. Ne penses-tu pas avoir perdu assez de proches, Noah Akeylla ?

Me voilà au dos du mur, ces monstres ne semblent pas plaisanter, ils pourraient vraiment les tuer, je ne pouvais pas prendre ce risque à cause d'une stupide dague que l'on n'est même pas sûr de retrouver. La situation est critique, oncle Idy compte sur moi ; mais je ne peux pas laisser ces fantômes menacer mes proches plus longtemps.

- Tu pourrais décider de ne pas nous aider, de ce fait, nous prendrons le contrôle de ton corps et nous l'enverrons où bon nous semble. Si tu coopères, tout se passera pour le mieux. Honnêtement, la deuxième option serait plus facile autant pour nous que pour toi. Alors, tu as le choix. Que comptes-tu faire ?

- Très bien, lançai-je à contrecœur.

- Tu fais le bon choix, Noah Akeylla.

- Si je dois coopérer avec vous, ça devrait être dans les deux sens, ordonnai-je.

- Tu n'es pas en mesure de faire des demandes en ce moment, mais très bien.

- Où sommes-nous ? Quel est cet endroit ?

- Cet endroit est le tombeau du grand maître, c'est ici que son corps a été caché par les membres de l'ordre.

- Alors, c'est bien lui ? C'est bien Hel Layas qui est là dans l'ombre ?

- Oui, c'est bien lui. Maintenant que tu as posé ta question, il est temps de partir.

- Partir où ? demandai-je.

- La vraie question est : partir quand ?

- Nous allons changer d'époque ?

- Le fils d'Orderic est certainement la dernière personne à avoir tenu l'artefact entre ses mains. Mais il est impossible de savoir où exactement il s'est caché. Mais il existe une personne, une personne assez proche de lui pour savoir où Isallys Nusquam pourrait être caché.

- Qui est cet homme ?

- Tu le découvriras bien assez tôt. Maintenant, laisse-toi faire, ne résiste pas. Nous allons maintenant te faire utiliser ta capacité. Et nous allons nous rendre quelques années dans le futur, mais qui est toujours notre passé.

Laisser ces créatures utiliser ma capacité selon leur bon vouloir me répugnait au plus haut point, mais quel autre choix avais-je ?

Je sentais maintenant un mouvement rapide vers le futur. Les fantômes venaient d'activer ma capacité et l'utilisaient à ma place, je ne sentais plus que j'étais maître de moi-même. Aucun de mes sens ne semblait me répondre. Le temps avança de plus en plus vite puis s'arrêta net.

- Nous sommes revenus six mois après l'époque où nous étions, six mois après que la traque D'Isallys eut commencé. Les marchands de sable avaient retrouvé leur force, mais avaient perdu leur premier grand maître. Nous sommes dans le quartier général des marchands de sable, une forteresse impénétrable à l'époque. Mais pas pour toi, Noah Akeylla. Nous devons retrouver Nero Gregor, l'actuel grand maître des marchands de sable.

Nero Gregor ? J'avais l'impression d'avoir déjà entendu ce nom. Mais bien sûr ! Oncle Idy m'en a parlé lorsqu'il me racontait l'histoire des membres de l'ordre et des marchands de sable, j'ai également entendu ce nom lors de la rencontre des membres de l'ordre. Nero Gregor était le bras droit d'Orderic Oris Nusquam, n'était-il pas censé être mort ? Bon, la bonne nouvelle était que j'avais feuilleté assez de livres dans la bibliothèque d'oncle Idy, je ne serai pas complètement perdu.

Le bâtiment face auquel je me trouvais était immense. C'était une forteresse colossale, les murs étaient aussi noirs que la nuit.

Au sommet de la plus haute tour se trouvait une énorme bannière avec les armoiries des marchands de sable.

Des gardes armés étaient stationnés tout autour de la bâtisse. Cet endroit semblait en effet infranchissable, mais comme l'avaient dit les fantômes, pas pour moi.

Je me dirigeai maintenant à l'intérieur du fort à la recherche de cet homme, Nero Gregor. L'intérieur du fort était réellement vivant, plusieurs hommes en armures défilaient ici et là, d'autres s'entraînaient tandis que d'autres encore se reposaient tranquillement en oubliant qu'ils étaient en temps de guerre et qu'ils pouvaient subir une attaque des membres de l'ordre à n'importe quel moment.

La forteresse était immense, je ne savais même pas dans quelle direction aller. Je prenais les couloirs au hasard en espérant tomber sur quelque chose d'intéressant. Les fantômes qui ne communiquaient plus du tout me faisaient maintenant douter de leur savoir tout puissant.

Est-ce qu'ils savaient vraiment se repérer dans ce château ? Est-ce qu'ils savaient même où chercher Nero Gregor dans ce souk ?

Une bonne heure plus tard, je me déplaçais toujours à tue-tête dans le bâtiment et toujours sans un seul mot des fantômes. La visite avait néanmoins été très intéressante, comme si je faisais une visite guidée, j'eus le temps de connaître par cœur les différents couloirs de ce château.

Finalement, un des fantômes sortit de son silence et me lança.

- Le voilà, c'est lui, c'est Nero Gregor.

En effet, il était difficile de se tromper, depuis que j'étais entré dans le château, aucun personnage dans ce bâtiment ne m'avait fait plus forte impression.

Nero Gregor venait d'entrer dans la forteresse accompagné d'une bonne douzaine de chevaliers chevauchant fièrement leurs destriers. C'était un vieil homme plutôt bien conservé, il était de taille assez moyenne, des cheveux blancs et une longue barbe grisonnante lui couvraient le visage. Les cicatrices qu'il portait sur plusieurs parties de son visage laissaient voir la vie dangereuse qu'il avait menée.

Lorsqu'il entra, il fut royalement accueilli par toutes les personnes qui se trouvaient là. Descendu de son cheval, il se dirigea immédiatement à l'intérieur du bâtiment sans même prêter attention à la foule qui l'acclamait. Il était suivi par d'autres hommes portant à bout de bras des paquets laissant passer des bouts de papier mal conservés ainsi qu'une énorme caisse. Je me mis alors à les suivre.

- Grand maître, vous n'avez pas dit un seul mot depuis notre départ, que devons-nous faire de tout ça ? sonda un des hommes qui suivait Nero Gregor.

- Suivez-moi, nous devons les emporter tout de suite au sous-sol et surtout rester très discrets, répondit-il avant d'accélérer la marche.

Arrivé au sous-sol, Nero invita les hommes qui le suivaient à déposer les paquets qu'ils portaient et indiqua à tous la sortie.

- Mais grand maître ? intervenait un des hommes de Nero.

- Sortez ! hurla-t-il.

Les hommes s'exécutèrent et sortirent immédiatement de la salle sans demander leur reste.

- Je n'arrive pas à y croire, se parlait-il tout seul. Vous avez échoué, vous avez échoué. Cette chose est beaucoup trop dangereuse.

Nero Gregor semblait extrêmement inquiet, il tournait en rond s'arrachant les cheveux comme si quelque chose de terrible venait de se produire.

- Vous avez échoué, vous avez échoué, répétait-il sans cesse avant de se laisser tomber sur le sol. Il faut qu'ils continuent de penser qu'il a toujours cette chose, il faut qu'ils continuent de penser qu'il est en vie et qu'il l'a toujours, je ne peux pas le laisser tomber entre leurs mains.

Après avoir terminé de se lamenter, Nero se mit à fouiller frénétiquement dans le tas de papier qui se trouvait dans l'énorme paquet qui avait été déposé par ses hommes. Il en sortit un objet. Je n'en croyais pas mes yeux.

L'objet qu'il venait de sortir était une dague de taille moyenne, une dague tellement noire que l'on aurait pu la confondre avec du charbon. C'était la dague d'Isangel, la dague que les membres de l'ordre et les marchands de sable recherchaient depuis des siècles, elle était là sous mes yeux.

Mais je ne comprenais plus rien, comment se faisait-il que Nero Gregor l'eût en sa possession ? J'avais cru comprendre qu'Isallys Nusquam était celui qui détenait la dague et qu'il l'avait caché. Comment Nero Gregor est-il entré en sa possession dans ce cas ?

- La légendaire dague d'Isangel, alors elle existe vraiment. Après tout ce temps passé à sa recherche, la voilà enfin, fit la voix du fantôme qui semblait aux anges. Toutes ces années nous étions dans le faux, toutes ces années nous avions tous cru que l'artefact était entre les mains d'Isallys Nusquam. Mais non, il était aux mains de Nero Gregor. Vois-tu à quel point tu es important Noah Akeylla ? Sans toi, nous n'aurions jamais retrouvé une information pareille.

Oncle Idy est-il au courant de cette information ? Ça m'étonnerait énormément.

- Je dois la faire disparaître, cette monstruosité doit disparaître, si les membres de l'ordre remettent la main sur cette dague, c'est la fin. Nous ne pourrons plus les arrêter, ils délivreront Hel Layas du néant, fit Nero.

Quelqu'un frappait férocement sur la porte de la salle dans laquelle se trouvait Nero Gregor.

- Qui va là ? demanda-t-il alors qu'il tentait tant bien que mal de cacher la dague.

- Grand maître, nous subissons une attaque massive des membres de l'ordre. Le quartier général ne tiendra pas, nous attendons vos ordres.

À ce moment, Nero Gregor se rua vers la sortie et laissa l'artefact caché dans un des faux murs de la salle souterraine en marmonnant :

- Ils ne doivent pas la trouver, peut-être que... Je dois retourner là où tout a commencé !

- La raison pour laquelle nous avons choisi cette époque est parce que c'est le jour où Nero Gregor a été tué par les membres de l'ordre. Nous savions que nous apprendrions quelque chose. Nous sommes dans le quartier général des marchands de sable à l'époque de sa destruction et Nero Gregor a laissé l'artefact dans les souterrains avant d'aller se faire tuer par les membres de l'ordre. Cela voudrait dire qu'il n'est jamais revenu pour l'artefact.

L'artefact se trouverait donc dans les ruines de l'ancien quartier général des marchands de sable. Était-ce vraiment le cas ? L'artefact était-il vraiment à cet endroit ? Les membres de l'ordre allaient-ils le retrouver en premier ?

- Merci pour ta coopération, Noah Akeylla. Tu as accompli ton destin.

- Attendez, c'est vraiment terminé ? Qu'est-ce qui va se passer maintenant ?

Silence radio, je n'entendais plus rien de la part des fantômes, ils semblaient avoir quitté mon rêve. Était-ce aussi simple que ça ?

Avant de quitter la salle, je décidai de la regarder encore une fois afin de m'assurer que rien ne m'échappait. Les fantômes semblaient avoir obtenu tout ce dont ils avaient besoin et étaient maintenant partis. Je m'assurai de bien mémoriser l'endroit exact où était la dague.

Après m'être assuré de bien connaître la position de la dague, il était temps que je retourne à mon époque.

Après un petit moment de concentration, le temps se remit à avancer rapidement, tout allait de plus en plus vite, les images défilaient à une vitesse phénoménale.

J'étais maintenant de retour dans mon rêve. Aucune trace des fantômes, qui étaient déjà partis depuis longtemps, je suppose. Mais comment avaient-ils fait pour entrer dans mon rêve ? Et Idy Oart, les avait-il vus ?

- Oncle Idy, vous êtes là ? lançai-je.

Aucune réponse.

En y repensant, je remarquai quelque chose d'étrange. Cette sensation de puissance s'était envolée, je ne ressentais plus cette force en moi. Comme si j'étais dans un rêve normal et non avec l'aide dès la machine. De plus, j'avais l'impression d'avoir passé énormément de temps dans la machine.

Pour confirmer mes doutes, je sortis dans le visum voir ce qui se passait.

Tout était beaucoup trop normal, comme à l'accoutumée. Je ne ressentais plus les effets de la machine. Dans ce cas, pourquoi ne m'étais-je pas réveillé ? Quelque chose n'allait pas, il fallait que je me réveille.

- Noah attend ! entendis-je au loin. C'était Kailleen qui se dirigeait vers moi.

- Kailleen, qu'est-ce que tu fais là ? Mon oncle va te voir ! chuchotai-je.

- Je suis vraiment désolée, mais il fallait que je te parle, c'est très important.

Lorsque je vis son visage, je voyais que quelque chose n'allait pas. Elle semblait extrêmement inquiète.

- Qu'est-ce qui t'arrive ? demandai-je, oubliant qu'oncle Idy pouvait probablement nous voir.

- C'est Akil, dit-elle. Il n'est pas revenu dans le monde des rêves depuis notre discussion.

- Tu ne devrais pas t'inquiéter de la sorte, il est très probable qu'il ne se soit juste pas encore endormi. Il est encore très tôt, tu sais.

- Qu'est-ce que tu racontes, Noah ? As-tu perdu la notion du temps ? Je ne sais pas dans quelle région tu vis, mais ici il fait presque jour.

- Quoi ? demandai-je. À ce moment précis, je me rendis compte qu'elle avait raison, je ne m'en étais pas encore rendu compte, mais ça faisait maintenant sept heures que j'étais dans le monde des rêves. Comment était-ce possible ?

- Tu as raison, Kailleen, il fait presque jour. Je ne comprends plus rien.

- Akil vient toujours me voir quand il est dans le visum, c'est la première fois qu'il ne vient pas.

- Je suis sûr qu'il va bien et qu'il y a une bonne raison à son absence, tentai-je de la rassurer.

- Il trouve toujours le moyen de me prévenir quand il ne vient pas dans le monde des rêves.

- Vous avez l'air d'être très proches tous les deux.

- Akil a toujours été là pour moi, depuis la mort de nos parents, il a toujours été présent pour moi.

- Vos parents ? Tu veux dire que Dix-neuf est ton...

- Mon frère, oui bien sûr. Oh, je viens de me rendre compte qu'on ne te l'avait jamais dit.

- Je n'aurais jamais imaginé que vous étiez frère et sœur. Mais dans ce cas, vous ne vivez pas au même endroit ?

- Euh... Akil et moi... eh bien, comment dire... nous ne vivons pas exactement dans la même ville. Je suis vraiment inquiète pour lui en ce moment, ça ne lui ressemble pas du tout de disparaître de la sorte.

- As-tu essayé de le contacter dans le monde réel ?

- Il bouge énormément, je n'arriverai pas à le joindre aussi facilement que ça. Et si c'était les membres de l'ordre ? Comment être sûr qu'ils ne l'ont pas enlevé ou pire s'affo-la-t-elle.

- Calme-toi, Kailleen, je suis sûr qu'il y a une explica-tion, Tyndall nous a donné dix jours, ça ne peut pas être lui. De plus, quelque chose me dit qu'ils ne viendront plus après nous.

- Pourquoi ? Qu'est-ce qui te fait dire ça ?

- Ils savent où se trouve l'artefact et je suis sûr qu'en ce moment même, ils sont en route pour le retrouver.

- Tu en es sûr, comment est-ce possible ?

- Je t'expliquerai plus tard, il faut que je parle à mon oncle avant qu'il ne soit trop tard.

- Très bien, vas-y.

- Ne t'inquiète pas pour Dix-neuf, je suis sûr qu'il va très bien et qu'il reviendra très bientôt.

- Merci Noah.

- Fais attention à toi, Kailleen.

Quelques secondes plus tard, je me réveillai sur la ma-chine d'oncle Idy. Lorsque je regardai autour de moi, je ne l'apercevais pas. Où était-il allé ? Je cherchai mon fauteuil du regard et je finis par l'apercevoir, il était dans un coin de la pièce, trop loin de moi pour que je ne puisse l'atteindre.

Au même moment, oncle Idy apparut très vite tenant entre ses mains un livre de la taille d'un dictionnaire.

- Noah ? Tu es réveillé, me dit-il sur un ton rassuré.

- Où étiez-vous oncle Idy ? Pourquoi n'étiez-vous pas avec moi dans mon rêve ?

- Que s'est-il passé ? As-tu réussi ? Es-tu allé dans le passé ?

- Pourquoi n'étiez-vous pas avec moi ? insistai-je.

- Je suis vraiment désolé, Noah, mais je ne pouvais pas ?

- Comment ça vous ne pouviez pas ?

- Il y a une chose que je ne t'ai pas dite au sujet de la machine. Tu ne peux pas l'utiliser deux soirs de suite. Tu dois attendre au moins 72 heures avant de pouvoir la réutiliser.

- Qu'est-ce que vous racontez ?

- La raison pour laquelle je ne te l'ai pas dit est parce que j'avais besoin que tu retournes dans le passé par toi-même.

- Attendez, vous voulez dire que la machine n'était même pas activée ? Alors comment ?

- Justement, je te l'ai déjà dit, le monde des rêves est dirigé par les émotions. À partir du moment où tu pensais que la machine fonctionnait, tu as réussi à utiliser ta capacité, tu as réussi parce que tu y croyais. Tu n'as plus besoin de la machine pour retourner dans le passé.

- Alors, à aucun moment vous n'étiez avec moi ?

- Non, désolé. Mais raconte-moi, qu'est-ce qui s'est passé ?

- Je sais où se trouve la dague d'Isangel.

23

LÀ OÙ TOUT A COMMENCÉ

J'étais maintenant sorti du monde des rêves, oncle Idy n'était pas avec moi cette fois-ci, il n'était pas venu avec moi dans le monde des rêves en utilisant sa machine à rêves. Apparemment, je ne pouvais pas l'utiliser avant 72 heures après ma dernière utilisation.

L'artefact était-il déjà perdu ? Est-ce que les membres de l'ordre allaient réussir à retrouver la forteresse des marchands de sable ?

- Tu sais où est l'artefact ? me demanda oncle Idy qui n'en croyait toujours pas ses oreilles.

- Oui, mais il y a un problème. Les membres de l'ordre savent aussi où se trouve l'artefact.

- Comment ? Tu es sûr de toi ? Qu'est-ce qui s'est passé exactement ?

- J'ai réussi à remonter le temps exactement à l'époque où j'avais été envoyé par les fantômes. À ce moment même, les fantômes ont réussi à rentrer dans mon rêve par je ne sais quel moyen. Ils se sont retrouvés avec moi dans le passé.

- Je n'arrive toujours pas à comprendre comment ces fantômes font pour pénétrer dans la zone des gardiens sans être repérés. Je vais demander à Kogan Munroe de mener son enquête.

- Ces fantômes sont très puissants. Ils sont rentrés dans mon rêve avec une facilité déconcertante, malgré le fait que mon rêve était protégé.

- C'est exactement comme je te l'avais dit, il est très difficile de se défendre contre de puissants Somniatores. Mais continue, que s'est-il passé ensuite ?

- Les fantômes m'ont guidé dans le passé, ils m'ont entraîné dans une forteresse appartenant aux marchands de sable.

- Tu as bien dit une forteresse ? À quoi ressemblait-elle ? Qu'as-tu vu exactement ?

- Selon les fantômes, il s'agissait du quartier général des marchands de sable. Je sais qu'elle devait se situer quelque part dans un endroit appelé la terre maudite.

- Tu as bien dit la terre maudite. C'est à cet endroit qu'Orderic Oris Nusquam a créé l'ordre des Somniatores. C'est là qu'ils ont commencé leur combat contre le mal et la corruption.

- Oui. Les fantômes étaient à la recherche d'un homme du nom de Nero Gregor. À l'époque, il était le grand maître des marchands de sable. L'époque où nous nous trouvions était le moment d'une attaque massive de la part des membres de l'ordre. Toujours selon les fantômes, Nero aurait perdu la vie en ce jour.

- Nero Gregor. Pourquoi recherchaient-ils Nero Gregor ?

- J'ai gardé le meilleur pour la fin, Isallys Nusquam n'était pas celui qui avait caché l'artefact. C'était Nero.

- Quoi ? Nero ? Ce n'est pas possible.

- Je l'ai vu de mes propres yeux. Nero est bel et bien celui qui avait l'artefact et j'ai vu là où il l'a caché avant d'aller affronter les membres de l'ordre.

- C'est incroyable ! Alors Nero était celui qui avait caché l'artefact. Tout ce temps nous étions sur la mauvaise voie. Tout ce temps nous étions focalisés sur Isallys alors que Nero était celui qui avait l'artefact. Où l'a-t-il caché ?

- Dans les sous-sols de la forteresse des marchands de sable, mais le problème est que les fantômes aussi savent où l'artefact est caché.

- Alors, ça veut dire qu'ils sont déjà en route pour le retrouver. À partir de maintenant, ça va être une course contre la montre. Mais on n'a pas encore perdu, ces fantômes sont bien renseignés, mais il est possible qu'ils ne sachent pas exactement où se trouve la forteresse des marchands de sable.

- Et vous ? Vous le savez, oncle Idy ?

- Il se trouve que non, du moins pas exactement. Mais grâce à la bibliothèque, ce n'est qu'une question de temps pour qu'on la retrouve. J'ai un extrait du journal d'Isallys qui pourrait nous permettre de trouver l'emplacement exact. La bonne nouvelle est que la forteresse était située quelque part en Europe.

Oncle Idy se leva précipitamment et alla dans la bibliothèque, probablement à la recherche du journal d'Isallys.

Dix minutes plus tard, il était revenu dans la salle de la machine à rêves.

- C'est parfait Noah, j'ai une piste. Nous partons en exploration.

- Où allons-nous exactement ?

- Nous allons au nord. Mais avant qu'on parte, je vais devoir appeler les gardiens. Nous tomberons certainement sur les membres de l'ordre.

- Croyez-vous que ça pourrait dégénérer comme la dernière fois ?

- Il y a des chances. Je ne t'aurais jamais emmené si tu n'étais pas la seule personne capable de retrouver l'emplacement exact de l'artefact.

- Ne vous inquiétez pas pour moi, les membres de l'ordre ne me font pas peur.

- Quel courage de ta part, mais tu ne devrais vraiment pas les prendre à la légère. Ils sont extrêmement dangereux et ils seront prêts à tout pour mettre la main sur l'artefact.

- Mais nous avons les gardiens de notre côté, donc tout va bien, non ?

- Les membres de l'ordre ont des Somniatores tout aussi puissants que les gardiens.

- Vous n'êtes pas très rassurant, oncle Idy.

- Je suis désolé, je veux juste m'assurer que tu sois prêt pour ce qui nous attend. Prépare-toi, nous partons dès que possible.

- Très bien.

Nous étions maintenant sortis de la bibliothèque. La première chose que je remarquai était les rayons de soleil qui entrait par les larges fenêtres de la maison. J'avais l'impression d'avoir passé une éternité dans cette bibliothèque. Je fus immédiatement accueilli par une odeur divine. Peu importe ce qu'Edward avait cuisiné, ça m'a donné envie de faire de la salle à manger ma première destination.

Après un agréable petit déjeuner, je n'avais eu besoin que de dix minutes pour préparer un sac dans lequel j'avais entassé les affaires dont j'aurai besoin.

- Le jet est prêt à partir, lança un des gardes du corps d'oncle Idy.

- Très bien, nous sommes prêts nous aussi, répondit-il.

- Le jet ? intervins-je. Je ne savais pas qu'on allait aussi loin.

- Hahaha, je suis désolé, Noah, je sais que tu n'apprécies pas particulièrement voyager en avion, mais là où nous allons, ce n'est pas vraiment la porte à côté.

- Où allons-nous exactement ?

- Glasgow, répondit-il.

- Glasgow ? C'est là où se trouve la forteresse des marchands de sable ?

- Oui. D'après mes recherches combinées à celles de nos chercheurs, Isallys s'était enfui à cet endroit pour échapper à Hel Layas. C'est à partir de là qu'il a préparé la résistance et qu'il a fondé les marchands de sable. Tu n'as pas à t'inquiéter, nous y serons en peu de temps.

- Très bien, je suppose que je n'ai pas vraiment le choix.

Une voiture nous attendait devant la maison, le nombre des gardes du corps d'oncle Idy semblait avoir triplé. De nombreux gardes du corps étaient postés aux alentours de la maison.

Un de ses hommes m'aidait à embarquer dans le véhicule d'oncle Idy avant de ranger mon fauteuil dans l'un des nombreux véhicules qui étaient prêts à partir. Edward était également du voyage et venait d'embarquer à l'avant du véhicule.

Tel un convoi de dignitaires, nous étions maintenant en route pour l'aéroport où nous attendait le jet.

Après avoir rapidement traversé la ville, nous étions arrivés à l'aéroport. L'embarquement avait été très rapide. L'entourage d'oncle Idy était impressionnant, j'avais l'impression que nous allions en guerre.

Après le décollage, oncle Idy attrapa un téléphone et parlait avec une personne au bout du fil. Malheureusement, de là où j'étais, je ne pouvais pas l'entendre. Je me demandais ce qui pouvait bien nous attendre à notre arrivée. Devions-nous nous attendre à tomber sur les membres de l'ordre ? J'espérais de tout cœur ne pas avoir à tomber sur eux, mais mieux valait ne pas se voiler la face. Les membres de l'ordre devaient déjà être en train de nous attendre à notre arrivée.

- Vous m'avez l'air nerveux, master Noah, me lança Edward qui me tirait de mes songes.

- Ça se voit tant que ça ? répondis-je.

- C'est tout à fait normal, c'est difficile pour un aussi jeune garçon de participer à autant de choses. Je suis moi-même un peu nerveux à cause de ce que nous allons trouver.

- Les membres de l'ordre vous font peur à vous aussi ?

- Non, pas les membres de l'ordre, mais la dague d'Isangel. Imaginez-vous si une chose pareille existait, cela pourrait signifier la fin du monde si l'ordre met la main dessus. Rien que d'y penser, j'en suis terrifié.

Edward avait raison, je n'avais pas vu les choses sous cet angle. Je n'avais jamais vraiment réfléchi au danger que pouvait représenter la dague d'Isangel entre leurs mains. Si les membres de l'ordre venaient à mettre la main dessus, que se passerait-il ? Tant de doute me traversait l'esprit.

Une heure plus tard, nous survolions Glasgow, accueillis par un soleil chaleureux.

Après l'atterrissage, je me rendis compte à quel point l'angoisse de retrouver l'artefact m'avait fait oublier ma peur

- Qu'est-ce que vous racontez ?

- La raison pour laquelle je ne te l'ai pas dit est parce que j'avais besoin que tu retournes dans le passé par toi-même.

- Attendez, vous voulez dire que la machine n'était même pas activée ? Alors comment ?

- Justement, je te l'ai déjà dit, le monde des rêves est dirigé par les émotions. À partir du moment où tu pensais que la machine fonctionnait, tu as réussi à utiliser ta capacité, tu as réussi parce que tu y croyais. Tu n'as plus besoin de la machine pour retourner dans le passé.

- Alors, à aucun moment vous n'étiez avec moi ?

- Non, désolé. Mais raconte-moi, qu'est-ce qui s'est passé ?

- Je sais où se trouve la dague d'Isangel.

23

LÀ OÙ TOUT A COMMENCÉ

J'étais maintenant sorti du monde des rêves, oncle Idy n'était pas avec moi cette fois-ci, il n'était pas venu avec moi dans le monde des rêves en utilisant sa machine à rêves. Apparemment, je ne pouvais pas l'utiliser avant 72 heures après ma dernière utilisation.

L'artefact était-il déjà perdu ? Est-ce que les membres de l'ordre allaient réussir à retrouver la forteresse des marchands de sable ?

- Tu sais où est l'artefact ? me demanda oncle Idy qui n'en croyait toujours pas ses oreilles.

- Oui, mais il y a un problème. Les membres de l'ordre savent aussi où se trouve l'artefact.

- Comment ? Tu es sûr de toi ? Qu'est-ce qui s'est passé exactement ?

- J'ai réussi à remonter le temps exactement à l'époque où j'avais été envoyé par les fantômes. À ce moment même, les fantômes ont réussi à rentrer dans mon rêve par je ne sais quel moyen. Ils se sont retrouvés avec moi dans le passé.

- Je n'arrive toujours pas à comprendre comment ces fantômes font pour pénétrer dans la zone des gardiens sans être repérés. Je vais demander à Kogan Munroe de mener son enquête.

de l'avion. Je n'avais senti aucune turbulence et je n'avais même pas été angoissé par l'atterrissage ou le décollage. Il y avait au moins un bon côté à tout ça.

À notre sortie de l'aéroport, un homme de très forte corpulence et de grande taille nous accueillit, il était vêtu d'un très beau costume noir qui ne lui rendait toutefois pas un air sympathique. Il se tenait presque au garde-à-vous, la mine serrée.

- Kogan ! lança oncle Idy dans la direction de l'homme.

- Idy ! s'empressa-t-il de répondre sur un ton grave.

Une tension très claire était palpable entre oncle Idy et cet homme.

- Qui est cet homme ? chuchotai-je en direction d'Edward.

- Cet homme, master Noah, se nomme Kogan Munroe. Le commandant en chef des gardiens.

- Cet homme est le commandant en chef des gardiens ? Incroyable. Y a-t-il une histoire entre oncle Idy et lui ? Je sens une tension très forte entre les deux.

- Ha ! Vous avez remarqué ? En effet, il y a une histoire très compliquée entre eux, je n'en connais pas les détails, mais Kogan Munroe méprise votre oncle au plus haut point et c'est réciproque.

- J'avais déjà senti qu'oncle Idy n'était pas vraiment un grand fan des gardiens.

- En effet, il ne les aime pas vraiment, mais il est obligé de s'entourer d'eux, rien que pour la défense de la bibliothèque.

- Vous savez pour la bibliothèque ? m'étonnai-je.

- Je ne vois pas pourquoi cela vous étonne, master Noah. Il y a très peu de choses que master Oart ne me dit pas.

- Pourquoi Kogan Munroe est-il là ?

- Les marchands de sable, comme vous pouvez le voir, ne plaisantent pas avec la menace que représentent les membres de l'ordre et il est très important que l'artefact soit rapidement retrouvé et mis en sécurité. Je suppose que monsieur Munroe est présent pour s'assurer que tout se passe pour le mieux.

Tandis que je parlais avec Edward, je sentais le regard oppressant du commandant en chef qui ne me lâchait pas des yeux tandis qu'il parlait avec oncle Idy. Cet homme ne m'inspirait aucune quiétude. Je ne pouvais pas me le cacher à moi-même, il m'effrayait.

Après avoir fini de parler avec lui, oncle Idy revint dans ma direction. L'expression sur son visage me confirmait qu'il n'appréciait vraiment pas l'homme avec qui il était en train de parler.

- Tout va bien oncle Idy ? demandai-je.

- On nous demande d'attendre un petit moment, les gardiens ont trouvé la forteresse. Ils sont pour le moment en train de la sécuriser du mieux qu'ils peuvent, ensuite ce sera à toi d'intervenir afin de retrouver l'artefact.

- Et les membres de l'ordre ?

- C'est ce qui m'inquiète pour le moment, ils n'ont donné aucun signe de vie.

- Pourquoi cet homme n'arrête pas de me regarder ? demandai-je à nouveau.

Oncle Idy se retourna et aperçut Kogan Munroe qui en effet ne me lâchait pas du regard. Lorsqu'il s'aperçut qu'oncle Idy le voyait, il détourna son regard et s'adressa à l'un de ses hommes.

- Ne fais pas attention, cet homme est simplement là pour s'assurer de notre sécurité.

- Qu'est-ce que la SSS ? demandai-je en pointant du doigt les trois lettres rouges qui étaient apposées à tous les véhicules qui nous entouraient, mais également sur les uniformes des gardiens.

- Le service de sécurité sentinelle. C'est comme ça que se font appeler les gardiens dans le monde réel. La SSS est un service de sécurité militaire privé. Une autre organisation des marchands de sable.

Cinq heures plus tard, nous avions l'autorisation de nous rendre sur le site qui abritait autrefois le quartier général des marchands de sable. L'endroit étant difficile d'accès et très accidenté, nous y étions conduits à bord d'un véhicule tout terrain taillé pour ce genre de parcours. Les moyens mis en place par les marchands de sable étaient impressionnants. Oncle Idy m'avait pourtant dit à quel point les marchands de sable étaient un groupe puissant, mais si je ne l'avais vu de mes propres yeux, je n'aurais jamais compris l'étendue de ses propos.

Le soleil commençait à décliner dans le ciel, ses rayons chauds nous éclairaient la voie tandis que nous commencions à nous perdre derrière les montagnes.

La civilisation avait complètement disparu pour laisser place à un environnement désert de toute trace de vie. Les gardiens étaient sur le qui-vive, leur concentration était totale. Rien ne semblait pouvoir leur échapper tant ils avaient l'air focalisés sur ce qui les entourait.

Il n'y avait toujours aucun signe de vie des membres de l'ordre. On aurait dit que l'arsenal des gardiens les avait effrayés. Dans le meilleur des cas, on n'aura pas affaire à eux, mais les membres de l'ordre me semblaient beaucoup trop déterminés pour abandonner aussi facilement, et ça, les gardiens semblaient l'avoir compris, ce qui pourrait expliquer les précautions qu'ils prenaient.

- Nous y sommes presque, monsieur Oart, nous lança le chauffeur de notre tout terrain. Je ne m'en étais pas encore rendu compte, mais les deux hommes assis à l'avant de notre véhicule étaient les mêmes qui nous avaient conduits à Toronto. Leur présence me rassura immédiatement, ils avaient été en effet tellement efficaces que Lucent avait été arrêté.

Nous étions finalement arrivés, en effet, le nombre incroyable de personnes se trouvant sur le site dépassait l'entendement. Toutes ces personnes étaient des Somniatores ?

Il y avait trois groupes de personnes, les gardiens ou plutôt dans le monde réel, le service de sécurité sentinelle qui étaient clairement distinctif avec leurs accoutrements noirs et leurs armes.

Il y avait ensuite des hommes en blouse blanche, c'était certainement des scientifiques qui étaient là pour explorer le site afin de faire des recherches.

Ensuite, il y avait le troisième groupe de personnes auquel j'appartenais, soit ceux en tenue civile.

- C'est une véritable fourmilière, s'étonna oncle Idy.
Cette opération devait rester secrète.

- Oui monsieur, c'est bien le cas, mais ce sont les ordres
directs du grand maître, répondit le chauffeur.

- C'est insensé, s'énerva-t-il. Pourquoi le grand maître
ne m'a-t-il pas informé de cela ?

Oncle Idy semblait remonté, il ne s'attendait pas à trouver autant de monde sur le site et moi non plus d'ailleurs.
Mais je devais avouer que ce grand monde me rassurait beaucoup plus, les membres de l'ordre n'oseraient pas attaquer au
vu de tout ce monde, du moins je l'espérais. Notre véhicule
n'eut même pas le temps de s'arrêter qu'oncle Idy en descendit se ruant vers Kogan Munroe.

- Kogan, qu'est-ce que tout ça veut dire ? Pourquoi as-
tu laissé autant de monde accéder au site ?

- Cette opération est sous mon commandement Idy, tu
n'as pas à me dire ce que je dois faire. Assure-toi juste que le
garçon nous mène à l'artefact, je m'occupe du reste.

- C'est de la folie, cette opération était censée rester
secrète.

- Reste en dehors de mon champ d'action Idy, je ne le
répéterai pas.

Sans même se retourner, l'homme s'en alla brusquement, il ne semblait vraiment pas apprécier oncle Idy.

- Je suis vraiment désolé, monsieur Oart, le commandant
est un peu stressé en ce moment, lança le chauffeur de notre
véhicule qui semblait avoir une certaine empathie pour oncle
Idy.

- Ce type est borné comme ce n'est pas possible, mais
voyons les choses en face, il fait ça uniquement dans le but de
m'énerver.

- Non monsieur, vous vous trompez. Le commandant a
reçu ses directives directement de la part du grand maître qui
aurait insisté pour autoriser les scientifiques et les chercheurs
sur le site. Vous devez comprendre, cet endroit est un trésor
d'histoire pour nous. De plus, s'il y a autant de monde, c'est
pour empêcher les sans-consciences d'être trop suspicieux
sur la véritable raison de notre présence. Mieux vaudrait

que ça ressemble à des recherches scientifiques qu'à un siège militaire.

- Je ne pense toujours pas que ce soit une bonne idée, mais, si c'est un ordre direct du grand maître, que pouvons-nous y faire ?

Oncle Idy s'était résigné, Kogan Munroe avait les choses en mains. Nous nous dirigions maintenant dans les ruines de la forteresse, on pouvait deviner la forme du bâtiment et sa taille grâce aux quelques murs qui étaient restés debout malgré le temps.

La nature avait repris ces droits sur la forteresse qui était maintenant recouverte d'herbes et de plantes de toutes sortes.

L'attaque des membres de l'ordre à l'époque avait dû être terrible, la forteresse était complètement détruite.

À mesure où j'avançais dans les ruines du château, je ne pouvais m'empêcher de remarquer tous les regards qui étaient posés sur moi. Ces gens me regardaient et me laissaient passer comme si j'étais une sorte de messie ou plutôt comme s'ils avaient peur de moi. Je pouvais entendre leurs chuchotements :

- *Tu crois que c'est lui ? C'est Noah Akeylla ?*

- Il sait où est *l'artefact* ? C'est l'enfant de la prophétie *du grand maitre*, pouvais-je les entendre dire.

- Nous sommes maintenant dans l'enceinte du château, c'est maintenant à vous, nous veillerons à ce que vous ne soyez pas dérangés, lança Kogan Munroe. Vous avez une heure ! termina-t-il avant de s'en aller.

- Nous serons votre escorte jusqu'à ce que l'artefact soit retrouvé, lancèrent le chauffeur et son coéquipier.

- Très bien ; nous pouvons y aller.

Les deux gardiens, Edward, oncle Idy et moi-même étions lancés dans les sous-sols à la recherche de la dague d'Isangel. Les sous-sols de la forteresse avaient su résister aux agressions du temps. Les lieux semblaient néanmoins vouloir s'effondrer à tout moment ce qui serait vraiment dramatique. Si cela arrivait, nous serions enterrés vivants dans ces ruines.

Un des gardiens menait la voie, il était suivi d'Edward qui s'était vu confier la mission de pousser mon fauteuil, oncle Idy marchait à côté de nous tandis que le dernier gardien fermait la voie.

- Les lieux semblent avoir été visités, lançai-je.

- Oui, monsieur Akeylla, répondit le gardien de tête. Nous sommes venus en éclaireur afin de désactiver tous potentiels dangers.

- Et quel est votre verdict ? questionna oncle Idy.

- Tout est sécurisé !

- Qu'en est-il des membres de l'ordre ? demandai-je inquiet.

- Vous n'avez pas à vous en inquiéter, me répondit-il. Cet endroit est protégé par les gardiens jamais ils ne pourront y entrer.

- C'est sûrement ce que devaient se dire les marchands de sable à l'époque, ironisai-je.

- Nous devons nous dépêcher de retrouver l'artefact. Ils pourraient tenter quelque chose de désespéré, fit oncle Idy.

- Vous avez raison, ajoutai-je.

- Noah, alors, tu te rappelles de quoi que ce soit ? Sais-tu où nous devons aller maintenant ?

Ce que je voyais autour de moi ne me rappelait pas grand-chose, cet endroit n'était plus le même qu'il y a 1 500 ans. Mais si je me concentrais suffisamment, je pourrais trouver une piste.

- Je ne vois rien pour le moment, mais continuons.

Après une vingtaine de minutes à tourner en rond dans les sous-sols de la forteresse, un détail me sauta aux yeux. En effet, même étant dans le sous-sol, Nero Gregor avait emprunté un chemin qui menait un peu plus profondément dans le sol. Le couloir dans lequel nous nous trouvions conduisait à cet endroit, je me faisais une représentation des lieux dans mon esprit. Je commençais à reconnaitre les murs qui nous entouraient. L'artefact n'était plus très loin, nous étions plus proches que jamais.

- Ça va Noah ? me lança oncle Idy qui avait remarqué que j'étais sur une piste.

- Nous sommes proches, nous sommes très proches.

- Vous en êtes certain, monsieur Akeylla ? Quelle direction ?

- Nous devons aller tout droit puis nous tournerons sur la gauche à la prochaine au troisième couloir.

Le groupe s'exécutait immédiatement, mes directives étaient suivies à la lettre.

Nous étions arrivés devant un mur qui nous bloquait le passage.

- Vous êtes sûr de vous, monsieur Akeylla ? C'est une impasse, lança un des gardiens.

- Non ! répondit oncle Idy qui semblait avoir compris. Ce n'est pas une impasse.

Il se mit à tâter le mur en espérant trouver une espèce de déclencheur.

- Vous avez raison, oncle Idy, dans mon rêve ce mur n'était pas là, quelqu'un a dû l'ériger afin de tromper les curieux, afin de protéger ce qui se trouve à l'intérieur.

- Vous en êtes sûr ? me demanda un des gardiens.

- Oui, je reconnais parfaitement cet endroit, et derrière ce mur se trouve l'artefact d'Isangel. Les personnes qui ont muré cet endroit devaient savoir pour l'artefact, peut-être étaient-ce les hommes qui accompagnaient Nero. En le murant, personne n'aurait pu trouver l'artefact, et ils avaient raison. Le mur ne semble pas avoir été forcé ce qui veut dire que ce qui est à l'intérieur doit encore y être.

- Tu dois avoir raison Noah, jamais ils ne se seraient doutés qu'un jour un Somniatore capable de retourner dans le passé irait découvrir leurs secrets. C'est fascinant, alors l'artefact se trouve vraiment derrière ce mur.

- Que faisons-nous maintenant, master Oart ? demanda Edward.

- Ce mur m'a l'air beaucoup trop épais, nous ne pourrons jamais le détruire nous-mêmes, il faut qu'on remonte à la surface et qu'on redescende avec plus d'aide.

- Monsieur Oart, nous sommes tout près du but, nous ne pouvons pas nous en aller avant d'avoir l'artefact entre les mains, intervint un des gardiens.

- Nous ne pouvons pas prendre ce risque, si nous forçons et que nous détruisons ce mur, la forteresse risquerait de s'effondrer et de nous ensevelir. Nous pourrions perdre l'artefact à jamais.

- N'est-ce pas la meilleure chose à faire, master Oart ? ajouta Edward.

- Non, nous devons être sûrs que l'artefact soit en sécurité. Remontons à la surface et redescendons avec de l'aide, insista oncle Idy avec une fermeté que je ne lui connaissais pas encore.

- Je suis désolé, monsieur Oart, mais je ne peux pas vous laisser faire ça, ajouta un des hommes en pointant une arme en direction d'oncle Idy qui s'arrêta net dans sa tentative de rejoindre la surface.

- Qu'est-ce que vous faites ? paniquai-je.

- Qu'est-ce que tu fais ? lança l'autre gardien qui semblait tout aussi surpris que moi. Ce n'est pas encore le moment, nous n'avons pas encore l'artefact.

- Nous n'avons pas le choix Marc, s'ils remontent à la surface et qu'ils redescendent avec plus de personnes, nos chances de récupérer l'artefact sont fichues. Tu sais comment ça a été difficile de convaincre le commandant de ne laisser descendre qu'un groupe restreint de personnes. On n'aura pas une deuxième chance.

- Attendez, qu'est-ce que vous racontez ? Qui êtes-vous ? demandai-je.

- Le plan des membres de l'ordre depuis le début, répondit oncle Idy. Combien de temps êtes-vous infiltrés chez les marchands de sable Marc, Trevor ?

- Ça n'a pas vraiment d'importance, vous ne croyez pas ?

- Quoi ? Ces deux gardiens sont des membres de l'ordre infiltrés ? C'est impossible ! Ils nous ont aidés à capturer Lucent. Pourquoi nous aideraient-ils à capturer un des leurs ? Ça n'a pas de sens ! m'étonnai-je.

- Trevor, si cette opération échoue, on n'aura pas une deuxième chance et tu viens de griller notre couverture.

- S'ils sortent d'ici, le commandant Kogan viendra lui-même et l'opération est terminée, nous ne pouvons pas les laisser avoir l'artefact avant nous.

- Vous croyez vraiment vous en sortir aussi facilement ? Vous vous trompez, menaça oncle Idy.

- Nous nous en sortirons, ne vous en faites pas pour ça, nous avons notre monnaie d'échange. Votre précieuse arme, ce gamin. Il sera très facile pour nous de le tuer si vous ne faites pas ce qu'on vous dit.

- Que comptez-vous faire maintenant ? demanda-t-il à nouveau.

- Nous allons faire sauter ce mur.

- Comment allez-vous vous y prendre ?

Sur le coup, celui qui se prénomme Trevor sortit de son sac un objet peu rassurant, c'était de la dynamite.

- Vous êtes complètement fou ? Si vous déclenchez cette dynamite, vous allez tous nous enterrer vivants, intervint Edward.

- Alors, ainsi soit-il, répondit Trevor.

- Il a raison, nous n'y survivrons pas, ajouta oncle Idy.

Mais les deux hommes n'entendaient rien. Tandis que Marc nous tenait en joue, Trevor s'affairait à poser la dynamite sur le mur.

- Pourquoi faites-vous ça ? demanda oncle Idy. Vous savez à quel point l'ordre est dangereux, vous savez qu'ils ne peuvent pas avoir l'artefact. Vous êtes des gardiens, nom de Dieu ! lança oncle Idy.

- Nous ne sommes plus des gardiens, nous ne l'avons jamais été, continua-t-il.

- Alors, depuis le début vous mentiez ? Dans ce cas, pourquoi nous avoir aidés à capturer Lucent ?

- Lucent était un sacrifice nécessaire, il savait très bien ce qui l'attendait. Mais rassurez-vous, au moment même où nous vous parlons, il est en train d'être libéré de la prison dans laquelle les gardiens l'ont jeté.

- Combien êtes-vous ?

- Ce n'est pas une information que je partagerai avec vous, monsieur Oart, répondit Trevor.

- Alors, depuis le début, les membres de l'ordre avaient prévu leur coup ? Et maintenant, ils savent exactement où se trouve l'artefact, continua oncle Idy.

- C'est bon. Écartez-vous, ça va faire mal, lança Trevor.

- Bon, écoutez-moi bien, après la détonation, les autres gardiens vont rappliquer pour savoir ce qui se passe. Nous aurons à peine cinq minutes pour trouver l'artefact, continua Marc.

- Vous comptez sur moi pour vous le dire ? Jamais ! lançai-je avec conviction.

- Nous n'avons plus besoin de ton aide gamin. Nous avons une description exacte de l'endroit où se trouve l'artefact. Nous avions juste besoin de vous pour avoir accès à cet endroit, mais aussi pour nous assurer de retrouver le trou de Nero.

Les fantômes avaient dû leur donner la position exacte de la dague. Comment allons-nous nous sortir d'une telle situation ?

- Qu'allez-vous faire de nous ensuite ? demanda oncle Idy.

- Nous n'en avons pas encore fini avec vous, vous allez nous aider à sortir d'ici. Restez loin de l'entrée, je vais déclencher la dynamite.

Dans un vacarme assourdissant, l'explosion de la dynamite fit trembler le sous-sol et désintégra complètement le mur qui protégeait l'artefact. Il en fallait juste un peu plus pour que le sous-sol ne s'effondre sur nos têtes.

- C'est parti, lança Trevor. Nous n'avons pas beaucoup de temps.

Nous étions entrés dans la pièce derrière le mur. L'endroit était exactement comme il était dans mon rêve, ça n'avait pas énormément changé.

Lorsque j'arrivai à l'intérieur de la salle, je mis mon regard immédiatement en direction de l'endroit ou Nero Gregor avait caché l'artefact. Les deux hommes se dirigèrent vers l'endroit ; en effet, ils savaient exactement où chercher. C'était fini, ils allaient trouver la dague d'Isangel.

Lorsque les deux hommes dégagèrent le trou dans lequel se trouvait l'artefact, il était vide. L'artefact d'Isangel n'était plus à sa place.

- Non, non, non, noooooooon ! hurla Trevor. Où est-ce qu'il est ? Où est l'artefact ? Où est-il ?

- C'est impossible, il était là. Nero a caché l'artefact ici, lâchai-je.

- Ce n'est pas possible. Ils l'ont vu. Ils l'ont vu. Ils nous ont garanti que l'artefact serait ici. Pourquoi n'est-il pas là ? ajouta Marc.

- Toi, est-ce que tu sais quelque chose ? hurla Trevor qui se ruait sur moi, les yeux remplis d'éclairs.

- Ne vous approchez pas de lui. Il n'en sait pas plus que vous, lança oncle Idy qui tentait de s'interposer.

Mais la force brute de Trevor le fit tomber comme s'il ne se trouvait même pas sur son chemin. Trevor, qui avait réussi à m'atteindre, m'attrapa par la gorge et me tira de mon fauteuil.

- Où est l'artefact ?

- Posez-le tout de suite ! lança une personne qui venait de nous rejoindre. Trevor me serrait tellement fort la gorge que je perdais petit à petit connaissance.

- Commandant, ne vous approchez pas ou je le tue, somma-t-il.

- C'est terminé, Trevor, rendez-vous immédiatement. Il n'y a aucun moyen pour vous de sortir d'ici vivants et vous le savez.

- Vous ne m'avez pas entendu ? Je vais le tuer, laissez-nous partir.

- Négatif Trevor. Vous savez qui je suis, vous savez très bien que je ne négocie pas, peu importe qui vous menacez de tuer. Vous ne sortirez pas d'ici en liberté. Tuez ce garçon et je m'occuperai personnellement de vous.

Après un court moment de réflexion, Trevor me laissa tomber dans mon fauteuil, le sang recommençait à circuler normalement dans ma tête.

- Lâchez vos armes ! somma Kogan Munroe.

Les deux hommes s'exécutèrent sans résister, ils étaient cernés par les gardiens.

Kogan s'approcha des deux hommes suivi d'une troupe de gardiens qui ramassait leurs armes avant de les menotter.

- Vous êtes vraiment une bande de lâches. À votre place, je serais mort pour ma cause. Je serais allé jusqu'au bout. Vous allez regretter de ne pas être morts, lança sèchement Kogan.

- Kogan, lança oncle Idy, ils ont l'intention de faire libérer Lucent.

- Je n'y crois pas, lança-t-il. Vérifiez que Lucent est bien entouré, affectez plus d'hommes à sa surveillance ! lança-t-il à l'un de ses hommes.

- Bien commandant, répondit-il.

- Que s'est-il passé ici, Idy ? Où est l'artefact ?

- Nous ne l'avons pas retrouvé, il a dû être déplacé. Nous allons devoir tout reprendre à zéro.

- Ceci est de l'incompétence Idy. C'était ta mission de trouver cette maudite dague.

- Tu veux parler d'incompétence, Kogan ? Assure-toi d'abord que les hommes que tu embauches ne sont pas des membres de l'ordre.

Kogan grogna avant de donner un gros coup de point sur une des parois du mur qui ne résista pas à sa force.

- Ça va Noah ? me lança oncle Idy.

- Oui, je crois. J'ai toujours un peu de mal à respirer, mais ça va aller.

- Cette mission est un véritable échec. Nous rentrons à Londres, rétorqua-t-il. Je n'arrive pas à croire que nous n'ayons pas retrouvé l'artefact.

- Peut-être que c'est pour le mieux, master Oart, ces voyous auraient pu s'enfuir avec l'artefact.

- Je suppose que tu as raison, Edward. Faites préparer le jet, nous rentrons immédiatement. Je dois vous avouer que je ne suis pas particulièrement impatient de parler au grand maître.

Nous étions maintenant sortis des décombres du site. Kogan Munroe fulminait de rage au milieu des gardiens.

- Que lui arrive-t-il encore ? demanda oncle Idy à un des hommes qui assistait à la scène.

- Lucent Ross s'est échappé, il a été libéré par des membres de l'ordre infiltrés chez les gardiens.

- Je vois, ajouta-t-il.

Après cet échec retentissant, nous avions laissé les gardiens et les scientifiques à l'œuvre sur le site de la forteresse des marchands de sable. Nous étions arrivés à l'aéroport accompagnés par la garde personnelle d'oncle Idy. Je ne pouvais m'empêcher de faire une remarque.

- Oncle Idy, êtes-vous sûr qu'on peut leur faire confiance ? Et si c'étaient également des membres de l'ordre ?

- Non, pas cela, tu peux me croire, je les ai moi-même sélectionnés. De plus, avec ce qui vient de se passer et l'évasion de Lucent, ils se seraient déjà enfuis s'ils appartenaient réellement à l'ordre.

Nous étions maintenant à bord de l'avion, oncle Idy semblait vraiment abattu. Le fait de ne pas avoir retrouvé l'artefact avait sévèrement miné son moral.

En y repensant, comment avons-nous raté l'artefact ? Nero l'avait pourtant bien caché à cet endroit. Il ne peut pas avoir déplacé l'artefact puisque les fantômes avaient dit que c'était le jour de sa mort.

À moins que... Et s'il n'était pas mort ce jour-là ? Et s'il était revenu pour l'artefact ? Et si c'était en fait lui qui avait bâti ce mur ?

- Oncle Idy, et si Nero Gregor n'était pas mort lors de l'attaque des membres de l'ordre ? Et s'il s'était enfui avec l'artefact ?

- Qu'est-ce que tu veux dire ? D'après les livres de la bibliothèque, il est bien mort lors de cette attaque.

- Oui, mais, et s'il n'était pas mort ? Dans ce cas, ça expliquerait pourquoi nous n'avons pas trouvé l'artefact.

- Hum ! Dans ce cas, où aurait-il pu aller ? demanda-t-il.

- Là où tout a commencé ! murmurai-je.

- Qu'est-ce que tu viens de dire Noah ?

- Là où tout a commencé, c'est-ce qu'a dit Nero avant d'aller affronter les membres de l'ordre.

- Je n'y crois pas, il ne peut pas y avoir d'erreur. Cette phrase, elle est d'Orderic Oris Nusquam, c'est une phrase qui revient à de nombreuses reprises dans ses ouvrages.

- Et qu'est-ce que ça veut dire ? demandai-je.

- Là où tout a commencé, alors c'est là qu'il est. Le lieu où Orderic Oris Nusquam a commencé son aventure. La ferme de Parcelome, jubila-t-il.

- Qui ça ?

Sans me répondre, oncle Idy se précipita vers le cockpit de l'avion.

- Préparer un plan de vol pour le sud de la France.

- Le sud de la France ? interrogeai-je.

- Oui, la ferme de Parcelome est l'endroit où Orderic a grandi, il se trouve dans le sud de la France à la frontière de l'Espagne. Nero est forcément allé là-bas. C'est à cet endroit que nous trouverons l'artefact.

- Vous en êtes sûr ?

- Je n'ai jamais été aussi sûr.

Oncle Idy avait retrouvé son énergie. Il était remis d'aplomb, nous avions retrouvé la trace de la dague.

Quelques heures plus tard, nous étions en train de sur-voler la France. Je n'avais pas fermé les yeux pendant tout le vol, je n'osais même pas me rendre dans le visum. J'avais peur de ce que je pouvais y trouver, les fantômes seraient peut-être venus me voir remplis de colère. Ou encore, peut-être aurais-je reçu une visite des membres de l'ordre venant me menacer encore une fois. Le monde des rêves n'était plus aussi fantastique que ça, il me faisait peur.

Malgré tout, je n'avais pas résisté à l'appel du sommeil. Je m'étais assoupi pendant un court moment et bien sûr je m'étais retrouvé dans le visum pendant un court instant avant de me réveiller, aussitôt craignant que quelque chose de mal ne se produise.

Pendant ce court séjour dans le visum, quelque chose de bizarre se produisit. Je n'avais pas ressenti l'aura de Kailleen pour la première fois. Elle devait sans doute être réveillée, j'espère qu'elle a eu des nouvelles de Dix-neuf. Elle semblait tellement inquiète.

Nous étions maintenant en approche de l'aéroport local, quelques minutes plus tard nous étions en route pour la ferme de Parcelome. Oncle Idy était tellement excité qu'il ne semblait plus pouvoir rester en place.

Nous étions maintenant arrivés dans un petit village très pittoresque, il semblait y avoir très peu d'habitants. Tout ce que nous avions croisé jusqu'à présent était des arbres, des arbres et encore des arbres. On pouvait également apercevoir quelques maisons ici et là.

- C'est ici qu'a grandi Orderic Oris Nusquam, lança oncle Idy. C'est ici que l'histoire des Somniatores a commencé. Oncle Idy semblait ému.

Notre véhicule venait de s'arrêter au sommet d'une petite colline sur laquelle se trouvait une petite maison familiale et derrière laquelle se trouvait un grand enclos à vaches.

- C'est ici que se trouvait la ferme de Parcelome, cette maison a été construite sur ses ruines, ajouta oncle Idy.

- Croyez-vous que le propriétaire accepterait de nous laisser faire des recherches ici, master Oart ? demanda Edward.

- Il le faut, si Nero Gregor est revenu ici, cela voudrait dire que cet endroit renferme pas mal de secrets.

- Comment allez-vous convaincre les habitants de cette maison de nous laisser fouiller leur terrain ? demandai-je.

- Un instant, je reviens, dit-il avant de se rendre à l'intérieur de la maison.

Quinze minutes plus tard, oncle Idy ressortait de la maison accompagné du propriétaire des lieux. Ils riaient aux éclats. Peu importe la discussion qu'ils avaient eue à l'intérieur de cette maison, ils semblaient avoir trouvé un compromis.

- En tout cas, monsieur Oart, c'est un véritable plaisir de faire affaire avec vous, la propriété est à vous, lança le fermier.

- Ce fut un plaisir, ajouta oncle Idy.

- Vous l'avez convaincu ? m'étonnai-je.

- Master Oart sait se montrer généreusement convaincant, ajouta Edward.

- Je viens d'acheter toute la propriété, on ne sera plus dérangé maintenant, répondit oncle Idy.

Oncle Idy devait avoir fait une belle offre à ce fermier qui n'arrêtait pas de se parler à lui-même tant il semblait satisfait de son marché.

- Très bien, nous avons du travail. Selon le journal d'Isallys Nusquam, son père se rendait souvent à l'endroit où tout avait commencé. C'était un endroit où il avait pour habitude de se recueillir. Après tout, c'était la maison de son père et mentor. Peu de personnes à part celles qui lui étaient proches connaissaient son attachement à cet endroit. Et Nero Gregor faisait partie de ses proches, donc il connaissait parfaitement l'existence de cet endroit. À l'époque, Orderic avait transformé ce lieu en un sanctuaire pour son père. C'est ici que repose Parcelome Nusquam. Je vous parie que si nous trouvons l'endroit où il a été enterré, nous trouverons l'artefact.

- C'est tout simplement fascinant ! Alors cette maison doit se trouver sur la tombe de Parcelome ? demandai-je.

- Oui, c'est bien ça.

Après des heures à creuser et à démolir les murs dans le sous-sol, on sentait tous qu'on était près du but. Un des hommes d'oncle Idy venait de cogner sur quelque chose, c'était un objet en bois qui sonnait creux. Après avoir dégagé la terre, nous étions tombés sur une porte en bois qui cachait une trappe souterraine. Sans même dire un mot, oncle Idy l'ouvrit et découvrit des escaliers.

Descendus à l'intérieur, on tomba nez à nez sur un énorme cercueil recouvert de poussière. C'était la tombe de Parcelome, il n'y avait aucun doute. Au fond de la salle se trouvait les reste d'un homme assis sur une chaise, ou du moins ce qu'il en restait. Il semblait avoir été là pendant des siècles.

- Nero Gregor ! lança oncle Idy qui s'était rapproché du squelette et se mit à genou comme pour le saluer avec le plus grand des respects. L'un des premiers marchands de sable.

- Regardez ! lançai-je, il y a quelque chose à côté de lui.

- Tu as raison, répondit oncle Idy. Incroyable ! C'est un journal.

Oncle Idy le ramassa avec une très grande précaution, j'avais l'impression que le journal allait tomber en poussières. Quand oncle Idy l'ouvrit, c'était un charabia pas possible. Je ne comprenais absolument pas ce qu'il y avait écrit. Oncle Idy par contre semblait très bien le lire, je le voyais qui remuait les lèvres en passant sur les mots du journal.

- C'est incroyable, c'est les derniers mots de Nero. Et il parle de la dague.

- Qu'est-ce que ça dit ? demandai-je.

- La dernière page dit :

L'artefact est maintenant en sécurité, il repose à jamais auprès du père de notre grand maître, notre père à tous. L'homme qui a changé le monde en inculquant ses valeurs à notre grand maître. La malédiction que comporte cet objet est capable de mettre fin à ce monde. Personne n'en est digne, quiconque le brandira sera corrompu. Je ne me mentirai pas à moi-même, je sais qu'un jour quelqu'un retrouvera cette dague. Mais je serai parti depuis bien longtemps. J'ai dévoué ma vie à protéger le monde de cette dague, je vous en conjure, faites-en de même. Ne vous laissez pas tenter par cet artefact maudit. Nero Gregor.

C'était des paroles émouvantes mais à la fois effrayantes, les dernières paroles d'un homme de plus de 1 500 ans qui était toujours là, comme s'il nous avait lui-même donné son journal.

- Ouvrez le cercueil ! ordonna oncle Idy.

Ses hommes s'exécutèrent immédiatement et ouvrirent le cercueil. À l'intérieur se trouvait également un squelette les bras croisés tenant sur sa poitrine une dague de taille moyenne aussi noire que du charbon, c'était la dague de mon rêve.

Nous venions de trouver la fameuse dague d'Isangel. Le légendaire artefact capable de ramener Hel Layas, l'artefact pour lequel les marchands de sable et les membres de l'ordre se font une guerre millénaire, l'artefact capable de mettre fin au monde. Alors il existait vraiment. Oncle Idy le ramassa devant nos regards ébahis, il n'en croyait pas ses yeux.

- La dague d'Isangel !

24

VÉRITÉ

Quelques jours plus tard, nous étions de retour à Londres avec la dague d'Isangel. La sécurité autour de la maison d'oncle Idy avait été incroyablement accrue, l'artefact était sous haute protection et sa découverte avait été gardée secrète.

Après les évènements de Glasgow, les gardiens avaient procédé à une massive série d'arrestations. La branche des membres de l'ordre qui s'étaient infiltrés chez les gardiens avait été démantelée, mais comment savoir à quel point les marchands de sable avaient été infiltrés. Lucent Ross avait par contre réussi à s'enfuir avec de dangereux Somniatores enfermés par les gardiens. Ils étaient en pleine restructuration.

Peu de gens savaient que l'artefact avait été retrouvé. Seuls les hauts responsables des marchands de sable étaient au courant. Certains gardiens eux-mêmes ne savaient pas qu'ils étaient en train de protéger l'artefact d'Isangel. On leur a dit qu'ils ne faisaient que transporter les restes de Parcelome Nusquam. Nous ne pouvions même pas parler des restes de Nero Gregor.

Dans le monde des rêves, la sécurité de la zone des gardiens avait également été renforcée. Les membres de l'ordre ne pouvaient théoriquement plus m'atteindre, ni moi ni Rayan.

Depuis que j'étais revenu dans le monde des rêves, je n'arrivais plus à remonter le temps. Je suppose que l'effet placebo de la machine s'était envolé et que j'avais besoin de plus d'entraînement.

Je n'avais également plus revu Kailleen ou même Dix-neuf dans le visum depuis un bon moment déjà. Je commençais à être inquiet, je ne ressentais même plus leurs auras oniriques alors qu'avant, je ressentais tout le temps celui de Kailleen quand je me rendais dans le visum.

J'espère vraiment qu'ils vont bien.

Oncle Idy s'apprêtait pour son voyage. En effet, il devait se rendre en France avec l'artefact pour le mettre en sécurité sous l'ordre du grand maître des marchands de sable. Son château était, paraît-il, un des endroits les plus surs de la planète, l'artefact y serait en sécurité.

- Ça va aller, Noah ? me demanda-t-il. Tu pourras survivre jusqu'à mon retour ?

- Vous pouvez partir tranquille.

- Je ne m'inquiète pas vraiment, Edward prendra grand soin de toi. Et puis, j'ai une petite surprise pour toi.

- Ah oui, qu'est-ce que c'est ?

À ce même moment, Rayan venait de franchir la porte d'entrée.

- Rayan ? lançai-je.

- Noah, mon pote, que je suis content de te voir, lança-t-il avant de s'élancer vers moi.

- Je n'arrive pas à y croire, tu es vraiment là, lançai-je.

- J'ai proposé à ses parents de l'accueillir le temps que les cours ne reprennent. Tu te sentiras moins seul du coup, ajouta oncle Idy.

- Merci, oncle Idy.

- Bon, surtout, restez bien sages les enfants, je reviens dans deux jours.

- On va s'amuser comme des petits fous, master Oart, lança Edward.

Après quelques heures passées à rattraper le temps perdu avec Rayan, je lui racontai toutes les choses incroyables qui m'étaient arrivées, le fait que j'étais retourné dans le temps pour retrouver la trace de la dague d'Isangel, je lui parlai des Somniatores, des membres de l'ordre et des marchands de sable. Bref, je lui racontai tout dans les moindres détails ignorant complètement les règles des Somniatores ; c'était mon meilleur ami et je ne voulais rien lui cacher, je voulais tout partager avec lui bien qu'il eût un peu de mal à croire mon histoire.

Je lui parlai également de Kailleen et de Dix-neuf qui m'appréciait très peu. Il me raconta également les nouvelles du Canada qui apparemment étaient toujours restées les mêmes. Après tout, je n'étais parti que depuis deux semaines, mais j'avais l'impression d'avoir été là pendant des mois.

À la tombée de la nuit, je n'arrivais pas à dormir. J'avais l'esprit occupé par une image qui n'avait pas arrêté de me hanter. Depuis le soir où j'avais vu ma mère, je n'arrêtais pas de penser à elle. Était-ce vraiment elle ou avais-je été victime d'une hallucination ? Oncle Idy semblait croire en la théorie de l'hallucination, mais j'avais beaucoup de mal à l'accepter.

Oncle Idy n'était pas là et Edward devait certainement être en train de dormir, c'était le moment de mettre mon plan à exécution.

- Rayan, réveille-toi, j'ai besoin de ton aide.
- Quoi ! Qu'est-ce que tu veux, Noah, je suis fatigué.
- Réveille-toi, tu ne vas pas le regretter, insistai-je.
- Ça ne peut pas attendre demain ?
- Non, il faut que ce soit ce soir.
- D'accord, qu'est-ce que tu veux ? se résigna-t-il.
- Il va falloir qu'on soit très discrets, on ne doit absolument pas réveiller Edward.
- Ho, ça semble sérieux, dit-il.

Nous étions sortis de la chambre dans le silence le plus absolu, il n'était pas question de réveiller Edward ou toute l'opération serait à l'eau.

Rayan poussait mon fauteuil avec un silence étonnant, la grande maison d'oncle Idy nous permettait de nous glisser avec aisance sans cogner dans les meubles. Je dirigeai silencieusement Rayan vers la porte de bois qui cachait la bibliothèque des marchands de sable.

Au moment où Rayan vit la porte de bois, il fut pris d'un grand étonnement, tout comme moi la première fois que j'avais découvert la porte.

- Elle mène où cette porte ? demanda-t-il.

- Tu vas voir.

Je rentrai le code secret d'oncle Idy. En effet, je l'avais discrètement observé entrer ce code à deux reprises déjà, grâce à ma mémoire, il était très facile pour moi de le mémoriser.

Après avoir entré le code, la porte s'ouvrit avec un léger bruit qui nous fit paniquer. Nous étions restés immobiles pendant dix bonnes secondes espérant que le grincement n'allait pas réveiller Edward. Comme nous n'avions rien entendu, nous avions estimé qu'il ne s'était pas réveillé et que tout allait bien.

Arrivé à l'intérieur de la salle, Rayan poussa un waouh d'étonnement au vu du spectacle qui s'offrait à lui. Il était subjugué par la vue du planétarium qui se trouvait dans la salle.

- C'est incroyable ! Pourquoi quelqu'un aurait-il un planétarium dans sa maison ? s'étonna-t-il.

- Tu vas voir pourquoi, répondis-je. Ce que je vais te montrer est un secret, je pourrais avoir de sérieux ennuis si oncle Idy apprenait que nous étions venus ici.

- Ne t'en fais pas, mon pote, je sais garder les secrets.

En temps normal, je n'aurais jamais montré cet endroit à Rayan, mais j'avais besoin de son aide.

- Tu vois ces planètes ? Elles bougent. Tu vas les placer exactement comme je vais te le dire.

- OK ! dit-il.

Je lui donnai les directives afin de bouger les planètes dans l'ordre qui permettait d'accéder à la bibliothèque. Lorsqu'il finit de les mettre en place, je l'invitai à me rejoindre à côté du bureau d'oncle Idy où j'actionnai le bouton qui enclenchait le processus permettant de faire descendre le bureau tout entier au sous-sol.

- Je dois être en train de rêver ! lança Rayan sous le coup de la surprise. Nous descendons vraiment sous terre là ?

- Je t'avais dit que t'allais aimer, maintenant prépare-toi à être impressionné un petit peu plus.

Arrivé au sous-sol, Rayan avait la bouche grande ouverte lorsqu'il découvrit l'immense bibliothèque qui se cachait sous la maison d'oncle Idy. Il n'en croyait pas ses yeux.

- Je dois être en train de rêver, ce n'est pas possible. Cet endroit est immense !

- C'est la bibliothèque des marchands de sable, tu ne dois absolument pas toucher à un seul livre. En plus, la bibliothèque est interdite aux sans-consciences.

- Les sans-consciences ?

- Enfin, les non-Somniatores.

- Vraiment, c'est comme ça que vous nous appelez ? Les sans-consciences ? J'en connais qui ont un immense sentiment de supériorité.

Je le dirigeai vers la salle où se trouvait la machine à rêves.

- Voilà, cette machine est la raison pour laquelle on est ici.

- Qu'est-ce que c'est que ça ? demanda-t-il.

- Il y a une partie de l'histoire que je ne t'ai pas encore racontée. Cette machine permet de décupler mes capacités de Somniatore, elle me permet de retourner plus facilement dans le temps.

- Vraiment ? Pourquoi sommes-nous là ?

- La première fois que j'ai utilisé cette machine, tu ne vas peut-être pas me croire, mais j'ai vu ma mère.

- Pardon ? Ta mère ? Je croyais qu'elle était morte quand tu étais petit.

- C'est ce que je croyais aussi, mais je l'ai vue. Je dois m'assurer qu'elle est bien vivante.

- Noah, ça serait génial si c'était le cas. Et cette machine te permettra de le savoir ?

- Oui, il faut que je retourne au moment où je l'ai vue pour la dernière fois. J'aurai peut-être mes réponses.

- Je comprends. Très bien, comment fait-on ?

Après avoir mis les électrodes en place et après lui avoir expliqué comment faire fonctionner la machine, j'étais prêt à rejoindre le monde des rêves.

Quelques minutes plus tard, j'étais en train de dormir. J'étais maintenant dans le visum et tout semblait pareil à ma dernière visite, à la différence que la machine avait décuplé mes capacités. Mais malgré tout, je ne ressentais toujours pas l'aura de Kailleen ou de Dix-neuf.

Sans plus attendre, je sortis la clé de mon père pour ouvrir la porte de mon rêve et y entrer. Arrivé à l'intérieur, je pris le temps de bien refermer la porte rouge. J'étais maintenant très à cheval sur la protection de mon rêve.

Il était temps de passer aux choses sérieuses.

- M'entends-tu, Rayan ?

- Je n'arrive pas à y croire, Noah, j'arrive à voir tes rêves. Et tu parles pendant ton sommeil ?

- Oui, c'est tout à fait normal. C'est quelques-unes des fonctions de la machine. Pendant un moment, je vais te paraître absent, mais je serai simplement retourné dans le passé. Alors, veille sur moi.

- Ne t'inquiète pas, mon pote.

Comme je l'avais déjà fait, je me concentrais maintenant sur l'époque à laquelle je voulais me rendre et c'était parti. Le temps se mit à retourner en arrière très rapidement jusqu'au moment où j'avais vu ma mère pour la dernière fois.

Ça marchait, je me retrouvai en face d'elle, c'était bien elle, il n'y avait pas de doute. Quand je l'avais laissée la dernière fois, elle était en train de me chercher au moment où j'avais disparu dans le rêve des fantômes.

Après avoir passé un moment à me chercher, elle disparut du visum sans laisser la moindre trace. J'attendis quelques minutes, mais elle n'était toujours pas réapparue.

Pour ne pas perdre plus de temps, je commençai à faire avancer le temps un peu plus rapidement. Ni moi ni elle n'étions revenus dans le visum. Je fis alors avancer le temps jusqu'à la prochaine nuit, le soir où je n'avais pas réussi à m'endormir. La veille du décès de grand-mère.

À ce moment, je vis ma mère qui était réapparue dans le visum. Mais cette fois-ci, je la vis se diriger vers un rêve. Ça devait être le sien. Je m'empressai alors de la suivre dans son rêve.

Arrivé à l'intérieur du rêve, c'était très bizarre. Il n'y avait pas grand-chose à part un immense tapis d'herbe qui s'étendait à l'infini, il n'y avait pas grand-chose dans ce rêve. Comme si elle ne se donnait pas le temps de rêver.

Elle avait un air inquiet, en effet, étant donné que je n'étais pas revenu dans le monde des rêves depuis ma rencontre avec les fantômes, elle devait s'imaginer que quelque chose de terrible m'était arrivé.

- Alors c'est vrai ce qu'on raconte ! lança la voix d'une femme qui venait de rentrer dans le rêve de ma mère. C'était une femme d'âge mûr, elle était vêtue de blanc.

- Vous ? Entendis-je pour la première fois la voix de ma mère. Que faites-vous ici ? Comment m'avez-vous retrouvée ?

- Si je ne vous voyais pas en ce moment, je n'y croirais pas. Alors vous êtes bien vivante.

- C'était vous, c'était vous qui avez enlevé Noah hier soir, lança-t-elle.

- Vous n'avez aucune idée de ce que vous racontez. Alors il est vraiment en vie ? Je n'y crois toujours pas. Mais maintenant que je l'ai vu, difficile de croire le contraire, lança la vieille dame.

- Je vous interdis de l'approcher, somma ma mère.

- Pensez-vous vraiment avoir cette autorité ? Pensez-vous vraiment pouvoir m'empêcher de le tuer si je le voulais vraiment ? Je n'arrive toujours pas à croire que le grand maître vous ait gardé en vie.

- Où est Noah ? Pourquoi n'est-il pas dans le monde des rêves ?

- Son sommeil a tout simplement été bloqué, fit la vieille dame.

- Vous avez bloqué son sommeil ?

- Tout le monde sait que c'est une spécialité des gardiens, alors pour répondre à votre question, non, je ne suis pas celle qui a bloqué son sommeil. Mais croyez-moi, c'est pour son bien, vous n'êtes pas sans savoir qu'il était introuvable hier.

- Pourquoi êtes-vous là ?

- Depuis que Noah Akeylla est revenu d'entre les morts, je vois un avenir sombre pour les marchands de sable. Sa capacité est un danger sans précédent pour nous. Mais Killian refuse de le voir de cette façon. Vous êtes tous les deux très dangereux. Je finirai par avoir la vie de Noah, mais comme je ne suis pas encore autorisée à la prendre, je me contenterai de la vôtre.

- Quoi ? Pourquoi faites-vous une chose pareille ?

- Vous savez très bien pourquoi. Vous ne pouvez pas rester en vie, le grand maître est beaucoup trop faible pour le reconnaître, mais je ferai ce qui est juste.

- Vous ne pouvez pas me tuer, je suis un Somniatore tout comme vous, et vous savez très bien qu'on ne peut pas s'entretuer.

- À partir du monde des rêves peut-être, mais à partir du monde réel, c'est une autre histoire. En ce moment même se trouve dans votre maison de Toronto une équipe d'effaceurs. Votre mort passera pour une mort naturelle. Vu votre âge avancé, ce sera tout à fait crédible.

- Non, ne faites pas ça. Laissez Noah en dehors de ça, dit-elle en sanglots.

- Il est déjà trop tard, vous ne vous réveillerez plus du monde des rêves, vous ne reverrez plus Noah Akeylla. Le moment venu, je me débarrasserai de lui.

- Non ! Ne lui faites pas de mal, ne touchez pas à ma mère, sanglotai-je totalement impuissant.

Que se passait-il ? Pourquoi cette dame voulait-elle nous voir morts ? Pourquoi voulait-elle tuer ma mère ? Pourquoi ? Je me tenais là, impuissant, incapable d'interagir avec ce monde qui appartenait au passé.

- Une dernière chose, Josy, acceptez le fait que vous vieillissez, c'est ridicule de voir que vous vous prenez encore pour une jeune femme, dit-elle avant de sortir du rêve.

Je n'en croyais pas mes oreilles, la femme qui se tenait devant moi n'était pas ma mère. Cette femme, c'était grand-mère. Elle devait sans doute ressembler à ça quand elle était jeune, la façon dont elle s'imaginait en rêve. Elle ressemblait à s'y méprendre à ma mère. Je ne comprenais plus rien, tout se mélangeait dans ma tête. Tout ce temps, cette femme, c'était grand-mère.

Le rêve de grand-mère commençait à se dissoudre.

- Je n'ai plus beaucoup de temps maintenant, c'est la fin. Je ne pourrai pas te voir grandir, Noah, je ne pourrai pas te voir devenir un homme. Je ne pourrai pas te voir accomplir tes rêves, dit-elle en larmes.

- Grand-mère. Non, ne meurs pas.

- Peut-être que tu ne m'entendras jamais, peut être que tu ne verras jamais ceci. Mais j'ai confiance en Idy Oart, je ne peux m'empêcher de croire qu'il t'apprendra un jour à maîtriser ta capacité et que tu reviendras sûrement ici, que tu m'entendras. Je sais de quoi tu es capable, je l'ai toujours su. Des personnes mal intentionnées essayeront d'abuser de toi, ta capacité sera convoitée. Ne fait confiance à personne, le seul homme à qui tu peux te permettre d'avoir confiance est Idy Oart, tu apprendras un jour qu'il n'est pas ton vrai oncle, mais crois-moi. Tes parents avaient une confiance totale en lui, j'ai confiance en lui. Il t'aidera à progresser, il sera toujours là pour toi. Fais attention aux marchands de sable même si Idy Oart en est un, ils ne sont pas ce qu'ils disent qu'ils sont. Ils sont pires que les membres de l'ordre. La femme qui vient de m'assassiner s'appelle Bénédicte Brunner. Elle est extrêmement dangereuse, tu dois prendre garde à elle et ne jamais la laisser comprendre tes intentions. Je sais que tu voudras me venger si jamais tu vois mon message, je te conjure, ne le fais pas, reste loin des marchands de sable, reste loin de Bénédicte Brunner. Mon petit bonhomme, je suis tellement désolée, je suis tellement désolée de t'abandonner. Sois fort et promets-moi de vivre une longue et heureuse vie. Tes parents voulaient que je te remette quelque chose avant qu'Idy Oart ne te prenne sous son aile. Souviens-t'en, tu comprendras le moment venu. SMT050919882601-1989. Souviens-toi de ce code, je sais que tu en es capable. J'espère vraiment que tu verras ce message un jour, mais en même temps j'ai peur de ce que pourrait te faire la vérité.

Le rêve de grand-mère était maintenant complètement dissous, il ne restait plus qu'elle et moi dans un monde de néant blanc. C'était maintenant à son tour de se dissoudre petit à petit.

- Grand-mère ! dis-je les yeux remplis de larmes. Je retrouverai les responsables, je retrouverai Bénédicte Brunner. Ta mort ne sera pas en vain, je te vengerai.

Son corps avait maintenant complètement disparu, laissant place à un monde vide.

- Je t'aime, Noah, reste toujours le garçon juste et bon que tu as toujours été.

Après ses dernières paroles, il n'y avait plus aucune trace de grand-mère ou de son rêve, tout s'était envolé.

Un marchand de sable était responsable de la mort de grand-mère, c'était alors ça la douloureuse vérité ? Elle avait été assassinée par cette femme, Bénédicte Brunner.

À ce moment précis, sans vouloir rester plus longtemps dans le visum, je me réveillai sur la machine à rêve. Rayan avait les yeux fixés sur moi.

- Tu vas bien, Noah ? Tu pleurais pendant ton sommeil, me dit-il d'un air inquiet.

- Oui, ça va ! dis-je en séchant les larmes qui coulaient toujours sur mon visage.

- Que s'est-il passé ? me demanda-t-il à nouveau.

- Il ne s'est rien passé, remontons.

Nous étions silencieusement sortis de la bibliothèque et nous retournâmes dans la chambre à coucher.

Rayan semblait se poser des questions, mais je n'étais pas encore prêt à en parler.

Le lendemain, à mon réveil, je me pressai d'aller retrouver Edward afin qu'il me conduise à la banque. Il était un peu hésitant et préférait attendre l'arrivée d'oncle Idy. Mais il comprit très vite à mon entêtement que je n'avais aucune intention d'attendre le retour d'oncle Idy.

À mon arrivée à la banque, je fus chaleureusement accueilli par monsieur Johnson qui semblait avoir oublié l'incident de la dernière fois. Il me conduisit à l'intérieur de la salle des coffres où je me retrouvai en face du coffre-fort de mes parents. Il ne me restait plus qu'à entrer le code que m'avait laissé grand-mère.

Je me doutais bien qu'elle était en possession de ce code et qu'elle était censée me le remettre à un moment donné.

Rayan et Edward attendaient dans la salle d'attente, j'étais donc seul en face du coffre-fort. C'était un moment important pour moi, j'allais finalement accéder à ce que mes parents m'avaient laissé.

Je sortis la clé de ma poche et l'introduisis dans la fente de la serrure du coffre-fort, à ce moment je fus invité à taper le code qui me permettrait d'ouvrir le coffre. Après avoir entré le mot de passe SMT050919882601-1989, j'entendis un son. L'écran me signifiait que le mot de passe était correct et que je n'avais plus qu'à tourner la clé dans le sens des aiguilles d'une montre.

Après m'être exécuté, le coffre s'ouvrit enfin. À l'intérieur se trouvaient plein de papiers puis au fond, se trouvait une boite en métal. Elle était très lourde et très volumineuse. J'avais l'impression d'avoir enfin accès au véritable héritage de mes parents. Qu'allais-je découvrir à l'intérieur de cette boite de fer ? Quels secrets allais-je découvrir ? Allais-je savoir qui étaient vraiment mes parents ?

25

MIROIRS

Le jet survolait le nord de la France, nous étions sur le point d'atterrir. Je dois avouer que j'étais un peu stressé, je possédais à bord de cet avion un des objets les plus dangereux qui existe et qui était également recherché par les hommes les plus dangereux qui soient. Je suppose que la meilleure façon pour eux d'obtenir ce bâton serait de détruire l'avion en plein ciel puis récupérer tranquillement l'artefact puisqu'il était indestructible.

Tout de même, quelle aventure ! J'ai toujours du mal à croire que je suis en possession de la dague d'Isangel. L'artefact capable de ramener Hel Layas du monde blanc, l'artefact capable de contrôler l'intégralité du monde des rêves. Les membres de l'ordre ne savent peut-être pas encore que nous avons l'artefact à notre disposition, mais ils l'apprendront tôt ou tard.

Arrivé à l'aéroport, ce n'était pas une voiture, mais un hélicoptère qui m'attendait. Il y avait des gardiens partout dans ce petit aéroport privé qui se trouvait à une heure de route du château de Killian Karman.

Après avoir embarqué dans l'hélicoptère, nous nous étions envolés vers le château. Cet endroit était toujours aussi magnifique, le grand maître avait trouvé un endroit de choix pour s'établir.

Quelques minutes plus tard, nous survolions le château de Killian Karman. L'hélicoptère se posa dans la cour arrière près des jardins. À mon arrivée, je fus immédiatement accueilli par Sébastien, le maître d'hôtel du grand maître.

- Bonjour, monsieur Oart, dit-il. Bienvenu au château du grand maître. Vous êtes attendu.

- Bonjour, Sébastien, très bien, je vous suis.

Tandis que nous pénétrions dans le château, je ne pouvais m'empêcher de garder les yeux sur le caisson blindé dans lequel se trouvait la dague d'Isangel.

Le château du grand maître n'avait rien perdu de sa superbe. La sécurité y était toujours aussi optimale. Des hommes étaient postés à chaque recoin du bâtiment, il aurait été impossible à quiconque de s'en prendre au grand maître et de s'en sortir vivant. Sébastien me conduisit dans la salle où Killian Karman recevait habituellement le grand conseil des marchands de sable, la salle d'armes. Arrivé devant la porte d'entrée de la salle d'armes, un des hommes du grand maître me fit signe d'attendre un instant.

À ce moment, je vis arriver des visages que je n'avais pas vus depuis très longtemps, il s'agissait de Rose et Elie Karman, les nièces du grand maître. Je ne voyais les jumelles que très rarement, c'était à un tel point que chaque fois que je les revoyais, je les reconnaissais à peine.

- Bonjour ! me lança Rose, plus extravertie que sa sœur Elie qui ne daignait même pas me gratifier d'une salutation ou même encore d'un regard.

- Bonjour ! fis-je à mon tour tandis qu'elles s'éloignaient.

Ces enfants étaient loin d'être comme les jeunes de leur âge, elles ne souriaient quasiment jamais et semblaient beaucoup trop strictes pour leur âge, comme si elles n'avaient pas eu d'enfance. Je suppose que c'était le prix à payer quand on est aussi proche du grand maître. Hormis ces petits détails, je n'en savais pas plus sur les jumelles.

On me faisait maintenant signe d'entrer.

Arrivé à l'intérieur de la salle d'armes, je fis immédiatement accueilli par le grand maître des marchands de sable, Killian Karman. Il n'était pas seul, il avait à ses côtés deux membres du conseil des marchands de sable, il s'agissait de Kogan Munroe et Bénédicte Brunner, soit le pire du pire.

- Idy Oart ! lança le grand maître, quel plaisir de vous voir.

- Bonjour, grand maître, Bénédicte, Kogan, fis-je.

- Alors, vous l'avez retrouvé, vous avez réussi à retrouver la légendaire dague d'Isangel ! ajouta-t-il.

- Oui ! répondis-je en faisant signe de faire entrer le caisson dans lequel se trouvait l'artefact.

Les trois membres du conseil ne tenaient plus en place, je sentais leur corps frémir et leurs cœurs battre en la présence de la dague et je pouvais très facilement les comprendre. Au moment même où j'ouvris le caisson, Bénédicte Brunner et Kogan Munroe étaient sur leurs pieds tant l'excitation était grande.

- Messieurs, dames, je vous présente la dague d'Isangel, fis-je avant d'ouvrir le caisson blindé.

- Je n'y crois pas, vous l'avez vraiment trouvé, lança Bénédicte.

Je ramassai l'artefact et me dirigeai vers le grand maître pour le permettre de le tenir entre ses mains et se rendre compte qu'il s'agissait bien de la dague d'Isangel. Le grand maître le prit entre ses mains, l'émotion pouvait se lire sur son visage.

- Voilà un millénaire que cette dague avait disparu, et la revoici entre nos mains. L'oracle avait annoncé des choses bien sombres si on laissait cette dague tomber entre les mains des membres de l'ordre. La dague est capable de faire revenir Hel Layas tout comme il peut contrôler le monde des rêves.

- Qu'allons-nous faire d'un objet pareil grand maître ? demanda Brunner.

- L'artefact restera ici jusqu'à ce qu'on sache quoi en faire. En ce moment, notre mission principale est d'empêcher les membres de l'ordre de mettre la main sur l'artefact.

- Très bien, grand maître, acquiesçai-je.

- Comment fonctionne-t-elle ? demanda Kogan. Si n'importe qui est en mesure de l'utiliser, je pense que c'est un énorme problème.

- Non, son utilisation n'est pas donnée à tout le monde, il faut être un Somniatore extrêmement puissant pour pouvoir supporter sa puissance sinon on en meurt, répondis-je.

- Comment savez-vous une chose pareille Idy ? demanda Kogan.

- Les quelques jours que j'ai passés avec l'artefact ont été très instructifs, j'ai appris énormément de choses sur cet artefact.

- Je vois que vous n'avez pas perdu de temps, ajouta le grand maître. Vous êtes-vous penché sur la question de la dague de l'autre monde ?

- Vous saviez ? m'étonnai-je.

- J'ai fait mes recherches aussi, mon cher Idy.

- De quoi êtes-vous en train de parler ? demanda Bénédicte Brunner.

- Le mystère de la dague d'Isangel n'est toujours pas résolu, répondis-je.

- Que voulez-vous dire par là ? demanda Kogan.

- Le danger est toujours présent, les membres de l'ordre ont encore une carte à jouer. Je vous laisse le soin d'expliquer Idy, je suis sûr que vous avez déjà tout compris.

- Eh bien, le grand maître a raison. La dague d'Isangel est un miroir.

- Quoi ? Un miroir ? s'exclama Kogan.

- Oui, c'est-ce que disait le journal de Nero Gregor. La jumelle de l'autre monde. Je ne sais pas si à l'époque ils savaient comment les fabriquer, ce qui signifie que les miroirs ont été créés avant même la création des Somniatores d'Orderic Oris Nusquam.

- Ce qui signifie que la dague a été créée par un alpha Somniatore ? Cela signifie qu'il y a eu d'autres créateurs de miroirs dans le passé ? demanda Kogan. Était-ce Isangel ?

- Un Somniatore a dû le créer, mais pas Isangel. Il n'était que la première victime de la dague.

- Maintenant que j'y pense, le fait que la dague soit un miroir fait tellement de sens. Ajouta Kogan.

- Oui ! L'artefact que vous voyez en ce moment n'est pas complet sans sa jumelle du monde des rêves. Celui qui possède la dague dans le monde réel doit posséder sa jumelle dans le monde des rêves pour contrôler le monde des rêves, intervint Killian Karman.

- Alors il existerait une autre dague comme celle-ci ? demanda Bénédicte Brunner.

- C'est bien ça, repris-je. Cette dague se trouve quelque part dans le monde des rêves. Ce n'est que lorsqu'une seule personne tient la dague blanche dans le monde des rêves et la dague noire dans le monde réel qu'elle sera en mesure d'utiliser son plein pouvoir.

- La jumelle est donc une dague blanche, s'exclama Bénédicte.

- Oui, ce qui est un autre mystère. Répondis-je. Nous savons tous que les miroirs sont identiques, mais pas ceux-là. Non seulement ces miroirs-là sont de couleurs différentes, mais la dague noire est indestructible.

- Il y a tellement de choses que nous ignorons. Cet artefact nous aidera à en apprendre beaucoup plus sur les miroirs. Dis le grand maître.

- L'autre chose est que chacune des dagues offre des compétences différentes ; je ne sais pas encore quelles sont ces compétences, mais si la dague blanche est retrouvée par n'importe qui et surtout par les membres de l'ordre, alors ils reviendront dans la course et je ne garantis pas que tout soit à notre avantage, continuai-je.

- Comment retrouver la dague blanche ? demanda Kogan.

- Je ne sais pas encore, mais j'ai déjà commencé à me pencher sur la question. Ce qui veut dire que nous avons toujours besoin de Noah Akeylla.

- Vous êtes vraiment incroyable Idy, intervint Brunner. Je savais que vous tenteriez de retarder l'inévitable.

- Je ne retarde rien, nous avons besoin de Noah. Il nous a déjà aidés à retrouver l'artefact, il a prouvé sa valeur.

- Chaque seconde qu'il continue de vivre nous met en danger et vous le savez.

- C'est vrai que son existence est un danger pour les marchands de sable, mais cette histoire n'est pas terminée. Si Idy pense que nous avons encore besoin de lui, alors il doit rester en vie. Termina le grand maître.

Cette nouvelle ne semblait absolument pas plaire à Bénédicte Brunner qui semblait vouloir exploser. Je n'ai jamais vu quelqu'un qui voulait autant tuer quelqu'un d'autre. Mais elle n'avait pas le choix, ils ont tous vu à quel point Noah est important pour vaincre l'ordre une fois pour toutes.

- J'ai une question que j'aimerais adresser à Kogan Munroe. Fis-je.

- Allez-y donc. Répondis le grand maître.

- L'arrestation d'Akil, était-elle nécessaire ?

- Ah, je vois que vous êtes au courant, répondit-Kogan.

- Akil ? Qui est-ce ? demanda Brunner.

- Oui, je vois de qui vous voulez parler, vous l'avez mentionné à plusieurs reprises dans vos rapports. Il s'agit de ce jeune garçon avec lequel Noah Akeylla s'est lié d'amitié ? Ajouta le grand maître.

- Oui, c'est bien lui, répondis-je.

- Alors il a déjà rencontré des Somniatores dans le visum ? Comment est-ce possible ? N'est-il pas supposé se trouver dans la zone des gardiens ? demanda à nouveau Bénédicte.

- C'est le cas, mais il se trouve qu'Akil est un gardien d'élite. Ce qui lui permettait de résider dans la zone des gardiens, répondit Kogan. Quant à vous, Idy, Akil est sous ma juridiction, si je décide de le faire arrêter, il n'y a rien que vous puissiez faire contre ça.

- Veuillez s'il vous plaît répondre à sa question Kogan. Nous sommes des membres du conseil, chaque préoccupation doit être traitée. Veuillez laisser vos sentiments personnels de côté.

- Très bien, grand maître, lança-t-il à contrecœur. Akil est un gardien d'élite de niveau 1, il a un potentiel incroyable, mais il est toujours en formation. Il n'était pas autorisé à être

dans le visum et il n'était pas autorisé à entrer en contact avec
nos invités dans la zone des gardiens. Et pour couronner le
tout, il a volé les secrets du rêve de Lucent Ross, un criminel
appréhendé par les gardiens. Ce sont des actes d'une extrême
gravité punissables par la mort. Surtout lorsque l'on connaît
les règles.

    - La mort ? m'étonnai-je. Vous rigoler ce n'est qu'un enfant !

    - Il n'y a pas d'enfants parmi les gardiens, et croyez-moi, si Noah ne nous était pas aussi utile, il serait déjà enfermé au quartier général des gardiens lui aussi.

    - Noah n'a aucune idée que nous savons à propos de son amitié avec Akil. Ne pensez-vous pas lui mettre la puce à l'oreille ? Il finira par comprendre que quelque chose ne va pas.

    - Où il pourrait tout simplement retourner dans le passé afin de le découvrir, ajouta Bénédicte sur un ton ironique.

    - Idy, je me range du côté de Kogan. L'arrestation d'Akil était nécessaire, et cela, malgré son amitié avec Noah. Nul ne peut échapper aux règles des marchands de sable, ajouta fermement le grand maître.

    - Personne, à part Noah Akeylla, continua Brunner.

    - Ça suffit, Bénédicte ! répondit le grand maître sur un ton agacé.

    - Il n'en demeure pas moins qu'Akil et sa sœur Kailleen ne peuvent pas se déplacer librement dans le visum avec leurs capacités, ils sont vraiment doués et peuvent être dangereux. Continua Kogan.

    - Et la sœur Kailleen ? Est-elle en prison avec son frère ? demanda Bénédicte.

    - Elle a réussi à nous échapper, Akil a réussi à la prévenir à temps. La capacité de Kailleen lui permet de faire complètement disparaître son aura onirique et celle des personnes qui l'entourent. C'est d'ailleurs la raison pour laquelle nous n'avons pas réussi à les suivre dans le rêve abandonné de Lucent.

    - Inutile de vous préciser qu'il est important de la retrouver au plus vite. Nous ne pouvons pas laisser disparaître un Somniatore comme elle, lança le grand maître.

- Tout est sous contrôle grand maître. Nous avons de bons espoirs de penser qu'elle réapparaîtra pour tenter de sauver son frère.

- Très bien, je vous fais confiance. Idy, je compte sur vous, pas un mot à Noah.

- Comme vous voudrez, grand maître.

- Très bien, nous pouvons passer à l'étape suivante. Nous devons sécuriser la dague d'Isangel et retrouver la dague blanche avant que les membres de l'ordre n'en entendent parler, ordonna le grand maître.

- À vos ordres, grand maître.

- Quant à vous, Kogan, tâchez de remettre de l'ordre chez les gardiens, c'est une honte que les membres de l'ordre se sont infiltrés aussi facilement dans vos rangs. Je vous croyais plus efficace que cela, fulmina Bénédicte.

- Comment osez-vous Brunner ? grogna Kogan.

- Silence Kogan ! Elle a raison, hurla le grand maître. Remettez de l'ordre chez les gardiens, à la prochaine erreur de votre part vous êtes relevé de vos fonctions.

- Cela ne se reproduira plus grand maitre, répliqua Kogan.

- Très bien, cette réunion est ajournée. Idy, restez j'aimerais vous parler seule.

Bénédicte et Kogan quittèrent la pièce.

- Alors, comment se porte le jeune Akeylla ? demanda le grand maître.

- Il s'acclimate à tout ça, il comprend de mieux en mieux nos enjeux, mais il est encore hésitant.

- Je vois que vous n'avez pas encore réussi à gagner sa pleine confiance, mon cher Idy ? demanda à nouveau le grand maître.

- Noah est un garçon très intelligent, gagner sa confiance est loin d'être chose aisée.

- Pourquoi donc ? Quelle est la raison de sa méfiance ?

- Eh bien, à vrai dire, il se pose de très nombreuses questions en ce moment. Avec ces fantômes qui le tourmente et les propos de Lucent sur les marchands de sable, il est dans une zone d'ombre. Il ne sait pas s'il doit faire confiance aux marchands de sable ou même à moi.

- A-t-il la moindre idée que vous le surveillez chaque soir ?

- Non, il n'en a pas la moindre idée, répondis-je.

- Et les fantômes, avez-vous appris quelque chose ?

- Non, rien ils sont encore très mystérieux.

- Continuez à le surveiller sans éveiller ses soupçons, il ne doit se douter de rien.

- Je ferai de mon mieux grand maître.

En sortant de la salle, Bénédicte Brunner m'attendait.

- Je sais à quoi vous jouez, Idy, manipuler le grand maître pour qu'il retarde la sentence de Noah, ça ne marchera pas. Je vous ai à l'œil, vous ne vous en tirerez pas aussi facilement, menaça-t-elle.

- Bénédicte Brunner, toujours à privilégier la solution la plus extrême, je me suis tout le temps demandé pourquoi vous avez toujours autant voulu la mort de ce garçon. Est-ce vraiment pour l'intérêt que vous portez aux marchands de sable et aux Somniatores ? Non, je ne pense pas, vous avez d'autres raisons que je suppose sont très sombres, mais ce n'est pas à moi de juger de cela. Noah vous fait peur pour quelque chose en particulier, et je suis sûr que si on s'y met dès à présent, nous découvrirons la raison de votre peur.

- Vous pensez m'effrayer, Idy Oart ? Vous pensez réellement que vos paroles représentent une menace pour moi ?

- Je sais qui vous êtes, Brunner, je sais ce que vous cachez, je connais vos plus noirs secrets, mais ça, vous le savez déjà. Je ne sais pas pourquoi sa mort est aussi importante pour vous, peut-être cachez-vous un secret encore plus sombre. Alors, prenez garde, je ne tiens absolument pas à entrer en guerre avec vous, mais si vous ne laissez pas Noah tranquille, je n'hésiterai pas une seule seconde, lui lançai-je avec un regard rempli de conviction.

Bénédicte Brunner n'avait pas l'habitude qu'on lui parle de la sorte, et ça se voyait à son expression. Elle n'était également pas du genre à se laisser faire aussi facilement, mais je devais réussir à l'effrayer.

- Écoutez-moi bien, mon garçon, vous ne savez pas de quoi je suis capable, ne faites pas de moi votre ennemi, vous pourrez le regretter très amèrement. Je vous le garantis, Noah Akeylla mourra, ne m'obligez pas à vous mettre sur ma liste. Ce serait très regrettable. De plus, nous avons tous de sombres secrets, ce que Noah pourrait découvrir serait dramatique, même pour vous. Alors, faites attention à vous, mon cher Idy, chuchota-t-elle avant de s'en aller.

Elle ne plaisantait pas, cette femme était en effet très dangereuse. Elle avait déjà tué auparavant et je sais qu'elle n'hésiterait pas à tuer de nouveau.

Je venais de rencontrer à la fois les deux membres les plus sombres du conseil des marchands de sable, mais également les plus imprévisibles et dangereux ; il était impossible de connaître leurs véritables intentions. Si Noah venait à découvrir que les gardiens avaient son ami, sa confiance envers les marchands de sable en serait encore plus ébranlée. Kailleen tentera sûrement d'entrer en contact avec lui pour lui demander son aide et je sais qu'il ne sera pas en mesure de refuser, il n'hésitera pas une seule seconde à lui venir en aide. Ce qui le placera sous le radar de Kogan. Comment faire pour le protéger sans éveiller ses soupçons ? Le grand maître est pourtant catégorique, Akil a commis des crimes et doit être puni pour ces crimes.

L'autre problème est que la capacité de Noah à retourner dans le passé fait de lui une personne totalement imprévisible, je n'arrive pas à le suivre dans le passé quoique je fasse. Que ce soit avec la machine ou que ce soit avec ma capacité, je n'ai aucun moyen de le suivre. Même s'il retournait dans le passé, je ne le saurai jamais. Que sait-il en ce moment ? Que pourrait-il découvrir dans le futur ? Pourrait-il découvrir la véritable raison de la mort de ses parents ? Trop de questions se bousculent dans ma tête et il me fallait des réponses. Je dois absolument gagner sa confiance avant qu'il ne soit trop tard.

Je n'avais plus rien à faire ici en France, il fallait maintenant que je me rends à San Francisco pour parler avec Kenneth Moore, ensuite retourner à Londres, je ne devrais plus laisser Noah tout seul à partir de maintenant, même s'il est mieux protégé.

Bénédicte Brunner et Kogan Munroe, je devais les tenir éloignés le plus possible de Noah, il est encore beaucoup trop jeune et beaucoup trop inexpérimenté pour supporter la vérité, il ne devait pas découvrir que les marchands de sable étaient responsables de ses malheurs, il ne devait pas découvrir que les marchands de sable étaient responsables de la mort de ses parents et qu'il était le prochain sur la liste.

TABLE DES MATIÈRES

Le Premier Somniatore 9

L'ordre D'oris 20

Le Conseil Des Marchands De Sable 29

Un Monde De Rêves 43

Retour À La Réalité 51

Prudence Et Protection 57

Une Impression De Déjà Vu 59

Les Somniatores 65

Intervention 79

Nuit Blanche 84

Seul 97

Qui Suis-Je? 104

Les Marchands De Sable 116

Nouvel Environnement 140

Contact 148

Le Rêve Abandonné 161

Secret De Famille 188

L'homme Assis Dans L'ombre 197

Entre Le Marteau Et L'enclume 215

La Pièce Secrète 235

C'était Toi 258

L'artefact 277

Là Où Tout A Commencé 296

Vérité 318

Miroirs 329

www.ingramcontent.com/pod-product-compliance
Lightning Source LLC
Chambersburg PA
CBHW030756210726
48290CB00002B/292

THE FOOTSTEPS ON THE STAIRS

When Enid Baxter runs into her old lover, Vic, she has a premonition that he is going to murder her. She shares this thought with her neighbor Martin but swears him to secrecy. So when Enid is found stabbed to death in her apartment, naturally Martin assumes the worst. But Martin has a haunting secret of his own. Back in his home town—though cleared of the crime--everyone assumes that he murdered his own wife by pushing her over a cliff. So he feels a certain bond with Vic. And besides, Vic has an alibi. He and his wife Thelma were in their own apartment when the murder occurred. But someone was heard running down the stairs that fateful day. Someone who either loved Enid too much to share her…or hated her enough to kill her.

THE TROUBLEMAKER

To some men, Lisa is a skinny little thing not worth a second look. But to Quentin, middle-aged college professor, she is enchanting. So he leaves his wife, and he and Lisa drive up the coast to Maine, where they find work at a summer seashore resort. Bax, who owns the resort with his wife Janet, is as enchanted by Lisa as Quentin. But Janet immediately pegs her as a troublemaker. It certainly isn't Lisa's fault that men are attracted to her. Before Quentin there had been Carlos, one of his students, who has fled his smothering mother and followed them to Maine. But perhaps Janet is right, perhaps Lisa is trouble, because one morning her body is found at the bottom of the sea cliff. The cops think it's murder. Many men had loved her—but which one turned their love to murder?

"Potts maintains the suspense until virtually the very last page…"

BILL KELLY